サリーのすべて

Alles über Sally

アルノ・ガイガー
渡辺一男　訳

作品社

サリーのすべて

小説は罪でつくられる、テーブルが木でつくられているように

ジュリアン・グリーン

第1章

Do Not Disturb! と書かれた札がドアのノブにかけられた室内では、サリーが窓際に立っている。ベッドに寝そべっているアルフレートは、朝の日課の日記から目を上げる。彼は物憂げにテレビに目を向けるが、目新しいニュースは何もない。思い出せないほど以前から同じ出来事があり、異なる日付がつけられているにすぎない——ただし、そのことについては言及されない。

激戦が続くアメリカ合衆国の大統領選挙
アルフレート某とサリー某のハイキング休暇
アフガニスタンの血なまぐさい戦闘

依然として石打ちの刑がおこなわれている土地も少なくないというニュースも目新しくはない。サリーもテレビの方を振り向く。テレビ受像機のひどさにはイライラさせられる——画面と音声はまるで汚水の入ったバケツの底に映る映像のようだ。アナウンサーのくぐもった声は、犠牲になるのはもっぱら女性で、世界の大部分の土地ではなんら犯罪とは見做《みな》されない不倫行為のせいだ、と伝えている。ぶれたカメラの映像がテレビスクリーン上にちらちらあらわれては消える。胸まで地中に埋められて、白のヴェールで覆われた女性に証人や見物人たちが石を投げつける。投げる石は、当地の神学の指針にしたがって、大きすぎても小さすぎてもいけない、と言う声が聞こえる。サリーは埃《ほこり》っぽい世界を思い浮かべる、最初の石が頭に当たるときのことを思い浮かべる。脳がまだ震撼しているのにすぐに次の石が飛んできて、痛みは支離滅裂になる、どこにどんな痛みがあるのか？　そう思うと、サリーは吐き気を催しそうになる。後方の人びとも石を投げる。とんでもない、サリーにはとうてい理解できない。サリーは怒りのあまり眉間に陰鬱な皺《しわ》を寄せる。

「ほんとうにぞっとする、人間の頭のなかにはなんて古い観念が棲みついているの」と彼女は口にする。

アルフレートは日記帳の方に身をひねる。彼は目を上げずに、「ああ」、「そうだ」、「うーん」などとつぶやいている。カタツムリのようにすっかり自分の殻に閉じ籠ったまま、あることが少しは成功したのか失敗したのかを精査することに没頭している。ときおり、ボールペンの後部で額を掻く、あたかも何も事件のなかった前日に何かを見つけ出そうとするかのように。それからふたたびボールペンのなかに悪霊が入り込んだかのごとく、猛烈な勢いで書き始める。

サリーはふいに、アルフレートが年寄りくさくベッドに寝そべって、この部屋のわびしさに助勢しているのを直視するのは努力を要することだと考える——ふっくらとした肥満体の背に二つのクッションを当てているアルフレート。学校の学期中ならば、アルフレートの無精ぶりによって彼女にもたらされる落ち着きをむしろ喜んだかもしれない。しかし休暇中とあっては、アルフレートの年齢を考慮しても、これほどごろごろしているのは不自然ではないだろうか。サリーは軽いパニックに襲われると同時に、昨日のアルフレートの姿を思い浮かべた。彼のだらだらとした緩慢な歩き方。両腕をだらりと下げて、高層湿原をのろのろと歩くその様子といったらない。学童用のような、小さいリュックサックを背負ったアルフレートと、もはや新しくはないけれど、彼の言い分に百歩譲っても、ひどく古いとはとても言えない彼の靴のことで非難がましい問答を交わしたことが思い返される。晩になって、ふたりがペンションの階段を上るとき、アルフレートの足は疲労のあまりほとんどくずおれそうだった。彼はシャワーを浴びて、ベッドに倒れ込むと、テレビを見ながらサンドイッチをいくつか頬張り、さらに板チョコを一枚まるまる平らげた。それからすぐに彼は一〇時間眠っていたけれど、ぐっすり眠っているあいだでさえサリーを求め、要求することを忘れなかった。夜の半分はサリーの腰か尻に手を伸ばしていたし、たいていは彼女の上に覆いかぶさっていた。サリー自身はといえば、汗まみれになって幾度か目が覚めて、こう自問するのだった。どうしたのだろう？　アルフレートのせい？　精神的貧困、それとも病気？　ホルモンが原因なのか、それとも不安？

　サリーは上唇を丸めて息を吹き出しながら、朝の老け顔に手を走らせると、その手をふたたび窓敷居の上に、親指のつけ根を塗装のはげた縁におく、指を広げて。サリーの視線は労働者住宅の連なる通りに向けられる。その奥にはかつての綿糸工場の胴の膨らんだ煙突が見える。その少し奥の、煙突の背後にさらに幾《いく》つかの煙突が続いている、川と運河の向こう側まで目をやる。そこからはストリートミュージックが聞こえてくる。アルフレートの足のことを考えると、ふたりであまり遠出はできないけれど、それでも少なくともあのヘプトンストールまでは行けるだろう、一五年前に見つけられなかったシルヴィア・プラス〔訳註：一九三二～一九六三年、アメリカの詩人で作家。ウェスト・ヨークシャーのヘプトンストールに墓がある〕の墓まで、とサリーは考える。この好天を無駄にするのはあまりにも惜しい。目を閉じると、サリーは軽い戦慄に襲われる、次の瞬間、夏の熱暑のために大きな窓が破壊されるのではないかと思われて。

「壁紙に描かれているのは何の花かな？」とアルフレートは尋ねる。

「ヒヤシンス」とサリーは答える。

すぐさまアルフレートは彼の習い性となった年代記編者としての活動に戻って、何事かをつぶやきながら、幾つかの文章を最新の日付のもとに記す。過ぎ去った昨日に意味と連関を与えようと努力する。自分自身のことにかまけていて、じゅうぶんに注意を払えなかった不可解なことをあれこれと記す。サリーが高層湿原のただ中で立ち止まって口にしたことに言及する。「休暇中はすべてが少しリアルでなくなる、時間さえも。私の夫さえも」

アルフレートは殴り書きし、ペンをおく。それから、自分に背を向けているサリーに視線を投げる。彼女の姿勢、彼の古いシャツのほかには何も身に着けずに窓辺に立つさま、その姿が彼には好ましい。彼女はとてもリアルだ、三人の子どもの母親にもかかわらず彼女はとても美しい、とアルフレートは考える。サリーはいまでもなお人に誇り得る肉体を維持している。その背はまっすぐで、ヒップも大きすぎることはない。ただし太腿だけは、もはや見る者を感嘆させることはない。あまりにも急激に変化が生じた太腿は肉がつきすぎて、オレンジの皮のような凹凸《おうとつ》と細かな血管がことのほか目につく。それでもシャツのサイドスリットのあいだからのぞく太腿は魅力的だ。三〇年来よく知っているこの脇腹、いま妻と寝るとしたら？　喜んでそうするだろう。そうなれば日記の記述に彩《いろどり》を添えることだろう。日記のなかにもっとセックスについての言及があれば、絶対に有益であろう、とアルフレートは考える。

「私たちがふたりとも五〇を過ぎていることはすぐにわかる。だが、サリーがあきらかに五〇代前半であるのに対して、私が後半であるのはたしかだ」

アルフレートはこの文章をもう一度読んでから、こっそり自分の生殖器に触れて、解放してやる。睾丸が汗をかいて太腿にくっついているからだ。暑すぎるので、掛布団を両足で持ち上げてばたばたと空気を入れる。サリーはこちらに目を向けて、アルフレートが膝下までの加圧ソックスを夜間も着用していたことを見てとる。彼はサリーに白いパンツとセットになった見世物を提供するはめになる。両足の裏はまっすぐサリーに向けられているからだ。もともとは肌色のソックスを履いた右足は汚れて灰色になっている。学芸員の幅広の、皮膚が角質化した裸の左足。包帯の巻かれた脚はいつでもどこか心を打つところがあるものだが、サリーは、尻を窓枠につけて、改めてアルフレートの正面に向き直ると、腕を組んで挑発的なポーズを取る。

「それでは隠れた未来派《フトウリスト》には見えないわね」と彼女は言う。

　アルフレートの顔は緊張し、すぐにまた弛緩する。このような妻からの辛辣な矢は彼にとっては目新しいことではない。彼はただだれ目を厭《いと》うように、鷹揚な笑みを浮かべる。そして、あたかも座り心地が悪いとでも言うかのように、姿勢を取り直して、視線をあたりに漂わせると、両足をふたたび元の位置に戻す。彼は上下の唇をかたく結び、ベッドのスプリングが軋《きし》み音を立て、それがやがて静かに鳴り止む間に、どうしたら面と向かってこれほど攻撃的になれるものか、誰か説明してくれる者がいればありがたいものだ、と思う。

「ぼくがどうしたって言うんだい？　いったいなぜ？」とアルフレートは尋ねる。

「なぜって、あなたがまたもソックスを履いているからよ、おまけにそのズボン下」

　物思いに耽《ふけ》りながら、アルフレートはボールペンで左の腋の下のくぼみを掻く。彼の表情には不機嫌は感じられない、彼は考え込んでいるのだ。サリーはこの表情を知っている。そう、そこに見られるのは沈思黙考の印。考えは深刻で、難しい。男もまた深刻で、難しく、古風で、女王《クイーン》のように安楽でいられる、つねに召使いにかしずかれているのだから。要するに、儀式と繰り返し。

　サリーは言う。

「それが血栓症でないことがたしかなら、ソックスを夜間も履いて、四六時中テレビの前で横になっているのは馬鹿げているわ」

「とにかく言えるのは」と彼は説明しようとする。「昨日ぼくは足を酷使しすぎたってことだ」

「あなたはそのソックスをおとといも履いていた、さきおとといも、さらにその前の日にも。実際、そう見えるわ」

ひょっとしたら彼女は好意でそう言うのかもしれない、と彼は考える。まさに教員というものは、批判するときにしばしば奇妙な動機を持ち出すことがあるものだ、特に赤みがかった金髪の持主の場合は。つい先日も彼女は、簡単なことはいつもあなたの後ろにあり、面倒なことはいつも前にある、と言っていた。

アルフレートはふたたび妻に目を向ける。むかしはひどく放縦《ほうじゆう》な、いまでは生真面目な美人。自分の方から夫婦の接触を求めても、いまは一方通行になるのではないかと彼は危惧する。彼の両手は震え、戦慄が彼の身体を走る。すると、足のことが意識に上る。彼の特別のお気に入りだ。足を眺めているとひどくメランコリックな気分になって、まるで彼自身がソックスに面食らっているとでもいうかのように、頭を振る。この人工的な、鳥肌を立たせることのない外見。

「加圧ソックスは快適なんだ」と彼は元気のない声を出す。「それに、静脈瘤を見るのは辛いからね」

「わたしはそのソックスを見るのが辛いのよ」とサリーは応じる。「年寄りくさくて、いかにも病気って感じ。それを見るとイライラする。ママを訪問しただけでもうじゅうぶんよ。休暇中にこれ以上肉体的な衰弱が強いられないことを願いたいわ」

「なんて言い草だ！」、アルフレートは憤る。「イングヴァリッドのような気分になるじゃないか」

「私はイングヴァリッドの隣にいるような気分よ」と彼女は言う。

「それが問題かい？」

「あなたが実際にインヴァリッドであるというのなら別だけど」とサリーは応じる。

アルフレートはつらつら考える。英語でインヴァリッドという語は身体障害者を意味する一方で、また同時に無価値あるいは劣等をも意味する。サリーはそのことを承知の上で、彼の言葉をそのまま使ったのだ。そうしてアルフレートがぶつぶつと御託を並べているあいだに、サリーは彼女の母親が入所しているロンドンの介護ホームを最近訪問したときの記憶をすべて追い払おうと努める——突き出た胸骨、薬の箱、気分を萎えさせる雰囲気。サリーは切実な調子で自分に言い聞かせる——ただいま休暇中、わたしは回復のための休暇を必要としている、わたしは秋の新年度のために英気を養えるものを体験しなければならない。

簡素な、一六等分された窓枠を通して、話し声が室内に侵入してくる。サリーは自分の気が逸らされるのをこれさいわいと、外を見る。通りを三人の若い女がやって来る。一見すると、彼女たちはそれぞれ異なっているが、同一の歩調で、顔には同一の暗い表情を浮かべている、間の抜けた子牛のような。真ん中の女は胸の部分に反射塗料の塗られたユニオンジャックを着ている。サリーは、自分は英国人について何を知っているだろうか、と自問する。彼女自身半分は英国人であるけれど、多くを知らない。英国人は時刻に正確であると言われるけれど、それは疑わしい、とサリーは思う。英国人が寒がることはけっしてない、彼らは冬でもわずかな衣類を身に着けて、タイツを着用せずにダンスホールの前に並んで待っている。さらに、島国では男たちは女たち以上に泣き虫だと思われている。そう考えると、アルフレートは英国人ならば良かったのに、と考える。状況が判然としない場合に、何か気の利いたことを口にするよりは、むしろ奇抜なことを言う彼の性癖も英国人向きだ。

「そもそも、ぼくの静脈瘤は壁紙の模様とみごとに対応しているね」と彼は言う。

「いささか装飾過剰よ」とサリーが侮蔑的に応じる。「手術をした方がいいわ」

アルフレートはそれには応えずに、目に見える神秘的な現象の観察に没頭している――右足はソックスで覆い隠されているが、左足はそれほど顕著ではないものの、それでも目につく。あたかも静脈瘤に向かってこう言いたいかのようだ。さあ見るがいい、おまえたちがどんな面倒を引き起こしているかを！　正気の沙汰じゃない！――アルフレートは、ソックス上部の折り返し部分が皮膚に触れているところを掻く。レリーフのように盛り上がっている血路を指の先で触って確認する。鬱蒼たる景観、そこに厳密な水路体系があれば、緩慢な、暗赤色の液体の塊《かたまり》を運搬するのに好都合だろうに。

「手術すべきよ、聞いてる？」

「これはかわいい静脈瘤にすぎない」とアルフレートは応じる。

そうして彼はゲジゲジ眉を残念だと言わんばかりにつり上げる。彼は滞った血液がぼこっと流れるのを想像する、窪みから窪みへと。血液が音を立てて急激に動くのに、泡立たないとは不思議だ。

話題を変えるために、彼は言う。

「三〇〇年前には、夫婦間の均衡をはかるために輸血が勧められたことがあるん。憂鬱質の夫に陽気な妻の血液を与えたわけ。ただし、輸血された患者が生き延びることはまれだった。この処置がそれほど流行《はや》らなかったのはそのためだ。ウィーンのラントシュタイナーが血液型を発見したのは、ようやく一九〇〇年のことだった」

このような知識はアルフレートに自信を植えつける。これに気を良くして、たったいま言ったことを思いどおりに記録するために、ふたたび日記に没頭する。彼はこの件にすっかり気を奪われているが、怒りっぽい人間にあらわれる子牛の血に言及することを忘れてはいない。彼自身の血液型とサリーの血液型を告げたうえで、ありとあらゆる連想に執着して、ひとりほくそ笑む。そのために幅の広いベッドが軋んで音を立てる。アルフレートはほんのしばらくのあいだ幸福だ、まったく彼の本性そのままに。そのかたわらでは、次回の石打ちの刑を伝える新たなニュースもそう遠くはないかもしれないとテレビがしゃべり立てているのも意に介さず、アルフレートは壁紙の花模様とも了解し合っているが、サリーに言わせれば、壁紙の花は人間の精神がよく耐えられるものではない。いまやサリーはあきらかに怒っている。自己中心性と快適が奇妙に入り混じったアルフレートの態度はサリーをひどく怒らせて、そのために、彼女の目の下がほとんどほんのりと黄色味を帯びてくる。こんな男をどうすればいいの？　人生を恐れ、あまりにも長く博物館の空気を呼吸していると、怠惰になり、浮き世離れすることの生ける証明であるこの男を？

アルフレートを少し刺激するために、あなたはどうやら同情してもらいたいのね、自分がいかに哀れかを示すために、これ見よがしにソックスを履いているのね、とサリーは言う。

「少なくともあなたは自分自身に同情したいのよ」と考える間をおいてからサリーはつけ加える。

「あなたの姿を見ていると、虫酸が走る」

動揺したアルフレートはほとんど後ろめたい気持ちでソックスを凝視する。ひょっとしたらサリーの言うとおりかもしれない。ひょっとしたら自分は、ソックスを履いているときに感じる傷つきやすさを愛しているのかもしれない。ひょっとしたら自分自身を好きになるために、この目に見える障害を必要としているのかもしれない。それでも彼はペンを日記の上におくと、人指し指と中指をソックスの折り返しに押し入れて、ソックスをゆっくりと押し下げる。数センチ押し下げただけで、渦を巻き、結び目のできた蔓《つる》があらわれる、その蔓は血液を押し出すとともにその一部は明るい青色に、一部はリラ色に輝く。彼はこの現象について熟慮する。彼は部屋の壁紙の花と安楽椅子のカバーに目をやる。奇妙な気がする、壁紙の花もさらに生長するのではないかと彼は不安になる。ついに、ソックスを一気に足から引き抜いて、それをベッドの脇へ投げる。

「虫酸が走るだって？　なんてこったサリー、きみはなんてにべもない言い方をするんだ！」

　サリーは肩をすくめる。

「そんなに真に受けないで」

「それならまあいいとしよう」とアルフレートは応じる。

　ふたりはじゅうぶん長いこと生活をともにしている。三〇年、そしてこの三〇年はそれぞれが発するひとつひとつの言葉に刻印を残しているから、サリーの答えのなかに、悪く取らないでちょうだい、言い過ぎたという節が認められるのがアルフレートにはわかる。サリーは少しかっとなりやすいところがあって、むかしは子どもたちもそれを感じさせられたものだが、サリーはとにかく欲求が多すぎる。それはひょっとしたら彼女の生い立ちと、つまり父親を知らず、祖母と少し頭のいかれた祖父のもとで育てられたことと関係があるのかもしれない、とアルフレートは考える。

「サリー、ぼくをほっておいてくれないか？」と彼は尋ねる。

「ぜひにとお望みなら、家に戻ったら、わたしを磔《はりつけ》にしてちょうだい」

　サリーはすでにふたたび身体の向きを変えている。きまり悪そうに彼女は立ち、きまり悪そうに彼は座っている。ふたりはあちこちに目をやる。彼は彼女を観察する。彼女は午前の日差しに身をさらして、不機嫌そうに指で窓に線を描くことで時間をつぶしている。だが、ニュースのテーマ音楽が響くと、急に身体を動かす。サリーはもう一度、いっしょにヘプトンストールへ行って、シルヴィア・プラスの墓を探すことを提案する。しかし、アルフレートは拒絶の合図をする、彼は身をいたわりたいのだ。

「それじゃしかたない、ひとりで行くわ」

　彼女は洗面台の方へぺたぺたと歩いて行き、鏡で自身の姿をチェックしてから、シャツを頭から脱ぎ捨て、化粧を始める、さっと、おおざっぱに、自分では仕分けのできない落ち着かない期待の感情に駆られて。アルフレートはサリーを見やる。彼にはいまでもなお、この日常的な瞬間に、彼女に不信の念を抱かせることなく、その裸身を見ることが許されるのは奇跡のように思われる。彼女は彼の前に立っている、ショーツだけを身に着けて。彼女はブラジャーを着けようとしている。彼は、谷間では細かな皺が増えつつある胸に感嘆する、彼にはすべてがひどく無邪気に思われる。その一方で、彼の考えることは、すでに少年のころ抱いていて、彼の母親と司祭が汚《けが》らわしいと言っていたこととあいかわらず同じなのだ。

　テレビ画面には、すでに見慣れた危機の温床地帯と重要な事件の映像。サリーはズボンを穿く、慣れ親しんだプロセス、慣れ親しんだ動き、慣れ親しんだ眺め。サリーは幾つかの物をショルダーバッグに投げ込み、軽いシューズに足を入れる。それからドアに向かう、ベッドの脇を通って、床にはアルフレートのソックスが横たわっている——空っぽの入れ物、髑髏《どくろ》のように空っぽ、髄のない骨のように空洞。サリーはそこをためらいつつ通り過ぎる。それでも彼女は、アルフレートにとって自分と不和の状態にあることがいかに辛いかを承知しているから、握手して諍《いさか》いにけりをつけるべく、手を伸ばす。三〇年間で何度目だろう？　アルフレートはサリーの手をピシャリと叩くと同時に、その手を捉えて、少し自分の方へ引き寄せて、手の内側にキスをする。塩味のサリーの生命線。

「世界中いたるところにぼくたちのような人間がいる」と彼は溜息《ためいき》混じりに言う。

「そうでないことを祈るわ！」と彼女は応じる。

　サリーが笑いながら頭を振ると、巻き毛が揺れる。彼女は手を引っ込めると、白と黒のプラスティックフレームのサングラスを鼻の上にかけ直してから、出て行く。ひとりの女、スポーティーな女性、魅力的、だがどこかつかみどころのない、美貌とあきらかにもはや若くはないことの狭間にあるとりとめのなさ、謎めいた曖昧さ。アルフレートはサリーの足音に三〇秒ほど耳を澄ます。廊下と階段を過ぎ、しばらく間があって、外の平坦な道を菩提樹のあいだを通って庭の扉に達するまで。扉の掛け金が幾度かカタカタと音を立てる。アルフレートは唖然とした表情で取り残される。

第2章

サリーはあいかわらず自分の人生における閉じられた期間と開かれた期間の交替について思いをめぐらしている。幸福が造作なく、半開きのドアを押し開けるほどの苦労もなく得られるかと思うと、その一方で自分の為すことがことごとくうまくゆかない時期があるように思われた。そうなると、運命に愚弄される別の誰かが見つかるまで何も考えずに冬眠を貪《むさぼ》っていたいとさえ思う。昨年度の後半の学期は閉じられた期間で、いたるところ繰り返しと停滞ばかりだった。彼女自身のあずかり知らぬところで何かが生じる場合だけが予期せぬ出来事だった。ときによるとサリーは、男女の生徒たちの顔のなかに単純な考えか恥知らずな考えしか読み取れず、彼らにうんざりした。これらの若者たちのあるがままを愛さなければならないだけでなく、彼らが、将来うまくいったとして、何になるかに対しても義務を負っているのだと考えると、何日間も放心状態になることがあった。自分自身に何かが欠けていて、笑いものにされていると感じたし、物事をもっとうまく処理したいという願望からは強制の感情が生まれた。そして、強制の感情からは憤りと消耗が生まれた。四月には、ある同僚が女生徒に手を出したと非難されて、停職に追い込まれた。サリーはその同僚の時間の一部を肩がわりしなければならなかった。そのころから彼女は非合法の睡眠薬を常用するようになった。それでも、彼女のエネルギーの水位は五月には底をついていることがわかった。六月になって大がかりなマトゥーラ〔大学入学資格を兼ねる高校卒業資格試験〕が始まったとき、ようやくふたたび希望の光が見えた。この期間中サリーは何時間も試験監督をしなければならなかった。試験がおこなわれる大教室のなかを、数多くのベンチの長い列のあいだを一列また一列と通り抜けるのは他愛のない任務であったが、その唯一の義務は、試験委員会の規程が遵守されていることを保証することにあった。サリーが試験監督の退屈さから物思いに耽っていると、自分の身体がぎいぎいと軋む試験場の木の床の上を歩む一方で、思いはカイロのナイル橋を渡っていることがあった。彼女が教職について最初の数年間は、学年末になると精神的な解体が昂じて、試験監督中に頭のなかで女性のノーベル賞受賞者リストや、身体の各部分に関する慣用句のリスト、さらにすでにとっくに霧のなかへ消えかかっている過去の恋人のリストを作成していた。だがこれらの年月のあいだけっして変わることがなかったのは、試験監督時の味気なさが高く挙げられる手によっていつもやわらげられることだった。生徒の挙手はほぼ間違いなく追加の筆記用紙を要求する合図だった。サリーは試験場のなかを挙手に向かって急行した。試験監督時のまさに不毛で盗まれた時間のことを思えば、用紙を届けるのは歓迎すべき気分転換と考えるサリーと同じく退屈している同僚もまた挙手へと急行した。ときによると、事前に申し合わせたわけでもないのに、双方の暗々裏の了解のもとに本格的な競争になることがあった。誰がより早く用紙を届けられるか――あらゆる策を駆使して。ベンチの列のあいだで同僚に出会うと、たがいに小声で途中経過を、「八対五」などとささやき合った。それらすべてはその場の退屈しのぎのためだった。

今年、サリーは試験監督のあいだに七回のうち五回この競争に勝利を収め、そのささやかな成功のお陰で、呻吟しつつもなんとか休暇までの日々をやりすごすことができた。長い一学期を終えてついにふたたびわが身の幸福を実感することの何たるかを感じていた。

だから、電話を受けた後でサリーが最初に感じたのは、開かれた時期がふたたび過ぎ去ったということだった。いまやこの休暇は墓場送りになった、とサリーは思った。

「あなたたちのところに空き巣が入ったのよ」とナジャは言った。サリーの亀の世話をし、花に水をやると言ってくれていた友人だった。ナジャは彼女流の直接的なやり方で知らせてくれたわけで、これは彼女の夫のエーリクには不可能だったであろう。おそらくそのために、電話連絡をする役目はナジャに委ねられたのだ。

サリーはと言えば、まるでストップモーションの最中に別人になったような心持ちだった、なお一瞬は落胆することなく。過ぎ去った一学年、ウィーン、家族、アルフレート、これらがみな消え去って、一陣の風が突如それらをまた吹き寄せた。その風にサリーは鳥肌が立った。

混乱しつつも、サリーはナジャが伝えてくれたわずかな情報に基づいてただちに家に帰る決心をした。この事件で皮肉だったのは、アルフレートが一五年に及ぶ英国での休暇で初めてこの舞台から取り残されたことだった。クリケットの試合を見るために、彼は朝早くリーズに出かけていた。ナジャからの連絡は昼ごろで、スーツケースをまとめるのはほんの数分だったけれど、サリーは駅で三時半までアルフレートが戻るのを待たなければならなかった。湧き出てくるエネルギーをどうしていいかわからなかった。サリーはしっかりと座っていた。できることなら、ただ苦痛な無為から抜け出すために、アルフレートを待たずにひとりで出発してしまいたかった。彼女にできることと言えば、ナジャに電話をして、サリーとアルフレートはできるだけ早く帰宅するから、自分たちが戻るまでナジャには家にいてもらいたいと言うことしかなかった。それに加えて、身を切られる思いで、盗まれたり壊されたりしているものは何かを尋ねることだった。そうせずにはいられなかった。

「写真アルバムはなくなってない？」

「誰があなたたちの写真に興味があるっていうの？」

「空き巣に入ったのはどんな人たちかわかる？」

「アルバムに関しては絶対に安心して大丈夫よ」

荷物を詰めたスーツケースの上に座って、サリーは子どもたちに電話をした。グスタフは最初の呼び出しですぐに出た。グスタフには、彼のコンピュータと過去数年間に彼が自分の小遣いで買ったコンピュータゲームがなくなっていることを告げねばならなかった。彼には、試しに発端だけを、委細は後回しにして。娘二人には折り返し電話を寄越《よこ》すようにと留守電に伝言メモを残した。アリスからは連絡がなかったけれど、エンマは数分もしないうちに電話をかけてきた。この二人はいつも対照的だ。良いニュースが何もないことがわかり、チェロはまだあるけれど、壊されていることを聞くと、エンマは泣き崩れた。サリーは自分自身を落ち着かせようとして、溜息とも吐息ともつかない音を漏らす。結局のところ、大事なことはただひとつ家族なの、あなたたちはみな素晴らしい子よ、とサリーは言った。実際に思っていることを口にしたのだが、そのような呪文は、かけがえのない物が失われた場合に蒙《こうむ》る精神的な打撃に対してはじゅうぶんな効果を期待できない。

アルフレートが列車から降りてきた。彼は夢見心地でいるように見える、静かな、少年のような表情をして。サリーが彼の名を二度呼ぶと、彼はようやく目を上げた。

アルフレートは面食らって、ためらい、不安な面持ちで近づいてきた。

「うちに空き巣が入ったの」とサリーは言った。

少年のような感じは最初の驚愕で強まった。そして、ふたりがすでに空港に着いてから、アルフレートはこの瞬間に戻った。困惑と意気消沈とが入り混じった声で言った。

「けっして忘れないだろう、きみがスーツケースの上に座っているのを見たときのことを。ぼくはけっして忘れないだろうね、たとえそのことを書き留めておかなくても」

ふたりはチェックインを済ませ、旅券審査を通過し、そこからセキュリティチェックへと進んだ。アルフレートの顔には、これからの数分を克服するのに苦労している者の表情が浮かんでいる。強い蛍光灯の光が彼の皮膚の生気のなさを強調し、彼の姿勢は、あたかも身体が苛立《いらだ》ちのために痛むとでもいうかのように、あるいは空想をはばたかせたために生じた発作に身をよじるかのように前屈みになっている。そして、一秒ごとに時計を見る。自称未来派《フトゥリスト》のアルフレード、首を前方に伸ばし、同時に自分の手荷物を靴のつま先で突いて、搭乗客の群れがセキュリティチェックのゲートへ向かって一歩一歩前進する動きに合わせる。列の最後尾が液体の持ち込み禁止を示す表示板のところに到達すると、アルフレートはすでにズボンのベルトを引き抜き、他の金属製の物をすべて上着のポケットに突っ込み終えている。浅黒い肌の警備員が男女別に異なるゲートを指示している。サリーがチェックゲートを通り抜けると警報ブザーが鳴って、彼女は徹底的に身体中を探られる。それでもサリーはアルフレートより早く検査を終える。アルフレートはベルトコンベアの脇で待っている。バッグと上着はすでにふたたび身につけているが、彼のハイキングシューズはなおレントゲン透視を経なければならない。彼はぎこちなくそこに立っている。サリーには、彼がゴム製のソックスを履いているのが見える。二日前には休暇をサボタージュするシンボルと思われたソックス。そのソックスをここで目にすると、サリーは少し優しい気持ちになった——腹立たしい思いを抱えて帰途に就くいま、足には無益なこの防備。

「いまでもただの悪夢だと思いたいよ」とアルフレートは疲れ切った声を出した。彼はベルトコンベアからシューズを取り上げて、足を入れる。彼はちょっと思案してから、こうつけ加えた。

「ぼくはほんとうに警告されているんだ」

それから彼はサリーの後をのろのろと搭乗口に向かって歩いた。彼らはなんとか二つ空いた場所を見つけた――スチール製の梁《はり》の上にネジで留められた穴のあいた座面。アルフレートの席の隣には手荷物をおく場所が空いていたので、彼は旅行バッグをおいた。彼は腕をバッグに回すと、それがまだそこにあることを確かめるかのように押しつけた。ときおり彼は不機嫌な単音節の鈍い音声を発している。

しばらくしてアルフレートは腕をバッグからふたたび離した。

「ぼくがどうでもいいものしか持ち歩いていないというのはいかにも奇妙だな」と彼は言った。

いくらか疑問めいて口に出された確認はサリーをびっくりさせた。彼女は、ふたりが若かったときのことを考えていた。彼女はアルフレートに対して非常に庇護的な態度を取っていたけれど、それは彼女が生まれつき庇護的な性格だったからではけっしてなかった。

「あまり深刻に考えない方がいいわ」と彼女は言った。

「ふん、深刻に取るなだって？」と彼は言った。

彼の顔つきは瞬く間に変化した、苛立ちから不機嫌へ、そして苦痛へと。失われているのではないかと思われるあまりにも多くの物が彼の不安の周辺から中心へとひしめき合い、殺到してくる。アルフレートは孤立無援だと感じていて、その孤独はサリーの言葉でやわらぐことはなかった。

「コーヒーを飲むわ」

サリーはアルフレートにもコーヒーを持ってこようかと尋ねた。それともミネラルウォーター？コーヒーも水も欲しくないよ。サリーがその場を離れることが彼には気に入らなかったし、彼女がこの場を離れる理由も気に入らなかった。自分の人生はコーヒーで代替されるほど他愛のないものではないと思ったし、空き巣の犠牲者としてはそれなりの思いやりを期待しても良いはずではないか。彼の頭は不安と憶測でいっぱいだった。半ば麻痺した状態では脳は良い考えを思いつかない。

「どこかで破局が生じているのに、ピクニックに出かける連中はいつでもいるものだ」

彼はそれを声に出して言ったのだろうか？　この非難は不当だと彼は感じていた。彼の言ったことはまさにサリーの好まない仰々しい言葉のカテゴリーに属することを承知していたから。しかし、世間が彼のように平和的な人間をこれほどの非情さで苦しめることにひどく憤慨していたので、彼の頭は朦朧としてきた。そのうえアルフレートは、ふたりが寄り添って座って、サリーが腕を自分の肩に回してくれたらとひそかに願った。これまでのところ、そういった気遣いはまったくなかった。

自虐的な不審の念を抱きつつ、アルフレートは両手をもんでいた。そのあいだサリーはごく普通の口調で応答しようと腐心していた。

「わたしがコーヒーを断念しても、それで旅程を早めることはできないわ。わたしは飲みたいのよ。あなたも飲んだら。手持ちのポンドの硬貨を出してちょうだい。そうすれば小銭を使い切れるから」

「今度はぼくに金を出させるのかい」と彼は不機嫌に言った。

サリーは硬貨を持って立ち去った。混乱した感情がまとわりついて離れない。サリーは腹を立てていたのではなく、アルフレートの非難が彼女に想起させる何かを探すあいだ、イライラしていた。何か類似したこと、コーヒーを飲まなければというのと同じような正当化をすでにかつて持ち出したことがあった。何だったろうか？　いつ？　ゲリラのように彼女のなかに巣くっていて、無意識のうちに悪さをする何らかの出来事。

軽食バーの前で並んでいると、サリーにはいつ以来のことか思い出せないほど久しぶりに、近所に住んでいた若い男との短くて失望に終わった交際のことが思い浮かんだ。彼女が育ったウィーンの祖父はその男を憎んでいた。サリーは当時一八歳で、シャワーを浴びようとすると、祖父はこう言うのだった。

「おまえはまたぞろ淫らなことを考えて、シャワーを浴びなくちゃならんのだな」

サリーは答えた。

「わたしは週に一度身体を洗わなくちゃならないの、淫らなこととは無縁よ」

怒りのあまりサリーの目に涙が溢れると、祖父は彼がしばしば口にしていたこと、サリーが子どものころ頻繁に聞かされたことを持ち出した。だが、今回は言外に邪悪な響きが込められていた。

「湿っぽいのはどうやら英国の遺伝だな」

サリーは若い男との交際を断念した。彼と関連づけて英国の遺伝についての講釈を耳にしたくなかった。そうでなくともサリーは戦わねばならなかった、それどころか自分の名前とも戦わねばならなかった。なぜなら、祖父母は、サリーという名前からしてすでにイギリスに移住した娘の未成熟を証明するものと考えていたからだ。

それから二年後、サリーは文化研究所の事務職員として数か月間カイロに行く機会を得た。素晴らしい、と彼女は考えた。世界に触れることができる。

カイロで彼女はアルフレートと出会った。二人の人間がたがいに夢中になるというのはいつでも偶然だ。社会変動の波によってオリエントに運ばれた若い人間の場合には特に——若い民族学者と家族からの逃亡者。サリーにとってはそこで新しい生活が始まった。長いこと抑圧されてきた願望はいまや満たされた——冒険、旅、軽はずみ。祖父がサリーのためにあらかじめ定めてあった明確な将来構想にいっきょに終止符が打たれた。サリーは子ども時代を通してずっとこの構想に縛られていると感じていた。きわめて厳格な道徳観念、人生にはただ一人の男、貞淑、約束を破らないこと、黒人音楽はダメ、クラシックのみ。読書もまた祖父の蔵書中の古典作家だけ。いまでもサリーは古書店のウインドウにこの古典作家シリーズの一冊を見かけると、腹立たしくなって、急いでその場を立ち去るほどだった。サリーはシモーヌ・ド・ボーヴォワールを隠れて読んだ、夜に掛け布団の下で懐中電灯の明かりで。狭隘な住宅事情のためだった。ひょっとしたらそのためにサリーは今日までアルフレートのようには古典作家やクラシック音楽に関心を持てなかったのかもしれない。アルフレートは青少年時代に最新流行の事柄すべてに親しんでいた。サリーの祖父は四六時中サリーから目を離さず、おおいなる嫉妬心を持って彼女を監視していた。サリーが学校や大学の同級生と電話で話していると、それ自体が祖父にはすでにいまわしいことだった。電話は祖父の書斎机の上に鎮座していた。祖父のシニカルなコメントはとうてい想像できないほどひどいものだったから、知り合いに対するサリーの反応はたいてい拒絶だった。

「だめなの《ナイン》」

カイロで、未来は突然予測できないものになった。そして、この予測不能性はサリーに、未来は永遠に続く、あるいは少なくともさしあたり決まっていることよりも長く続くという感覚をもたらしたから、彼女は幸福だった。主婦や母親として過ごす黴臭《かびくさ》い人生を未来という概念でくくることは、すでに一四歳のときにばかげたものに思われた。未来と停滞は相容れない矛盾関係にあるのではないか？　もっと活気に溢れたことがあってもいいじゃない？　アルフレートのお陰で彼女はカイロに留まり、そこで二年間学生生活を送ることができた。なんでも見てなんでも知りたいというサリーの欲求、すなわち、彼女が遅くとも一二歳のとき以来感じていたこの強烈な飢餓感は病的なまでに昂じていたから、いかなる危険も彼女をたじろがせることはなかった。ラマダーンで疲れ果てた監視人たちが日没に向かって鼾《いびき》をかいているあいだに、メンカウラー王のピラミッドによじ登った。乗馬を習い、夜間に砂漠に出かけて、そこで危うく誘拐されそうにもなった。これと同類の気安さでシュノーケリングやダイビングにも行った。カイロは彼女にとって救いだった。

　サリーがエジプトに行ったのは二〇歳のときで、現在のエンマよりも二歳若く、アリスよりも六歳若かった。カイロの空港で彼女はブルーのジャケットを着ていた。普通ならば、そういったことは夢のなかか休暇中にしか思いつかなかったけれど、休暇がすっかり白紙状態に戻されたいまになってようやく思いついたのだった。そこではあらゆることがあらわれた。すると、物がふたたび重要になった、ほぼ一年間そのチャンスを待っていた物たち、ひっそりと、忍耐強く、いまのように。サリーはほんのつかの間良い気分だった。人生が彼女にプレゼントしてくれたすてきな事どもに驚嘆した。空き巣事件がなかったら、いま休暇を享受し始めているはずだった。

　サリーは打ちのめされた気分でコーヒーを飲み干し、アルフレートのために買ったミネラルウォーターを持って搭乗口に戻った。

　搭乗口に、車椅子に乗った二人の老人が連れてこられた。ほかの乗客に先駆けて搭乗させるためだ。アルフレートは手荷物を手に持って、搭乗口に殺到する人混みのなかに立っている。ほかの旅行者が発するむっとする体臭を吸い込んで、あえぎながら。

　サリーはアルフレートのところへ行く。コーヒーのゲップが出てくる。朝食の何かほかの物も混じっている。スクランブル・エッグの匂いだ。

「着いたら、もう暗くなっているわね」と彼女はたしかめるように言った。彼女は咳払いをする。そのとき同時に、投げやりな女性の声で搭乗を開始する座席番号が告げられたので、アルフレートは激怒する。

「ちゃんと聞き取れなかったじゃないか！」と彼は声を荒らげた。「きみは特別な才能を持っているよ。アナウンスがあるときにかぎって話しかけてくるんだから」

アルフレートはカウンターに行って、問い合わせる。

「一番から一六番までだ」とがっかりして言う。

「糠喜《ぬかよろこ》びだったわね」とサリーは言った。「それじゃやまた腰を下ろせるわ」

旅程を早めるいかなる可能性もないので、サリーは新聞を脇に取りのけて、空いた湾曲座面にどしんと腰を下ろした。大腿をぴたっと組み合わせ、上体を両脚の上にかがめて、サリーは自分のシューズをじっと見つめている。アルフレートの落ち着きのなさには、信じられないほどひとを疲労させる何かがある、とサリーは思う。彼の焦燥が生み出すストレスは時間の節約にもならなかったし、それによって人間関係を改善することもなかった。空虚なせわしなさは、サリーが望んでいない心配事を吹き払ってくれさえしない。アルフレートの気ぜわしい行動に刺激されたかのように、ふいに家の映像があらわれた。サリーはそれを打ち払おうとするけれど、それらの映像は伸縮するゴムの糸に結びつけられているかのように跳ね返ってきて、新たな映像を運んでくる。子どもの遊びのように、空想が空想を呼び起こす。コーヒーを飲んでいたときに感じられた休暇気分を呼び戻そうとする試みもまた失敗した。時間を気にする必要がないと感じて初めて休暇に入れるのだということをまたもやサリーは思い知らされる。休暇はいつでも、自分にはその日一日よりももっと長い忍耐力が備わっていると感じて初めて始まるもの。

「押し込み泥棒どもが略奪物の分け前のことで争って、おたがいの頭をたたき割っていればいいんだが」とアルフレートは言った。

彼はふたたびサリーの隣に座って、いまいましいことに自分たちよりも先に搭乗手続きを済ませる乗客たちを観察している。世界は信じられないほど情け容赦ない。力の及ぶかぎり多くの略奪物をシーツにくるんで持ち去る泥棒の幻影がアルフレートを捉えて放さない。

搭乗券は改札機のなかでガシャガシャと鳴った。正面のガラス張りの外をナンバープレートのついていない車両が通り過ぎてゆく。それからやっと後部座席の搭乗が開始された。サリーはパスポートとチケットを用意していて、すぐにまた誰かの後ろに歩み寄ると、その男はサリーを事務的な気遣いを見せて注視する、何かが引っかからないように。今度は白いブラウスに紺色の制服を着た女性だ。さて、サリー、サリー・フィンクはどんなふう？　黒いズボンと黒のTシャツの上に薄緑色のジャケットを身に着けた中年女性。彼女は心理学と原子爆弾の時代に生まれて、子ども時代の家庭環境と生活環境からはまともな秩序観念を得られるはずもなかった——振り返ってみれば、それはひょっとしたら幸運だったかもしれない。というのも、現在の無秩序を耐えることは彼女には容易だったから。彼女の夫にとってよりも容易だった。アルフレートは彼女の目の前で、凝って硬くなった背中をほぐすために伸びをしている。彼お気に入りの洗いざらしのズボン、それは休暇中だけに着用するものだった。左右の腋の下に大きな汗の半月を見せてボーディング・ブリッジを下ってゆく。彼が歩を運ぶと、ほかの乗客よりも二倍も大きな音を立てる。彼はひどく不幸だった。

「新聞はどう？」とサリーは機内に入りしなに尋ねた。

「何に関心を持てるかわからないよ」とアルフレートは気難しげに言う。

「たとえば、イングリッド・ベタンクール解放のニュース〔コロンビアの大統領候補であった二〇〇二年に反政府ゲリラに誘拐されたが、二〇〇八年七月二日にコロンビア国軍によって解放された〕」

「そんなの糞食らえだ」と彼は答える。「ぼくの関心を得ようとするなら、解放をもう二〜三日遅らせるべきだったね」

ふたりは座席に着いた。機内の空気は乾燥して冷たい。それなのに、人工皮革のシートは手で触れるとべとつく感じがした。サリーは窓際の席だった。窓の外を色とりどりのタンクローリーが走ってゆくのが見える。巨大なエアバスが隣のゲートに留まっていて、陽光のなかでタービンの排ガスが粘着的な石鹸の泡のようにゆらめいて出てくる。機内前方の通路に立っている一人の乗客が携帯電話の電源を切る。サリーは自分の携帯をポケットから取り出す。七時半を少し回ったところ。彼女は時計を一時間進める。この操作によって帰宅の瞬間が近くなるような気がする。三時間後にはもうウィーンだ、デュッセルドルフで乗り換えて。サリーはナジャにショートメッセージを送る。「到着は一一時半、タクシーで帰宅」。それから電源を切る。ほどなく飛行機は動き出す。いったん後退してから、決められた走路を滑走路に向かって動き出す。

サリーは窓の外の入り乱れた黄色のマーキングを見ている。飛行機はしばらく停止した後に、突然激しく振動し、急加速を開始する。家のエスプレッソマシンの音に似た騒音をともなって。奇妙な考えだ。しかし、別の連想ほど奇妙ではない。アルフレートの損傷した脳は彼に、彼の両親の家にいっしょに住んでいた伯母のことを思い出させる。アルフレートがモペットで走り去ると、その伯母はきまって窓からアルフレートに聖水を振りかけた、世間でひどい目に遭わないようにと。

エスプレッソマシンがまだあればいいんだけど、とサリーは考えた。

機体の振動が増して、飛行機はばらばらに解体される寸前なのではないかと思われたとき、突然、驚くべきことに、大気は小さな翼を浮上させられることがあきらかになる。飛行機はいくつかのおもちゃのような家々を越えて大空へと舞い上がる、低い太陽に向かって。針路を変えるとき、飛行機は雲の群れを横切る。するとまた急に光のなかに出て、その上の航路を一日の終わりに向かって飛び続ける。

「わたしたち、よくよくついてないわね」とサリーは言った。

「ぼくはいつも心配していたんだ」とアルフレートは答えた。

「心配はしていたわ、わたしだって」と彼女は言った。「でも、たぶん誰でも心配はするでしょ」

「だからぼくは、なぜ家に留まらなかったのかと自問しているのさ」と彼は言った。「どうしてあれほど多くの物を買い込むのだろう、家にいられないというのに？」

「物がすべてではないからよ」と彼女は言う。

「だから、なぜ？」と彼は絶望的に尋ねる。

だが、会話は立ち消えになった。

乾燥した機内では血栓症の危険が高まるので、アルフレートはふくらはぎの筋肉を動かし始める。血液を静脈瘤からより良く流出させるために、医師の勧めに従ってリズミカルに緊張と弛緩を交替させる。サリーは彼の様子をしばらく見ていた。問題ないかと尋ねると、アルフレートは問題ないと言う。それで、サリーは視線を逸らして、窓の外を眺めた。

下には、目の届くかぎり、彼らふたりがこの数日間歩き回った大地が広がっている。三万フィートの高さからの眺めは実感からは遠い。小区画に分割された土地には多くの石の壁があって、ハイキングの際にはきれいだったが、上空から眺めると、カーニバルで道化が着用するようなところどころはげた毛皮に似て見えた。下界の生活はノミのようで、目には見えない。

そして半時間後、光が少し赤みを帯びてきたとき、サリーは人生で初めて洋上の風力発電施設を目にした。風車は幾何学的秩序を保って青い海のなかに立っている。小さな白い十字形はとても数え切れないほどたくさんあって、無名兵士の墓にまったく似ていなくもない。それらはサリーの気持ちを落ち着かせてくれた。風車はサリーが失ったものなど気にかけはしない。

溜息をついてサリーは背もたれにもたれた。彼女は目を閉じる。いっとき彼女は、コーヒー豆を碾《ひ》くようなタービンの騒音のなかで庇護されていると感じる。そしてアルフレートもいまやいくらか落ち着いていているようだった。彼は、サリーが持ってきた水を三分の二まで飲み干して、それから残りをサリーに手渡した。

双方が相手を気遣う美しい瞬間。サリーは、悪い知らせによって呼び起こされた敵意がいまやふたたび鎮まったことを感じた。ふたりの肘が触れあった。

第3章

すべての明かりが灯っている家が一軒だけあった。単調な、白いモルタルの塗られたレンガ壁の家々のひとつ。それらの家には、バランス感覚のある子どもならば誰もがイラストの右隅に窓を描くはずのところにまさしく窓があった。タクシー運転手が荷物を降ろすあいだ、サリーは通りを眺めていた。夜は穏やかで、ハンガリーから運ばれてくる暖かい大気の流れがあたりを満たしている。隣人の家々は遠くまでずっと真っ暗だった。ただ、街灯の明かりが届く範囲だけが弱く照らし出されている。家また家、人体また人体、そのなかにいればしあわせでいられる堅固な建物が続いている。そして、住人は自分のベッドで眠っている、疲れて、変哲もなく、自らの所有物に取り巻かれて。

このうわべの平和に、すべての照明が灯された家屋番号一七の家だけが唯一抵抗していた。そこにはいくらか非現実的なところがあり得たはずだが、サリーはそうは感じなかった。ただ、彼女を意気消沈させたのは家々が並んでいることだった。そのためにこの偶然がどこか不当なものに思われた。なんと悲しいことか、この地域をともに豊かにするために助け合っているすべての隣人たちの身がわりになって不快なことに甘んじなければならないとは。なぜわたしたちが？　なぜよりによってわたしたちの身に降りかかるのか？　いったいどうして？

アルフレートはサリーの視線を追った。彼は、サリーの考えを読めるとでも言うかのように頭を振った。それから、自分のスーツケースを庭の扉へと転がした。

「さあ、もういいだろ」と彼は言った。「そういったことは後回しにするより早く片づける方がいいんだ」

「もう少しここにいさせてちょうだい」

ふたりはその家を良い時期に購入していた。当時ウィーンはヨーロッパの片隅に位置していた。鉄のカーテンはピレネー山脈やウラル山地のように地理学に属していると考えていたのは、アルフレートとサリーだけではなかった。数年後、ウィーンは突如大陸の中心になっていた。都市にやって来た息吹とともに不動産市場も活況を呈した。ダイナミズムは、オーストリアの欧州連合加盟と欧州連合の東方拡大によって加速された。さらに、ウィーンに投資の可能性と第二の居住地を探し回るロシアの寡頭資本家《オリガルヒ》の資金が流れ込んだ。もしアルフレートとサリーが若くて、自分たちの家をいま買わなければならないとしたら、彼らがそれを実現できるかどうか、疑わしいだろう。

一九八五年にふたりは将来を見通せる状況にあった。サリーは新聞の広告にボールペンであまりにも熱狂的に印をつけたために、新聞紙を引き裂いてしまった。その物件はまぎれもなく彼らがまさに探していたものだった。都心から離れた郊外路線沿いの庭つきの物件で、大きすぎず、小さすぎず、価格もそれほど高くなかった。アルフレートはシバの指輪のコレクションと残りのシナイ服を売っていたので、ふたりにはいくらか金があった。サリーは下見の日取りを決めた。最初に足を踏み入れるとすぐに、その家は島のような雰囲気を発散していて、サリーは、ここからけっしてふたたび出て行くことはないだろうという気がした。どうしてそう感じたのかは、自分でも説明できなかった、今日でもいまだに。というのは、もともとその家はとりたてて見栄えが良いとは言えなかったからだ。ふたりがまだ道路脇に立っていたとき、サリーはもう、ひょっとして植え込みがあれば、正面の外観を穏やかにする効果があるかもしれない、と言っていた。

家主は感じの良い老婦人だった。子どもにはまったく目がなく、当時三歳のアリスにたえず手を伸ばしては、抱きかかえようとした。家のなかを一巡していたとき、その婦人はふいに泣き始めた。サリーは彼女がひどく気の毒に思えた。彼女はきっと老人ホームに行くことになっているのだ、とサリーは思った。

数日後、サリーとアルフレートが家の購入を最終的に決めるためにふたたびやって来ると、かつてこの家には家主の娘が住んでいて、自殺をしたことを知らされた。サリーにはショックだったが、彼女がもっと驚いたのは、はからずもアルフレートが、平和に見えるものはすべて不穏な過去を持っているものだ、と言ったことだった。彼ら（その場に居合わせたものたち）はその言葉をそのままにしておいた。じじつ、その家は死を受け入れていないように見えたし、そう見えるには家はいくらか新しすぎた。そして、家主の娘はじじつこの家に彼女の刻印を記すことができなかったように思われた。幽霊が出るという考えを抱かせるようなものは何ひとつなかった。

ふたりは仮の売買契約書にサインをし、アルフレートはエアマットに空気を入れ、それからわが家での最初の夜を過ごした。電気は通じていたが、蠟燭《ろうそく》を灯した。ふたりはシャンパンで入居を祝った。アルフレートが困惑したのは、サリーがほんとうに何もない空っぽの部屋で、裸になって踊ったことだった。彼女はそれほどしあわせだった。彼女の腹部はすでにふたたび大きくなっていた。

実際に入居した日のことをサリーは少し具体的な細部とともに覚えている。晴れた日だった。サリーはエンマを身ごもっていて、重いものを運ぶことはできない時期になっていた。アルフレートの弟ヤーコプが黄色いフォルクスワーゲンバスに荷物を積んで、三回か四回往復した。ヤーコプは家のなかで彼らを手伝ってくれた。しかしそれはもっと後のことで、冬だったかもしれない。サリーがとても良く覚えているのは、多くの未使用の場所が初め彼女を驚かせたことと、家はそれから日ごとに小さく見えるようになったこと、そして年々小さくなるように思われたことだ。歳月と彼らの生活様式による堆積物によって、家はだんだんと内側に向かって塞《ふさ》がれていった。

アルフレートは良心の咎《とが》めなしには物を捨てられない人間だったし、サリーも同様だった。そして子どもたちもそれを受け継いだか、あるいは類似の習性を発展させた――衣服、玩具、記章、バッジ、鉛筆、雑誌、本、さらには絵や写真に関しても。アルフレートとサリーが休暇に出かけた時点では、その哀れな、汚い、小さな家はすっかり住み古されて、ほかの人たちならガラクタと判断するであろう物で埋め尽くされていた。家の中は、地下室から屋根裏にいたるまで、新たに追加される物は何であれ、小さなノート一冊さえも、すでにそこにある物をどこかに移動させなければ置き場所がないほどになっていた。

賊の侵入によって部分的には余地ができていたが、損害は何立方メートルに及ぶほどではなかった。わけても、押し込み犯たちは、コンパクトに、苦心して管理されていた秩序を根こそぎ覆してしまっていた。しかもそれはじつに徹底していたので、できあがった無秩序のなかではすべてがガラクタのように見えたから、それらの量の多さが笑い物にされているように感じられた。なんて素晴らしい物たち！　それらは床の上で、なんと退屈で、醜く、投げ捨てられるべきものと見えることか！　サリーは目の前の惨状に備えるためにすでに鎮静剤を一錠飲んでいたけれど、二錠飲むべきだった。それほど彼女はこの場の悲しみに衝撃を受けていた。そこではひとつひとつの物が押し込み犯の発する声のエコーを響かせていた。それは取っておけ、それは無価値だ！　サリーは居間でしばらく無残なカオスの状況を見極めようとしていたが、やがてこう言った。

「彼らはどうやら家のなかを荒らしたのではなくて、戸棚だけを荒らしたのね」

すべてがめちゃくちゃになっていた。エーリクとナジャがすでに少し片づけてくれていたことが信じられなかった。ナジャ、長い腕と正確な身のこなしの持ち主で、ほっそりした身体つきの、辛抱強い女性。彼女の主張するところによれば、アルフレートとサリーは災難のもっとも悪魔的な悪辣さからすでに少し緩和されたヴァージョンを目にしていることになる。それでもいまなお手の施しようのない混乱が支配していた。それぞれの部屋からは、歓迎されざる訪問者たちが訪れる前には、どんな様子であったかを想像することはできなかった。ひっくり返された家具類、カーペットの砂漠の装飾のなかに入り込んだ卵と卵の殻。壁には、アルフレートがブルゲンラント〔ハンガリーと国境を接するオーストリア東部の州〕から取り寄せたサクランボのシロップがへばりついている。キッチンのグラスを見ると、闖入者《ちんにゅうしゃ》たちはまずシロップの味見をし、その後でできるだけ多くの損害を引き起こそうと決心したことがうかがえた。赤い筋が一階のすべての部屋の白い壁の上に涙のように垂れ下がっている。ただし、遊戯室だけはそうではなかった。そこには空のボトルがエンマの破壊されたチェロの隣に横たわっていた。

アルフレートはチェロを高く掲げた。それは楽器としては使い物にならないのはあきらかで、せいぜいのところ、焚きつけとしての短い命が望めるにすぎない。背面は踏みつぶされており、前面は、右のf字孔の脇に握り拳大の部分が欠けている。木の破損箇所は明るいぎざぎざ状になってぽっかり口を開けている。まだある程度張られている弦は、手で触れると哀れな音を立てた、果てしない絶望から身をふりほどくかのように。

「もうどうしようもないわね」とナジャは言った。

「うん、完全に壊れている」

アルフレートはふたたびチェロを床に落とした。その際に生じた物音は、ふたりの言の適切な批評だった。アルフレートはいったん言葉を切って、彼が感じたことの言い回しを探した。「さながら畜殺場を見るような気がする」と彼はついに言った。「血の滴る肉のようだ」

この比喩はまったく当を得ている、とサリーは思った。彼女の顔にぴくっと嫌悪の痙攣が走った。どこに目を向けようと、いたるところ不法行為の、さらに悪いのは、愚かさと生活に対する完璧な憎悪の結果だった。

アルフレートが先を続けたとき、彼の声は震えていた。

「なぜこんなことをする人間がいるのか、ぼくには謎だ。なぜ彼らは強盗に入って物を盗むことで満足できないのか？　何のためなんだ、このいじましい卑劣なやり方は？」

サリーは両腕をアルフレートの肩においた。ついに、彼女は彼をわが身に引き寄せる。彼女は眺めている――まったくなんてこと――何を言えっていうの――言えるわけがない――彼女は唇をかみしめる。ナジャが自分を観察しているのがわかる。ナジャは黙って、状況を看取し、的確な判断を下そうと心を砕いている。

「元気を出せ、太っちょ」とサリーは言った。「この連中は、わたしたちのようには考えないのよ。彼らは入ってきて、あたりを見回し、好き勝手に振る舞い、ふたたび出て行く。彼らには、わたしたちが繊細な心情を有しているかどうかなんてどうでもいいの」

「それは常識に反しているよ！」アルフレートは腹を立てる。「それは……理性に反している！」

理性に反しているだって？　教師としてのサリーは、最大の危険はいつでも軽率な言動にあることを知っていた。

「彼らに聞いてみればいいわ」とサリーは言った。「彼らはもしかしたら、邪悪な意図はなくてそうなったのだ、と答えるかもしれないわ」

「ぼくなら明確な意図を持って彼らにとどめを刺すだろうよ。いちばんいいのはスコップだ、弾丸を節約できる」

短い沈黙が生まれた。そのあいだ、みな首を左右に振り、口元をゆがめていた。やがてエーリクが口を開いた。

「アルフレートの身中ではまさに集団的な復讐心が渦巻いている」

ふたたび間が空いた。その場の空気は押し込み犯たちの邪悪な声を発散するように思われた。新聞の写真の下に添えられるような簡潔なコメント。

俺たちはビールを二〜三本飲んでいて、気分が悪かった。

気分が悪かった、だって？　おまえたちには、ひざまずいて、首を洗って待つように提案するよ。

この家に装塡されている正体不明の物がその場の全員を、とりわけアルフレートを不安にした。彼は、何かが近くにいるような気がして、自分の傍をさっと通り過ぎる黒い何ものかを見るために首を回さなければならないと感じた。この感覚は非常に強かったので、彼は不安になり、努力してなんとか息を吸い込まねばならなかった。まったく唐突に、彼は部屋の一角に向けて罵《ののし》りの言葉を投げつけた。まるでそこに誰かが隠れてでもいるかのように。

「まったく狂気の沙汰だ」と彼は言った。「もうこれ以上は耐えられん」

ナジャもアルフレートのために苦痛をやわらげる手立てはないものかと苦心していた。何か有効なものを見つけることは彼女には難しかったし、月並みな気休め以上のものを見つけることもできなかった。ともあれそれでも、ナジャがラベンダーの小袋の方に身をかがめてアルフレートを見上げたとき、彼女のブラウスの胸元が余分に開いた。アルフレートは思春期の少年のようにそこにすばやく視線を走らせた。ナジャはぼくに意図的にちょっとしたプレゼントをくれたのかもしれない、ふだんはセックスには無関心なこの女が。

一同はアルフレートの書斎に入った。そこの雰囲気はほかの部屋よりましとは言えなかった。ひっくり返された机、引き抜かれた引き出し。三頭の太鼓腹の馬を描いた木炭画はただ一本の釘でかろうじて壁にかかっているが、そこにもシロップの粘液が少し色を残していて、ほかの絵にも小さな汚れが認められる。人生における多くの汚点のなかの汚点。書棚は大部分が露出しているが、アルフレートがエジプトからひそかに持ち出した小さな、青い釉薬の塗られた猫は、その場の全員が驚いたことに、ほとんど変わることなくそこにあった。ボウリングのボールによってわずかに動かされたピンのようにほんの少し元の位置からずれて。

サリーは猫の頭が、以前のように、書斎机の方を向くようにした。その猫は、主人がほとんど毎朝そこで日記を書くのを見張っていたのだ。

「この猫は家中で断然いちばん値打ちのあるものよ」とサリーは言った。「思うに、泥棒たちはチェストのなかに見つけた物に気持ちが動揺したのね」

重厚なチェスト、ふだんは南京錠で施錠されているアラビアの家具はこじ開けられて、そのなかにあったアルフレートの日記帳とレコードが床に散乱していた。それらは持ち主以外には誰にとっても何の意味もないものであることは疑いようがなかった。それにもかかわらず、アルフレートは飛行機のなかでも日記帳とレコードをより安全に保管できる金庫のことを話題にしていた。

アルフレートは床にひざまずいて、不幸にも折り曲げられた日記のページを伸ばした。彼は落ちていたワインのエチケットと映画館のチケットを拾い集めた。どうやら闖入者たちは秘密の空間を探してすべての本を開け、ページのあいだに紙幣が隠されていないか探ったものと見える。アルフレートは日記帳を整頓し、ほぼ同じ大きさの三つに分けて、膝の高さに積み重ねた。その間にナジャは、午後に警察が来て、現場を入口から奥へと順を追って検分したことを報告し、エーリクは、重要と思われる細部をつけ加えた。つまり、闖入者たちがシロップを飲むのに使ったグラス類は記録されたこと、だがそれらは証拠物件とは見做されなかったこと、等々。

一同は巡回を続けた、部屋から部屋へ。二三年前の初めての物件見学のときのように、全体を概観しようとした。これらの部屋でアルフレートとサリーは愛し合い、ここでいろいろな小さな破局が生じ、誕生日のセレナードが歌われた、低い声と高い声で。三人の子たちは成長して、子ども用の靴は履けなくなった。それぞれの部屋は無秩序に陥ると、また片づけられた、新たな無秩序が可能になるように。しかし今回は、無秩序はあまりにも度が過ぎていたから、どれほど片づけようとも、この荒廃を元どおりにすることはとうてい不可能に思われた。

「この大混乱を詫びたい気持ちに駆られるわ、掛け値なしに」とサリーは言った。

最悪だったのは、アルフレートが子どもたちといっしょにオーゲージの鉄道模型を作ったときだった。それに見合う大きさの車輌、いたるところに針金、はんだごて、開いたるつぼ、飛び散る火花、カーペットのなかの汚れ。それらをサリーは思い出す。鉄道路線は居間からテラスに出るドアの脇から始まって、居間の長い側面沿いに南に延びていたが、そこで大きな三枚扇の窓を遮っていたから、窓はもはや開けることも掃除することもできなかった。それから線路は部屋の短い側面へ向かって優美な曲線を描いたが、書棚に行き当たった。書棚の終わりの部分の壁を打ち抜いて食堂にいたるトンネルを掘らなければ、そのかなりの部分が使えなくなる。そこでアルフレートは左官職人を呼んだ。初めその職人は、当然のことながら、アルフレートは頭が少しおかしいのではないかと思った。しかし、作業が進むにつれて、彼はこの仕事が気に入って、後にはついに彼の職業上のキャリアで初めてのトンネル掘削を誇るまでになった。線路はトンネルを抜けて食堂に入った。食堂では壁と窓全体に沿って、居間におけるのと同様の状況が生じた。アルフレートと子どもたちはキッチンに通ずるさらなるトンネルを掘ろうかと思案した。作りつけの戸棚のなかに入って行くトンネルがあれば、鉄道で完璧なサービスを提供できるはずだ。しかし、もう長いこと我慢に我慢を重ねて寛大な妻と母を演じていたサリーは、彼女のものとは思えない言葉で、拒否権を発動した。サリーにとって大きな価値を有するものすべてを嘲笑するフレーズ。

「キッチンはわたしの城よ！」

遅くともそのころ、サリーは住まうことは情緒的なものであること、そして自分の感情については、イデオロギーに比して左寄りの度合いがはるかに低いことを理解していた。そのときから彼女は、感情は保守的で、世界を変えないことを知ったのだった。

そしていま、サリーは言った。

「腹立たしいのは、わたしが休暇の前に部屋の整理をしたことね。どこかの部屋に猫の死骸でも投げ込んでおけば良かった」

そう言うと、サリーは廊下に出た。廊下は、狭すぎるために、ずっと以前からやや暗い印象を与えていた。踊り場までやって来ると、これまで同様に塵取《ちりとり》と手箒《てぼうき》があった。サリーはその上を飛び越して、二階に進んだ。二階からは重い香りが階段を流れ下ってくる。驚かせると同時によく知っている香り、サリーはそれが何なのかわからない。バスルームに入ると、その原因がわかった。パッションフラワーオイルの入った二〇年前の香水瓶が床の上で砕けている。残念！　サリーは寝室に向かった。ナジャはあらかじめサリーに、キッチンの片づけを始めたこと、女性としてまずキッチンの戸棚を開けることは問題ないだろうと自分に言い聞かせたことを告げていた。でも、寝室には手を触れていない、お手上げよ！

じじつ、寝室では一歩を踏み出すことも、全体を見渡すこともほとんど不可能だった——損害のためではなく、戦慄のために。ここには恐怖の核心部があった。この荒れ狂う騒乱のなかで何か堅固なものにすがりたい欲求が生じた。だが、堅固なものはもはやないように思われた。親密なものももう何もなかった。

サリーは衣服の山のなかをかき分けて進む、服から服へ。すると、驚愕はますます微妙な感情に枝分かれした。彼女の脈拍がふたたび平常に戻るまでに、確実に五分を要した。そして、サリーがこの破局《カタストロフ》となんとか折り合いをつけたと思う間もなく、大なり小なりの新たな何かが姿をあらわした。そして、すべての傷がまた口を開けた、すべてがいちどきに。

サリーがアルフレートから去年のクリスマスにプレゼントされた革のバッグは家財目録から消された。同じくアルフレートのカフスボタン（エンマから）、サリーのイヤリング（子どもたちから）、アルフレートの父親の時計とサリーが二〇歳のときに彼女の母親からプレゼントされた時計も——リーザがロンドンで家政婦として働いて得たわずかな金を苦労して蓄えて買ってくれたものだった。奇妙なことに、葉書が一枚だけなくなっていた。それはアルフレートが一九八一年にアルゼンチンからサリーに送ったもので、その価値はゼロか数セントにすぎない。それがなくなっているのはなおのこと意味不明だったし、なおいっそうひどかったのは心理的な損傷だった。

アルフレートは指先をズボンの前ポケットに突っ込み、肩をそびやかして言った。

「ぼくが思うに、ガス爆発だったら、もっとましな対応ができるだろうに。むろん、人的被害はないものとして」

「それはないでしょ」とサリーは反論した。彼女はベッドを空けて、クッションを振って、整えていた。「ガス爆発だったら、すべてがなくなっているわ。現状なら、残された物でなんとか切り抜けられる」

アルフレートは自説に固執する。

「この盲目的で愚かな破壊衝動はぼくの神経をずたずたにしたんだよ」

「ガス爆発のどこがより少ない盲目と愚かさになるのか、説明してもらいたいわ」とサリーはやり返す。

彼女の声からは苛立ちが聞き取れた。サリーはそれを遺憾に思い、廊下に出た、押しよせる寄る辺なさに耐えようと。彼女の背後から、エーリクもアルフレートをドアへと追い立てた。

「もういいだろう」とエーリクは言った。「明日になってもすべてはこのまま残っているだろうから」

「そうだろうな」とアルフレートはうめくように言った。

アルフレートは寝室で二言三言ひどい言葉を発していた。彼はふたたび殺人欲動に満たされているように見える。刺し殺すべき何者かを探し求める妄想患者のようだった。

サリーにも尋常でない怒りがもろに作用していた。なんとか我慢しようと抵抗していたにもかかわらず、目に涙が溢れてきた。それに気づいたナジャは、戸惑いつつも荒っぽくサリーを抱きしめた。サリーは、ふだんはいつもひどく冷静で感情をあらわにしないナジャの思いやりにびっくりした。サリーは頭をナジャの首に預けた。すると、そこに一本の筋が動くのが感じられた。一瞬のあいだ、泣きたいのか泣きたくないのかがサリーの自由に任された。彼女は泣くまいと決めた。

サリーはいきなりナジャの抱擁から身をもぎ離すと、二秒間天井を見ていた、涙が顔の後方に流れるように。それから彼女は言った。

「もともとわたしは気楽な生活を望むタイプなのに」

「ぼくもそうだよ」とエーリクは言った。

サリーは子ども部屋を一瞥すると、すぐに屋根裏の彼女の部屋へ、カーブした急勾配の階段を登って行く。この階段で闖入者たちはどうやら疲労困憊して、破壊作業をさらに続ける力は残っていなかったものと見える。帰宅して半時間が経って、サリーはここでようやくふたたび人心地がついた。ここで一日中感じていた不安と怒りが過ぎ去るであろうことが実感できた。ここではすでにすべてが落ち着いていて、亀たちは水槽に投げ込まれたビールの空き缶と親しくなっていた。雄は缶の膨らみと砂地のあいだの小さな窪みにいる。傍の水生植物は新しい家具の開口部に向けて触手を伸ばしているように見える。住居侵入の結果は環境にうまく統合されていた。それでも、亀たちが鋭い缶の角で傷つく可能性があったから、サリーは缶を取り出した。

二階に戻ると、エーリクが、気つけにグラスを合わせるときだ、と言ってサリーを迎えた。彼はひき続き両方の前腕をドアの枠に当てて、寝室のドアの前に立っていた。彼は灰色の目でサリーの方を見る、きっぱりとした自然な眼差しで。彼はドアを突いて押しやると、踊り場に向かって歩き出した。そこで、ほかの者たちが彼の後についてくるのを確認するために振り向く。

「さあ後に続いて！」と彼は言った。

エーリク・アウリヒは大学で化学を専攻したのち、国連に職場を得た。しかし、彼の専門では種々の決定に関与できる見込みはなかったので、彼の上司が彼よりも優れていた分野をさらに専攻した。法学である。それ以来、彼の仕事の足跡はナジャにとっても失われた。彼女は、エーリクは仕事上の機密を口外しないことでは信頼できる人間だと確言していたが、彼女が知っているのは、彼が内務省で働いていること、輸出検査部門で、ハイテク・ハードウェアがならず者たちの手に渡らないようにするのを担当していることだけだという。彼の部署にはごくわずかなポストしかない。エーリクは大臣あるいはそれに相当する大物に直属しており、彼の仕事には幅広い自主性が与えられている。そのために、出勤と退出は自由で、旅行、遠出、昼食なども自由になるのだ、と。

エーリクはあきらかに、自分の仕事について語らないことが喜びをもたらす珍しいタイプだった。その一方で、ほかの仕事をしたいとは思わないと断言していた。彼はハンサムで、角張った顔つきに短く刈った髪、その低い声は彼が醸し出す堅実さにふさわしかったし、性格は誠実で単純だった。彼が立ち去った後で、サリーは、彼とこれまでほとんどかかわりがなかったのもこの事実のせいだ、と思った。だが、彼が近くにいた間、彼女は彼の身体がそこにあることを享受していた。

エーリクはユーモアがあったし、サリーの子どもたちを笑わせようと、彼ほど奮闘努力する人間はいなかった。エンマにはほどなく成功したが、アリスは別の性格だった。エーリク自身の子どもたちも彼を好いていた。エーリクは、彼の持つコミックのコレクションの相続人が必要なので、そのために子どもをつくったのだ、と主張していた。

エーリクは逸話に満ちた家族史を持っていなかったか、またはそれに重きをおいていないようだった。それとも、なんとか物語る価値のあるものすべてを忘れたか、もしくは抑圧していた。家族に関連する質問に対しては、「特別なことは何もない」と彼は答えた。

この点に関しては、ナジャは喜んで話すタイプだった。どことなく不透明な彼女の人生の物語《サガ》において問題になったのは、宗教、セクシュアリティ、罪の意識だった。そこでは紛れもない神話が展開された。祖父母、両親、きょうだいは、サリーの場合と同様に、奇人変人のオンパレードだった。これらのすっかり有頂天になって羽目を外した神々のなかで、ただ一人ナジャだけが人間、分別を備えた唯一の人間だった。

ナジャはすでに学校時代から自身の家族を負担と感じていて、できるだけ早く解放されたかったという。彼女はこの企てに莫大なエネルギーを投入した。この瘦せこけた、模範的な生徒、彼女は上昇への我が道を押し隠しているように見えた。一九歳のとき、彼女はウィーンに出ることに成功した。家族はみな同じ穴の狢《むじな》、彼らを失うことを少しも悲しいとは思わなかった。ウィーン西駅から歩み出たとき、彼女には通りや家々が歌っているのが聞こえるように思われた。仕事に関しては、この歌を模倣する以外のことはすまい、と彼女は思った。

ナジャはその模倣を賞賛された。彼女自身、自分がやり遂げたことに驚くと言っていた。批評家は彼女を個性的で、正確で、声にセンチメンタルなところのない歌い手と評した。彼女は信頼のおけるテクニシャンと見做されて、シェーンベルク向きだと認められた。彼女自身は、シェーンベルクの音楽には音楽的に鍛えられると感じていた。彼女はシェーンベルクに対する苦情を述べ立てたけれど、それはせいぜいのところ、シェーンベルクは耳鼻咽喉科の専門家ではないことを喜ぶべきだ、さもなければ彼は、あのような作品を幾つか書く勇気を持てなかっただろう、という冗談の形を取っていた。

ナジャが普通の女性でないことを知るにはおよそ五秒で足りた。だが、奥に隠されているものが何であるかを知るには数年を要した。サリーにとってナジャは友人ではあったけれど、彼女が何者であるかをほとんど知らないという感覚を拭い去れなかった。エーリクについては、彼を整理分類することはかなり容易だった。だが、彼の妻ナジャの個性は、徐々に矛盾したかたちで継ぎ合わされた。

サリーが立てた仮説は、ナジャは隠れた神経症患者で、不安定な潜在エネルギーを桁外れに多量に有していて、そのエネルギーは、不思議なことに、前進運動に利用されるというものだった。ほかの人間の場合にはどう作用するのかわからないものが、ナジャの場合には着衣のなかに潜んでいて、推進力として日常生活を展開するのに関与していた。ナジャ自身、自分は純粋な意思の構成物として機能する、自分は日々実際には生じなかった怒りの発作を数えることができる、と言っていた。

サリーはナジャのなかに潜んでいるエネルギーの予感をすでに初めて出会ったときに感じた。それでも、ふたりがいっしょに泳ぎに行ったとき初めて、ナジャは毎日過剰を振り捨てなければならないのだということがサリーにはっきりわかった。ナジャは水に飛び込んで、新ドナウを向こう岸までクロールで泳ぐと、すぐにふたたび戻り、そしてまた向こう岸まで泳いだ。サリーは本を読もうと思っていたのだが、そうはできなくなった。なぜなら、サリーはほぼ四五分間呆然としてこの細身の女性を眺めていたからだ。ナジャは次から次へ、さらにまた次から次へ両腕で水を打ち、波立たせた。水中に没することなく、しかも全力を出し尽くすといった印象を呼び起こすことなく。

ナジャがこの生き方で成功を収めたことが彼女を興味深い人間にした。成功がなければ、きっと彼女は持ちこたえられなかっただろう。サリーはそう思った。そして、それほどの個性の重みを維持するためには忍耐が必要であり、さらにこれをエーリクは二〇年来屈することなくやり遂げたのだから、彼もまた無邪気な人間であるはずがなかった。どうやらナジャを生命の根源のところで支えて、彼女にじゅうぶんな安定化作用を及ぼすことに成功したようだった。その結果、類まれな悪評を得ていた彼女もエーリクとの共同生活が可能になった。エーリクと並ぶと、ナジャは若く、落ち着いて、女性らしく見えた。エーリクは、ふつうこのような女性といっしょにいる道化役とはまったく異なっていた。彼が道化役《カスパー》であるとは誰もまったく考えなかった。それほど彼は平然としていて、ノーマルで、それでいて自分の意思と彼女の意思とを調整することができた、ただ無意味に譲歩することなく。

これらのまったく単純とは言えない状況にもかかわらず、エーリクとナジャは、サリーの周辺では、信頼し合ってたがいに自己主張することができる、幸福な数少ない夫婦の一例だった。

自身のパートナーを自由に選ぶ可能性は、歴史的に見るとまだ日が浅い。またその自由はひどく無頓着に利用された。サリーとアルフレートが結婚を考えたとき、実験は試行段階にあったから、そこではまだディレッタンティズムの感覚さえ欠けていた。パートナー選びは、自由の精神において為されねばならない何かと見做されていた、芸術のように、自然発生的で、衝動的な何か。用意周到なパートナー選びは、進歩的精神をいくらかでも有している者なら誰でも恥ずべきことと考えたであろう。というのも、計算尽《けいさんずく》で為されることはすべて俗物の世界に、つまり過去の世界に属していたからだ。

アウリヒ夫婦はフィンクたちよりも少し若く、一九六〇年と一九六二年の生まれだった。一見すると大きな違いはなかったけれど、それでもちょっとした違いが目についた。サリーとアルフレートとは対照的に、アウリヒ夫婦はたがいに熟慮したうえで相手を選んでいた。彼らは当初から、結婚とは二人の人間が相互に身の安全を確保し合うためのものであり、また二人があるがままの自分であることを他者に対して自己正当化しなければならない負担を相互に引き受けるためのものであることに同意していた、と言っていた。あるとき、ナジャは彼女特有の素っ気なさでこう言ったことがあった。

「愛とは、わたしにとって、ただただ待ち望むことを意味する」

同一の現実主義《プラグマティズム》によって、アウリヒ夫婦は市民的になった。子ども時代には、彼らは同じようにもの悲しい片田舎の環境で育てられて、後に己《おのれ》の才能だけを頼りにそこを立ち去ったのだった。後に残してきた環境から彼らは、ある種の行動規範に適合することは、それだけで少なからぬ成果であるという感知能力を携えてきていた。市民的な生活文化は彼らにとって苦労して戦い取った財を意味したし、因習をも彼らは障害とは感じずに、独立した生活を援護射撃してくれる外見《ファサード》と感じていた。エーリクはこの生活を快適だと思ったし、ナジャはそこで、藪のなかにいればいちばんうまく身を隠せるというモットーにしたがって、身を守った。それはサリーが子ども時代にしたことと寸分変わりなかった。

アウリヒ夫婦が上昇と感じたものをフィンク夫婦は下降と感じた。サリーとアルフレートは、アウリヒ夫婦に出会うことになった市民的な生活様式に、かなり不本意ながらも収まった、部分的に直接何かをつけ加えることなく、さしあたりは節操を曲げた節もなく。彼らが積極的にかかわったわけではない事件の連続に巻き込まれたのはなんという偶然だったことか。発端は、カイロから戻らざるを得なくなったことだった。その後、アリスの妊娠が告げられた。アルフレートは民族学博物館の職場を受け入れた。それから家の購入があり、遅くともエンマの誕生後には、家族生活の現実が別の陶酔に水を浴びせた。襁褓《おしめ》であふれた生活のなかで、最初に生まれた子は、小さな妹が眠っているといつも、赤ん坊は死んでいるのか、と期待を込めて訊いてきたから、サリーはさらに夢をはぐくむことを断念した。子と子に挟まれて、サリーはユートピアを必要としなかった。必要だったのは確固たる構成原理だった、しかも長持ちする構成原理。青春のロマンティックなプラス面は崩壊して、小さな家族はすばやく社会的な一義性を獲得した、よくあるように。

それにしても、労せずして彼らに与えられた生活様式を、いまや彼らがいかに断固たる態度で擁護しようとしたかは驚くべきことだった。

キッチンは片づけられていた。闖入者が飲むのに用いたグラスは食洗機のなかで逆さに立てられていた。壁のサクランボのシロップだけが、ここで誰かが血に陶酔した何者かによって刺し殺された印象を少し呼び起こしていた。そしてナイフは、事前にテーブルの角で試し切りされていた。シロップの粘液が垂れ下がった一本の筋には、青く鈍く輝くハエが一匹這い回っている。アルフレートはなおしばらくそこに立っていたいと思ったが、グラスを手にしてキッチンの窓に向かって行く。彼は通りすがりにそのハエを追い払おうとするかのように手を動かすが、ハエが身の危険を感じる前に、手をふたたび下ろしてしまう。

賊たちはキッチンの窓を通って家に侵入していた。彼らは、窓枠も窓ガラスも粉々になるまで、長いこと窓の縁を突きノミで破壊していた。みごとに為された犯罪と言いうるものとは正反対だった。幾つかの欠片《かけら》が古いひび割れしたパテのなかに刺さっていた。

悪辣さ加減も半分で済んだのに、とアルフレートは考えた、作業が平和裏に遂行されていたならば。上等な賊ならば、窓枠に穴を開けて、針金の輪を用いて窓の閂《かんぬき》を外したであろう。だが、このざまと言ったら！ それは無能者のなせる業《わざ》だった。

「新鮮な空気に感謝するよ」とアルフレートは苦い声を出した。彼は庭に身を乗り出した。夜は加熱した頭を心地よい涼しさで包んだ。

アルフレートの背後のテーブルには女性たちとエーリクが座っていて、テーブルには火酒《シュナップス》のボトルと花を生けた花瓶とキイチゴの入った鉢があった。キイチゴはフィンク夫婦を待つあいだにエーリクが摘み取ったものだった。サリーはキイチゴが発散する匂いを以前に経験した休暇の幸福と結びつけて考えた。これがあったのは、まだしも慰めだった。

「誰かに出し抜かれないうちに飲もう！」とエーリクは素っ気なく低い声で言った。

グラスがぶつかりあう音が聞こえる。アルフレートとしてはまだ事件を祝う気分ではない。エーリクは、「良い人生は最良の復讐」ということわざを一同に披露して、その場の気分を盛り上げる。こう言うのはスペイン人だろうか、それとも中国人？ おそらく中国人ではあるまい。それから、この途方もない事件を大きなカタストロフというよりはむしろ小さなカタストロフの範疇に入れるべきだ、という声が混じり合う。心配するには及ばない。この判断は実生活で実証済みの範例によって根拠づけられる。だが、アルフレートには、それについてしゃべることで得られる慰めはこの瞬間きわめて疑わしく思われる。彼は溜息を漏らしながら、剃られたうなじの汗を拭った。すきま風で寒気がする。

はるか遠くから、自分も喜んで家宅侵入をするだろうけれど、でも誰もそれに気づかないようにやる、というナジャの声が聞こえてくる。何も壊さないし、盗むつもりもない。ただ家のなかを見て回りたい。人間がどんなふうに暮らしているかは、もともとても興味深いことでしょ？　アパートや家は多くのことを物語ってくれると思うわ。

アルフレートは以前からずっとナジャには不安な気持ちにさせられていた。なぜなのか、それは彼自身にもよくわからない。幾分かは、彼女の開けっぴろげなやり方が彼を怖じ気づかせるためだった。彼女の近くにいれば、翌日にはいつもたくさん書き留めることがあったにもかかわらず、彼女にあまり頻繁に自分の近くにいて欲しいとは思わなかった。ナジャの話は興味深く、ときによると、大胆なことを言ってのけた。

いま高くなったり低くなったりしているのは、まさに彼女の声ではないか？

「もし賊の一人がこの瞬間何をしているかを見ることができるとしたら、彼は反社会的な行為をしているのではなく、おだやかに誰かの隣で眠っているのが見えるかもしれないわ。もしかしたら、彼はたったいま起き上がったところかもしれない。隣の部屋で眠っていた子どもが頭を壁にぶつけて泣いているからよ」

その話し声はアルフレートには半ば感覚を麻痺させる雲を潜り抜けてくるように聞こえる。彼の大きな暗い顔は青ざめている。ほとんど老人だ。狼狽のあまりひどく硬直して、それでも頭の奥深くで傷に分別の包帯を巻こうと努める。おまえなら耐えられるさ！——ぼくがそれに耐えられるって？——肩は痙攣している、気分は最悪、腹立たしく、疲れ果てて、彼は、賊たちの家での日常生活を想像する気持ちにはこれっぽっちもなれない。いくらなんでもやりすぎだろう、と彼は思う。彼は欠伸《あくび》をする。同時に、均質ではない暗闇のなかをさらにぼんやりと見つめる。アルフレートは、自分が疲労困憊していることに気づく。その疲労は、この日蒙った損失が格別手痛いものであることを彼に感じさせた。

彼の背後から聞こえる声はぼやけて判然としなくなる。そして彼の思考も周辺部がほつれて、周辺が中心へと移動する。すると、彼の頭のなかでざわざわと空虚な音がする。

それが盗まれたのか、あるいはまだあるのか、アルフレートにはわからないある物がこの空虚のなかに侵入してきたとき、彼は窓に背を向けて、キッチンを後にした。その途中で、彼は何を探そうとしているのかふたたびわからなくなった。書斎に入ると、少なくとも見える範囲だけでも少しは世界を改善しようと思い、本を元の位置に戻した。その後すぐに、キッチンのテーブルでほかの者たちの輪に加わったが、どうやってそこまで来たのか、アルフレートは思い出せなかった。強いアルコールを飲み、そのあいだ、自分の臍《へそ》を眺める阿呆の顔つきで妻の顔を眺めた。誰かがこの時刻に笑えることをいぶかしく思う。さあっと、絵が何枚か暗くなった彼の記憶の空を舞っている。臆病な鳥たち。

「彼は眠っている最中にとてもよく動くの。彼の気質にはまさに似つかわしくないけど」

そんなことを言っているのはいったい誰だろう？　感じの良い女だ。ああそうだ、サリーだ、子どもたちの母親、ぼくとは正反対の個性、ぼくの人生における素晴らしいものすべてと同じく傷つきやすい部分。

「彼にそんなことが可能だなんて信じられない」とナジャは言う。「たいていの人間は睡眠障害に苦しんでいるのに。彼がそれに悩まされることはなさそうね」

アルフレートがふたたび目を開けると、天井の明かりがまぶしい。彼は自分のまわりの人間を分けようとするが、うまくゆかない。これらの人たちは非常に異なっているにちがいない。きっと誰もが独自の考えを持っている。それにもかかわらず、彼らを区別することは不可能だった。自分の肩の上に手がおかれているのを感じたときようやく、事情が少しはっきりした。その手はナジャの手で、彼女はアルフレートの隣に立っていて、その蠟のように青白い、仮面のような、疲労でむくんだ顔を彼に差し出した。アルフレートは、それをどうしてよいかわからなかった。彼は目を大きく見開いたまま、黙っていた。

ナジャは、家に帰る、疲れた、と言った。彼女の小鼻は欠伸をかみ殺したために、白くなっている。アルフレートは頰に彼女の頰を感じる。そして、サリーの口からも言葉が出てきた。アルフレートが困惑したことに、ナジャは彼には理解できない返答をした。ひょっとして初めの部分を聞き漏らしたのかもしれない。

「バッハのカンタータに『われを祝福せずば、汝《なんじ》を放さず』があるわ」

ぴっちりしたパンツを穿いた小さい尻が遠ざかってゆくのがアルフレートに見える。

誰かが言った。

「そうそう長居はできない」

それからまた静かになった。天井のランプの使い古した電球の無気味な音と外の白樺だけ。

アルフレートはグラスを飲み干した。顎の骨が激しく動き、口はゆがんで、苦い顔になる。彼は手を動かして、もう一杯注いでくれと合図する。それはとてつもなくゆっくりと実行されるように彼には思われる。彼はグラスからさらに飲むことはせずに、両手をグラスのまわりにおく。彼の目はほかの者たちの顔のなかに自分に聞こえた言葉の意味を探っている。まったくわけがわからん。なんと奇妙で、異様な光景だろう！　アルフレートは自身のまわりで生じたことの表層の下へと新たに沈み込む。

エーリクは、一昨年の春に強盗に入られた友人のことを話している。その夫婦は謝肉祭のパーティーに出かけていた。冬で、雪だった。妻は男装し、夫は赤ん坊を装うためにストライプのニット服を着ていたが、それで彼の太鼓腹が強調された。首の周りに大きなおしゃぶりをつけ、目尻に涙の玉をつけていた。夫婦が帰宅すると、家中が地下室の気温になっていた。ベランダのドアが開け放たれていることがわかった。警察が呼ばれて、警官がすぐに現場に急行した。夫と妻はあいかわらず謝肉祭の衣装のままで、夫は首におしゃぶりをつけ、目の隅にはきらきら光る涙があった。警官たちはあたりを見て回った。一人の警官が、家の裏に誰かの足跡を発見したという。大きな足で、靴のサイズは二九センチ。それは男装した妻の足跡だった。彼女はこの晩のために特にその靴を借りていて、警察がやって来る前に家の周りを歩いたのだ、何か見つかるかと思って。

「いかなる非情やショックがあろうとも」とエーリクは言った。「まずは生活が真摯なものであることを証明しなくちゃならない」

「いっそう悪くなる、とアルフレートなら言うでしょうね」

「で、きみは？」と彼は尋ねた。

「わたしは乗り切るわ」とサリーは答える。「日中に見れば、もうそれほどショックを受けないんじゃないかと思うの」

もう過ぎたこと、とサリーは自分に言い聞かせた。なぜいまさらまた心配しなくちゃならないっていうの？　歯科医のところで、口のなかに金属の味がするようなもの。でもドリルはもう片づけられて、暗い診察室の留め具にかけられている。

「覚えているけど、子どもたちがまだ小さかったとき、夜中に片づけるのは嫌だった。わたしは日中に片づける方が好き」とサリーは言った。

彼女は小さい溜息を漏らした。彼女は、エーリクが何を見ているのか、何を感じているのか、何をあれほど張り詰めて考えているのか、自問する。肌が旅行でべとついているのに気づいた。Tシャツは乾いた汗で固くなっている。頭のなかにはあたかも不安と怒りの胼胝《たこ》ができているような気がした。

サリーは、アルフレートが両腕を組んでテーブルの上におき、その上に頭をのせているのにしばし目をやってから、勢いをつけて、口を開いた。しかし何かを言うかわりに、舌を出しただけで、唇をなめた。それから、ひき続き自分の考えに耽った。とても奇妙、とても奇妙な日だわ。この日は彼女の人生を（物が少なくなったから）軽くしてくれたけれど、同時に彼女がここに引き移ってきたときに持っていたユートピアがどうなったのかを心ならずも彼女に自問させることになった。

ほんとうにそれは自分だったのだろうか、輝く目をし、子どもの手を引いて大きなお腹を抱えた若い女は？　そして、アルフレート。彼はいま悪い夢を見ていて、夢のなかで寝言を言い始めた。彼はここでの最初の夜、わたしのことをとても誇らしく思って、セックスのときに少し立ち上がり、モーゼが約束の地を見下ろしたように、自分を見下ろした。顔にはほのかに燃える純粋な幸福の面持ちがあった。ほんとうにそれは彼だったのだろうか？

で、いまは？　彼は何の夢を見ているの？　きっと幸福を夢見ているのではない。ほんの少しでも幸福の夢を見ているのなら、うれしいのだけれど。むしろおおいにあり得るのは、手を触れてはいけない、と彼がいくら叫んでも、陳列物をひっかきまわし、最上の物を床に放り投げる博物館の来訪者たちと格闘する夢。あるいは、彼は盗まれた絵葉書にしがみついているのかもしれない。その葉書は突然巨大になって、空高く舞い上がり、もう一度よく見ると、それは北アルゼンチンのインディオの民族衣装を着た八人の小さなイラストではなく、サクランボのシロップが流れる緩慢な静脈瘤なのだ。

サリーは立ち上がると、アルフレートの方にかがみ込んで、起こすために彼の頰をなでた。

「アルフレート、ここで眠ると、寝違えて首が回らなくなるわ」と彼女は穏やかに言った。

彼は細く開けた目から彼女を横目で見た。いくらか正気になるまで、少し時間を要した。彼は疲れ切っていた。鉄の足、木の背中、石の両手、鉛のまぶた。彼は何かに耳を澄ませていたが、それはキッチンのなかではなかった。そして、あたかも遠方から答えがあったかのように、彼は言った。

「ベッドに行かなくちゃならん」

「寝言を言っていたわ、アルフレート」

「そんなことは聞きたくないよ」

悲しげなあてどなさがアルフレートの顔に広がった。彼の頭のなかでは、もはやすべてがまともに進行していないと感じているかのように、彼はつけ加えた。

「ぼくはもう何の役にも立たない」

眠りから引っ張り出された者の落ち着きのなさで彼は左の耳をこすった。それは腕と頭のあいだで折り曲げられていて、痛んだ。固くなった身体で、彼は立ち上がる。重い身体は腹立たしいほどぎこちないが、それでもどうにか安定を取り戻す。転ばないように、テーブルで身を支えなければならない。彼はなんとか最後の言葉を絞り出した。

「とにかく横になって、父の時計のことを考えるよ」

それから彼はサリーのところへ行き、両手で彼女の胸に触り、何事かをつぶやきながらおぼつかない足取りでドアに向かう。彼がゆっくりとした重い足取りで階段を上るのがサリーに聞こえる。キッチンのドアが開け放たれているので、風が部屋のなかを通り抜ける。そして一瞬、テーブルの上に吊された大きな半円形のランプシェードが円錐状の光とともに動く。サリーがふたたびドアを閉じると、ランプと光の円錐はまた元の位置に戻った。突然の静寂に取り囲まれて、エーリクは右の手の平をテーブルの表面を滑らせて引き寄せた。それがキィーと音を立てる。

彼は当惑して尋ねる。

「さて、どうしたものかな?」

「彼同様、眠りにつくこと」とサリーは言った。

彼女の視線はふつうよりも長くエーリクの上に留まっていた。ふたりはそこに座って、相手の考えを読もう、あるいは少なくとも顔の表情を解釈しようと努める。そして、それぞれの解釈が済むと、ふたりは視線を落とす、あらわれてはならないものがさらにあらわれないように。

冷たい突風が家々のあいだを旋回している。そのほかには何もない。

「さあて、明日は大仕事だね」とエーリクは言った。

「まさにそれだけはご免蒙りたいところだけど」とサリーは溜息をついた。「人形の家をお掃除するのとはわけがちがう、ナボコフが言ったように」

「この機会を利用して、使い古したものを整理できるよ」

「アルフレートにそう言ってちょうだい」とサリーは言った。「さあ、時間だわ」

エーリクはもう一度サリーをつぶさに観察していたが、ついに彼の目に重大な問いがあらわれた。両者はちらっと、相手にキスをしたいという奇妙な小さな望みを感じた。だが、その願望はすぐにふたたび消えた。

「それじゃ」

別れは、心がこもっていると言うよりはあっけなかった。奇妙だ、ゆっくりドアの方に向かうときに、サリーはそう思った。彼女は、ドアがしっかり閉まっているかどうかチェックした。それから階下の部屋を見て回ったが、明日しなければならないことをあれこれ考えると憂鬱な気持ちになった。窓とドアはしっかり閉まっていたが、キッチンには穴が開いていたから、明かりはそのまま点けておいた。明かりによって暗闇が続く時間が制圧されることを期待して。サリーは携帯電話をチェックした。甘やかされて育った長女からはいまだに何の連絡もない。エンマからは再度ショートメッセージが来ていて、サリーはハートの絵文字で答えた。それから階上へ行った。アルフレートはぐっすり眠っている。ナイトテーブルのランプは点いたままで、弱い光が部屋の乱雑さと眠っている人間を照らしている。眠っている男は服も靴も身に着けたままだったから、寛《くつろ》いだ気分にはとてもなれないだろう。部屋は失敗した探検の雰囲気に包まれている。アルフレートの頭はクッションの隣にあって、シーツにはよだれが垂れている。右腕はサリーの側に伸ばされて、空を摑んでいた。サリーはそっと、アルフレートが目を覚まさないように彼の方に歩み寄ると、靴紐をほどき、足から靴を引き抜いた。ソックスとゴムの加圧ソックスは足の甲のところが湿っている。少なくともソックスは脱がせることができた。アルフレートはあいかわらず寝息を立てている。

サリーは、疲れ果てて、頭が朦朧としていると感じたので、身体を洗うことは断念した。二〇時間以上休みなしで動いていたから、やっとの思いで、喘《あえ》ぎつつ屋根裏の自分の部屋までよじ登る。そこには奥の壁ぎわにキャンプ用の狭い簡易ベッドがあった。サリーは服を脱ぐと、横になり、明かりを消した。夜間照明の緑色のほのかな明かりの下で、亀の雌は後ろ足で水槽の粗い砂をほじっている。ガラスに向かって巻き上げられる砂の立てるカサカサあるいはカチャカチャという音はどこか心を落ち着かせる。そのほかには、単純なものはどこにも何ひとつない。

第4章

　このうえなく素晴らしい青空の暑い日が続いた五日目だった。夜に予告されていた雷雨がまたもや生じなかった後で、サリーはすでに午前中から雷雨を期待していた。それほど外気は蒸して、ジーンとするほど暑い夏だった。この天気は、西からの寒冷前線にともなって気温が急落するまで、なお二日間はそのままらしい。そこでサリーは、好天が続くのを利用して、娘たちの部屋を新たに塗り替えようと思い立った。下の階をきれいに塗り替えてくれたペンキ屋は気を利かせて、白い塗料の入ったバケツを残してくれてあった。

　子どもたちは、家を少し塗り替えるのは良いと思う、と言ったけれど、彼らが積極的に手を貸してくれるわけではなかった。古い服を着て、顔に塗料が飛ぶ一日を考えただけで、彼らはうんざりした。結局、彼らは休暇中であることを理由に願い下げを申し出た。朝早く、サリーはエンマをベッドから追い立てた。エンマは顔にシーツのプリント模様の跡をつけて、母親の顔をわけがわからないといったふうにじっと見て、それから彼女の赤い水玉模様の寝間着——汗で彼女の胸に張りついている——を着たまま、ぺたぺたと廊下を通ってアルフレートの横に潜り込んだ、さらに眠り続けるために。家族のなかでは、エンマは空間の不可侵性に対する感覚がきわめて薄弱なメンバーだった。すでに新生児のときから、他人の身体の温もりを察知して、謎めいたやり方で温もりを求めて移動した。

　グスタフもほどなく姿を見せた、トイレに立つ途中で。部屋に戻るときに、彼はちょっと手を貸して、エンマのベッドを部屋の中央に動かすのを手伝った。それから彼もまた暗くした自分の部屋に消えた。

　サリーはシーツを片づけて、汚したくない箇所に幅広のマスキングテープを貼りつけた。最後に古新聞を広げると、その匂いは塗料の匂いと、エンマがその部屋に移ってからずっと保たれている、シューズ箱の特殊な香料と張り合った。入居時には、部屋は明るいブルーに塗装されていたのをサリーは思い出した。それまでの持ち主の女性の瞑想室だったという。サリーは髪が邪魔にならないように、頭の上で束ねてピンで留めた。それから新しいローラーを塗料バケツのなかに浸して、一心不乱に仕事に取りかかった。俗にいう秩序の回復のために一週間以上も前から費やしてきたのと同様の、不敵なエネルギーを爆発させて。サリー以上の成果を上げることは、誰がどれほど努力しようとも、不可能だった。

　カオスに代わってふたたび秩序が少しずつ感じられるようになったとはいえ、自由に時間を配分することはいまだに考えられなかった。家政はいぜんとして休暇気分とは断じて相容れない現実に攻め立てられていた。電話のやりとり、役所の手続き、損害鑑定、セールスマンとの話し合い、パンフレット、セキュリティレベル、見積もり、請求書と支払い、いたるところ数字、それらから成り立っている狭いトンネルのなかをサリーは動いていた。加減乗除の計算のような、過酷な現実についての感覚をよく伝えてくれるものにはサリーは疎《うと》かった。それで彼女の脳は放心したようになった。よりによって休暇中に、自分の時間だけでなく、インスピレーションも少なくなった。押し込み強盗の残した鋭利な陰のために、生活には凹んだところを元に戻すだけの憂鬱な戦略しか残されていない。日課になった仕事は単調で、気を滅入らせ、疲労させた。わけても、セールスマンはサリーの神経を逆なでした。彼女は、延々と続く嘘を聞かされて唖然とした。この人たちはこのような嘘をついて生きるためのパンを稼がねばならないのだ。それでもサリーは冷静に、親切であり続けるにはどうすれば良いかと自問した。そこで交わされるいかなる会話もサリーに溜息と嫌悪感をもたらした。これほど多くの嘘、自分にはとてもできない。

　最悪なのは、しょっちゅう誰かを待っていなければならないことだった。彼らは来ないこともあったし、酔っ払っていることさえあった。さらに、キッチンの新しい窓枠の納品は幾度も延期された。この問題こそ、サリーとアルフレートがいつまでたっても唾棄すべき体験から逃れられない最大の打撃だった。特にアルフレートには信じられない痛打となった。彼は偏執症的な予防措置を講じないと寝つけず、彼の眠りは他の手段による闘争の継続だった。

　泥棒たちは多くの代替可能なものと少なからぬ代替不可能なものを盗んでいったのだが、問題だったのは、わけてもアルフレートの精神の平和だった。キッチンの窓が修理されない間は、彼は一瞬たりとも安心できなかった。数日来、彼は自分の狭いテリトリーから出ようとはせず、たった一度だけ外出したのは、ショッピングシティ・ノルトで自動拳銃グロック17を調達するためだった。エンマにはビキニの水着を、グスタフにはパンチングボールを買った。アルフレートの留守中、サリーは自分の部屋を整理していただけなのに、彼にはこのちょっとした外出も不安な時間になった、帰宅後、彼の所持品には誰も手を触れていないとわかるまでは。サリーは、アルフレートは月曜日にはふたたび仕事に行かねばならないのに、どうなることかと案じると、すっかり気持ちが沈んでしまった。アルフレートはショッピングシティから戻ると、幾度となく「心的外傷」という言葉を口にした。彼の心理は「訪問」によって「重度の挫傷を負って」おり、負傷の深刻さが完全にあらわれるまでには数日かかるだろう、そしてその症状がふたたび鎮まるまでにはもっと長い時間がかかることを確信している、と言った。

　子どもたちがその場に居合わせても、それはアルフレートの強迫観念をやわらげる助けにはほとんどならなかった。子どもたちにとっても、帰宅すれば当然そこにあると約束されていたものが失われていたけれど、それらの物については、新品価格の補償金が損害保険から支払われるとわかってからは、彼らの苛立ちもやわらいだ。日常的なきょうだい喧嘩さえもふたたび無邪気に聞こえた。そのうえ子どもたちは、家を購入したアルフレートとサリー以上にここを心地良く感じていた。子どもたちはここで育ったのだ。彼らにとってこの家は保護された場所以外の何物でもなかった。それにもかかわらず、押し込みの過酷さを仕方ないものとしてそれなりに受け入れていた、少なくとも彼らの父親よりはより良く。アルフレートの場合には、怒りと寄る辺ない気持ちが生命の糸を蚕食しているのが見てとれた。押し込み強盗について思いめぐらすことが彼の行動を日夜規定していた。理解されない不幸な思いに取り憑かれて、彼は家のなかを徘徊した。こんなことがなぜよりによって自分の身に降りかかったのか、と問いつつ。なぜよりによってぼくなんだ？　なぜぼくが？　なぜぼくが？　彼は自制心をすっかり失っていた。

　テレビでテニスが放送されていたので、サリーは話題をかつてのウィンブルドンの覇者アーサー・アッシュに転じた。アッシュがエイズに感染したことを公表したとき、両手で優勝カップを高々と掲げたときと同様に、なぜそれが自分の身に生じたのかと問うことはなかった、と言っていたことをサリーは思い出した。彼女はそのような論拠を持ち出すことで、アルフレートに自己憐憫を忘れさせようと試みた。だが、アルフレートは肩をすくめただけで、意味もなく虚空の一点を見つめて、つぶやいた。

「ぼくには理解できないね」

「問題は、理解することにあるのではなく、これらの事柄が生じることを認めることにあるのよ。そのようなことは生じるもの。それを克服することが大人には期待されているんじゃないの」

だが、サリーが持ち出したことはどうでもよかった。それは無意味だった。何をもってしてもアルフレートの不幸を変えることはできない。あるいは、より正確に言えば、何をもってしてもアルフレートを変えることはできない。彼の行動の全体的な症候をサリーは厳密な意味で熟知していた。彼女は自分の夫を、その男を、背後のメカニズムを知っていた。時計製造職人が自分の愛機を知っているように、彼を知っていた。サリーは、自分が彼を根本から変えられると信じるほど愚かではなかった。蜜月ははるかむかしのことだった。

この朝も、アルフレートは起床するとすぐに、万事がその支配下にある彼のテーマにゆきついた。彼はズボン吊りのサスペンダーを肩にはかけずに腰から垂らしたまま、部屋の入り口に立って、サリーが両脚のあいだに脚立を挟んで、ぴちゃぴちゃ音を立てる塗装用ローラーを窓枠の上の壁へと持ってゆくさまをしばらく眺めていた。サリーはすばやく、大きなスイングで塗料を塗った。ついにぴちゃぴちゃする音は静かになって、最後にはローラーのがらがら音に打ち消された。サリーはアルフレートの視線を背中に感じた。彼女がローラーをバケツのなかに浸しながら、アルフレートの方を向くと、彼は彼女に、調子はどうか、と尋ねた。彼女は、疲れている、と言う。それに応じて彼は、自分もそうだ、と言う。すてきな会話だ。彼はちょっと躊躇してから、しばらくその場を離れて、家のなかを一巡した。キッチンで冷蔵庫のドアが開閉する音がサリーに聞こえた。その後で新聞をめくる音がする。アルフレートは世界の状況がすでに改善されているかどうか、情報を仕入れているのだ。あいかわらず劣悪。不機嫌な顔をして戻って来ると、求められてもいないのに、何が彼を悩ませているかをサリーに詳しく説明する。

今回の闖入は、わが家がたまたまその順番に当たったという確率の法則のあらわれにすぎないのか、ひょっとしてぼくたちには敵がいるのか、ぼくたちのあらゆる動きを追跡し、家族の行動パターンを把握し、それで闖入するための最善の瞬間を利用する誰かがいたのではないか。ぼくたちが知っている誰かが家に来たのではないか。たとえばグスタフの友だちはどうだ。彼らは家族が全員休暇中であることを知っているし、グスタフが高価な電子機器やコンピュータゲームを持っていることを知っている、それらを売れば容易に金になる。あるいはまた、ぼくたちはいわくありげで複雑な宇宙の住人で、そこでは物質主義的な傾向が家の住人をここまで導いてきて、罰を加えるとでもいうのだろうか。

サリーはこれらのことにもうかかわりたくなかったから、さらに細かな点を挑発しないように、アルフレートの言いたいように言わせておいた。それでも最後には、こう言わざるを得なくなった。

「少なくとも家財道具よりももっと価値のある何かがあるわ」

するとアルフレートは、彼の精神がいかに回りくどく非合理的に働くかを示す新たな証拠とでもいうかのように答えた。

「だから、ぼくの具合もひどいんだよ」

「それじゃ、あなたは別なふうに考えるべきよ」とサリーは言った。「自分は健康かつ知的で、自分には三人の素晴らしい子どもがいる。そう考えるのはそれほど難しいこと？」

「そうだな」。溜息とちょっとした逡巡。「なぜなら、ぼくはそれほど健康でもないし、それに子どもたちときたら……」。新たな溜息とちょっとした逡巡。「だけど、いいよ、たしかにきみの言うとおりだろう」

「おまけに、すべてをきちんと片づけてくれる妻」とサリーは挑発的につけ加えた。

「表面的には、サリー、表面的にはね」とアルフレートは悲しげに注釈した。

「あなたにはほとほと困り果てたわ」とサリーは言った。

あいかわらずサスペンダーをぶら下げたまま、アルフレートは為すすべもなくそこに立っている。ズボンはズボンつりがなくともずり落ちることはないのに、そもそも何のためにサスペンダーが必要なのだろう、とサリーはいぶかしむ。そうでなくても彼女は、アルフレートの体重が増えてからというもの、彼の衣類は窮屈になって、腹を圧迫していて、そのためにしょっちゅう彼は機嫌が悪いのではないか、と思っていた。しかし、彼はそれについては聞く耳を持たない。サリーは視線をアルフレートの両足に落とした。右足にはゴムのロングソックス、前の晩同様に灰色。身体の障害性がさらに仰々しく強調されている。左足はむきだしで、五本の黄色い指を広げている。

「手伝ってくれないかしら。助手がいると助かるんだけど」と彼女は言った。「仕事は悪いことからあなたを守ってくれるわ、もっとも、良いことからわたしを遠ざけるけれど」

「何から遠ざけるって？」とアルフレートは不安げに尋ねた。

「無為から。わたしが緊急に必要としている休暇からよ」

彼はおずおずと溜息をつき、腕を上げて、頭を掻き、鼻を右の脇の下に突っ込んで、匂いをかいだ。

「アルフレート、腹を据えなくちゃだめ」と彼女は言った。「さあ、もういい加減に腹立たしいことばかり考えるのはやめて」

「シャワーを浴びるよ」と彼は言った。そして、それ以上は言わずにバスルームに向かった。ドアがパタンと閉まる音が聞こえた。それからほどなく、サリーはパッションフラワーオイルの匂いに気づいた。そのしつこい糊のような物質はすっかり取り除かれていたにもかかわらず、匂いはさらに広がった。ほとんど気づかれずに、しかし、根強く。それでもその情緒的な作用は奇妙だった。その匂いはむき出しの神経組織のように家中に浸透していた。

　奇妙なことに、アルフレートは安全感覚の喪失に加えて、何よりもささいな物、たとえばブエノスアイレスからの葉書が失われたことでまいっていた。これらの、神聖とはほど遠い無価値の品々は、彼のアイデンティティにとって本質的な価値を持つものらしかった。まるでそれらの特別な資質は、品々のなかに潜んでいていまや雲散霧消してしまった寿命にあったとでもいうかのように。かくして、もはやその場にない物すべての重みが二重になって彼の肩にのしかかっていた。サリーは、それは、一方では結婚生活のありように、他方ではアルフレートの仕事に関連していると考えた。彼女の考えによれば、博物館のむっとする空気は生気を奪ってしまう。アルフレートは博物館にいて、物を内容と見做すことに慣れてしまっていた。そのうえ、彼は博物館では保管のメンタリティを代表していた。このメンタリティはプライヴェートの領域でも続いた。アルフレートは連続性に特別な喜びを感じていた。物が一定の意義を持っていることを好んだし、何かが彼に親しいとか、習慣化されていれば、それを素晴らしいと考えた。それはもちろん愛情生活にも及んだ。予期しないことを受け入れる準備はそもそもまったくできていなかった。それとは逆に、万事先の予定が決まっていて、それを変更する場合には、あらかじめ数週間あるいは数か月前に予告しなければ、アルフレートの意に沿わないとなると、サリーはそれを嘆いた。そのような生活のあり方はサリーをパニック状態に追い込むことがあった、いずれにしてもときどきは。ひょっとしたら、彼女はそのためにいまアルフレートに対してほとんど我慢ならなかったのかもしれない。ときによると、憎悪の一歩手前ということもあった。彼が活動的ではないために、彼を侮《あなど》っていたことは間違いない。できればそんなふうに感じたくはなかった。だが、彼女はこの嫌悪感を抑えることができなかった。この嫌悪感はアルフレートが原因であって、自分自身に起因するのでなければいいのだけれど、とサリーは考えた。

誰かに尋ねられれば、サリーは、アルフレートだけが家に閉じ籠っているのではなく、彼の感情もそうで、出不精なのだ、と答えるだろう。この事実を彼女自身の欲求と合致させることはサリーにとって解決困難な課題だった。実際に、この男とは距離を保つ必要がある。彼は過去数年間あまりにも多くわたしにまとわりついていたけれど、これは彼のマイナス点だ。夫であれば、妻の肩をしばらくのあいだ解放してくれても悪くはないだろうに。自分の足で立つかわりに、彼はいつも赤子のように母親の乳房を探している。そもそも彼は、たいていひとりでテレビの前に座り、その静脈瘤の足を高く上げていることを自覚しているだろうか？　それは何らかの効果があるのか？　そしてなぜ彼は、わたしたちふたりの愚かで非生産的なルーティンをノーマルなことと、それどころか特別なこととして受け入れているのか？　どうにも理解しがたい。たしかにアルフレートは、彼の考えによれば、ふたりの関係は、かなり傑出したところがあるとしばしばほのめかしている——同じ事柄に対してどうして見解がこれほど異なりうるものか？　わたし自身はわたしたちの結婚をはるかに醒めた目で見ている、特に現在ではたいてい欠陥だけが目につく。なによりも、自分は新しい生活を目指しているのに、アルフレートは古いことにかかずらっている。

アルフレートはバスルームを半時間占拠していた。彼がバスルームから出てきたとき、エンマの部屋の塗り立ての白い部分はほぼすっかりできあがっていた。それでサリーはアルフレートの手を借りずに済んだ。彼女はアルフレートが下へ降りて、日記に専念できるように、彼を自由にしてやった。

サリーは、ローラーでは難しい箇所を刷毛《はけ》で塗った。エンマがほんのしばらくその場でサリーの様子を見ていた。エンマは、サリーの知らぬ間にドアに立っていて、母親を意味のないクスクス笑いでびっくりさせた。エンマは、忘れているものは何もないかあちこちかぎ回って、それからバスルームの方へぺたぺたと歩いて行った。どうやら彼女は、バスルームが空くのをうかがっていたらしい。サリーはこの大柄で温和な娘が好きだった。その柔和さと人懐こさが気に入っていた。とりわけ気に入っていたのは、エンマとはつき合いやすいという点だった。

「気をつけてね、温水が全員にゆきわたるように」とサリーはエンマの後ろから叫んだ。

それからサリーは床をきれいに片づけて、すぐに窓も磨いた。清潔か汚いかの区別を知っている人間であることを証明するために。祖母と母のばかばかしいこの常套句をサリーはしょっちゅう聞かされたものだった。

家の外はその後も輝くばかりの好天だった。きれいになった窓ガラスのなかでは、空がより近くに移動していて、まるで皮膚の表皮までもが薄くなったかのように思われた。近隣の何軒かの家々は午前の空虚のなかで暇を持て余している。するとあるベランダがびっくらこいて、小さなしゃっくりをした。その途端、ドアが二人の子どもをぺっと吐き出す。それ以外は万事平穏、静寂は新聞の購読予約のように確実、万事は時間どおりで、定められたリズムにしたがっている、太陽、季節、誕生日、さらにこの地域と最寄りの地下鉄の駅を一〇分ごとに結ぶバスの運行さえも。

芝生にアルフレートがあらわれた。彼は二本の木のあいだに渡された物干し用のロープに一枚の紙を吊るした。紙はそよ風のなかで揺れている。サリーは、汗が目の縁に流れたので、それを袖で拭ってから目を向けると、乾かすためにアルフレートが吊るしたのは、馬を描いた木炭画だとわかる。おそらく彼はシロップの汚れを湿ったスポンジで取り除こうとした、ところが彼はその紙を布で押しはさんで乾かさずに、直射日光に晒《さら》したのだ。それでなくてもひどく黄ばんだ紙は緑の芝から悲しげに浮き上がっている。

アルフレートの実生活における実績は芳《かんば》しくなかった。どうしよう。サリーは自分に言い聞かせる。お節介を焼かないで、次の予定を目指す方がいい。今度はアリスの部屋よ。

アリスはこの二週間のあいだにただ一度ごく簡単な連絡を寄越しただけだったから、家族はみな、彼女はすでに失踪したものと考えていた。二日前に彼女はブリュッセルから帰宅したが、年の初めにはそこでのインターンシップをすでに終えていた。アリスは、どうして何日も連絡がつかなかったのかと問われても、じゅうぶんな説明をしなかった、技術的な問題よ、と言うだけだった。この朝、彼女はまだ自分の部屋から出てこない唯一の家族だった。

サリーは掃除機を持ってきて、ごろごろと転がした。だが、掃除機の顕著な効果が確認できたのはグスタフの場合だけだった。彼がこの時刻になってもまだ水平の生活様式から抜け出せないのは、昨晩レッドブルウォッカを飲み過ぎたためだという。それに気づいたのはようやくベッドに入ってからで、天井がぐるぐる回ったのだと。サリーはそれでも、息子が率直に話してくれて、隠し立てをしないのを良いことだと考える。グスタフは、残っているアルコールはパンチングボールで叩き出すよ、と告げる。

「アリスがどうなっているか、誰か知っている?」とサリーは尋ねた。

「エンマが知ってるよ」

「エンマが知っていることをあなたが知っているのなら、あなたも知っているでしょ」

「ぼくには関係ないよ、ママ」と彼は愛らしく言って、煩《わずら》わしい追及から巧みに逃れる。彼は最近またいちだんと成長していて、それは、サリーにとっては彼をもはやそう容易《たやす》く意のままに操れないことを意味した。さらに、ときによると息子が自分自身に少しばかり似すぎているのではないかと思って、少し味気ない気がした。

「そう、それなら行ってよろしい、無宿者」

グスタフはサリーを見上げると、ほっと息をつき、微笑《ほほえ》んだ。彼はコンピュータに夢中になっていて、ほとんど日焼けしていないが、すでに見え隠れする男らしさは魅力的で生気に満ちている。サリーの目には、アポロのように調和がとれていて、繊細で、すてきに映る。一方エンマは、もっと地上的で、ふくよかで、ぽっちゃりして、柔らかい。彼女はいま多くの場所と配慮を必要としている、アリスが家に戻ってからは、姉のために脇に押しのけられていると感じていたから。グスタフがその長すぎる髪をさっとかき上げるとき、軽やかさに満ちていて、憂いがない。彼はエンマがバスルームを占拠していることを確かめると、階下へ消えた。そこからは数秒後にはもうテレビの音が聞こえてきた。彼のコンピュータゲームはすべて盗まれてしまったから、家では退屈していた。

エンマはバスルームでちょうど両足を拭っているところだった。彼女は深くかがみ込んでいたので、胸が大腿に触れた。彼女はふたたび上体を起こすと、驚いてサリーを見た、あるいは少し不審の目で。エンマは少し躊躇してから、濡れた唇で微笑むと、身体を拭うのを続けた。ぽっちゃりした少女の腰、尻、逆立った恥毛。それは母親同様に赤みがかっている。さらに、ふつうならば青白い身体に、白い肌に、二代目の英国の遺伝に、いまや赤みが差した。エンマはちょっと赤くなった。

「アリスはどうしたの?」とサリーは尋ねた。

エンマは決心がつかずにそこに立っているのか、それとも辛抱強く待っているのか――誰がそれを決定すべきか、彼女はそれが自分ではわからないのだろうか?――サリーの問いは、エンマの顔をさっとよぎる満足げな微笑みによって妨げられた。微笑みを隠すために、彼女は急いで鼻を手で拭うと、サリーの用済みになったショーツをさっと身につけた。エンマは面倒な要求をしない子だった。彼女は白いショーツを穿いて、しばらくただそこにじっと立っていたが、青白い素顔の上の、入り乱れて、細かく縮れて伸びた髪は、くさび形に差し込む陽のなかで輝いている。草原に立つ動物のように静かで、微動だにしない顔つきのエンマはとてもきれいだった。その顔はさしあたり何も漏らさないことに成功していた——彼女が笑い出さないうちは。つまり、奥に曖昧さを隠した、かなり疑わしい笑いが弾けるまでは。

エンマは言った。

「アリスはこっそりわたしのナイトクリームを使って、真っ赤な顔になっているの」

こう言うと、ふたたび、明るい、不たしかさと当惑の入り混じった笑いを浮かべた。

「どうして笑うのかわからないわ」

「どうしてって、アリスはいつでも何も聞かないでなんでも手に取るんだから」とエンマは言った。

「世界は自分のもの、という態度なの」

「大げさに言わないで」

「アリスはわたしの歯ブラシを折ったんだから」

「事実だけ言ってちょうだい」とサリーは求めた。「そう簡単に歯ブラシを折るなんてできないでしょ」

「アリスにはできるの」

サリーには、エンマの血管にフィンクの血がざわめいているのが聞こえた。まったく特定の、少し狂気を含んだざわめき。それはエンマが彼女の父親から受け継いだもので、サリーはいま彼と話をしたいとは思っていない。エンマはすでに子どものときから、その必要がなくても多くの嘘をついた。たいていはささいなフィクションだったけれど、彼女の本性は、ふつうに機能しうるために、毎日毎日嘘を栄養分として必要とした。それがとにかく彼女のやり方だった。

エンマにそれ以上の注意を払うことなく、サリーはアリスの部屋に入った。そこは完全な暗闇だった。サリーは部屋のドアをほんの少し開けた、入り込む光の筋で冥界の薄暗がりが明るくなるように。

この暑さと自由な気風の家庭環境を考えれば当然だったが、アリスは裸でベッドに横たわっていた、うつ伏せに、足の裏を天井に向けて。アリスは音楽再生装置の片方のイヤフォンを鷹揚に外した。サリーが、もう片方のイヤフォンを外しても悪くはないでしょ、と言うと、アリスはそれに応じた。そして、アリスは母親を厳しい目で見据えた、一言もなく。それは驚くほどのことではない、サリーはそれに慣れていた。

「同志、どんな具合？」

「同志って言うのはやめてよ」とアリスは返した。「わたしがそれを好かないことは知っているでしょ」

ベネチアンブラインドの細い紐穴を通して、小さな光点がアリスのすべすべした、かすかに光る、陶器のように滑らかな背中の上に落ちていた。光点の連なる線は弓なりの身体に合わせて、軽く曲線を描いている。自分が産んだ人間の美しさ、この美しさを何にたとえられようか。何かと比較することは適切でない、数少ないもののひとつ。

母親としての感情がサリーを襲った。彼女はベッドの縁に腰を下ろすと、あなたがあまりにも長く眠っていたので心配していたの、と言った。エンマから顔のクリームのことは聞いている、この実験はどうやら失敗したらしいわね。

「もう二度としない」とアリスは言った。

「もう気分は良くなった？」

「アレルギーショックが起きるんじゃないかと怖かった」

「『ER緊急救命室』の観すぎよ」とサリーは言った。「そうでなければ、アレルギーショックが何かなんて知らないし、だから心配なんかしないもの」

アリスはマットレスの白いシーツの上に弱々しく寝そべっている。右腕の上にのせた頭をクシャクシャになったクッションのなかに埋めて、左手を腹の下において。輪郭のくっきりした顔と頑《がん》として前を見据える目はどこか魅力的。喉の嚥下運動。

「こんなことはこれまで経験したことがないよ」

「弱り目に祟《たた》り目ね」

アリスをより詳しく見るために、サリーはブラインドの薄板を水平にした。光がどっと流れ込んでアリスの顔を明るくする。顔には大きな紅斑ができていて、目の周りが少し腫れている、特に下まぶたが。エンマのクリームが腐敗していたのは間違いない、自分が思うに、それは驚くには当たらない、とアリスは主張する。サリーには、この説は疑わしい。ずっと可能性が高いのは、アリスが香料か保存料か何かそのようなものに反応したことだ。

「そんなのはすぐに消えてなくなるわよ」とサリーは言った。「あなたはもう大きな娘なんだから、我慢できるわよね」

ふいにアリスはわっと泣き出した。身をよじり、荒い息づかいをし、ひどく気分が悪い、鬱病だ、と喘ぐように声を絞り出す。今晩の約束には行きたくない、と。

「まあ、まあ」とサリーは言って、ひきつっているアリスの背中に手を当てる。「まあ、まあ、あなたは鬱病ではないの。それは身体の変調よ」

「だって、顔だけじゃないもの！」とアリスは叫んだ。彼女は勢いよく転がると、仰向けになって自分の身体を見せた。

「ひどいと思わない？」

アリスの恥部のあたりはひげ剃りによって何十もの炎症ができている。細かな毛が生え出す前に細菌が侵入し、刺激によって、または膿によって毛嚢が掘り返されている。暑い季節のためだけではなく、彼女の年齢によって分泌される汗は、彼女が若くて出産能力があることを無意識のうちに世に知らしめるシグナルで、汗が炎症を余計に煽り立てていた。アリスは掻いた。

「掻いちゃだめ！」とサリーは叫んだ。

「むちゃくちゃ痒いんだもの！」

「掻けば悪くなるだけよ。次のときには脱毛クリームを使うのね」

「脱毛クリームはわたしの肌に合わないの」

「それなら、伸びたいものはとにかく好きなように伸びさせることね」

アリスの目玉が母親に向けられた。アリスは、すっかり度を失って、涙の窓になった目で軽蔑するようにサリーを見ている、まるで中世の邪説のお告げの場にまさしく立ち会っているかのように。彼女は泣きながら頭を振る。

「あなたが好きになる男性が、恥毛を見せられても意に介さないことを期待できるといいんだけど」とサリーは推測して言った。

「ママ、そんなの絶対にあり得ない。心臓発作を起こすよ！」

「えっ、何ですって？」とサリーは聞き返した。若い男の性的な好みによく通じていないサリーは、知的で、教養もあるはずの二一世紀の若い女がこのようなことをことさら気にすることにショックを受ける。

「ちゃんと聞こえたでしょ」とアリスは言った。

「あなたの若者たちがトイレットペーパー製でないことを祈るわ、そんなことで卒倒してしまうほどヤワだとは」

「話にならないよ、ママ」とアリスは強調する。彼女の顔はサリーの言葉のために熱が注がれて、いまやまさしく輝くばかりの赤みが差している。なんと不幸な人間。

アリスは彼女なりに孤独な人間だった、エンマよりももっと孤独だった。エンマについては、自分の両親と、五歳のとき以来の友人のほかにこの世に盟友がいるかどうかは誰も知らなかった。その友人も婚約したばかりだったから、エンマはせいぜいのところ第二番目の地位に甘んじるほかなかった。アリスはいつも無数の取り巻きに囲まれていたが、その大部分は名前を挙げるに値しなかった。それでも誰か一人が名前を得て、数週間後にその名前が聞かれなくなると、アリスは、その男性が存在したことをすでに忘れているかのようにきょとんとしていた。一人は知り合って間もなくラフティングの事故で死んでしまったが、アリスは、彼は自分の生涯の愛だった、と言い張った。サリーは、それは自己欺瞞の能力が人間を気丈にすることの証明だと考えた。アリスの嘘はエンマの嘘とは異なる嘘だった。エンマはナンセンスなことを語ったけれど、アリスは自分自身を騙した。アリスは家族のなかでもっともナイーブな人間だった。というのも、エンマとは対照的に、アリスは自由ではなかったにもかかわらず、自由であると思い込んでいるように見えたからだ。この思考のお粗末さは、虚栄心が強いために、他者の賛嘆によって生き、賛嘆なしには存在し得ないことに起因していた。彼女がほかの成功体験を示すことはまれだったし、そのことが彼女を近視眼的な人生設計に感染しやすくした。彼女は実際にあったものにも、これからなり得るものにも自己を同一化できなかった。同時に、彼女の考える将来がいかにあるべきかについては、さしたるイメージを持ち合わせていなかった。すてきな人生という希望を持ってはいたけれど、それは将来に対する信念というよりもむしろ将来に対する無関心につながっていた。アリスにとって将来は、サリーの青春時代のように暗かったのではなく、小さくて、狭かった。彼女には理解力がじゅうぶん備わっているにもかかわらず、なぜわが身をせわしなく動き回るにまかせているのか、それで説明できた。

しばらく悲しげに震えていたアリスは腹這いの姿勢に戻ると、涙をクッションで拭った。彼女は少し落ち着きを取り戻して、表面的には明るい輝きがあらわれたから、その下で荒れ狂う悪霊《デーモン》はかなりよく隠された。

「わたしは朝食にするけど、あなたも来る？」とサリーはなだめるように尋ねた。「その後ですぐにあなたの部屋を塗る。壁が新しい色に塗り替えられれば、それで世界もまた少し明るくなることがわかるわ」

アリスは唇をきつく結んだ。右の口元にもういちど筋肉がひきつるのが認められた。

「わたしに構わないで」と彼女は欠伸をしつつ言って、表皮に起因する悲惨の深みから這い出した。


午後、アリスの部屋もほとんど仕上がった。サリーは、仕事をできるだけ早く終わらせるために懸命に働いた。子どもたちはさらに騒ぎを起こすことはなかった。この愉快な連中。グスタフは友人のところへ行き、エンマはサリーの古いパソコンでＩＱテストをしている。テストの結果は、彼女の言語の才能と直感的な能力をもって何かを始めるべきだ、と彼女に助言した。彼女はそれを誰彼となく有頂天になって話す。アリスはそれを少しからかっているが、彼女の具合は午前よりはたしかにずっと良くなっている。二人の娘は自分たちの領域を整頓した。そして、エンマはパソコンに戻り、アリスは庭のサクランボの木の下に彼女の病床を設置した。その数メートル脇では、アルフレートが雨樋の敷石と格闘している。去年の寒気で古い敷石が壊れてしまったので、新しいものを設置しているのだ。

しばらくすると、アリスはアルフレートを籠絡しようとする。パパ、町まで車で送ってくれないかな、とウインクして媚びる。アルフレートは拒絶する。どうして公共の交通手段を用いないのか、と彼は尋ねる。アリスにとって、顔の斑点は両脚を骨折することよりも悲惨なことだというのは、アルフレートの父親としての理解の範疇をあきらかに越えている。アリスは反論せずに、ふたたび木の下に横になった。開け放たれた窓を通して、かなり長いことアルフレートの声だけが上まで聞こえてきた。アルフレートが独り言を言うのがサリーに不明瞭に聞こえる、彼が道具とやり取りする声だ。アルフレートは、道具が彼の手のなかで彼とうまく共同作業できれば賞賛を、さもなければ警告を、交互に発した。骨折りが長引けば長引くほど、彼のコメントにますます頻繁に呻《うめ》き声と悪態が混じった。晩になれば、彼は身体中が凝って、あちこちに傷ができていて、肉体労働をするときにはいつも唇を嚙む癖があるためにやはり傷ついた唇にキスを求めるだろうことをサリーは承知していた。サリーは両腕に震えを感じていたし、腰はすでにかなり悲鳴を上げていた。娘たちにはすでに、部屋に物を収納するのは部屋の住人自身によって為されるべし、と告げてあった。不要な衣類を入れる袋はすでに用意されていた。

エンマとアリスのあいだにはひき続き不協和音があって、電球のフィラメントが焼き切れる直前に発するような音が空中にかすかに鳴っていた。エンマは二度目のＩＱテストを終えると、ひぃひぃと笑いながら、ハエがぶうんと飛ぶように家のなかを歩き回った。サリーはエンマから、姉のアリスがスキンクリームでひどい目にあったことをいまだにとてつもなく愉快だと考えているような印象を受けた。エンマは庭を避けていた。サリーを手伝って母親の負担を軽くしてやろうなどという考えは彼女の頭にはなかった。しかし、エンマは規則正しくやって来ては、事態が進捗しているかどうかを見ていた。彼女は、近くに誰かがいることを忘れると、無邪気な罵り言葉を吐くか、「いい気味だ」というような文句を低い声でつぶやいた。――サリーが、人間は悪態をついたり嘘をついたりする能力によってではなく、もっと別の多くのことで際立つ存在になることを思い出させると、エンマはひどくうろたえて、ほとんど怯《おび》えているようだった。そう、自分自身に怯えていた。エンマの思考のなかで生じること、何か電流のようなものがそこで企んでいること、それが何なのか、唯一の目撃者であるサリーは多くを理解できなかった。エンマは、それと自覚せずに考えをめぐらすことが得意だった。彼女は眠ったまま行軍する疲労困憊した兵士のようだった。じじつエンマは、退屈な講義では眠り込んでしまうけれど、眠ったまま筆記を続けるのだと主張していた。それは事実だったのか、捏造だったのか――サリーはどちらかといえばそれは前者ではないかと考えた。

サリーは手首の内側で額とうなじの玉の汗を拭った。できれば休憩を入れたかったけれど、作業を続けた。塗料が厚くなりすぎないように、静かな熱意を持って、目標地点に達するために格闘していたが、そのとき彼女は数年前にエンマのドイツ語のノートのなかに見つけた学校の課題作文のことを考えた。タイトルは、「わたしが一日男であるとしたら、何をするか」。エンマの作文は、自分は男性になりたいとはまったく思わない、という文で始まっていた。自分は女性であることをうれしいと思っている。しかし、一日だけ男性であると仮定したら、一日中女性を観察するかもしれない、ひょっとしたら、自分自身を観察するかもしれない、一日中男性たちが自分をどのように見るかを自分の目で見るかもしれない。わたしが思うに、それは自己認識のために良いだろう。男の友人たち（どの男友だちだろう？）はみな、わたしのことはよくわからないと言う、彼ら（まったく謎めいている）の言うところでは、自分は典型的な女性のような振る舞いをしない。だから、もしわたしが一日男性であらねばならないとしたら、何が典型的な女性なのかを把握しようとするだろう、自分自身をより良く評価できるように。それはきっと多くのことをあきらかにしてくれるだろう。

サリーはシャワーを浴びながら、少女のとき、男の子なら良かったのにと考えたことを思い出す。

娘たちがそれを聞いたら驚くだろう。どうでもいい、じじつそうだったのだから。そのことをサリーはそうすぐには忘れない。男の子たちはなんでも許されたし、行儀良くしている必要もなかった。少女たちも同様にすべてが許されていると信じ込まされたが、実際にその段になると、だめ、そうはいかない、絶対にだめ、ということになった。サリーが、誰々はそうしている、と応じると、彼は男の子だからそれが許されるのだという論拠が持ち出された。当時、ことはそれほど複雑だった。そのうえ、男の子たちは愚かなスカートを身に着ける必要がないし、もう少し大きくなれば、女の子に電話をかけることも認められていた。しかし女の子には、男の子の尻を追い回すことは許されなかった。誰がこれを理解できただろうか、ひょっとしたら男の子以外には誰にもわからなかったのではないか？　男の子にとって、人生は女の子よりも単純だった。彼らが考えなければならないことは女の子の場合よりもはるかに少なかったし、そうでなくても彼らにはほとんどすべてが許されていた。

サリーは温かい湯気に包まれて気持ちよく身体に石鹸を塗りつける。荒い鼻息を立てて、顔をこする。細かな皮膚の角質がはがれて、雲母のように水とともに滑り落ち、渦を巻いて排水口へ吸い込まれる。ザリガニの餌だ。それから、腋の下の窪み、夏らしく刈り取られている。サリーの手の平は彼女の身体をこする、脇腹を、帝王切開の跡を、臍の黒ずんだ窪みを、両腕を。上腕の皮膚はすでにゆるんでいるが、皮膚の下には筋肉が走っているのが見てとれる。サリーはスポーツウーマンだった。彼女はジョギングをしている。それは避けがたい現実との緩慢な陣地取り合戦だった。何かを勝ち取ることはけっしてないけれど、多くのことが防げるタフな戦い。つまり、彼女はほかの女たちよりもゆっくりと失いたかったのだ。サリーの身体はあいかわらずスリムで、強靭だった。だが、言うまでもなく、彼女の以前の美貌の面影がいくらか残っているとはいえ、この身体をぜひとも見たいと思わせる説得力はもはやまったくなかった。サリーがもう若くないことはあきらかだった、この七月の日に、この七月の身体で、人生の半ばで。サリーは水の匂いを吸い込む、フランスの石鹸の匂い、泡は排水口で渦を巻いている。サリーがシャワーをほとんど終えようというとき、エンマがドアの隙間から叫びかけてきた。ポモッセルが亀の餌を持って来たという。

「待つように、彼に言ってちょうだい。すぐに行くから」とサリーは叫び返した。

彼女は浴槽をすすいだ。皮膚は、タオルで拭った後ではむずむずする。洗い立ての衣類をさっと着ると、床のタイルで、パッションフラワーオイルがいまなおその香りを放っている箇所で両足をこすった。

ポモッセルのファーストネームはマクシムといい、サリーの若い同僚だった。サリーは彼から亀を譲り受けていて、彼は動物たちに定期的に生餌を供給していた。カやハエの蛹《さなぎ》、ミジンコ、アリの蛹など。以前は生餌の受け渡しは学校の会議室でおこなわれていたが、休暇中にかぎって、宅配無料サービスがあった。しかしポモッセルが停職処分を受けてからは、サリーはプライヴェートで彼に会うだけになった。この無愛想な変人は、停職以来几帳面に友人との交渉を避けていた。それでも、彼が一七歳の女生徒を誰もいない教室に押し込んだ、とはとても信じられなかった。彼を知っている者は真剣に自問したものだ。なぜ？　どうして彼がそんなことをするというのか？　まあいいだろう。あるいはそれは正しい問い方ではなかったかもしれない。おそらく、周囲の人間が彼をもっと賢明だと考えていることが問題なのではなかった。というのも、彼は賢明だった、それは疑う余地がない、それに彼は人間として興味深い人物だった。彼にはドライな、ユーモアに富んだ面があって、それは、彼がスタン・ローレル〔一八九〇～一九六五年。英国の俳優で映画製作者。特にコメディアンとして知られる〕のように見える（ただしもっと背が高い）ことで増幅されていた。脳はすべての人間を一定の連想にしたがって類型化する。そのために、スタン・

ローレルにあまりにも似ている人物を陰気な人物と考えることは難しかった。そのことはサリーにも当てはまっただけではない。生徒たちもポモッセルが停職になるまでは、彼のことを好いていた。彼は、背に棒を入れたような直立姿勢をとって、硬直した格好で歩いた。彼が校庭をやって来ると、生徒たちはにやにや笑って、ささやき合った。「ミカドのお出まし」

押し込み強盗については、水槽に投げ込まれたビール缶のことで、サリーは帰宅翌日に彼に電話をしていたから、ポモッセルは知っていた。どんな様子か、と彼は尋ねる。サリーは喜んで情報を提供する。すべてはふたたび元に復しつつある。でも、あちこち奔走し、それに付随して生ずることで、アル中患者になりそう。机の上は申請用紙とか請求書で溢れている。まだ一度も泳ぎに行っていない。学年末と同じく、目標貫徹のスローガンが必要。このストレスから早くふたたび抜け出すことがわたしの望み、云々。

ポモッセルは、サリーとアルフレートが家の装備をアップグレードするのかどうかを知りたがった。もともと自分たちは、警報装置と五重の安全錠を備えた、侵入者に対する最上級の安全度を有する家を必要としていない、それでは今回蒙った損失、あるいはこれから盗まれる可能性のあるものとの釣り合いが取れない。でもそれは、トラウマを克服し、トラウマの再発から身を守る試みにはちがいない。自分自身は頭のなかにある種の安全対策を持っているし、すでに子どものときに不確実性のあいだを移動することは得意だったけれど、この点に関してはさらに補強することもできる。これに反して、アルフレートはこの能力を完全に失くしている。だから、サリーの考えでは、安全ドアのための支出は正当化される。残念なことに、この状況では、自分の、怠惰に関する生来の天分だけではじゅうぶんではない。ひどいのは、自分が本格的に日常的な世界に郷愁を感じていることだ。すなわち、「フィンク先生、彼はぼくの母に対してひどいことを言いました！――ちがいます、言い始めたのは彼です。最初に彼がぼくの母を侮辱したんです！」このようなことは授業中にはとても腹立たしいけれど、現在まさに辛抱しなければならないことと比べると、逆にとても共感できるものに思われてくる。サリーはそう語った。

ポモッセルは数秒間熟慮していた。サリーはしばしば、彼が何か重要なことに手が届くところにいて、それをサリーに言うことができるのに、いざ言う段になるとついうっかり他愛のないことを口にしてしまうような気がした。いまもそうだった、彼一流の落ち着いた、愛想のよいトーンで。

「ひょっとしたら、あなたたちは『物乞いはお隣へどうぞ』を実践する方がいいかもしれない。ものすごく大勢の人たちがこのモットーを掲げていることに気づいたんだ。そうしない人たちの家は、歓迎されざる客が来る確率がもちろん高くなる」

「一歩一歩譲歩するってわけね」とサリーは吹き出しながら言った。「でも、わたしたちはまだそれほど俗物ではないわ。二〜三年後のことはわからないにしても」

ポモッセルはちょっと躊躇してから、同じく笑う決心をした。彼は喉の奥深くで笑って、それからふたたび笑うのをやめた。彼は時間割作成についてサリーの希望を尋ねた。彼女は、これまでのように水曜日か木曜日を空けたい、と言った。あなたの方は？　法廷の日程は一〇月に入ってからだけど、それでも自分の時間割もできることを望んでいるよ。肝心な点は、授業と授業のあいだができるだけ空かないことだ。

それでおしまいになった。アウリヒ夫婦の九歳になる娘ファンニが自分用の小さなスーツケースを持って庭に駆け込んできた。ポモッセルはすぐにシャツをズボンのなかにたくし込みながら、馬鹿丁寧に別れの挨拶をした。次の生餌の顧客のところへ行かなければ、と彼は言う。

ファンニはサリーの方に目を向けずにハローと言って、家のなかに進入し、エンマの名を叫ぶ。ナジャとエーリクは週末をズュートシュタイヤーマルク〔オーストリア南部の、白ワインで知られる風光明媚な地方〕で過ごす予定を立てていて、その間ファンニはエンマのところで休暇を過ごすことになっていた。

　エーリクも角を曲がってやって来た。彼の姿が目に入ると、サリーの心臓は聞こえんばかりに高鳴った。彼女は彼と視線を交わし、平静な顔をしていようと努めるけれど、むなしい。彼女は裸足で柔らかい、軽く傾斜している芝の上を歩む。彼女が頭を振って逆の方向に向けた髪の毛はまだ濡れている。そして、彼女が自分のぶらぶら歩きを自覚し、自分が幸福であることを自覚すると、変化が生じたことがわかった。この瞬間あたかも内部の境界を踏み越えて、まだ利用されていない可能性の領域へと飛び込んだかのような感覚を味わった。

　エーリクは挨拶を交わすときにサリーの尻に触れた、ほんの少し。エーリクの背中に当てられたサリーの手は必要以上に高く移動したが、すぐにふたたび戻った――生徒がするような接近の様子、それは数年来ときおり生じていたが、いつも言葉のやり取りで終わっていて、背後に何かが隠されていることはまったくなかった。だが今回は違った。今回は、挨拶の前後では、ふたりの身振りには転機を示すような違いが見てとれた。

　サリーは顔の表情を整えた。その表情にいたるまでのあいだに渋面が浮かんだ、まるで誰かが何かばつの悪いことを言ったかのように。

　庭はひっそりとして、大気にはすでに夕暮れの感じが漂っていた。近隣の家々の屋根には陽光が瞬いている。一羽のアムゼル〔クロウタドリ。早春から夏にかけて美しい声で啼く〕が芝にやって来た。しばらく時間が停止した。なぜなら、空間が開けられたからだ、ほんの数秒間、サリーとエーリクのためだけに。サリーはそのただなかに立っていた。するとそこへ、エンマが跳び出して来た、ファンニを従えて。ファンニは、エンマが挿してくれた大きな菊の花を髪につけている。サリーはそこに残っていたかったけれど、ふたたび出て行かねばならなかった、あちこちへ、出たり入ったり。それでもすてきだった、どうということのない、しかも貴重な瞬間。

エンマがテラスのテーブルの上で長いナイフで西瓜《すいか》を切り分けると、西瓜はばりっと音を立てて割れた。まもなく閉園時刻になる水泳場《コングレスバート》の上空を、無垢な青空高く数羽のカラスが旋回している。風が近くの家から焦げ臭い、グリルの油脂の混じった匂いを運んでくる。

ファンニは彼女の父親のところへ行く。エーリクは、娘が言おうとすることを聞くために、娘の方に屈まねばならない。ファンニは彼の耳に何事かをささやくと同時に、自分の財布を彼の手に押しつけた。

エーリクは、全員に聞こえるように、家では財布をファンニの机におく、そこなら安全で盗まれることはないから、と言った。彼は一座に目配せをした。それから、自分の訪問は短時間の寄り道と考えてもらいたい、すぐにまた立ち去るから、と言った。このとき、アルフレートが家のなかから出てきた。サリーの意地悪な呼び方にならえば、居酒屋帰りのアルフレート。アルフレートの顎に水が一滴ついている。顔を洗ったからだ。

エンマは切り分けた西瓜を一座に分けた。みながそれに手を伸ばしたが、エーリクだけはそうしなかった。エーリクの身体はアルフレートの身体に比べると痩せていて、ふたりはほぼ同じ背の高さだったが、エーリクの方が小柄に見えた。また、より少年っぽく、より予測がつかなかった。彼にはどこか謎めいたところがあった。彼の細い身体は狭い穴をくぐり抜けることができそうだったし、そのために隠し事をするのにより適しているように見えた。

アルフレートはエーリクに向かって言った。

「炎暑のなかでもっとも繁茂するのは、空想、攻撃性、無分別、怠惰、そして情欲だ。この観点に立って、きみにわが家族を展望して見せようか?」

一瞬、一座は静かになった。するとすぐに、エンマが西瓜の一切れにかぶりつく音が聞こえた。赤い果肉の縁越しに彼女の緑の目から好奇心が光った。ファンニはスイカの種を芝の上に吐き出した。サリーはエーリクを見ていた。彼はぎょっとして自分の娘に目をやるが、それは彼女を見ようと思ってのことではない。ファンニは、西瓜の果肉をかじり取るささいな課題にすっかり没頭している。アルフレートは第六感を持っているのだろうか? ふう、そうとすれば、それはまったく新奇なことで、好都合とは言えない。

「全員にとって、怠惰であることをおおいに望むよ」とエーリクは言った。彼は眉を高くつり上げた。「ファンニの場合は不作法だ。おそらく彼女が種をことさら音を立ててあたり構わず吐き散らすのは、私が譲歩するのを意図してのことだ。父親たる私がここにいるのが気に食わないのさ」

エーリクの影が芝の上で震えている。エーリクは、あたかも話の脈絡を失ってしまったかのようなふりをする。当たり障りのない言葉を残して、彼は車に戻っていった。方向転換しながら、エーリクは一座に手を振った。サリーの神経の恋路回路が作動して、前腕の和毛《にこげ》が震えた。

それから一時間後、アリスがお払い箱になった衣類を入れた二つの袋を家のドアの背後において、次の機会に誰か廃棄物コンテナに投げ込んでくれないかな、と言ったとき、サリーはそれを黙認した。アリスが夕食にビーフサラダを食べたいと言うので、サリーは同意して、必要な物を準備した。サリーが自分でマヨネーズを作るかわりに既成の瓶詰めを使おうとしていると、それにアリスは難癖をつけた。とんでもない。いまやサリーはそうあっさりとアリスの横暴を許すわけにはゆかない。自分はぶらぶらしていて、難癖をつける、自分ほど偉い者はいないという態度、それらがサリーを激怒させた。売り言葉に買い言葉、ついにサリーは、あなたには社会的感覚が欠けている、とアリスを非難した。でも、文化的意識が自家製のマヨネーズやホテルの石鹸の収集のようなことに限定されている人の場合には驚くほどのことではないわね。

アリスがこれを甘受するはずがない。サリーと口論になったときには、アリスは不快なことを良く堪え忍んでいた。この点は認めてやらねばならない。だが、今回の投与量はあきらかにアリスにとって過剰だった。内心で怒り狂って、アリスは言い放った。ママに聖女を演じてもらいたくないよ、エーリク・アウリヒに尻を触らせておいて。

この一撃は効いた。サリーの心臓は高鳴った。奇襲するような、形を為さぬ考えが尋常ならざる早さで頭のなかを旋回した——アリスは窓から見ていたにちがいない、軽視すべきか、それとも否定すべきか——

「どうかしたんじゃない？　何を言ってるの!?」とサリーは度肝を抜かれて言った。

「わたしたちの顔に目があるのは何のためだと思う？」とアリスは応じた。

「そのためでないことは間違いない。あなたの頭はどうかしているわ！」

「だってわたしは幽霊を見たわけじゃないよ、ママ」

「でも、そうとしか思えない。そんな馬鹿げたことに対してなんて言えばいいの？」

「わたしははっきりと見たもの。ふたりには何かあるの？」

「アリス、あなたは夢を見ているんだわ」

「ママは嘘をついている」

「わたしは嘘はつかない。あなたは頭がどうかしている。母親に対してなんて口の利き方をするの？」

「なんという嘘つき！」とアリスは言った。

「嘘なんてついていない」とサリーは断言した。

「なんという嘘つき」

「アリス、あくまでそう言いたいのなら、勝手にするがいい」

「基本的には、わたしにはどうでもいい、要するに、基本的には、まったくどうでもいいこと」

ふたりはいきなり別れた。サリーはマヨネーズの入った瓶をじっと見ている。くすんだ黄色とチェリートマトのおどおどした赤が隣り合って並んでいるさまは、この瞬間どこか愚直な感じを与える。

それからサリーが足で開いていたキッチンの引き出しを押しやると、大きな音が鳴り響いた。

まさかこんなひどいことになるとは。

第5章

子ども時代にその存在がわかりかけてから、意識の観念がサリーを苦しめた。学校や町のなかの人混みにまぎれていると、自分自身に対する驚きに襲われることが定期的に生じた。これほど多くの人間とそのなかにいる自分。わたし、それは世界と神秘的に共鳴し合うことはなく、多くのことから分離されている何か特別なものだった。まったく特定の物質的な外見とまったく特定の親和性を有するもの、つまり、サリー・コテックという名を冠せられた身体。サリーはしばしば、ほかの者たちがこの奇妙な現象について自分ほどには語りたがらない、少なくともそのことに言及しない事実を目の当たりにすると呆然となるのだった。ほんとうに不思議！　というのも、この身体の一部は不可視の意識だったからだ。この意識は証明済みと見做すことができた、それを感じることもできた、それはサリーを一種の所有者の誇りで満たした、サリーはその所有物を貪欲に言葉で言いあらわした——さらにそれらに属するあらゆる構成部分に関しても。すなわち、わたしの腕、わたしの目、わたしの口、わたしの足——さらにまた、同じく自分の所有物に属するもの、サリーがそれに言及したり、それを少しいじったりすると、大人たちは眉をひそめるか、不愉快に感じるもの、わたしの性器。それはもちろん性器とは呼ばれず、名前を持っていない。それもまた「わたし《イッヒ》」であるか、または「だめ《ナイン》！」

だった——可塑性のある人間の子は賢くなければならない、さらに、それを自由に扱えるのは自分自身だけで、ほかの誰も自由にはできない特定の物を所有する特定の人間として、おとなしくしているか、それとも自己主張するのか、どちらを望むかをすばやく学ばなければならないという微妙な規範に応じて。

　ひょっとしたらこのアイデンティティの謎はすべての子どもを悩ませるのかもしれない、たとえそれがごく一時的だとしても。サリーはその悩みとは無縁だった。ひょっとしたら、すでに就学前に小神秘主義者で、トーマス・ベルンハルト〔一九三一～一九八九年。オーストリアの小説家、劇作家〕やミシェル・ウエルベック〔一九五八年生まれのフランスの小説家、詩人〕のような作家の読者として登録可能なまでに成熟していたのは、彼女だけだったかもしれない。あるいは、サリーの場合には、ほかの子どもよりも大きな不安感が作用していたのかもしれない。というのも、サリーは非婚の子で、アブノーマルな家庭で育てられたからだ、四〇年以上も前に。あるいはこのような事情であれば、どんな子でも自己確認を迫られるのかもしれない。わたしは誰？　なぜわたしには父親がいないの？　わたしの母親はほんとうに頭がおかしいの？　母はロンドンで、わたしはウィーンで暮らしているのはなぜ？　それに、わたしの名前についても言いたいことがある。どうしたらこの名前に見合うようにできるっていうの？　その名前はどんな痕跡を残すのか？　さらに外見については？　それは何を語っているのか？　青白い肌は？　赤みがかったブロンドの髪は？　外国風の身なり《アウトフィット》については？

　ロンドンからは、サリーの母親が家政婦として働いていた家々の子どもたちの不要になった衣類を詰めた小包が送られてきた。そのためにモードに関しては、サリーは自分ではそうとは知らずに、学校の友だちよりもしばしば数年先んじていた。ただ、自分が違っていることだけはわかった。自分自身の個性を考えるにつけても、サリーは仲間とは異なっているという感覚を持っていた。この感覚はけっしてなくならなかった。彼女はいつかあるとき、人間生物学と自分自身の誕生という偶然が彼女に与えていた特別な統一性を受け入れたけれど、だからといって、それについて考えたり、きちんと調べたりするのをやめることはなかった。わたしは誰？　結局はそこにゆきついた。

　子どものころサリーは、自分にはそれがわからない、だから、いつかある日それを見つけ出すまで執拗に回答を探すだろう、と考えた。青春期になると、彼女は回答を得たと思った。しかしそうなると、新しい認識が開かれて、サリー・コテックとは誰か、という問いに対する回答は新しい解釈を必要とした。二四歳になり、学位を得た自信に加えて、セックスの分野でのすこぶる高い評価を手にすると、サリーはこう考えた。自分は完全に形成された身体と完全に形成された個性を有していて、いまや自分が誰であるかについての確定的な観念を持っている。しかし、時代と人生の思いがけぬ挑発——挫折、失望、幸福な状況——のために否応なしに、回答を数年に一度は修正するか、少なくとも部分的に変更することを余儀なくされた。

　そうこうする間に、問題の回答はすでに問いのなかにあるとサリーは考えるようになった。自我《イッヒ》という考え方はひどくはかなく、燃焼を説明する燃素《フロギストン》のように捉えがたかった。サリーが四歳のときに初めて——あるいは一一歳、二四歳、または三五歳の時点で——回答の得られない疑問を解こうと試みたとき、彼女の実体と思われたものは、一時間半の映画のなかの個々の場面のように、強く訴える力を持っていた。サリーはたえず変貌を遂げた。変化は、経験や場所や人生の転機、彼女の近くにあらわれる人間の影響下で生じた。彼女は押し込み強盗のために、そしてまた誰かに夢中になるという魔法の杖のもとで大きく変貌した。ひとつの出来事がサリーを根本的にすっかり変えたわけではない、それはあり得ない。だが、複数のことどもが作用を及ぼさずに済むはずはなかった。メアリー・マッカーシー〔一九一二〜一九八九年。アメリカ合衆国の作家で批評家〕は次のように言っているが、まったく正しい。誰かに恋心を抱いて夢中になったとしても、自身が現在のままで変わらないとすれば、何も生まれないだろう。

ある婦人服専門店が倒産して、金曜日にクリアランスセールを始めるという広告が出ていた。それはサリーにとって、午前中に町へ出たいと言うための格好の口実になった。じつを言えば、彼女はすでに前日に買物を済ませて、コインロッカーに入れてあった。それはささいなことだったが、大事なことだった。サリーは情事に際して危険な状況を知っていた。最初のころうっかりして家のベッドの上に突き出た部屋の梁に二～三度頭をぶつけたことがあったように。

起床したときからすでにサリーは神経質になっていて、震える指で化粧をした。アリスはふたたびブリュッセルに戻っていたし、エンマは婚約したばかりの友人宅に出かけていた。グスタフとアルフレートは家にいた。アルフレートは、サリーに同行したいと急に言い出した。サリーはびっくりした。アルフレートがふたたび少しずつ新しい生活に慣れ親しむことを喜んで支持するかわりに、サリーは以下の三点を、つまりアルフレートは、第一に買物を嫌っていること、第二にスプリンクラーを修理するグスタフを手伝うと言っていたこと、そして第三にサリーは買物の後すぐに水泳に行くことを思い出させた。セックスのために費やされる体力と空想の膨大なエネルギー消費量はあいかわらず驚くべきものなのだ。結局、アルフレートはサリーの論拠に屈して、家に留まる方が賢明であることを認めた。それどころか、アルフレートはふたたび微笑みを取り戻した。彼の以前の快活さが一瞬光を放った。サリーは彼の唇にキスをしたが、それは形式的なだけではなかった。それからすぐに、アルフレートの考えがまた変わらないうちに、サリーは家を出ることにした。

サリーが地下鉄の駅から外へ出ると、エーリクはすでにそこにいた。ガラス、スチール、ファサード の色、多くの石、それらが柔らかくきらきら光るなかで彼は紺色のスーツを身に着けて、ルートヴイヒスカペレの壁の上に座って、新聞を読んでいた。サリーには、誰かに会うことがこれほどうれしいことはかつてなかったような気がした。週の初めにちょっと会ったときすでに、彼女には最初のふれあいの瞬間に居合わせているような感じだった、あたかも彼女の人生において何も失うことのなかった何かが自分のなかから急に出て行くような。

エーリクは新聞をたたんだ。ふたりはキスなしの挨拶を交わした。というのも、ふたりは省庁舎の建物の窓のすぐ下に立っていたから。ふたりは舗装された広場の上で肩が並ぶくらいの距離を保っていた、エーリクは右、サリーは左に。その間にふたりの肩が触れあうことがあった。エーリクは両手をズボンのポケットに突っ込んでいた、不用意に腕をサリーの腰におかないように。彼はなにごとかを尋ね、彼女に微笑みかけた。サリーの性器の脳はただちに反応して、彼女は平静を保つために、なんとしても数メートル先へ進む必要に駆られた。同時に彼女は、格別重要な時間はしばしばとても短いことに驚いた。エーリクといっしょにいると、たびたびそのような瞬間があった、純粋な、軽やかな大気のなかにいるような。

「ええ、そのつもりよ」とサリーはアイロニカルに響く声音で言った。ちょうどそのとき自動車の列が鳴らすクラクションが聞こえた。

ごくごく普通の金曜日の午前一一時だった。しかしその日は8と0が交互に並んで左右対称の日付になったために、非公式の祝日に格上げされていた。ウィーンの中心にある第一区は、軽い錯乱状態に陥って、すべてをそれ自身の影として引き寄せて円形にしてしまう危険につねにさらされていた。そしてこの午前には、通りは観光客の群れに加えて、盛装した人たちで溢れていた。彼らは喜びで膨らんだ顔でケーキ製造業者の雰囲気と精神の暗渠の混合物を強調している。あらゆる教会とあらゆる戸籍課では、新郎新婦が長蛇の列を成している。結婚願望には事欠かないように見えるが、想像力が欠けている。新郎新婦は互いに似ている、安っぽい着想の日付にふさわしく。かれらは無頓着に聖堂《ドーム》の前で写真を撮らせているが、聖堂の正面は美徳のアレゴリーだけで飾られているのではなかった。

「さいわいなことにわたしたちはすでに結婚している」とサリーは笑いながら言った。

エーリクは少し不機嫌に笑いを返したが、屈託のなさがすぐにふたたび優勢になった。さらに歩を進めると、サリー同様うきうきしていた。軽やかで速やかな足取りでふたりは立ち去った。すでに幸福だったけれど、それでもどこか別のところでふたりだけになりたいと欲する二人の人間。

第一区は結婚式のためにあまりにも多くの人たちがいたから、そのなかにはふたりを知っている人物がいないともかぎらない。それでふたりはシュヴェーデンプラッツに行き、ターボルシュトラーセを横断してカルメリーターマルクトに行った。そこで彼らはある店のいちばん奥の隅に腰を下ろした。そこからは窓越しに広場の一部を見渡すことができた。

「ようやく一息つけるね」とエーリクは言った。

ふたりの顔から数枚の被膜がはがれ落ちた。この数年来に生じた一切合切について話したとき、ふたりの言葉は重なり合った。どうやらエーリクはすでにかなり以前からサリーに熱を上げていたらしい。彼は、サリーがかつてしたことや言ったこと、あるいは身に着けていたものをすべて思い出すことができた。彼は、サリーがトップコンディションのときも惨めな状態のときも知っていた。エーリクは一度ならず朝早くサリーとアルフレートの家にやって来たことがあった。いっしょにハイキングに出かけるために、アルフレートを迎えに来たのだった。だが、アルフレートは約束の時刻までに準備ができていなかったので、エーリクとサリーはキッチンでコーヒーを飲んだ。サリーはグリーンのモーニングガウンを着て、メイクなし、乱れた髪、まだすっかり目覚めない状態、室内履きに、ガウンの下はショーツだった。ふつうならば、他人には絶対に見せない姿。エーリクはそれには注意を向けないか、気にかけないようだった。彼はリラックスして話していたし、サリーは控えめな彼といっしょにいると、心地良く感じた。だが、エーリクはサリーの室内履きの色まで覚えていた。

彼は上着のポケットからプレゼントの品を引っ張り出した。かつてサリーは、エーリクもアルフレートも使っていないオーデコロンがいいと言ったことがあった。エーリクはサリーにグレイフランネルをプレゼントした、擦り切れて裾のほつれた古いモーニングガウンのささいな思い出として。サリーはその匂いをかいでみた。間違いなく素晴らしい一品。

モーニングガウンのことを思うと、サリーはひどく興奮した。彼女はエーリクを抱きしめたかった。そのかわりに、彼女は笑った。笑いもまたエロティックな序幕になることがある。

「うれしいわ」と彼女は言った。

「何かすてきなことに投資できるのに、後生大事に金を溜め込んでおくのは意味がないからね」と彼は言った。「人生の喜びのために金を使うのはすてきなことだ」

ふたりに共通することを探す過程で、ふたりは同じ食べ物が大好きで、ずっと以前に同じ芝居を見ていたことを発見した。彼らはふたりの人生の歩みを後からシンクロさせようと試みた。ふたりが互いにまだ全然知らないところでも接点を持っていた。ふたりの学校時代も接点があった。大学の時期、また結婚した時期もたがいに接していた。ほぼ同い年、似たような音楽、似たような本の数々。ふたりは年月を飛び越して、後から近しさを作り上げた。それはちょうど、彼らの要求に応じて次々に利用可能な橋を可能なかぎりたくさん架けるのに似ていた。

時間を無駄にしないために、ふたりは好物の料理を飲み込むように食べた。ふたりに共通することのために飲み込むこと――似通った心！　ふたたび通りに出ると、一時一五分だった。明瞭な明るい鐘の音が水の多い地域を越えて運ばれてくる。ふたりはタクシーに乗り込み、ふたりが運ばれてゆくべきホテルの名を告げた。そしてついに、移動する車の孤絶のなかで、ふたりはキスを交わした。エーリクの舌はなめらかだった。サリーはそれを彼にふさわしいと思った。

タクシーはふたりをヴィエナ・ダニューブに運んだ。部屋は七階で、ドナウを真下に見下ろすことができる。サリーは感激した。彼女は数分間窓際に立っていた。川は音もなく窓ガラスの奥で流れていて、じじつ音がしないように見えた。サリーは、エーリクとの関係を上から眺めることができたら何が見えるだろうか、と自問した。町のなかの改修された川の流れのようにまっすぐでないことはたしか。川の流れよりももっと曲がりくねっていて、もっとしなやかなもの。サリーはそう考えた。そして、この考えをさらに考え続けたかった。だが、エーリクが彼女の背後で、かなりロマンティックなことを彼女に語りかけた。状況に照らしてみれば、まったくお門違いというわけではなかったけれど。たとえば、CNNのリポーターのなかにサリーによく似た女性がいるという。どうやらそれはお世辞のつもりらしい。

ふたりはソファに座っていた。エーリクは、数年来サリーと寝ることを考えていたと言う、どこで、どのように、どれくらいの頻度で。サリーは、自分も似たような考えを抱いていたと言って、彼を元気づけた。まあいいだろう、好きになった男性なら誰に対してもサリーはそう思ったのだから。それをサリーは自分自身にとってより良いことだと考えた。サリーは、わたしたちはすでに二年前にいまと同じようにすることもできたのに、と言った。エーリクはこれに反論して、そうは思わないね、ぼくの見るところでは、きみはいまでもまだそこまではいっていない、サリーは赤い布を雄牛の前で振り回しているだけだ、と言う——サリーは呆気にとられて笑った。エーリクはどうやら幾つかの事柄を勘違いしていて、彼自身のためらいを彼女に投影していた。おそらくサリーが彼をナーバスにしたのだ。その根拠はじゅうぶんにあった。エーリクは興奮のあまり赤くなって、話題を初めに戻した。

サリーは彼の話にはもはや部分的にしかついてゆけなかった。情事への加速度があまりにも強くサリーを捉えていて、彼女はしばらく前からセックスが突然この世で唯一真性のものであって、そのほかには何もないような、いくらか屈辱的な状態にあった。

サリーは苛立たしげにじっとエーリクを見た。彼女には、この瞬間彼のなかにふたりの可能性を暗示する力があるように思われた。そのことがサリーを刺激した。おまえはすぐに驚くだろう、という感覚。高度に発達した脳のための余地を備えた大きな頭、知歯《ちし》が生える箇所にある力強い顎の骨。彼の喉仏が上下に動く。彼は両足をソファに乗せて座っていて、彼のソックスは彼女の右太腿の隣にある。サリー自身はすでに半ば衣服を脱ぎ去った状態で、髪はかなり乱れている。挑むように、彼女は手を彼の右足に這わせる。彼女は彼の足首を握りしめる。だが、彼はそれに反応せずに、ひき続き、彼の見解によれば当初から緊張をはらんでいた二組のペア間に存する四つ葉のクローバーの状況を分析する。

サリーはもうそれ以上待てなかった、言い換えれば、まったく理屈抜きにうんざり。

「ねえ、エーリク」とサリーは遮った。「わたしが愚かなことをするのは、わたしが愚かだからではないの。だから、おしゃべりはもうやめましょう。複雑であることはわかるわ。でも、わたしは複雑な事柄には慣れっこよ。さもなければ、ひょっとしたら貞節を守るかもしれない。もうあっさりやる方がいいのよ」

エーリクは少し驚いて、言った。

「きみはほんとうに自然なんだね。脱帽だ、きみのやり方には」

いまさら何を、とサリーは考えた。彼女は明確な言葉遣いを好んだ。彼女の考えでは、それによって諸々の事象は充実と濃度を得られるし、そうすれば世界のなかで安定した何物かとしての、また揺るぎないものとしての地歩を占めることができる。それどころか、ひょっとしたら何かすてきなものとしての地歩を。これとは逆に、別の選択肢として可能な、サリーも若いときには用いたことのあるむしろソフトで婉曲な表現は、彼女の考えでは、自信のなさと接触不安を暗示するもので、事象を的確に指示するというよりはむしろ美化する。それも多くの考え方のひとつかもしれない。別の人間は別のことを考える。ともあれ、サリーは、ソフトな表現の持つまぎらわしくてルーズな印象主義を避けるために、最大限の努力をした。

彼女は立ち上がった。もはやさらなる口説きのテクニックは必要ないと思われたから、エーリクをベッドへと導いた。ふたりの会話で彼女は擦り傷ができたように感じていた。もっとサリーの気に入ったのは、エーリクがいま彼女に言ったこと、つまり、言葉の三連星だった。すでに庭でのあのとき以来、エーリクは、サリーを熱愛していることを隠そうとはしなかった。だが彼は、ようやくこの瞬間に決定的な、意味論上のクレヴァスを飛び越えたのだ。——サリーは幸福だった。彼女はすでに、新たな男から愛の告白を受けるといつも、男の言葉のなかに、「これまできみはすべてを正しくおこなった」というメッセージを読み取っていることがしばしばあることに気づいていた。

サリーは愛の宣言を返さなかった。そんなことは彼女には間抜けなことと思われたからだ。エーリクは失望した。愛においても、どれほど慣習と松葉杖に依存していることか、じつに奇妙だ。

「わたしたちの前にある興味深い時間」。サリーは着衣をすっかり脱ぎながら、そう告げた。洗い立てのシーツの匂いが彼女のなかに吸い込まれて、ソファの上で感じられたかすかな不快感はふたたび背後へと退いた。クッションは滑らかで清潔な手触りがする。罪と邪悪の匂いは微塵もなかった。肝心なことは、自分が幸福であること、それは良心の咎めを覚えるべきとする観念からサリーを解放した。罪に値するのは、自分が幸福とは感じられず、粗野な喜びをいくらか感じるにすぎない場合だけだった。

サリーはエーリクの上に屈んで、三本の指を彼の口のなかに滑らせた。彼は彼女の縦長になった胸に触れた。胸は少し寄せられて、小さい窪みができた。サリーとエーリクは交互に上になり、下になった。そしてまた、逆の順で繰り返された。ふたりはたがいにこれらのことを初めておこなうのではない人間の好奇心を持って、臆することなく思いのままに探り合った。すると突然、サリーはヴァギナのなかにペニスを感じて、息を呑んだ！　それはサリーが想像していたよりもずっと良かった。エーリクは辛抱強く待ち、正しい瞬間に固くなった。彼の手は感度の良いセンサーを備えていた。それはベッドで評価しうるもので、ただ普通のつき合いで誰かを知っている場合には絶対に見ることのできないクオリティー。そのうえ、サリーはたしかにこの一〇年来、相手の骨盤がわが身に触れることがある男とベッドをともにしたことがなかった。サリーはそれが気に入った。ほんとうにすてき。エーリクが最後に大きな声を上げたことも気に入った。ほんとうに素晴らしい。あきらかに上級のカテゴリー。

エーリクが左腕をサリーのうなじの下に入れて、ふたりが心臓を波打たせて並んで横になっていたとき、サリーは言った。

「わたしが思うには、これはもう避けようがなかった」

彼女の口調はどこか冷淡な感じを伴っていたが、安らいでリラックスした感じもあった。

エーリクは気遣わしげに瞬きした。

「おそらくそうだろうね」と彼は疲労困憊して言った。その声で、彼が仰向けに横たわっていることがわかる。「こうなって、ぼくはうれしいよ」

「わたしもよ」と彼女は言った。「なんとしても別なふうにはしたくなかった」

しばらくふたりは沈黙していた。それぞれがそれぞれのために。サリーは身体を彼に強く押しつけた。すると彼は尋ねた。

「それじゃ、きみは最初からぼくと寝たかった？」

「うーん」と彼女は低く応じた。

「認めなさい」と彼は言った。

「そうね、そのとおり」と彼女は思案しつつ言った。「でも、それは特別なことではまったくないのよ、自分の気に入った男とベッドをともにしたいと思うのは。特別なのは、わたしが実際にそうするときだけ」

「きみがベッドをともにしたいと思う男は多い？」

サリーは頭を上げて、気乗りがしないまま彼に目を向けた。このテーマは彼女には少し退屈だった。

「ひとはじつに多くの事柄を想像するものよ。それはもう防ぎようがない。いちばんいいのは、自分自身にとってより良いものを探し出すことね。つまり、男たちはみなひどく異なっているのか、それとも根本的にはみな大同小異なのかどうか。ほんの少し両方が混じっているかも。だから悪く取らないでちょうだい」

「ぼくは悪くは取らないよ」

「それならいいわ」

「それで、どうしてぼくなの？」

「それはこの場にふさわしい問いだと思う？」と彼女はびっくりして問い返す。

「うーん、わからない。ぼくには興味深いんだけど」と彼は言った。

「いつもとても多くの前史があるわ。どこから始めたらいい？」

「どこでもいいから」

「ひとつには、わたしがそれを欲したから。ひとつには、あなたのことを信頼しているから。それから、わたしはいま、わたしたちが事を済ませた後では、いつかそうなるかもしれないという不安のなかで生きる必要がもうないからよ。これで立派な動機になるかしら？」

　奇妙に緊張をはらんだ熟慮のひとときがあってから、エーリクはついに意を決すると、ふたたびサリーの上に身を滑らせた。彼女はゆっくりとした、愉悦の、安堵の吐息を漏らした。すると、新たに、軽やかで、すばやい狂気が彼女の身体中を駆けめぐった。それからふたりはこの午後の時間をセックスで過ごした、憂いなく、満たされて。エーリクはオルガスムに達すると、正真正銘の歓声を発した。ブラボー、第二ラウンドもまた、二人の人間が満たされ、一瞬一瞬が満たされる、至福のときだった。終わった。

　ふたりが起き上がったのは、四時半だった。サリーは完全装備でやって来ていたのだが、それは、後でふたたび元どおりに修復するためにはドラッグストア一店分を必要とすると考えてのことだった。サリーはバッグを持ってバスルームに行った。準備してきたものすべてを必要としたから、充足感があった。彼女が部屋に戻ると、エーリクはすでにスーツを着ていた。遂行された行為の後では、スーツ姿はカムフラージュのように見えた。窓辺に立って、彼はネクタイを結んでいる。彼はドナウ川を見下ろした。水はあいかわらず緩慢に水路のなかを流れていて、三時間前よりもさらにしなやかで、造形可能なように見えた。川の流れはとても官能的で、それを手にとって頭上で振り回すことができる何物かのようだった。サリーも同じく窓辺に歩み寄った。一台のモーターボートが川上に向かって進んで行く。ふたりがベッドのなかにいるあいだ、平穏に停滞していた人生はふたたび動き始めた。サリーはボートの行く先を目で追った。かき分けられた水の飛沫《しぶき》が光る。これから泳ぎに行くという考えは魅力的だった。

「きょう、人生は評判以上に素晴らしいね」とエーリクは言った。

サリーには、エーリクの呼吸がすっかり変わっているのがわかる、まるでこれまでもっとも幸福な瞬間であるかのように。サリーは、エーリクが風景を眺めることができるように、なお数秒間の猶予を与えるために、ワンピースのボタンかがりが正しい位置にあるかどうか点検した。

「ビキニを持ってきたの」とサリーは言った。「さあ、アルテドナウに行きましょうよ。そこで話の続きができるわ。あなたの黒のブリーフは立派な水泳パンツよ」


アルテドナウは静止した、一部が航行可能な、ブーメランの形をした三日月湖だ。ドナウの流れを改修した後、ドナウ川の旧流のなかにできあがったもので、いまやウィーン北部の手近な憩いの場になっている。ウィーンの「カースト制度」のもたらす安全感覚に包まれて、サリーとエーリクはアヒルのたむろする向かい側の、自由に出入りできる、芝で覆われた岸辺に腰を下ろした。ここでは青い空がシングルマザーのサングラスに、ビールを飲んでいるプロレタリアの腹の上に、最低額年金受給者の禿頭や水泳帽の上に映っている。一人の若い男が南スラブの言葉で宣言をすると、助走を始めた。すでに水のなかにいる彼の子どもたちの好奇の眼差しのもと、男はコンクリート舗装された岸辺の高台の渡り板の上を走って、空中にいる間に両目を閉じ、膝を胸の前に抱えて、小さな子どもたちが歓声を上げるなか、大音響を立てて水中に落下する。その一瞬、空気は色とりどりの光に満たされる。

その若い男はふたたび岸へと急ぐ、パフォーマンスを繰り返すために。

サリーはすでにホテルでビキニを着込んでいた。彼女がワンピースを脱ぐ間、エーリクは出口の手すりにもたれていた。そこに、水中に飛び込んだ男が水を滴らせて大股でゆっくりとやって来る。そこからは、水が左手の方に湾曲していって、ヴァグラマーシュトラーセのどっしりした橋にいたるのが見える。反対側では、かつての川の流れの右曲がりの弧がカイザーミューレンダムとドナウシュタットブリュッケのところで細い線になっているのを望むことができる。その奥に二本の煙突が高くそびえている。陽差しが揺れて、サリーの顔をひりひりさせる。彼女はエーリクを観察する。彼はサリーとともに水に入ることを断った。ブリーフがすぐには乾かない心配がある、というのがその理由。彼はナジャを七時半に知り合いのところに迎えに行く約束をしていた。濡れたブリーフでは具合が悪かろう、と彼は考えた。

「ぼくはきみを眺めているよ」と彼は言った。

一人の太った女が滑り止めカーペットの敷かれた階段を両足を広げたおぼつかない足取りで水のなかへと進んでゆく。大腿部まで水の中に入ると、全身を水中に沈める。この瞬間、女は自分の年齢を、自分の体重を、自分の病気を振り捨てる。いまや彼女はより若く、より美しく、風景の一部のように見える。サリーはこの女の後に続いた。水は、週前半の三日間の天候の急変のために、温かすぎることはなかった。サリーは飛び込んだ。最初のショックを下腹部で受け止めねばならなかったけれど、その後は素晴らしかった。彼女の動きは午後のセックスの名残をまだ留めていたが、それは明快で単純な動きだった。身体は軽くて、整えられていると感じられた。サリーの身体は暗緑色に光る水のなかをほとんど重量がないかのように浮かんだ。

サリーは力強く沖へ向かって泳ぐ。荒い息を吐き、飛沫を上げる。その後ろには波打つ小さな波ができた。彼女は突然水中に潜ると、ふたたび水のなかから浮かび上がって、頭を空に向ける前に、水中で髪を振るってぼさぼさにした。両手で髪を後ろへと撫でつける。それから仰向けに横たわった。両足が立てるぴちゃぴちゃという音。真上に広がる空はサリーの目には、まるで細かな裂け目と起伏で満ちあふれているかのように、非現実的に見える。サリーはすっかり夢想に浸りきっているような顔をして、上空をじっと見ている、それから頭を脇に向けると、視野に入ってくるものすべてを凝視する。彼女が感じていた幸福は拡大鏡のレンズのような作用を及ぼした。菩提樹とポプラが厚く、びっしりと、ボートやヨットクラブの平屋のバラックの前に並んでいる。厚い大量の水のなかを子どもとカモたちが普通よりもはるかに大きく泳いでいる。反対側のUNO《ウーノ》シティのビルやドナウシュタットの高層ビルも奇妙に力強く突っ立っている。これらのビルのすぐ奥にドナウタワーの先端が見える、注射針のように銀色に光って、すでに夕映えの空に向かって。ひょっとしたら町はこの針で世界のすべての悪に対する予防接種をするのかもしれない、あるいは、すてきな幻覚を手に入れるのかもしれない、この町が以前は精神世界の中心であったことを忘れることができるようにと。

サリーが昂然と頭を反らせて、半ば閉じた目を通して辺りをうかがうと、世界は神秘的で素晴らしく見える。このパースペクティブからは、エーリクが両足を水の上にぶら下げているのが見える。彼は水浴場へ続く徒歩橋の端に座っていて、その目はサリーを追っているかのように思える。彼のダークスーツはこの場に似つかわしくなく、奇妙。

仰向けのまま身体を水に漂わせていると、とてつもない強烈さでくっきりとした意識の大波がサリーの頭のなかを照らし出す。軽い両足の動きのリズムに駆り立てられるかのように、彼女は短時間にじつに多くのことを考える、すでに抜け出した過去のあらゆる恋愛沙汰を、岸辺に座って彼女の泳ぐ姿を眺めていた多くの男たちのことを。ふいにサリーは、一人の男が離れたところから自分を眺めているのに、自分が水のなかにいるのは異様だと感じる。自分は自由だと感じる一方で、また孤立していて孤独だとも感じる。男たちも同じく自分のことにかまけていて、彼らは芝生の上、石の上、あるいは塀の上に座ったり、あるいはまた横たわっていたり、眠っていたり、本を読んでいたり、タバコを吹かしながらモペットにもたれていたりする。サリーは悲しい空虚を感じた。それは、彼女は自分のことにかまけていて、岸辺の男たちが何を考えているのか、また彼らは親切な意図を抱いているのか邪悪な意図を抱いているのか、何もわからないからだった。

サリーが水のなかから男たちに向ける眼差しには、不安や憧れの影は感じられなかった。水のなかからは、彼女は男たちを情緒的に見ることは少なかったし、男たちは少し劣等な印象を与えがちだった。その原因はたしかに、サリーが子ども時代に男たちをもっぱら劣等な存在として経験していたことにあった。彼女は自分の父親をまったく知らなかった。スーパーマーケットの手近な店員についてさえ彼女はもっと多くを知っていた。ひどい話。サリーの祖父はおよそあり得ない人間だった。自分の感情をコントロールできず、衝動買いの傾向があった。彼が自分自身を感じ良く見せたいと思うと、悪趣味になった。さらに、行商人のおじが一人いたが、彼は大酒飲みだった。そしてまた、ある教師、彼はとても感じが良かったけれど、しょっちゅう指で尻の穴をほじっては、すぐにその指の臭いをかいでいた。すべてをひっくるめて言えば、男たちは不名誉な品揃えから成り立っていて、サリーの男性像は彼らによって作り上げられていた。残念ながら、彼女が自由に選ぶことができた男たちもまたかなり愚かな選択肢にすぎなかった。

まだ若い娘だったころ、サリーはほとんど毎日自身の純潔と取り組んでいたのだが、この取り組みを彼女は煩わしく不毛だと感じていた。学校を終えた後、サリーはこの厄介で耐えず脅かされる状態をなんとかして安定した状態に移行させようと決心した。この目的のために、大学での最初の初級ゼミナールで、その態度からして猪突猛進型と推測される一人の同級生を探し当てた。サリーは彼を自宅に訪ねた。彼の母親は第五地区で乳製品販売店を営んでいた。そして彼は、サリーの期待にたがわぬことを証明してみせた。彼は面倒なことを抜きにして、本題へと入ったが、それはパリではふつうだと言って正当化した。それは良い論拠だった。というのも、パリはサリーの自由への願望を満足させたし、ふつうというのが未経験者に特有の保守的な考え方を満足させたからだ。同時代人連盟の礼拝堂のように処女喪失の上にかぶせられた二つの言葉、パリとふつうは、黒いタートルネックセーターと新規の伝統のイメージだった。そのあいだ、サリーは全裸でマットレスの上に横になって、若い男が汗を流して仕事をやり遂げるままにさせた。

　二年後には、サリーの性生活はすでにポルノグラフィーめいた全盛期に達していた。彼女の最初のカイロ滞在中だけでも、ナイル川にハウスボートを所有していたチェコ人、メーヴェンピックのホテルのコック、ドイツの大使館関係者、地元の土木技師、そしてアルフレートがいた。誰か忘れていないだろうか？　それはあり得る。数年を経てようやく、当時は空想の泡のなかで生きていたことがサリーにもはっきりした——どんなに愚かな行為でも、自分は全権を委任された、特別な資格を有する未来の使者であるという信念に支配されていた。

　しかし、実際のところ何がサリーを、これらすべての男たちと性交渉を持つように仕向けたのだろう？　彼女の場合、情緒不安定というのはまったく問題にならなかった——ベッドがいくぶん不安定になるのは別として。サリーはヘンリー・ミラーを読んだ。彼の小説はサリー自身の存在の纏《もつ》れを照らし出す助けになった。だが、それによって男とかかわりを持つことを自分の専門領域にするように仕向けられたのではなかった。むしろ彼女がはるかに強く感じていたのは、遅れを取り戻そうとする大きな欲求だった。さらに、サリーが実の父親を知らないがゆえに感じていた空虚、この空虚はどうにかして満たされねばならなかった。そしてまた、サリーは祖父の厳格な見解に抵抗した。祖父はひとつの文のなかにドイツ的と清潔なという言葉を好んで用いる人間だった。自分は悪い娘なのだという考えがサリーのなかで居座ることが長くなればなるほど、彼女はますます激しく悪い娘のように振る舞うことによってこの考えを追い払おうとした。

　サリーの祖父もまたサリーの泳ぐ姿を眺めていた男たちと同類だった——そこにはあの瞬間があった。そもそもの始まり。天と地の、水と大気の、美と怒りの起源。

　サリーには一人の年配の男と一人の幼い少女の姿が見えた。それはある晴れた日曜の午後のことで、雰囲気としては、彼女の子ども時代によくあったふつうの日曜の午後の印象だった。すてきで、暖かく、白くてかすかに灰色がかった空の下に広がる緑。まるでそのような日がたびたびあったかのような気がする。しかし、実際にはそうではなかったことをサリーは知っている。そのような日はまれだった。

「おまえ、怖いんじゃないのか？」と年配の男は挑発するような物言いをした。

「ううん」と少女は細い子どもの声で言った。「怖くなんかない」

「怖くないってのは、ほんとうか？」

「ほんとうに怖くなんかないよ」と少女はきっぱり言った。

　小さな黄色の水泳パンツを穿いたサリー、新しいきちんとしたパンツ。水泳パンツは茶色に日焼けした細い身体の真ん中にぴったり張りついている。ちょっと突き出た臍、まるまるとした胸郭、なめらかで輝いている皮膚、光を放つ灰緑色の目、ふっくらした赤い頰、上を向いた短い鼻、巻き毛の赤みがかったブロンドの髪のぼさぼさ頭。サリーはそこにただひとり日差しのなかに立って、ブロンドの光の輪として輝いている。サリーは少し勇気を得ようと思って、仰向けに横たわり、両手と両脚を祖父に差し出した。祖父は徒歩橋の端に背を水に向けて立っていた。彼は五歳か六歳の孫娘の手首と踝《くるぶし》をつかんで、その子を小さな包みのように大きく開いた自分の両脚のあいだで揺り動かした。子どもは背を丸めて板の上を振り子のように動く。すると、祖父は大きく弾みをつける。そして、サリーが「お願い、やめて！」と叫ぶ間もなく、孫娘を勢いよく前方へ、カタパルトで発射するように放り投げる。そしてまた、自分の頭越しに、背後に放り投げた、高い弧を描いて。祖父は頭上で手を放した。サリーはきゃあと叫び、空中をひゅっと飛んだ。彼女にはどこが上でどこが下なのかわからない。ぱっしゃーん、サリーは水の中。そしてすぐに次が待っていた。サリーは勇気を植えつけられた。それは抵抗力を発展させる最初の一歩だった。

「もう一度やるか？」

「うん、もう一度やりたい」と彼女は言った。

サリーは真っ逆さまに水に落ちた、あるときは両足から、またあるときは尻から水に落ちた、あるいはヒキガエルのように腹這いになって。仰向けに背中をバシッと水に打たれても、サリーは泣き言を言わなかった。彼女にとって、痛みはなんでもないことを意味したのではない。だが、甘んじて痛みを受け入れることも痛みをやわらげるなにがしかの効用を持っていた。サリーは例外的にしか泣かなかった。たいてい涙を抑えることができた、涙は湿っぽい英国の遺伝だという非難を免れるために。

あのころ自分には勇気があった、それがいまではもはやそれほど勇敢ではない、とサリーは思った。それはかなり正しかった。ふと気づくと、勇気は使い果たされていた。アルフレートを見るがいい。でも自分にはまだ以前の半分の勇気が残されているかもしれない。偏見を持たないことと好奇心にかけては、わたしの蓄えは勇気よりも少しはまし、さいわいなことに。

二〇歳のときのサリーは、反抗的で、エゴイスティックで、気が短く、感覚的だった。さらに、すばしこくて、機転が利き、気まぐれだった、小鳥の群れのように。経験を積むために、彼女にはまだ太刀打ちできない状況にたえず身をおいた。傷つくことを恐れず、たえず複数の関係の縁を忍び歩いた、つねにどこか盗まれた瞬間のなかに、奔放な前進突撃のただなかにいた。路上で一人の人間が自動車に轢かれて死ねば、それをよく見るために立ち止まった。また、豚が屠《ほふ》られるのを見るチャンスがあれば、その光景をみすみす見逃すことはできなかった。次の機会があればすぐにまたそうした、初めてのときには眠れなくなったにもかかわらず。

あるときサリーは学生雑誌のためにヌードモデルにもなった、世界平和のために。アルフレートはいまでもどこかにその雑誌を一部隠し持っている。サリーはといえば、理由は自分でも思い出せなかったが、怒りにまかせてそれを投げ捨ててしまった。だが、国立図書館にはたしかに一部がある。そのことをエーリクに話すと、彼は当該年の雑誌を取り寄せると告げた。一九八〇年の雑誌を。

そうこうする間にサリーは五二歳になって、アルテドナウで仰向けに横たわっていた。魚から太陽を奪い、水が響き、熱気がハミングするのに耳を澄ませる。サリーは幾度も目を閉じた。すべては揺らいでいる。ここにこうして横たわっているだけで船酔いするのではないかと思われた。彼女の思考もまた同じように感じていた、あたかも交合が続いているかのような。だが、相手はエーリクではなくて(彼はいま何を考えているのだろう? 彼にとって重要な何かを得ただろうか?)、もっと高次の、少なくとも一般的な意味で始原の力であり、始原の力と生命に対する彼女の愛だった。サリーは、自分が大きくて均等なスイングの、揺らぎの、回旋の一部であるような気がした。風景がスイングし、揺らぎ、回旋するその一部、その一方で岸辺では男たちが待っている、全員が、重要な男も重要でない男も。カウボーイハットを被った男、ターバンを巻いた男、制服姿の男、引きちぎれたズボンをはいた男、少年の体つきの男、ひげを蓄えた男、そして、ほんとうにそうでなければならなかったのかと後になってサリーが自問した男。ときにはふたり同時に、そのうちの一方だけは誰であるかわかった。アルフレートは頻度が高く、エーリクは初めてだった。エーリクがサリーに、出発する時刻だ、と呼びかけた。

日差しは鈍くなりかけていた。くっきりとした光の層が入れ替わったために、水はいっそう暗くなり、水浴場への歩道橋と日光浴用の芝生の上はすでにひっそりとしている。サリーは水から上がった。彼女の動きにはどこか柔らかく従順なところがあった。心地良い不安がサリーの皮膚の下で震えた。出口の最上段で立ち止まると、頭を脇に傾けて、髪から水を絞った。少し寒気がする。水分を拭うと、ワンピースに身を滑り込ませた。一匹のトンボが目の前に止まって、大きな両目で、サリーがワンピースの下でビキニの上部をブラジャーと交換するのを見ていた。サリーからほんの一〇メートルも離れていないところで、一人の若い女がまったく臆することなく着替えていた。挑発的なところは微塵もなく、リラックスして何の邪心もないことをはっきりと強調していたから、サリーは狼狽し、話しかけられたかのような、不思議な気がした。その点では、若い世代はサリーを追い越していた。より若い世代は羞恥心をも克服している。その若い女の動作は屈託がなく、どこか明るくて、きっぱりしたところがあった。水を飲むことのように日常的な、二人の成人のあいだで双方が望んだセックスのようにふつうの。

エーリクの目の保養のために、サリーは頭を振って、彼の注意をその若い女に向けさせた。女はちょうど裸の胸を気にすることなく、水泳バッグの上に屈むところだった。

「こんにち若い女であるというのはとても興味深いわ」とサリーは嫉妬の混じった口調で言った。

「若い女にとってだけかい？　きみにとっては興味深くはないの？」とエーリクは思慮深げに眉をアーチ形にして言った。

「そうじゃないの」と彼女は言って、濡れた髪の頭を後ろに振った。一瞬、首筋の皺が開いて、皺のなかの白い皮膚が光った。「わたしは若い女と張り合うことはできない。なぜって、わたしはいつでも密かに、自分が女であることを弁明しているからよ。残念ながらとにかくそうなの。子どものときにこの病気を背負い込んでしまうと、そう簡単には治せないものよ。わたしが言いたいのは、男に生まれなかったことに対するかすかな未練」

「一度もそれを乗り越えられなかったの？」とエーリクは尋ねる。

「もちろん乗り越えたわ」とサリーは答える。「でも、乗り越えることを望んだことを覚えている。だからわたしは、ワンピースの下で着替える女たちの一人なわけ。マナー感覚からして、ぜひともそうすべきだというわけではないにしても。わたしにはどうでも良いのかもしれない」

ほんの一瞬エーリクの目がより大きく、より灰色になって、好奇心をあらわにした。サリーには、彼の眼差しのなかに日暮れが映し出されるのが見える。エーリクは急激に全身を動かす。その動きが語るのは、残念な気持ちなのか、控えめな苛立ちなのか、それは判然としない。

「そろそろ行かないと」と彼は言った。

「そうね、残念だけど。一日の終わりね」

たしかにアルフレートはすでにわたしを待っているはず。自分と家庭とを結びつけている時間の糸が急に動くのを感じているのはエーリクだけではない。サリーはエーリクとすばやく舌を絡ませた。彼はこの午後の出来事を思い返している。サリーもまだそれを忘れていなかった。彼女はエーリクの考えを読み取ろうと、彼の顔を注意深く見る。だが、彼の考えが正確にどこにあるのか、わからない。

「あなたはすてきな味がする」と彼女は言った。

「ぼくとしては、きみに触れるのは素晴らしいことだよ」

彼はサリーの尻をそっと軽く叩いた。彼女は肉の穏やかな震えを感じた、あたかも小石が水面に投げ込まれたかのように。このとき、ゆっくりと沈んで行く太陽を雲が覆った。サリーの両腕の細かな毛が逆立った。軽いげっぷが出て、サリーは身震いする。それから一〇秒も経たないうちに、巨大な芝刈り機がふたりの背後から日光浴用の芝生へと曲がって入ってきた。操縦している男は反射板の付いたネオンイエローの上着に、青い防音耳当てをしていて、その背後には怒り狂ったように点滅する警告灯が点いている。芝刈り機はキイキイと音を立てながら芝生の上をがたがたと進んで行く。刈り取られたばかりの芝の匂いが運ばれてくると、かなりむっとする臭いが鼻をつく。前回刈り取られて茶色になった芝の塊が巻き上げられて、それにずたずたに引き裂かれたナメクジが混ぜ合わされるからだ。

サリーは渋面を作って見せる。彼女はサングラスをかけ直し、家路を急ぐ人びとのあいだをエーリクと並んで、ますます少なくなる照明の下をヴァグラーマー通りへと向かう。ふたりが行くことにしていた地点、つまり樹木の濃い影のなかにあるタクシー乗り場に着くと、エーリクは言った。

「ぼくたちを引き離すのは、それぞれの家路が異なっているという事実だけだ」

「優しい言い方ね、ほんとうにありがとう」とサリーは言った。

UNO《ウーノ》シティの高層ビル群はその輝きを失っていた。もう一度キス、タクシー運転手が苛つかないうちに。白みがかった空の下での最後の触れあい。かすかに憂鬱な蛙たちのパイプオルガンが聞こえる、すべてを耐え抜いて生き残った鳴き声。それからエーリクが急に姿を消したので、サリーはまさに盗まれたような気がする。すべてがふたたびとても奇妙だった。

何のために生きるのか、そして何が善なのかという問いには、一致した答えは存在しない。物事はさまざまに見ることができる。サリーでさえ、自分がおこなうことに対して二通りの考えを持っている。つまり、理念上の見解と現実的な見解を。まず前者について言えば、彼女は、人間は人生において愛することができるのはただ一人だけとはかぎらないことを確信している。複数の人間に対する愛は、彼女にはまったくふつうのことに思われる。つねに一人の人間だけを愛し、その人間と永遠にともに暮らし、情緒的にも性的にも特定の相手と結びついているという考えは、非現実的で、それは年老いた男たちの発明だとサリーは思う。自身の権力に対する不安を持っているじつに多くの年老いた男たちが存在する。彼らが世界に張りめぐらすネットをじゅうぶんに見張ることは不可能。自分自身に対して全面的な制約を認める人間は、この老いぼれ男たちのネットの強制を受け入れているのだ。人間が「ああしなければ、こうしなければ」と思って生きていることには、ときには実際的な理由があることはたしかだ。でも、彼らは内部からではなく外部から来る強制の下で生きている。それがサリーの考えだった。まだ若かったころからそう考えていた。すでに述べたように、これは理念上のヴァージョンで、現実的なヴァージョンでは次のようになるだろう。彼女が自分の夫だけを独占的に愛してはおらず、彼に対して不実であれば、彼女は夫を傷つけることになる。そして、彼女が同時に複数の男たちを愛するならば、彼女は誰をも満足させることはできない。そして、ある男が複数の女(サリーもそのうちの一人)を愛する場合、彼もまた女たちの誰をも満足させることはできない。サリーはほかの女たちに負けず劣らず貪欲で、同じように目立ちたいと思う方だ。——だが、それはまさに表面的な見方だ。というのも、満足させられたいという願望はいくらか疑わしいからだ。人はこの願望から自身を解放しなければならないだろう、少なくともその間に第二番目の地位に立つことを余儀なくされても傷つかないと感じられる程度には。結局のところ、自発性と幸福に対する願望を抑圧すれば、傷を負わせることになる、たしかに自分自身を傷つける結果になる。

サリーは前日に買った品々をカールスプラッツ駅のコインロッカーに入れてあったので、そこまで回り道をしなければならず、その結果、ようやく帰宅したときにはすでに暗くなっていた。家のドアの前に立つと、興奮のあまり彼女の胃が少し動いた。鍵を新しい鍵穴に差し込む前に、サリーはしばらく漠然とした考えに浸った。居間からは、良く響くテレビの声が聞こえてくる。居間に向かってサリーが元気よく「ハロー！」と叫びかけると、それに応じたのはグスタフだった。彼は、役立たずの王様のように玉座に鎮座して、ニュースを見ている。

買い込んだものがよく見えるように、それらをサリーはキッチンテーブルの中央においた。それから、流し台の上に水が滴り落ちていたので、蛇口をひねって止めた。短くキーという音がパイプのなかに響く。ひき続いて、世紀の怪獣が今度はどんな形でテレビ画面にあらわれるのかを見るために、居間に戻った。気候変動、狂信《ファナティズム》、インフレ、現存する世界に対する人間の嫌悪感。

オリンピックがあった一方で、グルジアとロシアのあいだで激しい戦闘があった。サリーは、この日結婚した者たちには、八の連続する日付に加えて、結婚記念日を思い出す助けとして戦争がプレゼントされたように思われた。グスタフは狼狽している。ウズベク人が気の毒だ、と彼は言った。それともオセット人だったかな？

アルフレートの巨大な肘掛け椅子に座っていると、グスタフは信じられないほど幼く見えた。彼はほとんどまだ少年で、姉たちや父親ほど複雑でもなければ、破壊的でもない。サリーに言わせれば、アルフレートは大量の女性的エネルギーを所有している。

「どういうわけ」と彼女は尋ねた。「戦争が勃発したっていうのに、あなたのパパがここに座っていないのは？」

その問いに反応するのに、グスタフは少し時間が必要だった。答える前に、彼は肘掛け椅子のなかで姿勢を変えた。

「パパにとって今日はひどい日になったんだ」と彼は答えた。「最初、ぼくたちはスプリンクラーのヘッドを結局だめにしてしまって。それからパパは、泥棒たちがパパの日記帳に何か書き込んであるのを見つけたんだよ」

この知らせはサリーの内部に短い軋み音を引き起こした。彼女が家に持ち帰った幸福の快感はこの軋み音に驚いて、追いたてられるように消えていた。同時に、サリーは自分の両肩にのしかかる重みを感じた。驚愕と説明できない悲しみの感情とともに、この重みを不快な何か、煩わしいことだと感じた。気持ちを苛立たせる何か。できることなら、回れ右をして、家を出て、どこかへ逃げてしまいたかった。

「書き込んだ?」と彼女は尋ねた。「何を書き込んだの?」

「それをパパはぼくには言わないんだよ。とにかく書き込んだ。何かのコメントを。ちくちょう、皆目見当もつかない。パパはもう何時間も前から部屋に籠っている。ついさっきまで、ものすごく傷付いたレコードを聴いていたけど」

「あなたの印象ではどんな感じ?」

「かなりまいってる。そう、ショックで気が動転してる」

「まったく、何てこと」

サリーの心臓は高鳴った。ひとつには同情のため、ひとつには恥辱のために。罪の意識で動揺しつつ、あたかもまさに誤ちを犯したかのような気がした。アルフレートの部屋に行き、ドアをノックした。応答はなかったが、半開きになっていたドアを押し開けた。サリーが傍にいてくれることをアルフレートはどれほど渇望していたかを承知していた。彼は書斎机の椅子の背にもたれて深く沈み込んでいた。彼の顔つきはすっかり変わったように見える。それは灰色の顔のためだけではなく、顔のなかから何か親しいものが消え失せた表情だった。左右のゲジゲジ眉は寄せられて、そのあいだにある皺は、固く結ばれた唇のラインによって不思議な方法で束ねられているように見えた、釘で打ちつけられたように。

「ほんとうについてないわね」とサリーは言った。

アルフレートは目の前にある日記帳の一冊を取り上げた。それは比較的古い一冊で、すでにひどく使い古されていたが、彼は右手の親指を黄ばんだ紙の上に這わせた。紙はかさっと音を立てた。それから彼はその一冊を、少し不快感を催したように、机の上に戻した。アルフレートは度重《たびかさ》なる不幸にひどく憤慨していたので、手元が不たしかになり、鉛筆を立てたコップをあやうく倒しそうになった。コップは不気味に揺れた。

「ひどい気分だよ」と彼は言った。「もう嫌と言うほど不幸に見舞われたからね」

その言葉は石のようにサリーのなかに沈んだ。アルフレートは、七月にスカンディナビアを訪問して以来、かの地を思わせるメランコリーの傾向を強めていたから、サリーは彼の言うことを文字どおりに受け取っていいことを承知していた。さらに、サリーはまだショック状態から脱し切れていなかったから、頭を明晰に保つのが難しかったけれど、アルフレートが彼女の助けを必要としていること、それでも、彼をひとりにしておかなければならないこと、数え切れないほど多くの夜彼をひとりで放っておいた以上にもっとひとりにしておかなければならないこともサリーにはわかっていた。暗い悲しみをすべてわたしによこしなさい、わたしがそれらを全部食べ尽くしてあげるから、モルゲンシュテルンの詩で描かれる巨人のように〔クリスティアン・モルゲンシュテルン（一八七一〜一九一四）はドイツの詩人。彼の詩『殊勝な巨人』では、妻の気に入らないものをすべて食べてしまう巨人が登場する〕。彼女はそう言うべきだったろう。だが、そうは言わなかった。少なくとも、そのようなことを思いつかなかったからではけっしてない。それに抱擁がともなえば、有効に作用したことだろう、ある種の理想的なケース。しかし、この世では残念ながら理想的なケースはそう頻繁には生じない。

そのかわりに、サリーは言った。

「なんて卑劣なことをするの、とても信じられないわね」

サリーは手をアルフレートの左肩においた。このポーズもじゅうぶんではないことはことさら意識するまでもなかった。だが、この日、それ以上は不可能だった。サリーは別の男を思い浮かべた。いま彼のことを考えると、痛ましく感じられた。しかし、その姿を追い払うことは不可能だった。エーリクの姿もまたこの場に居合わせるもっともな権利を有している。ことほど左様に人生はままならぬもの。

「賊たちは何を書き込んだの？」とサリーは尋ねた。

アルフレートは肩をすくめた。

「わたしにそれを見せてくれない？」

アルフレートは不機嫌に頭を振って、何かをごくりと呑みくだす。

「ひどいの？」

鼻と口から侮蔑的な荒い息が漏れる。

「奴らはじつにみごとに狼藉を働いてくれたよ」とついに彼は言った。

サリーはその声のなかに打ち負かされた者の諦めを聞き取った。彼女は、狼藉という言葉で彼が言わんとすることを生き生きと思い浮かべることができた。

「哀れな、哀れなアルフレート」

「こんなひどい仕打ちを受けるのは理不尽だ」

「たしかに」

しかし正直に言えば、サリーには、アルフレートがもともと何を欲しているのか、そして彼の言うひどい仕打ちが何を意味するのか、わかりかねた。愛されると同時に放っておかれること？　そうだろうか？

「きっとまた良くなるって、太っちょさん」とサリーは彼を慰めようと試みた。「あなたにはいまそう信じる意志が欠けているのよ」

「それはちょっと無理な話だ、きみの言うとおりさ。まるで誰かがぼくの口のなかに汚い指を突っ込んだかのような、誰かが回虫を釘で打ちつけたかのような、あるいは誰かが伝染性の腫瘍をぼくの全身にばらまいたかのような気がする。慢性化する何かの病気のような感じだよ」

　サリーは溜息をついた。

「いずれわかるでしょうよ」と彼女は言った。

　サリーはアルフレートに軽く触れることによって、彼に信頼感を植えつけよう、やがてふたたび元気になるという根拠のある希望を彼に思い起こさせようとした。彼女が彼をやがてふたたび愛するだろうことを、彼女が彼を当初愛していたように、そしてその後も繰り返しそうしたように。ただ、いまだけはだめ。だからわたしはあなたに何もしてあげられない。それでも、彼をどれほど愛していたかを彼女は思い起こす。打ちひしがれた大柄な博物館学芸員のなかには鼻汁を啜《すす》り上げる少年がいまだに潜んでいるのが見える、家具職人であった父親の仕事場の大鋸屑《おがくず》のなかで遊んでいる少年が見える。そして、アルフレートのなかには、カイロで彼女に好意を寄せることにかけてはほかの誰もまねのできないほど執拗だった若い男がいまだに見える。サリーは思い出す。彼女はそれを見ている。でもいまは、お願い、アルフレート、あなたはそれをひとりでやり遂げねばならない。それはあまり親切な考えとは言えないわね、でも、いまはあなたの大きな助けにはなれない。それはものすごく難しいの。わたしがたとえ何を言ったとしても、それは幸福な者たちの世界からやって来る言葉、そんな言葉をあなたは聞きたくないでしょう。

サリーはアルフレートを検分した、彼の小さな、悲しげな家にいる、悲しみに暮れるこの大きな男を。このときサリーは、何らかの助言に対するアルフレートの受容能力がどの程度かを査定しようと試みた。彼女は、粉々に打ち壊されたチェストの代替物が見つかるまで、当面のあいだ日記帳が収蔵されている果物用の木箱のおいてあるところへ歩いて行った。下手な字でびっしり書き込まれたそれらの五〇ないし六〇冊のなかに、アルフレートの家庭生活が数時間前までは安全な場所を持っていた。それは灰色の紙で巣を作るスズメバチのようだった。ときおりサリーは、あなたはまた砂に模様を描いているのね、と言って、アルフレートをからかった。しかし本当のところは、サリーは彼の忍耐力をうらやましいと思っていた。彼が二重の観点において自身の伝記に没頭している点がサリーは気に入っていた。ひとつには、ある特定の人生のなかで成長した何者かとして。もうひとつには、手間のかかる、ゆっくりと進捗するこの自画像の所有者として。

「わたしなら、該当するページを切り離して、それを書き写して、写しを貼りつけるけど」と彼女は助け舟を出した。「肝心なのは、すべてがあなたの手で書かれていることでしょ」

サリーは、アルフレートの頭のなかで小さな歯車が動くのが見えた。彼が眉をつり上げてうなずくのを見ると、サリーは軽いめまいを覚えた。それと同時に、まさにいま妻に裏切られているのではないかという疑念を彼がまったく抱いていないことがわかった、とサリーは思った。

「これを魔法で取り除くことはできない。おそらくきみの言うようにするのが最善だろうな」と彼はつぶやいた。

声に出してそう言ったことを彼は自覚しているかどうか、サリーにはいぶかしく思われた。彼は目を上げて、彼女の目を見てうなずいた。いまや、サリーのこだわりが少し解けたために、彼女の顔は前よりも美しかった。彼女は落ち着いてもういちど彼のところへやって来ると、彼に背を向けて部屋を出てゆく前に、手で彼の首筋に触れた。軽い、なだめるような愛撫。アルフレートは閉じられたドアに目を向けた。それを的確に言葉であらわすまでもなく、サリーとの結婚は、この世における彼の好奇心を呼び起こす力をいまだに有している唯一のものであることを彼は知っていた。

　アルフレートはたしかにあまりにも疲れすぎていた。彼の仕事は完全な集中力を要求したから、そのためにへとへとだった。書斎机から立ち上がると、彼は窓辺に行った。そこでしばらくのあいだじっとしていた、英国の小説に出てくる牧師の娘のように身じろぎもせずに。空虚な、慰めのない眼差しで、彼は暗闇のなかを凝視していた。それは、破壊された光景以外の何ものでもない遠くの平原を眺めているかのようだった。家は静寂に沈んでいた。グスタフはテレビを止めて、彼の母親同様に階上へ上っていった。しかし、アルフレートの、多くの腕を持つ感覚は家のなかのどんなにささいなことでも記録した。サリーがバスルームに歩いて行くときに床が鳴る音。ドアから聞こえる物音、それは誰かが教区の知らせか何かを持ってきた音だ。車が停まった。どうしてその車はさらに走って行かないのだろう？　警察のサイレンが鳴った。逃げ去ったこそ泥がよりによってこの庭に潜んでいなければ良いのだが。しばらくのあいだ、ふたたび不安がアルフレートの足のまわりに忍び寄った。夢のなかにいるようだった、すでにきょうずっと、きわめてひそかな数々の不安が背後の木の陰からあらわれることを覚悟しなければならないメルヘンのなかの徒歩旅行者のような。いったいぼくはどうしたっていうんだ、とアルフレートは自問した。ぼくが思うに、狂気までそう遠くはない。そうだ、ほんとうに、狂気にいたるまでそう遠くはない。彼は重い溜息をついて、肩甲骨をできるだけ後方に押しやると、幾度かボキッと音がする。それと連動して、彼があらゆる力を振り絞って、決心するのが見てとれる。ふたたび書斎机に行くにはかなりの努力を払わねばならないが、彼はそれを実行し、腰を下ろす。右のふくらはぎを掻いてから、重要な案件を片づけねばならない人物の顔つきで引き出しから紙を取り出し、別の引き出しからハサミとカーペット用のナイフを取り出す。これらの救援手段を準備してから、机におかれた日記帳の上に彼はかがみ込む。

汗がアルフレートの額を流れる。彼は必要な日記の頁のサイズを測って、紙を正確に切る。不当な目にあったという深い感情を抱いて、かつて青春時代の高揚感のなかで書き流した文章にざっと目をやる。それらの行はラテン語からの翻訳のように見える。インクの文字はすでにひどく古く、乾燥しきっているので、黄緑色が文字の上でほのかに光っている。闖入者たちの一人の病んだ頭脳が残した幅広のマーカーペンの跡にもかかわらず、アルフレートはすべてを判読することができる。彼は憤怒《ふんぬ》もあらわに微笑み、その顔はふたたびゆがんで復讐心に燃えたしかめ面《つら》になる。そしてついに書き写す作業を開始する。一枚目の紙を、何ごとかをつぶやきながら、数十年を経て細かくなった文字で埋めてゆく。

昨夜カバの夢を見た。それから目が覚めた、サリーがぼくの鼻をつまんだからだ。

第6章

「昨夜カバの夢を見たよ」

アルフレートは目が覚めた。サリーが彼の鼻をつまんだからだった。彼女はアルフレートのそばにぴったり寄り添って座り、開放的で感じの良い顔に好奇心に満ちた表情を浮かべて、彼を見下ろしていた。

「あなたの肌が好き」とサリーはうれしそうに言った。「とてもきめ細やかなのに、弾力がある」

イスラム教寺院の礼拝時報係《ムエッツィーン》の朝の呼びかけもアルフレートの耳には届かず、さいわいにも寝過ごしたのだった。すでに陽光が直接ベッドを照らしていて、古い弾薬箱の上におかれたブリキ製の目覚し時計は七時一五分を指していた。夜間は壁に止まっているハエがアルフレートの上に降りてきて、ぶんぶん飛び回っている。彼は手でハエを追い払おうとする。そのうちの一匹がサリーの太腿の上に止まった。

「あなたはとても柔らかか」と彼女は言った。

「ほとんど奇跡のようだ、女が朝早くから上機嫌なのは」とアルフレートは安堵してつぶやいた。

「これまでいっしょになった女たちは例外なく、朝はまずシャワーを浴びなくちゃならなかったからね」

「わたしもちょうどシャワーを浴びるところよ」とサリーは言った。

「でもそれはぼくを愛するためではなく、きみが匂わないようにするためにすぎない」

彼は気持ち良さそうに吐息を漏らすと、軽い喉頭音を立てて背後のクッションに身を任せた。アルフレートは胆嚢に問題を抱えていたために疲れていた。大量のコーヒー、大量のタバコ、大量の菓子類。たったいま、きょうはレントゲン撮影の日であることを思い出した。前夜の準備はぬかりなく済ませていた。晩の八時に軽い夕食をとり、午前零時に種々の錠剤を服用した。これから正午まではただじっと耐えねばならない、何も口にしないで。仕事とセックスに染められた彼の生活は一週間前の最初のレントゲンの予約を台なしにしていた。彼はすでに一〇時に眠り込んでしまい、ふたたび目覚めたのはようやく午前四時だった。錠剤を服用するには遅すぎた。今回は眠らずに、シュトゥットガルトに送るお守り箱に関する論文の浄書をしていた。サリーはとっくにベッドのなか、彼はキッチンで大きな音を立ててタイプを打った。タイプライターのリボンはもはや薄くなっていた。行端に達すると、チーンと音を立てる。夜遅くなると、寝つくのが難しかったし、コートのボタンほどもある大きな錠剤はほとんど飲みくだせないほどだった。さらに、経済状態に関する悩み事があった。彼はますます金欠に瀕していた。ウィーンとベルリンの博物館が売掛金を支払ってくれる前に、すでに彼は差し押さえ状態に陥っていた。半睡状態のなかで、彼は数字の言いなりになっていた。彼は伯母たちや祖母に想像上の手紙をすでに綴《つづ》っていた。彼は彼女たちの財布のなかをのぞき込む。不幸なことに、田舎の淑女たちはアルフレートがカイロでおこなっている仕事の価値を疑っていて、金を麻薬につぎ込んでいると思っていた。そんなふうだったから、彼の窮地を救ってくれるように、サリーに頼み込むほかなかった。彼の知るところ、彼女も同じく文無しだった。

「あなたも来てみない？」とサリーは尋ねた。彼女はアルフレートのうなじにキスをした。彼女の胸がアルフレートの背中に触れた。それから彼女は窓辺に歩み寄ると、窓を開けて、夜間の睡眠によって汚れた空気を入れ換えた。デルタからは新鮮な入荷物を満載した荷車が軽やかな微風とともにやってくる。近東の心地良い香気がサリーの顔を撫でた。そして、往来は叫んでいた。俺も！　わたしも！　犬の悲鳴、うなり声、ブレーキの軋《きし》む音がサリーに襲いかかる。騒音とともにパンの新鮮な匂い、堆肥、薪の燃える匂い、香料入りの水パイプの匂い。

サリーはしばらく開け放たれた窓に立っていた。彼女は最初の太陽の温もりを感じ、幸福のあまり叫びたい気持ちに駆られた。この町で快適な気分になるのは難しくなかった。サリーはウィーンでは自分の友人たちに加えて、ごく少数の人間を愛していた。ここでは、彼女は人生を愛した。

それは一九七七年の初めで、サリーは二一歳、アルフレートは二六歳だった。アルフレートはアグーザ地区のほとんど車の通らないアル＝ニール通りの路地裏に住んでいたが、バルコニーからは左手にナイルの一部がかすかに光るのが見えて、その川面《かわも》の色が変化することで家主は家賃を高く設定できた。住まいは良い場所にあった。当地の環境としては、騒音はそれほどひどくなかったけれど、埃《ほこり》の量はそれなりにあり、かなり多くのハエがいた。バルコニーの下側の換気格子からは、朝からすでに料理店のキッチンの排気が湯気を上げて、食べ物の匂いが広がっていた。その匂いがハエを引きつけた。残念ながら、それは住まいの最大の問題点ではなかった。ハエよりもはるかにずっと厄介だったのは、シャワーの排水漏れであることがわかった。バスルームの階下は家の管理人の部屋で、漏れた水は天井を通って、ちょうど彼のベッドの上に滴り落ちた。

数週間前からそんな具合だった。アルフレートは配管工を連れてくるのに難渋していた。長いこと待たされた挙句、別の誰かに出し抜かれたはてに、またその場しのぎの約束。するとある日、その男は事前の連絡もなしに晩の八時半にやって来ると、タイルを何枚か割って、パイプを一本交換し、いたるところを汚して、破損箇所は修理された、と言った。

　翌朝、アルフレートのドアの呼び鈴が鳴った。それは管理人で、水はあいかわらずベッドに滴っている、と言う。それ以来、毎朝七時半きっかりに呼び鈴が鳴らされ、いつも同じ悪いニュースがもたらされた。それからふいに水漏れは自然に止んだ。だが、それも二日間だけだった。その後はふたたび以前と同じことが繰り返された。ドアの呼び鈴が鳴るたびに、アルフレートはパニックに襲われた、アム・アブドンではないかと。管理人はそういう名前だった。

　そうしたささいで取るに足りないことがアルフレートをひどく狼狽させたのは奇妙だった。アルフレートは管理人の手法を逆手にとって打ち負かそうとした。七時半の五分前になるとすぐに、事態を把握するために、管理人のドアをノックした。この戦略は効果があることがわかった。というのも、そうすることで、アルフレートがアム・アブドンを忘れてはいないことが示されたからだ。

　別の配管工がやって来て、新たにまたタイルを何枚か割って、水漏れ箇所を探すために床に下の天井まで貫通する穴を開けた。それ以来、管理人の部屋とアルフレートのバスルームとのあいだで一種の無線連絡が可能になった。サリーやアルフレートがバスルームを使うと、管理人の部屋で生じていることが聞こえた。ラジオの声、管理人が妻の上におおい被さって励む声、管理人と宗教上の友人たちとの会話。それらはじつに奇妙だった。なぜなら、それらは冥界からやって来る霊の声のように響いたから。管理人と友人たちは、神の公正な働きについて、資本主義的な泥棒の一味について、またエジプトは世界で唯一文明化された共同体であることなどについて話していた。

「ぼくは、オーストリアだと思っていたけどね」とアルフレートは嘲《あざけ》るようにつぶやいた。

　サリーのアラビア語はまだじゅうぶんではなかったから、何かわからないことがあると、アルフレートが通訳をした。特に敬虔な見解が示されると、新時代の、啓蒙された人間の高い現実意識を有するサリーはぎょっとするほど身震いした。彼女には、おとぎ話を信じる人間に対する敬意が少し欠けていた。しかしもっとも不愉快だったのは、管理人の部屋で配管工の拙劣な仕事ぶりが話題になるときだった。そうなると、あまり高潔とは言えない罵《ののし》り言葉が聞こえてきた。それらは配管工に向けられたものだったが、アルフレートとサリーにしてみれば、自分たちに向けられているように感じられた。

逆にサリーは、管理人の耳にはアルフレートのバスルームから何が聞こえているのだろうと自問した。彼女は、管理人に見られないかぎりはかまわないと考えた。それでも監視されている気がして、シャワーを使うときには、アルフレートがつき添ってくれることを好んだ。アルフレートはこの望みにこころよく応じた。サリーの裸身は彼にとっていまなお新鮮だった、彼女にかかわるものすべてと同様に。できることなら、仕立屋のようにしょっちゅう彼女の周りを歩き回っていたかった。というのも、これほどの美人で興味深い女性を彼はそれまで知らなかったからだ。そのような女性がいたとしても、彼女には連れがあったし、アルフレートに裸身を見せることはなかった。彼自身はバスルームではますます頻繁に耳栓を使うようになった。二週間以上経つと、管理人と彼の友人たちが交わす敬虔なお題目を聞くのにうんざりしてきた。アルフレートにとっては、それらの敬虔な言葉は二重の意味で挑発的だった。なぜなら、彼は子どものころ敬虔だったからで、彼の人生に絶対的な意味を賦与する存在としての神とともにあった。

目下のところ、バスルームの物語《サガ》は停滞していた。水漏れ箇所は神秘的なあり方で止まったようにみえた。だが、誰もそれを確信できなかった。というのも、二人目の配管工もタイルを割って、床をこじ開ける以外のことは何もしていなかったからだ。事態は謎のままだった。それで、サリーもアルフレートも、配管工がまたやって来て、床の穴をふたたび閉じてしまうまでは、慌《あわ》てて何かをしようとはせず、ただ待つことにした。そうなるまでのあいだ、ふたりはシャワーを使う場合にはプラスティック製の黄色い洗濯桶のなかに身体を入れて、ほんの少しだけ水を出し、その後で桶をキッチンに運び、汚水を流しに捨てた。そうすることで、さしあたりは上と下とのあいだの平和は保たれた。天井は冬の空気で乾いた。ただし、いまや漆喰《しっくい》が剝がれて、アム・アブドンが眠っている間、彼の上に落ちた。彼がこの件で電話をかけてくることはなく、アルフレートかサリーに階段で出くわすと、その都度報告をした。ふたりは家のなかを犯罪者のように移動し、できるだけ見られることのないように、こっそり出入りした。アム・アブドンに捕まって、苦情を聞かされることのないように。

サリーが英国からの留学生に自分の腹立ちを物語ると、その学生は、そんなのは自分にとってはなんでもない、彼のところでは、トイレ使用後に水を流そうと思えば毎回脚立に上らなければならない、水を止めるためには手を水槽のなかに突っ込んでレバーを動かさなければならない、と言う。さらに、そのことで家主の女性に苦情を申し立てて、水洗装置を修理してくれと頼むと、彼女はこう宣《のたま》った。

「あんたが払っている家賃で何を期待しているの？」

幾《いく》らなの、とサリーは尋ねた。三〇〇エジプトポンド、と英国人は答えた——滅相もない。アルフレートは八〇で、サリーはブーラク地区でレバノンからの難民夫婦と共同で借りたアパートの一室に四五エジプトポンドを払っている。サリーはそこにはほとんどいないも同然だった。なぜなら、借りるときにベッドの寝心地を試すことを忘れていたからだ。そのために、サリーは洋服キャビネットの扉を取り外して、それをマットレスの下に入れたのだが、戻ってくると、キャビネットのドアはいつもまた元の位置に戻されていた。

アルフレートが洗濯桶を持って戻ってきた。桶を運び、それを空けることにはもうかなり習熟していた。その間に下半身に石鹸を塗りつけていたサリーは洗濯桶に入って、蛇口を開けた。アルフレートは椅子に跨《またが》って、右手の肘を椅子の背もたれに乗せ、顎を手で支えて、サリーが身体をすすぐのを眺めていた。アルフレートの顔は、彼が目の当たりにしているものに対する喜びと驚きで火照《ほて》っているように見えた。アルフレートの好奇心は止まるところを知らなかった。サリーの為すこと考えることすべてに対して、アルフレートの好奇心は止まるところを知らなかった。彼はサリーの若い肉体を見だめしていた。ぜひともこの娘と結婚したいと思った。彼女を独り占めにしたい、永遠に、と思ったけれど、彼女がそれに同意するとは思えなかった。

アルフレートがサリーに、彼のところに留まるか、と尋ねると、彼女は曖昧な返事をした。

「わたしにはわからない」と彼女は言った。「いまのところはまだ何とも言えないわ。なんとなくまだ不たしかなの」

「きみの予想は？」と彼は尋ねた。

「いずれにしても、わたしたちの愛がいつか終わるとしても、それで愛の価値が後になって減少するとは思わないわ」

下から管理人のラジオが聞こえた。ラジオはニュースをがなり立てている。中東紛争の熱曲線がまたもや上昇していた。エジプトのプロパガンダがシリアのプロパガンダに混じり、これら全体にレバノンからもたらされた騒動がつけ加わる。イラクからの難癖、おまけにサウジからは要らぬ提案、そして、西側諸国からの挑発。いまや下の世界からはもっとも危険な言葉が発せられる。イスラエル！イスラエル！　イスラエル！　アナウンサーのトーンは男性的になった。以前よりもずっと男性的になって、その声は英雄的な興奮状態にいたる。それは、アラブ世界のあらゆる無秩序のなかでもさらに原始的でまったく見通しがたい情動複合体のただなかにあって、日々変わることのない声の変換だった。

アルフレートは少し身体を起こした。

「これらのニュースが嘘でなければ、夜間外出禁止令が出るぞ。昨夜、アルギーザでは最後まで残っていたナイトクラブが焼き討ちに遭っている」

それから彼はすぐに立ち上がると、サリーにアム・アブドンのベッドのことを思い出させた。屋根のタンクで日に暖められた水がサリーの脇腹からやわらかに波打つ臀部を経て両足へと流れ落ち、排水となって桶に溜まり、もうすでに溢れんばかりになっていた。

キッチンでは蒸気がやかんの蓋を揺すっていた。茶を入れる間、サリーは身体にタオルを巻きつけただけでテーブルに座り、ナイフのグリップでパンの塊《かたまり》を激しく叩くと、パンのなかから蟻がこぼれ落ちてきた。夜のあいだにかれらはパンのなかに通路を穿《うが》っていたのだ。エジプトの模範的な技術者精神の賜物。サリーは手刀で蟻をテーブルから掃き落とした。テーブルはひどくべとべとしている。彼女は考える。テーブルをもう一度きれいに拭った方がいいわね、たぶんあさって、あさってなら暇がある。

「シーッ」とアルフレートは言った。サリーがタオルで身体を覆ってからは、彼はふたたび日常のこととどもに従事することができた。彼はたったいまスイッチを入れたばかりのトランジスタラジオに耳を澄ます。受信機はBBCにセットされていて、女性の声でヨーロッパの天気情報が告げられる。いつものようにウィーンの名は挙げられないが、ブダペストの情報はある。両都市間に大きな差はない。つまり気温はマイナス。それは日々の勝利を意味した。

「ウィーンは墓穴よ」とサリーは言った。

「少なくとも昨日フランス人たちは払ってくれたよ」とアルフレートは言った。「勘違いしなくて良かった。これでまた下劣な連中がどこにいるのかがはっきりする」

アルフレートはカップに茶を注いだ。テーブルには水の入った鉢がおかれている。銀色の子ども用の笛を水につけて柔らかくするためだ。それはアルフレートが前日にバザールで買ったもので、泥まみれで、粘りつく茶色の塊と化しているが、驚くほど英国のボースン呼笛《パイプ》に似ていて、興味深い。

「明日、博物館許可証がもらえることを願うよ」と彼は言った。

「そうはいかないでしょ」とサリーは応じた。

「拒絶する喜びを享受するためだけに、永遠に許可証を出さないほど彼らも子どもっぽくはないだろう」

「いいこと」と彼女は言った。「彼らはもっと子どもっぽいのかもしれない。実際にそうなんだから」

近代エジプトは多くの観点から見て、民族学の地図上では空白があった。アルフレートはこの空白部分の地図を作成しようとしていた。彼の知識を資料で証明するためには、比較資料が必要だった。だが、彼がここで二年来奮励努力して、仕入係としてウィーンとベルリンの民族学博物館に納品してきたにもかかわらず、オーストリア文化研究所の責任者たちは、アルフレートが必要としているカイロの博物館の貯蔵倉庫への立ち入り許可を得るための支援を拒んでいた。ほとんど毎月論文を発表しているにもかかわらず、公式にはアルフレートは旅行者ということになっている。そして、彼の住まいは博物館級の獲得物の通過収容所か集積場だった。キッチンのなかまで自然にそうなった無秩序が支配していた。銅製の調理鍋やフライパン、瓶の首に入れられて次の停電に備えている数本の蠟燭《ろうそく》のそばには、刺繍の施されたシナイ服とスパンコールで装飾されたブルカがかけられ、エジプトの子どもたちの遊具の入った木箱が隅にあった。コーヒーミル、手提げ香炉、お守りの小箱の入った段ボール箱の隣には、砂糖で象《かたど》られたフィギュアがいくつかあったが、それらは予言者生誕祭であるマウリド・アン＝ナビーのときにだけ売られるものだった。アルフレートは砂糖のフィギュアをカイロの旧市街地区で買い集めていて、それらを無事ウィーンに運べたらと思っていた。

「文化研究所の亡霊どもが、きみがぼくのところに引き移ったことを知ったら、彼らはぼくにもはやなにひとつ認めてはくれないぞ」と彼は言った。「探られないようにしないと」

「絶対に漏らしたりしないから」とサリーは彼を安心させた。

じじつ、サリーとアルフレートの仲については誰も知らなかった。噂はあったものの、根拠薄弱だった。サリーは、口さがない連中の餌食にならないように、あらゆることをした。彼女自身、アルフレートに何を期待しているのか正直わからなかった。そのこともあって彼女は、ばかげたことで邪魔をしないで、とアルフレートとの関係を事あるごとに強く否定した。にもかかわらず、事務所のなかを漂う疑惑をすっかり追い払うことはできず、疑惑はふたたび濃くなり、広がった。このケースでは、サリーの祖父がいつも言っていたことが当てはまった。「人の口に戸は立てられず」。どうやら祖父は生涯のあいだ戯言《たわごと》ばかり言っていたわけでもなかったようだ。

文化研究所の所長も諺《ことわざ》を持ち合わせていた。噂されているとおりならば、サリーは、豚が放牧されているパラダイスだ、とエジプトふうに彼女は言った。

まあ、とサリーは考えた。自分の友人はいつだって自分で見つけ出すもの。彼女はいわくありげに微笑《ほほえ》んで、言った。連中は自分自身を興味深い存在にするためにあらゆることをでっちあげるのだ。サリーは真面目な顔をして嘘をついた。サリーにとって、取り繕ったり秘密めかしたりすることは、特に文化研究所の環境ではきわめて容易《たやす》いことだった。肝心なのは、アルフレートが博物館許可証を手にすること。そうなれば、ドイツ共和国の書記官との関係を維持しているという疑いをかけられても、サリーはほとんど気にならなかった。

この関係はそれ以上悪くなるはずもなかった。というのも、すでに数週間前から関係はなくなっていたからだ。より正確に言えば、この書記官の一物がまさにあけすけな味を発散して以来。それ以来サリーはもはや彼のことを知りたいとは思わなかった。この男が二人の女性と関係を持つ間に身体を洗わなかったこと、そして北ドイツのプロテスタンティズムとの調和を図るよりはむしろ古典古代寄りの奇妙な偏愛を有していることはあきらかだった。見知らぬ女の、もっとも汚らわしい分泌物を口にする必要はない。そう考えるだけで、サリーは吐き気を催した。

その後、サリーはアルフレートとますます親しくなっていた。彼の生活ぶりは洗練されているとは言えず、過剰に己惚《うぬぼ》れることもなく、自分自身をこの世で最後まで残った三人の理想主義者の一人と考えてもいなかった。カイロのたいていの男たちは、外国人であれ、土地の者であれ、自分自身からじゅうぶんなものを得られずに、子どもじみた男らしさを求めることに必死だった、特にこれ見よがしにスニーカーを履いている男たちは。それがひどくサリーの癇《かん》に障った。それに比してアルフレートはおずおずして、危なっかしく、すぐに顔を赤らめた。彼の資質を見るためには、二度眺める必要があった。たとえば彼は、二語を発する間にごく短く笑うことができたが、それはほとんど気づかれず、サリーも初めはそれをいつも見逃していた。彼といっしょにいると、リラックスした状態になれるのを感じた。その感覚はほかの男たちの場合には感じられないものだった。彼女は落ち着いて、確信が持てるようになった、エゴイズムと気まぐれの波があいかわらず彼女のなかを吹き抜けていたけれど。わけてもサリーを惹きつけたのは、周辺の通りの貧しい住民たちがアルフレートを好いていたことで、彼らは道路の向こう側から走り寄ってくると、彼の胆嚢の具合を尋ねた。アルフレートは立ち止まって、彼らと言葉を交わす。どう、元気？　そして一〇秒後にはみなが笑っていた。サリーは賛嘆の念を抱かずにはいられなかった。アルフレートは、すべてをひっくるめて、彼女がこれまで経験した恋人のどのタイプにも属していなかった、むしろ正反対だった。サリーはそれをきちんと説明できなかった。でもそれでかまわない。恋愛に失望するとすれば、それに続く反応は、失望の上塗りを避けようとすることだから。

サリーは朝食を済ませると、寝室に行って、洗い立ての下着類を取ってきた。彼女がそれらを身に着けている間に、アルフレートは、保証された将来についての彼の考えを論じ立てた。そのときには、博物館許可証が肝心要のものとして役立つだろう。彼が許可証を手にすれば、サリーはブーラク地区の部屋を引き払って、おおっぴらに彼のところへ引き移ることができる、そうすれば行き来する時間と金の節約になる。アルフレートはそう言った。そうなれば、彼自身もはや文化侏儒どもの慈悲にすがる必要もない。陰謀を図り、中傷し、謀議をめぐらし、罠を仕掛ける——これらこそ、彼らが文化研究所で完全にマスターしていることのすべてだ。博物館許可証を手にすれば、彼はエジプトの当局とじかに接触できるし、収集物を公に輸出する可能性を探ることもできる。多くのほかのことも容易になる。ウィーンとベルリンに加えて、きっとさらに別の依頼者もあらわれるだろう。博物館許可証は唯一の論理的な帰結であり、彼の活動は、旅行者の行為として認められている枠組みをはるかに越えることになる。

「もう行かなくちゃ」とサリーはアルフレートを遮った。「約束してちょうだい、昼になるまでは飲まないって。それと、タバコをフィルターまで吸わないこと、とにかく吸い殻を長めにすること。最後の三服がいちばん危険だって、読んだわ」

アルフレートはうなずいた。サリーは、アルフレートにはまだ気がかりなことがあるのに気づいた。

「どうしたの？」と彼女は尋ねた。

ようやく彼は金が必要であることをしぶしぶ口にした。レントゲン代金、ギンディのところで取置きを頼んでおいた衣服、それは彼のポストを主張するための弾薬だった、ウィーンとベルリンにある預金、支払能力の問題、基本的にリスクはない、商売の秘密そのものが漏れる恐れはない、云々。

「お金の水路だけが滞っている、そうなのね？」

「医者だけでも一五ポンドもせしめるんだ」と彼は悔しげに言った。

サリーは手早く寝室を整えた。バルコニーから道路を見下ろして、管理人があたりを徘徊していないかどうかを確認した。疑わしいことは何もない。小さな白い雲がナイルの上空に浮かんでいる、暖かい異国の朝の上に。なんて素晴らしいのだろうこの都市は！　途方もない！　のめり込み耽溺したくなるような途方のなさ。

玄関の間に戻ると、サリーはショルダーバッグのなかをかき回した。彼女はアルフレートの手に一握りの紙幣を押しつけた。それは実際よりも多く見えた。人手を経る間に細い粘着テープで継ぎ合わされ、しわくちゃの塊と化していたからだ。サリーはアルフレートをじっと見た。彼女から金をもらうことは、彼にとって嫌なことだとサリーは承知していた。自分自身の経験から、金欠状態は多大のエネルギーを失わせることを知っていた。アルフレートがその金をできるだけ早く彼女に返すであろうことも知っていた。そして、彼が、ぼくはきみといっしょにやり遂げるだろう、と思っていることも知っていた。彼の顔からはすべてが読み取れた。彼は自分の心の動きを隠さなかった。サリーはとても愛されていると感じた。だが、それについて考えをめぐらすことはできなかった。感情に対してはひどく臆病だったから。

「気にしないで」と彼女は言った。「空っぽの頭よりも空っぽの財布の方がずっといい」

バスルームでサリーは鏡を一瞥した。幽霊たちの住む下界からアラビアの音楽が立ち昇ってきた。サリーがドアを後ろ手に閉じると、音楽はまた止んだ。

「より良い時期を待ちましょう」

「アッラーの御心《インシャラー》のままに」

それじゃ、さあ出発！　サリーはドアの内側にあったゴミ袋をつかんだ。エレベーターの床はすでに経年劣化していて、底が抜けるのではないかと、怖かった。サリーは階段を好んで利用した。その階段は、サリーが子ども時代から知っている階段に似ていた。母親を何回か訪ねたとき記憶に残されたロンドンの階段。チェルシーのサットン・エステイトの、そしてフラムのノース・エンド・ロードの。カイロのこの借家の階段にも類似の特徴があった。隠れていて、暗く、人目をはばかるような、それでも頻繁に利用され、踏み減らされた階段。足は、滑って骨折しないように、階段の端に乗せる方がよかった。すべては古くて、なんとなく忘れられている。階段の終わりの左右にある小さくてちっぽけな部屋は黴臭《かびくさ》く、人目につかず、秘密の隠れ家のようだった。

サリーが階段のいちばん下に達したとき、どこかの一角からアム・アブドンがあらわれた。サリーは少し驚いた。アム・アブドンはサリーがびくっとしたのも気にかけず、尋ねもせずに、彼女からゴミ袋を取り上げた。なぜなら彼は、サリーができれば自分でゴミ置き場まで行きたがることを承知していたからだ。サリーは世話を焼かれるのを好まなかった。そのようなささいなことに対して、アム・アブドンはいかなる理解も持ち合わせていなかった。彼の目にはサリーは、自分の居場所がどこであるかさえ知らない弱者であって、彼はそれをいささかも隠さなかった。

外交官の家系である大使館のサリーの同僚たちはそのような問題とは無縁だった。彼らの現地雇用人とのつき合いは、緊張もなく、目的に適っていた。不明瞭な点はなかった。世界は自分たちだけのために存在するという信念で彼らは育てられていたし、この秩序を疑うことはなかった。これに反してサリーは、雇用人たちとしょっちゅう問題を起こした。雇用人たちは、サリーにどう接して良いかわからなかったからだ。サリーが彼らの近くにいると、手伝いの少女や少年たちは突然彼らの運命に反抗して、与えられた任務を果たそうとしなかった。

「あなたは人びとを不幸にしている」と上司はサリーに警告していた。「平等の理念と格闘するのは、われわれだけでもうたくさんだ。まあ、哀れなエジプト人たちを煩わさないようにしないとね、彼らも安んじて眠る必要があるのだから」

なんて皮相な考え方！　肝心なのは社会の現実であって、個々人の現実ではない。だから、不満があって眠れない方が、無知でしあわせよりもいいのだ。サリーはそう考えた。

しかし、この考え方はどこでも格別受けが良いわけではなかった。サリーをちょっと馬鹿にしたように扱っていたのは管理人だけではない。サリーが下層の人たちと連帯する傾向があるのはイデオロギー上の理由からだけではなく、あたかもそれが彼女の出自と、つまりサリーが未婚の女中の娘として生まれたことと関係があるとみなが感じているかのようだった。

サリーはちょっと母親のことを考えた。母親のことを思うと、たいていいつもそうであるように、疚《やま》しさを感じた。というのも、アム・アブドンが彼女を見下すように、彼女もリーザを見下していたからだ。いちばん腹立たしいのは、リーザが自分自身のことを否定的に語ることだった。それはおよそ理解できなかった。サリーの母親のなかには保守的な思潮と、彼女が四〇年代の終わりに逃げ出していたはずの諸価値との感覚的な結びつきがあった。リーザが国を出たのは、現在のサリーとほぼ同年の二三歳のときだった。一九四八年当時、英国には安価な労働力が欠けていた。そのために、英国人たちはオーストリアの新聞に広告を出して、若い女性に、最低四年間家事に従事することを義務づける条件で滞在許可証を出すことにした。リーザは、この餌に飛びついて、陰鬱な世界へと釣り上げられた数千もの若い女性の一人だった。なにはともあれリーザは、父親の家で彼女をほとんど窒息させそうになっていた価値観の外側に人生の可能性を見出そうとしたのだ。自分自身の人生を送ろうとするサリーの活力と勇気は母親リーザの生き方に強く鼓舞されていた。

しかし、五〇歳になったリーザはいま次のようなことを言った。

「男が料理をする気になれば、女よりも良い料理人になるだろうよ」

サリーが腹を立てて、なぜそんな戯言を言って、自分自身のみならずほかのすべての女たちを見下すのかと反論すると、リーザは答えた。

「なぜって、そうだからさ」

強烈なしっぺ返しだった。そのような発言を無視することはサリーにはできなかった。彼女はこの卑劣な裏切りにひどく腹を立てていた。それでも、母親には近日中にふたたび手紙を書こうと決めた。またこの機会に、自分には新しい住所があることを伝えることができる。公然とアルフレートのところへ引き移ることを想像すると、サリーは奇妙な気がした。

奇妙？　この考えにサリーはなおしばらく留まっていたかった。なぜ奇妙なのだろう？　だが、サリーはゴミ袋を手にしたアム・アブドンをすでに会話に引き込んでしまっていた。話題はいつもとちがって水漏れの件ではなく、サリーのシューズの状態についてだった。

「あんたのシューズはいったいどうしたんだね？」と彼は無邪気に尋ねた。「ダンスをして履きつぶしたのかい？」

アム・アブドンにとって、サリーの精巧な階級意識をほとんど理解できないのと同様に、金のある人間が一〇〇メートル以上の距離を徒歩で行くこともほとんど理解しがたいことだった。大使の親戚筋に当たる男から、エジプト人の婚約者はこっそり逃げ出していた。それは、その男がハイキング休暇について話をした後のことで、エジプト女性はその話を聞いて、彼女の将来の夫はしみったれであると結論を下したからだった。

「普通の減り具合よ」とサリーは元気のない声を出した。

「それは普通ではない」とアム・アブドンはきびしい声で応じた。彼はヘンナ染料で染めた顎ひげをつまんだ。「わしは多くの女性を知っている。だから、婦人用のシューズがどう古びるか知っているんだ。内側からだ」

「いいわ、そういうことなら」とサリーは色っぽい声を出した。「きょうはタクシーで行くことにする」

彼女に何かの魂胆があったわけではない。

アム・アブドンは満足して言った。

「それこそエジプトが人間に与える良い影響の証《あかし》だ」

サリーには、彼が自分の腕を取ろうとしたのかどうか、わからなかった。それについて考えながら、サリーは向かい合って立つ人物を注意深く観察した。結局、彼女は親しげにこう応じた。

「わたし自身は外側だけ古びるの」

管理人は割れ鐘のような笑い声を立てた。そのとき、男の首が白い民族衣装《ガラビア》のなかから急に螺旋《らせん》を描くようにあらわれて、ふたたび内側に沈み込んだ。夜サリーがバスルームに行くと不安を覚える、あの肉体のない舌がこの男のものだとはほとんど信じられなかった。

アム・アブドンは家の前に出て、一人の子どもを呼びつけると、タクシーを捕まえてくるように命じた。またまたサリーの好まないサービス行為のひとつ。サリーはアム・アブドンの手に三ピアストルを押しつけた。アル＝ニール通りまで走って行った少年の駄賃にと。こうしてサリーは、オーストリア文化研究所の本拠があるガーデン・シティに向かうタクシーの後部座席に座っていた。彼女は、秋にはブーラク地区からまだ自転車で通っていたことを思い起こした。いつも満員のバスに頼りたくなかったから、シンプルな自転車を買ったのだった。

だが、その試みは失敗に終わった。ほんの一週間ももたなかった。場所が変われば、また別の現実が待ち構えていた。自動車の運転者たちはサリーを罵り、脅した。彼らはサリーの自転車の直前に割り込み、幅寄せをした。正真正銘の悪ふざけ。サリーは一度ならず歩道に乗り上げて身を守らねばならなかった。どうやら、男たちはサドルの上で動く女の尻に目を奪われたらしい。それは男の妄想と宗教的頑迷によって加速された。反動的な勢力の目には、サリーは自転車に乗って、開かれた地獄の門に向かって突進するように見えた。そしてこれらの反動勢力は地獄にいたる道のりを短縮してやろうと、てぐすねひいて待っていた。

当初サリーは呼び覚まされた攻撃態勢をわが身に感じた、武器を取れ、という呼びかけのように。目に物見せてやる、と彼女は自分に言い聞かせた。何人《なんぴと》たりともそう容易く自分をびびらせることはできない！　見るがいい、わたしは未来からの少女、新しい生命の太陽、あなたたちには阻止できない生き方のプロパガンダの化身なのよ！　刮目《かつもく》して待つがいい、やがて平等と愛がこの道路上に広がるのを！

しかし、サリーは内心では死の不安と闘っていた。そしてある朝、火のついたタバコが開け放たれた車の窓から飛んできて、彼女の髪にからみついたとき、彼女は怒りの発作に駆られて自転車を投げ出し、そのまま放置した。革命のプロセスにおけるある種の障害のシンボルとして、世界を変えることがきわめて困難であることの証拠として。

アルフレートも身体を洗った後、キッチンに戻った。彼は日記帳を取り出したが、それは掃除用具ロッカーのいちばん下におかれた木箱のなかに保管されていた。サリーとの生活に対するおおいなる誇りを持って、彼女が朝食をとっていた場所に彼は腰を下ろした。時間は、鉛筆で二〜三行走り書きする程度しかなかったけれど、晩になればこれらの文を元にその先を続けられるだろう。数分後、日記帳を木箱に戻すと、カムフラージュするためにその上にぼろ布を投げかけた。それから、二つの未完の論文を書類鞄《かばん》に突っ込んだ、執務室の前で待つ間になにか有意義なことができるようにと。彼は運転許可証を更新する必要があり、その期限は今週末だった。エジプトの官僚主義を勘案しても大丈夫と確信できるように、午前全部をそのために取ってあった。胃が空腹でぐうぐう鳴る頃合にぴったりだ、と彼は思った。

鞄を脇に抱えて、アルフレートは隣の家に行った。アム・アブドンの仲介で、その年の初めからそこに車の避難場所を確保してあった。管理人は家の入口の前で毎日埃まみれになる自動車を恥じていて、対策を考えていたのだ。ふつうは些事に拘泥しないアルフレートでさえ、大使館を訪問するときには、いつも人目に触れないところに車を止めていた。車がどんな状態のところに保管されているかは一目瞭然だったから。いまではつねに洗車されていたから、はるかに快適だった。見よ、アルフレートさまのお出まし！　それには月に一〇ポンドの費用がかかった。彼の車はガレージのなかで移動させられることはなかった。それをアルフレートは条件にしていた。支柱の隣という好条件のために、彼のフォード・ゼファーはほかの車が移動する際に傷つけられる心配もなかった。ともあれカイロは、一〇年落ちの車にとって、のんびり過ごせる湯治場ではなかった。

ガレージを営んでいるムスタファの呼びかけに応じて、アルフレートはゼファーを隅から出した。車が外に出ると、周りにたむろしていた子どもたちはクラクションを鳴らすことが許された。子どもたちは死ぬかと思われるほど笑った。それほど彼らにはすごいことだった。残念ながら、彼らは鼻面《はなづら》をウインドウガラスにこすりつけてすぐにまた汚してしまった。クロームメッキされた、車の先端部が道路に出ると、子どもたちを脇へ飛び退かせるために、もう一度クラクションが鳴らされた。それから車はカイロの狂気の往来のなかへ解き放たれた。周囲と協調しうるためには、アルフレートはここでの習慣に少し適応する必要があった。ただし、危険が迫っていると思われる場合には、つねに譲歩する用意を怠らずに。狂気、ハシッシュの陶酔、運転者の無知、これらを顧慮しなければならなかった。つい数週間前にカイロ郊外の砂漠の道路でテニス選手のゴットフリート・フォン・クラムが事故で死んだばかりだった。そのこともあって、アルフレートは狂ったように車を走らせることはなかった。最近ではシートベルトまできちんと締めていた。きょう死ぬとすれば、と彼は考えた。それは運命だろう。ぼくは破産も同然だ、健康状態はぼろぼろ。それでもサリーはぼくのことが気に入っているらしい。

アル＝ニール通りはナイルの上流に向かって一〇月六日橋まで続いている。橋を渡り終えると、アルフレートはコルニーチェへと右折し、それから下流沿いにカスル・アル＝ニール橋の高台まで上った。そこのタハリール広場には中央政庁のビルがあった。モガンマアだ。アルフレートはサダト大統領の肖像のついた高さ一〇メートルの広告板の下にある脇道に車を止めた。残る道は歩いた。灰色にそびえ立つ、スターリン様式を思わせるビルに近づくにつれて、彼の胆嚢の痛みはますます激しくなった。エジプトの役人たちはいつも彼に不愉快な連想を呼び起こさせたから。非常事態でなくても、そこではつねに一種の神経過敏が支配していた。

入口を入るとすぐに検問が待っていた。そこは狭く、息が詰まりそうだった。そもそもまったく前に進まない。ガラスの檻に入れられた太った役人が訪問者たちの身分証明書をひとつひとつ念入りに見ている。アルフレートは、この役人は文字が読めないにちがいないと思った。誰かがその場の通過を許されて人混みのなかから出て行くのはそれほどまれだった。アルフレートが檻の前に到達するまでに半時間を要した。それからその役人は旅券の頁を一枚一枚めくっていたが、最後の入国のスタンプを見つけることができなかった。アルフレートは該当の箇所にメモ用紙を挟み込んでおいたのだが、そのメモ用紙はすでに抜け落ちていた。かくして、旅券のためだけに三分ないし四分がかかった。ついに役人はボールペンで入国スタンプの下と申請用紙の上に印をつけると、アルフレートにオーケーの目配せをした。彼がさらに三歩進むと、次の役人が控えていた。その役人は、戦略的にじつに巧みに、檻の後ろに配置されていた。旅券の上に不可解な印のない訪問者が横木の障害を通り抜けるのを確実に防ぐためだった。その役人がふたたび印を見出すまでに永遠の時間を要した。この障害を乗り越えると、訪問者の道案内をする女性役人がいた。彼女はアルフレートを見ると目を輝かせて、幾つかの英語の単語を発した。だが、それらはまったく意味不明だった。アルフレートがアラビア語で応答すると、彼女はそれを理解できなかった。アルフレートは彼の家族史について事細かに順を追って述べなければならなかった。なぜなら、その女性はアルフレートのような外見の人物がアラビア語を流暢に話すことが信じられなかったからだ。彼女はアルフレートの身に覚えのない美徳を称揚し、彼自身すら何も知らない彼の先祖を褒め称えた。しまいには、彼がカイロをいつかふたたび立ち去るようなことがあれば、彼女の姉妹兄弟の心は涸れた泉のように荒れて、無益になるだろうと確言した。

アルフレートは、滞在が許されるかぎりは留まると約束した。ナハーラックサイードゥ、あなたの一日が幸福でありますように。教えられた道順に従って、彼は目当てのオフィスにたどり着いたが、そこに達するまでにはかなりの努力を要した。オフィスは狭い廊下に面した階段の上がり口の奥にあって、廊下は職員食堂へと続いている。

アルフレートはドアの向かい側のベンチに腰を下ろした。官庁舎が来訪者に呼び起こすおずおずとした好奇心をもって、彼はしばらく辺りを見回した。寂しいこの一角では、ロビーは昼日中でもひどく暗く、壁は殺風景で、いたるところに壊れたパイプ、はげ落ちたペンキ、引き裂かれた書類が散乱している。それでも、うんざりしてこの光景を眺めているのはアルフレート一人だけだった。その場に居合わせた隣人たちにとって、待つことは社交の機会を意味した。彼らは友情を結んで、たがいに自分の人生を物語り合っている。ただ、ベンチのいちばん端だけは静かだった。そこでは、黒光りする頭髪の若い女がシャツにボタンを縫いつけていた。

ほんの数秒間アルフレートは虚空を見つめた。腰を下ろすやいなや、彼はすでに退屈を感じた。イシスに関する論文を推敲する気にはなれなかった。そうするには気力が欠けていると感じた。彼はぼんやりしたままベンチから木の破片を引きはがし、それで釘の下の黒い部分を引っ搔きだした。そんなことをしようと思いついたのは彼が初めてではないことはたしかだった。ベンチは木材の三分の一が欠けている。すんでのところでアルフレートは立ち上がらずとも手を洗えるところだった。頭上の階の男が、階下に誰かいるかもしれないなどとは考えず、無意識に、アルフレートの頭上でボトルの水を空けようとしているところにベンチの隣の男がまさに絶妙のタイミングで気づかなかったならば。そのときアルフレートはあれやこれやと思いめぐらして、チャールズ・ディケンズの小説世界を彷彿させるその場にうずくまっていた。胃液が込み上げてくるのがわかる。そして、内臓が動くのが感じられた。

いったい何個の石が出て行ったのだろうか？　レントゲン写真でわかるだろうか？　ロワコール療法はまさに効果的だと思える。逆戻りだけは避けたいから、食餌療法を間違わないように気をつけなければ。石がひき続き素直に出て行ってくれれば、手術は避けられるかもしれない。ここエジプトで開腹手術を受けるのはあまり得策ではないだろう。医者からは、医学に対する関心がぼくよりも低いかのような印象を受ける。彼らは間違った薬を与える。彼らにとって大事なのは、何であれ適当なものを処方することなのだ。そうしておいて、ふたたび馬のように強壮になることを患者に求める。ともあれ動機づけの技術に関しては、エジプトの病院関係者は世界の先端を行っているだろう。だから、ひょっとしたら、ここで手術を受ける方が良いのかもしれない。好感の持てる人間性はそれだけで何がしかの価値がある。それは専門分野と衛生上の欠点を補って余りあるものだ。いや、そもそもぼくを殺すために手術は必要ない。ぼくを殺すには、食餌療法、文化研究所の亡霊どもに対する怒り、そして金銭的困窮でじゅうぶんだ。辛いのは、パパからの送金も途絶えていることだ。彼を打ちのめした悲しい旋風。たとえふたたび日常に復帰したとしても、完全には回復し得ないものがある。家具製作所の終焉はきっとこのカテゴリーに属しているのだ。そして、パパがどうやらまた飲み始めたらしいことは理解できる。なんといっても伯母たちはこの悲惨な状況に責任があるというのに、贅沢な家政を切り詰める必要さえ感じていないのだから。伯母たちはいつも会社から金だけを引き出した。いまやもう何も取るものがなくなると、しらばくれている。メリッタ伯母はひき続き女降霊術師を雇っているが、これは相当いかがわしい。タイプライターを使って死者たちと――つまり、ハンス伯父と――コンタクトできるということで、どうやらその調達は認められたらしい。ぼくこそまさに新しいタイプライターを必要としているのに。アルファベットのオーを打つたびに、紙に穴が開いてしまう。新しいタイプリボン二つでもぼくにはとにかく大きな助けになるだろう。それならマシン自体よりも安上がりで済む。ぼくはタイプのコピーをすぐにも送らなければならない。それらはまだ少なくとも読める。女降霊術師のタイプライターにはたえず手付け金が支払われた、それもかなりの金額が。しかし、マシンはアメリカ合衆国でまず検査を受けなければならないという理由で到着していない。どうやらメリッタ伯母は女降霊術師の夫をパパの会社の支配人に据えようとしたらしい。彼女はパパを無能だと考えているからだ。ぼく自身の評価も同じく最低ランクだ。なぜなら、エジプトとの関連で考えられるのは、阿片パイプとベリーダンサーだけだから。それでももう一度伯母から金をせしめる方がいいのかもしれない。ベルリンはともかく言葉の上では動きを見せた。ベルリンのこれまでの仕入係はイエメンで税関に引っかかって、パクられたらしい。五〇〇〇マルクの新たな依頼があった。彼らから追加注文があれば、ぼくが正しい嗅覚の持主であることの最高の証明になる。ひょっとしたら、メリッタ伯母をこのネタで誘うことができるかも。むろん、最初の注文分の支払いがまだなされていないことを言うには及ぶまい。少なくとも二万シリング必要だろう、だが為替相場は現在すばらしく有利で、従来なら一〇〇〇シリングに対して三八エジプトポンドなのが、いまは四〇ポンド弱だ。これは実感できる負担軽減だ。明日、文化研究所を訪問した後にメンスドルフのところへゆこう、彼がぼくに何かを与えてくれることを祈ろう。いま市場に出回っている物もこれから数か月すればすっかり消えてしまうことを、彼は先刻承知のはず。その金で、市場が干上がる前に、シナイ服とブルカのコレクションを充実させることだ。ケヌーズ・ショップではひどく拙劣な仕立ての服がすでに五〇ポンドで売られている、とムハンマドは言っていた。シナイ半島の国連軍の兵士たちが価格破壊をしているのだと。ベドウィンの女が彼に報告したところによれば、ある国連軍兵士の妻がベドウィンたちの目の前で服を試着し、それに一〇〇ポンド支払ったという。どうやらカーニバルのコスチュームにするらしい。いまや大量の服が買いだめされているにちがいない。ギンディのところでは、金銭的な保証もないのに、三着ができあがっている。すべて売れるだろう。いままでは、ほかの者たちより一刻も早く、が唯一の合言葉だ。というのも、このような機会は二度とないからだ。これは誰にも言ってはいけない、いちばんの親友にさえ。そんな噂が広まっている。亡霊どもはあらゆることに嫉妬する。二年か三年後には、上等で古いシナイ服の価格は何倍にもなっているだろう。ぼく自身はかなりの安値で入手できた。刺繡入りで、すべてが素晴らしい。必要な付属品、顔を覆うヴェール、スカーフを含めて二〇着持っている。数年後にはこのようにみごとな物はもはや見つからないだろうし、一財産になるだろう。まだ残されているものは、商人たちが思っているよりも少ない。シナイ服の売買は最高潮に達している一方で、ベドウィンの伝統を守る全住民に占める年配の婦人の割合はかぎられている。現在では月に一〇〇着が市場に出回っているが、そのうちの四分の三は劣悪な状態だから、切り分けたり、継ぎ接ぎしたりしなければならない。してみると、現在の商品のだぶつきはまもなく品薄に変わるであろうことが容易く見てとれる。さらにこのまま推移すれば、ぼくが所有しているような逸品の値段は跳ね上がる。チェストがそうだった。以前は、二〇ポンドないし四〇ポンドだったのに、今日では実際に目にすることはなくなっている。クリスマスにサリーにプレゼントしたような美しい古い物はもはや二五〇ポンド以下では手に入らない。シナイ服についてもこれと同じ展開が待ち受けている。そうなれば、ぼくのスタートの困難は忘れられる。そのときには、必要な経済的な基盤がおのずとできあがる。そうなれば、エジプトの贅沢な生活が待っている。それと同時に、論文執筆がぼくをアカデミックの面でも後押ししてくれる。ぼくはなんとか大過なくこの時期をやり過ごさねばならない、サリーと、サリーといっしょに。彼女がぼくへの信頼を失わなければ、彼女といっしょなら何も恐れるものはない。残念ながら、彼女も増大しつつある憂慮と悲惨を抱えている。彼女もまた、そんなことどもに対してはもう慣れっこになっている、と主張するかもしれないけれど。

タクシーは沸き立つ通りのただなかを驀進《ばくしん》し、疾走した。そして驀進も疾走も不可能になると、運転手はクラクションを鳴らした。そのあいだに運転手は後ろを振り向いて、サリーに結婚を申し込んだ。あんたに五人の娘を授けてやろう、あんたと同じように見える娘たちを。このお愛想自体は感じの悪いものではなかったけれど、サリーはその話には乗らなかった。自分の父親がタクシー運転手であった可能性があるだろうか、と考える気にもなれなかった。路面電車がすり減ったレールの上でぎしぎしと音を立て、車体のあちこちが凹んだ観光バスが交差点で渋滞を引き起こし、信号の色は好き勝手に解釈された。するとまた動き出した。タクシーはゲジラクラブに近づくと、そこを通り過ぎて、ほどなく一〇月六日橋へと曲がった。そこは晩には恋人たちのデートの場所になり、数ピアストルでジャスミンの花飾りが売られている、多産と幸運、あるいは何かのシンボルとして。その香りは夢心地にしてくれる。サリーがナイルの流れに注視していたならば、上流にあるカスル・アル＝ニール橋の手前に、高く尖って湾曲した帆を持つダウ船が見えたことだろう。そのかわりに、彼女は後部座席に深く沈み込んで、まったく別の物を見ていた。クライストチャーチ街にある家の半地階の小部屋、金属製の湯船に入った子ども、子どもの頭の上にスポンジを押しつけている母親。それから、母親のコートにしがみついている同じ女の子。そうだ、橋はいつもあった。そして、橋渡しされたものは少なくなく、息を呑むほどで、ナイルのように長かった。

復活祭にひとりでロンドン行きの飛行機に乗ったのはほんとうにサリーだったのだろうか？　ケンジントン公園で子ども祭りがおこなわれて、彼女は足踏みスクーター競争で二番になった。なぜなら、中間ストップで釘を打ち込むときに貴重な時間をロスしたからだ。それはサリーだったのだろうか？短いブルーのマントを着た小さな少女、この国の言葉を操れず、とても敏捷で勇敢。だが、短気で、それゆえ釘を打つという技術に関しては拙劣だった。ようやく八歳、いや待てよ、ようやく七歳で、身長は一メートル二五センチしかなかった。

もしほんとうにそうだとしたら、彼女は学校での最初の成功にもかかわらず、英国の釘を即座に打ち込むことができずに、その後で釘を曲げてしまったことで悩んでいた。それとも、彼女が表彰式の開始を告げるアナウンスを理解しなかったためだったろうか？　サリーは自分の風船と格闘していた。

風船の紐には名札がついていて、子どもの手でウィーンの住所が書かれていた。細かい雨がぎこちない文字を濡らした。圧力が低すぎるようだった。いずれにしても風船のガスが少なすぎたか、劣悪なガスが封入されていた。握っていた拳《こぶし》を開くと、風船は一瞬のあいだそのまま宙に浮いて、あたかもサリーを眺めているかのようだった。それから風船はゆっくりと地面に沈んでいった。がっかりだ。このときリーザが駆けつけてきた。サリーはもう二度も名前を呼ばれていた。足踏みスクーター競争で二位になったから、何か首にかけてもらえるのだ。サリーは、名札は重すぎる、風船は飛ばない、と言った。それでサリーは名札を紐から引きちぎった。

「だめよ！」とリーザは叫んだ。サリーは風船を放した。七歳で、実践的。母親よりも実践的だった。リーザはこの件を感情的に見ていた。

「サリー、あんたはなんてお馬鹿さんなの、もう競争から脱落している」

そして、風船は飛んだ。サリーの頭を越えて飛び、彼女の母親の頭を越えて飛び、ロンドンを越えて、彼女の子ども時代を越えて。風船は上がった、高く上がった、別の風船のそばを、緑、赤、青、黄、上空へ、霧雨のなかを、上昇して、きょうという日にいたるまで上昇する。その一方で、ほかの風船はとっくに着陸していた。天と地、重さと軽さ、水と空気、最初の瞬間、最初の場所。――サリーは突如明晰になって考えた。そのお馬鹿さんはわたしではない、いずれにしてもわたしは勝てなかっただろう。

そしていま、タクシーの運転手に料金を支払いながら、サリーは考えた。一度ママに本気で手紙を書かなければ。

文化研究所は富裕層の居住地区のなかの住宅用建物の二階にあって、その内実と職員を含む全体がかなり帝国風《インペリアル》だった。サリーに言わせれば、精神病院の病棟全部を満たすにじゅうぶんな狂人たち、と答えるだろう。

ここでは各人が敵対的に仕事をしていた。それはサリーがこの午前中最後の準備を進めていたジークムント・フロイト晩餐会についても当てはまった。すぐ隣のナイルヒルトンで、精神医学の国際会議が開かれた――支出しうる有り金を使って。そこで所長は心理分析の父へのオマージュとして、彼の嗜好に関するプログラムを考えた。ウナギから葉巻まで。

大使館の文化担当官《アタッシェ》と事務長はこの催しを阻止しようと企てた。その企てが失敗した腹いせに、文化担当官は同日の午前中にマリア・テレジア式官房規程のガイダンスをおこなうことを通告した。彼の主張するところでは、文化研究所長と彼女の秘書たちは書類の流れがいかにあるべきかについて、いささかの知識も持ち合わせていない、と。

事態がそうなるまでに、サリーは晩餐会の席次表を作成していた。彼女には招待客の半数は未知だったから、かなり恣意的に作業を進めた。ひき続いて、サリーは座席カードを書いた。最後に、これまでにかかった費用の一覧表を作成した。彼女は経理の責任者である事務長に、異論はないかどうか尋ねた。

事務長は大学でロマンス語文学を専攻していたから、そもそも計算はできなかった。さらに、一〇年間の軍隊勤務のために、彼の声は大きかった。

「いったいなんでまた延長コードなんだ？」と彼は叫んだ。「五分ごとに延長コードを記帳するなんてできんよ！　あなたの善意はわかるが、それだけは願い下げだ。われわれの帳簿を見たら、ウィーンはなんて思うかね？」万事がその調子だった。悪態をつきながら、彼は自分の席に戻った。

文化担当官がみずから華々しく登場するために、サロンに集合の声がかかったとき、所長はすでに遁走していた。彼女は運転手にノルウェー人たちのところへ行くように命じた。具体的な理由は不明だった。ともあれ事務長もまた彼の経理室から出てきて、所長に対する弾薬を所望した。

サリーと第二秘書のクララは望まれた物を手渡した。ふたりは異口同音に、事態はかなり困ったことになっていることを認め合った。ふたりはともに前年の九月からこの職に就いていた。その時点で、前任者はすでに持ち場を去っていた、心身ともに消耗し果てて。上司はまだ休暇中、もう一人の前任者はいたけれど、新任者に仕事を教えることにはいささかの関心もなかった。事務長は自身の離婚で多忙、文化担当官の役職はまだ設置されていなかった。このような条件下で、サリーとクララは役所がどのように機能しているかを習得したのだった——自分たちの判断で、また黄金の職務規則にしたがって。要するに、絶対に為されねばならないこと以外はそのままにしておくこと。それでもあまり安心感を持てなかったのは、自分たちがおこなった行為がいつか問題になって、そのためにふたりとも侮蔑と不名誉とともに追い払われるのではないかという不安にたえずつきまとわれていたからだ。要するに、ふたりはどうしようもない過大な要求をされていた。

もともと幼稚園教諭のクララは文化担当官に、どうぞお願いです、搬入物のうち、どこで記録を取るべきかはっきりしない物はどう扱えばよいのかお教えください、と言った。文化担当官の回答は、記録した調書を所長に提出すればよろしい、というものだった。

こうして彼女たちの上司である所長は毒牙にかかった。というのは、彼らの指示は、秩序の精神にではなく、まったくの怠惰の精神に基づいていたからだ。通常であれば、所長は搬入物をまだ記録されていない状態で受け取って、その後、それをどう扱うかを決める必要があったのだ。

文化担当官と事務長はいわくありげに目配せを交わした。文化担当官は言った。

「まったく明快ですよ、われわれがどんな助言をできるかはね」

彼の笑いには嘲笑が混じっていた。

ああなんとしたこと、とサリーは考えた。所長はおしまいだ。そして、所長とともにわたしたちふたりも！　それで、サリーは文化担当官に向かって言った。

「わたしは官房規程にたいへん興味があります。どうぞわたしにすべてを説明してください、できれば歴史的背景も含めて」

「驚きますよ」と文化担当官は言った。「マリア・テレジア式の官房規程は世の常識に対応しているのです。世界のいたるところでマリア・テレジア式の官房規程が適用されるならば、もはや混乱はありません。搬入物が部局長もしくは彼の代理のデスクにやって来ると、彼はその搬入物がどう扱われるべきかをそこに書き込み、その指示に従ってその搬入物は記録を取られて、担当者に引き渡される。通常の場合、記録には担当部局の用紙を用いる。これらすべてが守られていれば、全員が事態を掌握していることになる。これがマリア・テレジア式の書類の流れです。つまり、馬鹿みたいに簡単というわけだ」

「たいへん興味深いです」とサリーは言った。彼女は熱心にメモを取った。文化担当官の顔から、サリーの興味が本心からのものか、それとも彼をからかっているのか、わからないのが見てとれた。彼はもともと少しばかりサリーに気があった。

ドアがノックされて、包みを抱えたメッセンジャーボーイが通された。それは約束されていたフロイトの胸像で、カイロの精神科医の所有になるものだった。この胸像を全員がいまかいまかと待っていた。

事務長が叫んだ。

「ははあ、搬入物！」

これにサリーが応じた。

「事務長殿、これはジークムント・フロイトの胸像です！」

文化担当官いわく。

「たしかに首の周りに添え書きがある。したがって、搬入物だ。あなたがたはこの胸像を記録して差し支えない。さてと、私はお暇《いとま》しますよ。もうだいぶ遅れてしまった」

文化担当官は満足しているのが見てとれた。クララは不安げな顔をした。サリーも同様だったが、不安のなかにも、それに何かが抗《あらが》っているのがわかった。

「搬入はこれで全部ですか？」とサリーはがっかりして尋ねた。

「これ以上はない」と文化担当官は言った。所長はすでに遁走していたから、文化担当官はやる気を失っていた。「神が世界を開闢《かいびゃく》する際にマリア・テレジア式の官房規程を遵守していたならば、今日われわれの仕事はずっと楽だっただろうな」

文化担当官はゲジラクラブで食事をするために出かけた。カイロで最上のレストラン、そこでは事務長も奇妙な連中と親しく会話を交わしていた。サリーとクララは後悔の念とともにその場に取り残された。ふたりは考えた。いまや所長はきっと、彼女の女性秘書たちが、帝国には組織が欠如していると苦情を述べ立てた、と聞かされるにちがいない。それは危険だった。サリーは彼らの上司の気質を熟知していた。この女性はひどく腹を立てると、平均的な想像力が思い描ける以上の不快なことをやってのける。

サリーは勢いよく息を吐き出すと、尻を椅子の前の縁まで滑らせ、すっかり消耗して、両手を腹の上で組み合わせた。文化研究所の部内事情のために絶えざる負担が強いられた。そこにいると、いつもすべてをひとりで耐え抜かねばならないことを毎日思い知らされた。アルフレートだけが例外だった。彼が過去数週間いなかったならば、そしてサリーを笑わせてくれなかったならば、彼女はとうに仕事を途中で投げ出していただろう。おしまい、終わり、わたしがこんなことを甘んじて受け入れるなんてあり得ないでしょ!? この結論を良しとしない理由は何もなかった、ただひとつを除いては。つまり、ここで大学生活を送り、言葉を習得しようと思えば、サリーは金を稼がなければならなかった。

カイロの大学がウィーンの大学に劣っていないことはたしかだった。午後にはオックスフォードからの客員講師の講義があったし、三月末にはバークレーから女性教授がやって来た。オックスフォードにバークレー? サリーにはとうてい望み得ないことだった。カイロなら可能だった。この都市は彼女の発展を加速させ、ここでサリーは驚くべきスピードで遅れを取り戻した。彼女の故郷の都市の怠惰で息詰まるような雰囲気の遥かなエコーが認められるのは、オーストリアの在外公館の環境下においてだけだ。そうサリーは考えた。そして、自分にこう言い聞かせた。文化研究所をあまり身近に寄せつけてはいけない、それは金を稼ぐための場所だ、それ以上ではない、午前の四時間、それは耐えなければならない。サリーは時計に目をやった。時計がときを打つ。一一時半を回った、もうすぐ終わる。まもなくアルフレートのレントゲンの予約時刻だ。その間に突発的なことが起こらなければいいのだけど。アルフレートのお馬鹿さん! 彼は彼自身に対するよりもより多くの注意をサリーに払ってくれたし、またサリーが彼女自身に払うよりももっと多くの注意をサリーに払ってくれた。その事実が彼女にひそかに強い感銘を与えたことをサリーは認めざるを得なかった。

物思いに耽《ふけ》ったまま、サリーは自分の席に戻った。そこで彼女は書類棚から部局用紙を取り出して、搬入されたジークムント・フロイトの胸像の記録を取った。それに続けて、エジプトの精神科医師会の秘書に電話連絡をした。それで午前は終わった。

アルフレートはかなり気が重かった運転許可証の一件を片づけることができた。最後に彼は、頭全体が縮れ毛に覆われて、目の縁を黒く彩った、書類の虫のような美人のところで手早く手続きを済ませた。彼女は交差した二つの旗の下の大きなデスクに座って、アルフレートに旅券と申請書を出すように言った。それからすべては入口の役人の秘密めいた印を探すことに費やされた。

“Where is the mark? The passport is not marked!”

若い男が隣室からやって来て、マークの探索に手を貸そうと申し出た。しばらくして、男の眉は勝利でつり上がった。お尋ね者を発見したからだ。この時点でアルフレートは解放が近いことをすでに確信したので、無意味な手続きに腹を立てるというよりは、むしろそれを面白がった。エジプトの役所を訪れるときには、かならずや旅券用に異なる栞《しおり》を使おうと、アルフレートは心に固く誓った。

その女役人は手の縁を手刀のように使って法的状況がどうなっているかを説明した。アルフレートは彼の住居証明のために公式に両替した金の領収証を提示した。女役人は、彼女のペンが使用できるかどうか試すためにそれを窓ガラスに当ててから、申請書の下三分の一に飛び跳ねるような雄大な署名の装飾を施すと、ひき続きその作品をクリティカルに観察した。アルフレートが驚嘆したことに、彼女は突然スタンプ台に向かって巧みにつばを吐きかけるや、スタンプをスタンプ台に打ちつけ、ただちにそれを申請書の上に打ちつけた。申請書には、色が薄いために、空虚なスタンプの輪が署名の隣に浮かび上がった。女役人は黙って認可された申請書と旅券をデスク越しに渡してよこした。これで半年間は安泰。レントゲンの予約時刻だ！――アルフレートは石で満たされた胆嚢の写真を二枚撮るのになんとか間に合った。一週間後に写真が現像されたら、また来なければならない。

アルフレートは空腹のあまり死にそうだったので、メナハウスへと車を走らせた。そこへの道すがら、アル＝ギザで破壊されて焼け落ちたナイトクラブが見えた。夜間外出禁止令が出るかもしれない、と彼は思った。少なくとも、商売敵の狸たちも家から出られないことはたしかだ。アルフレートは、息を深く吸い込むためでもあるかのように、皿の上にかがみ込んで、青白い緊張した顔でスープを啜った。自分の周囲に注意を払うことなく、ただスプーンだけに気をつけて。スプーンの縁から細い麺が垂れ下がっていて、それはしばしば皿のなかにどさっと音を立てて落ちる。スープに続けて、少し煙と灰の味がする平たい《アエーシ》パンとともに喉に次々と放り込んだメインディッシュを終えると、食餌療法はもうじゅうぶんに守った、とアルフレートは考えた。そこで、原油のように濃厚なモカのエスプレッソで食事を締めくくった。

前進！　それ行け《ヤッラー》！　アルフレートは身中に力が戻るのを感じつつ、バザールに向かった。ワッサーフのところで、入荷したばかりのスーダン製品を発見した。そのなかには、さしあたり彼自身のコレクションに取っておきたい素晴らしい物が二点あった。それからギンディのところへ行った。彼は一〇回もアルフレートの健康状態を尋ねてから、アルフレートに赤いガラスのハート型のお守りをプレゼントし、取置きしておいた服はよく保存されていると確言した。平たい鼻に高いブリッジの眼鏡をかけたこのヌビア人は、類似のハート型お守りに一ポンド、一連のシバの指輪にグラム当たり二五ピアストルを求めた。これは初耳だった。アルフレートは、値段は問題ないが、自分はすでにこれと同等のものを持っている、と言った。ぼくの商売を台なしにする者たちは、いくらでも高い値段を払うがいいさ、とアルフレートは考えた。ひょっとしたら、彼らはシバの指輪を買うのを躊躇しているのかもしれない。彼らが買いに走れば、ぼくのコレクションの価値は上がる。まだ欠けている物件が将来は高くつくことになるかもしれない。この分野では、もう誰もぼくを凌駕できない。いずれにせよ、後から始めた者には不可能だ。

そのことについて考えれば考えるほど、これら質《たち》の悪い摸倣者に対するアルフレートの怒りはますます増大した。つい一年前には、彼らは彼の商売を軽蔑していたからだ。それがいまでは、彼ら自身が大々的に手を出そうとしていた――そしてついには、成功しさえする、それもぼくが自分の成果を小さな論文で発表できたからこそだ。その一方で、彼らはより良いコネを持っているから、本格的な著作をものにする。ぼくが国際的に認められなければ（笑ってはいけない！）、マフィアに敢然と立ち向かうにはぼくのコネはじゅうぶんでない恐れがある。

アルフレートが家に戻ったときには、すでに街灯が灯っていた。ドアを開けると、サリーのいかにもうれしそうな様子が見てとれた。ガスオーブンでは鶏が香ばしく焼けて、皮はすでにこんがりと茶色になっていた。それで、アルフレートは彼の収穫物をいつものようにテーブルの上にではなく、窓敷居の上に広げた。スーダンからのシルバーの装身具、ギンディのところにあったガラスのハート型のお守り、さらにお下げの髪飾り二つとライオンを象った阿片用の分銅が加わった。

アルフレートはキッチンの洗面器で手と顔を洗った。それから、疲れ切って、自分の椅子に座り込んだ。彼の両手がテーブルに触れると、その表面がきれいに拭われているのがわかった。ハエたちは彼らの貪欲な吻《ふん》のためにいまやどこか別の場所を探しているのだ。ひょっとしたらまた鳥もち竿にかかるかもしれない。

「テーブルを拭いてくれたんだね。ありがとう」と彼は言った。

サリーは顔を輝かせて彼を見た。調理のために額に汗を浮かべていたにもかかわらず、サリーは生きとし生けるもののなかで何よりも瑞々《みずみず》しく見えた。サリーはバルコニーに新鮮なハーブを取りに行き、戻ってくると、尋ねた。

「きょうはどうだった？」

「それで、きみの方は？」

「まあまあね」

「ぼくもだ」

「召し上がれ《ビルハナ》」と彼女は言った。

「いただきます《ビルハナ》」

　ふたりは一羽をすっかり平らげた。小ぶりの鶏だった。あわせてオーストリア産の白ワインをグラスに一杯飲んだ。そのワインはサリーが文化研究所のさる行事の際に失敬したものだった。ワインはふたりを饒舌にした。先だってサリーがオックスフォードからの客員講師の講義「D・H・ロレンスと美術」について話していたので、アルフレートは、汚れた食器を手にしてドアとテーブルのあいだの狭い空間を通り抜けるとき、いつか新聞で読んだことのあるロレンスの文章を引用した。

「ポルノグラフィーはセックスを侮辱する試みである」

　彼は食器を流しに入れて、食器用洗剤に手を伸ばした。サリーはテーブルに座ったままで、何も言わずに微笑んでいる。その後サリーは、アルフレートが食器を拭いているのを眺めたとき、彼は作業に集中していないことに気づいた。彼女は、彼が自分を魅力的だと思っていることを知っていた。自分以上に大事な人間はいないとわかっていた。彼女の意識は彼女に、無条件に愛されることはすてきなことだと語りかけた。

　食器洗いを済ませると、アルフレートはロワコールカプセルを一つ飲み込んだ。ひき続いて、タイプライターを床から持ち上げると、数通の手紙を仕上げた。サリーはそのあいだラジオを聞いていた。フランスミュージックラジオ放送。アルフレートが日記帳にとりかかって、激しいうなり声を上げ始めると、サリーは、いっしょにタバコを吸わないかとアルフレートを誘った。ふたりはバルコニーに出た。床のタールフェルトはまだ温かい。周囲の暗闇のなかにきらきらと光るものがある。ナイルの方角に目をやると、空中にコウモリの影がひらひらと舞うのが見えた。あいかわらず車がゆっくりと行き交っている。

「ぼくたちはほんとうにうまくいっている」とアルフレートは言った。

「これまでわたしにも多くのことがあった」とサリーは答えた。

「ぼくが思うに、これは始まりにすぎない」と彼は言った。「ひょっとしたら、ぼくたちはまだ表面を引っ掻いているだけなのかもしれない」

「わからないけど、そうかもね」

サリーはタバコをうまそうに吸った。彼女は考えていた。アルフレートとの関係が長期的なものになるかどうかは、この先いずれわかるだろう。これまでほんとうにたくさんのことがあった。自分では生気に溢れていると感じている、ただ生気に溢れているのではなくて、実際にそう感じている。たしかに万事がこのうえなく素晴らしいとは言えないけど、刺激的で、とてもわくわくする。

「これからどうなるか、興味津々ね」とサリーは率直に、やや投げやりな声音で言った。彼女は自分の気持ちをまったく無邪気に漏らすことはなかった。そこにはタブーめいた感じがあった。

「とにかくぼくは……もう後戻りはできない。後戻りするつもりはない」とアルフレートは言った。

就寝時刻だった。ふたりは並んで横になった。アルフレートはサリーの髪の毛をもてあそんでいた。彼女は、子どものころ彼女の巻き毛が晴雨計のようだったことを物語った、つまり髪の縮れ具合で湿気を逆推論できたことを。彼女の祖父、例のとんまな老いぼれが巻き毛を検分して、そこから天気を予想したことを。彼の天気予報には、嵐、大雨、雨または風、変わりやすい天気、晴天、持続的晴天、そして高乾燥があった。アルフレートは考えた。持続的晴天だ。ある雨の日に。サリーは、家での厳格な倫理観念について語った、服従と愛されることとは分かちがたく関連していたことを。彼女はその都度与えられた最大限の自由に自分自身を合わせたことを。アルフレートは耳をそばだてていた。腸がごろごろ鳴るのが聞こえた。二重窓を通して街の喧騒が侵入してくる。サリーは語った、子ども時代はすべてがひどくみすぼらしく思われたことを、硬くて、粗くて、暗かったことを。暗いなか学校に行き、暗いなかミルクを取りに行ったこと、ああ、あそこはなんと惨めだったことか。アルフレートはサリーの腹に触ってみた。それは彼の腹よりもずっと静かだ。彼は息を殺して、自分に言い聞かせた、ぼくはこれらすべてを記憶に留めておかなければならない、少し上の方、丘、そして下の方、ざらざらした粗毛、これをぼくは記憶に留めておかなければ、さらにずっと下、少し盛り上がった、皺のある、半ば開いた唇。ある雨の日に。そして、彼女に言うんだ、騎馬民族の愛の詩がどう始まるか、砂漠民族の愛の詩、ある雨の日に。そして、彼女に言え、きみの髪は持続的晴天、大雨、嵐、きみの身体、足、膝、大腿、大雨、嵐。そして、つねに彼女に言うんだ、持続的晴天、いつも素晴らしいと、そして、ぼくは、彼女に言うんだ、きみは、膝と大腿、彼女に言うんだ、きみを愛していると、彼女に言うんだ、ぼくはきみに子どもをつくってあげる、ある雨の日に、と。

彼はまったく沈黙していた、サリーはまったく沈黙していた、アルフレートは自分の心臓を感じた、心臓は早鐘のように打っている、アル＝ニールさえ沈黙している。そして、ほらね、ようく耳を澄ますと、アム・アブドンの鼾《いびき》が聞こえるよ。聞こえるかい？

「ええ、聞こえるわ」とサリーはささやいた。

翌朝、アルフレートがシャワーを使う番になった。サリーはプラスティックの桶をキッチンへ運ばねばならなかった。アルフレートはシャワーの下から叫んだ。

「うーん、ああ、なんて素晴らしい！」

彼の顔の表情はリラックスして、自信に満ちている。喜びに満ち溢れた目、ふたりが共寝をしたときにはいつもそうであるように。驚くべき効果！　サリーはアルフレートが髭を剃るのを眺めた。それから、彼の髪にドライヤーを当てて乾かしてやった。朝食時には、毎朝そうするように、ふたりでBBCワールドを聴いた。ブダペストはあいかわらず氷点下、下降傾向。

「ウィーンは墓穴よ」

ふたりはすでにバスルームでアム・アブドンのラジオを通じて、夜間外出禁止令の決定が延期されたことを知っていた。サリーは話題をいまや開催が確実になったフロイト晩餐会に転じた。アルフレートは肩をすくめた。晩餐会のためにサリーとともに過ごす一晩が奪われることが腹立たしかった。彼は招待されていなかったからだ。サリーはアルフレートを慰めようとして、彼の上唇についていたミルクを唇で拭ってやったけれど、彼は不機嫌のままだった。

サリーが出て行ってしまうと、アルフレートはキッチンを片づけた。子どもの笛をきれいにすると、手紙を何通か書いた。それらを文化研究所に持って行き、そこで投函するつもりだった。彼はすべてを片づけるために必要な時間を残しておいた。彼の内臓が少し彼を苦しめた。また胆石がほどなく出て行こうとしているように思われた。痛みにはすでにほとんど慣れていた。それでも家を出る前に、アルフレートは錠剤をポケットに入れた。

アム・アブドンは入口の床を石鹼と水をたくさん使って磨いていた。彼のスリッパが敏捷にパタパタ鳴る音とあたりに投げ出されたぼろ布の立てるびしっという音が階段の上からも聞こえた。アルフレートは、外出禁止令が出るだろうか、と尋ねた。

「どうしてそんなことがあるものかね、フィンクさん」とアム・アブドンは答えた。「エジプト人が世界でもっとも容易に統治できる国民であることは誰でも知っているじゃありませんか。彼らはどのようにでもできるのです」

「そのとおり、エジプト人は平和的です」とアルフレートは確言した。「文明化されたレバノン人とは対照的に、エジプト人たちは相互に殺し合いはしませんからね」

アルフレートは郵便受けを開けた。そこにはたいてい埃と、ことによると食べ物の残りがあったりするのだが、驚いたことに手紙があった。アルフレートはそれを開封して、ざっと目を通した。彼の祖母が、隣人に絨毯を二枚売って、その金を為替で送った、という。アルハムドゥリッラー〔神のお蔭〕！　手紙にはほかに犯罪と物価騰貴について書かれていた。

「犯罪に物価騰貴」と彼はアム・アブドンに向かって言った。「いたるところ同じです」

「少なくともかなりのことはね」とアム・アブドンは額に皺《しわ》を寄せてそれに応じた。

ゼファーは洗い立てられて、輝いていた。アルフレートはエンジンをスタートさせた。そのとき彼は、絨毯の金でギンディのところで取置きしてある服を買い取れると計算した。残りの金で二週間は凌《しの》げるだろう。アルフレートは口笛を吹きながら、車を通りに乗り入れた。太陽はバターでできていた。大気はクラクションとバックファイアと消音器のないエンジンの音で震えた。アルフレートは一〇〇〇年の歴史を持つモザイクの街のなかを車で通り抜けた。開け放たれた左右のウインドウのあいだにできた暖かい空気の渦が後部座席におかれたイシス論文の草稿を巻き上げた。イシス崇拝における赤い色の意味。イシスはヴェールをかぶっていないが、それでも人間である。イシスは内障眼《そこひ》を病んでいた。

アルフレートは、文化研究所に着くと、まず郵便物を取りに行った。またやって来ましたよ。彼は毎週木曜日にはやって来たから、さして驚くことではない。彼は一握りの手紙を投函した。金を無心する手紙、だが、シュトゥットガルトとアムステルダムの雑誌に寄稿する二本の論文もあった。そのうちの一本は、彼の判断では、センセーショナルな論文だった。さて、届いていた郵便物は、果たして、見よ、長いこと待っていたウィーンからの為替ではないか。そのうえ、神秘的なオリエントの展覧会が計画されているチューリヒからの依頼もあった。そこではブルカが欠かせない。アルフレートはこれらのニュースに勇気づけられて、自分自身を世間知らずにも安売りすることはしまいと決心した。ひょっとしたら、きょうは幸運の日かもしれない、博物館許可証の栄誉もぼくに与えられるだろう。

サリーの席は空《から》だった。アルフレートが格別軽蔑していた第二秘書は彼をデスクの前に立たせておいた。彼女はアルフレートの咳払いにも反応しなかった。彼にすでに気づいていた場合でも、彼女はそれを顔には出さなかった。彼が、ここに腰を下ろすとなにか差し障りでもあるのですか、といくらかきつい言い方で尋ねると、彼女は詫びを言った。それはいつものことだった。彼女は動ずることなく、電話で話し続けていた。

しばらくすると、換気装置の音が変わった。入口のドアが開いたためだ。秘書は、おしまいにしなくちゃ、と言って、受話器をおいた。二秒後に所長が足音を立てて入ってきた。あやうく彼女はアルフレートにぶつかりそうになった。不明瞭な言葉で挨拶をしてから、彼女はそれでも振り返った。

「最近、あなたのことが頻繁に話題になっていますよ」と彼女は言った。

アルフレートが訝《いぶか》ることなく無防備にうなずくのを見て、彼女は、アカデミーの録音テープ保管所の所長を訪問したことを報告した。所長はアルフレートの業績の学問上の価値を高く評価しており、ウィーンの民族学博物館にもアルフレートを高く買っている人物がいる、という。

「残念ながらウィーンだけです」とアルフレートは言った。

「それは不当というもの」と所長は憤りを装って応じた。「わたしはあなたのお仕事にとても興味があります」

アルフレートはこの急変ぶりにびっくりして、賢明とはいえない返答をした。

「私の仕事を正しく評価してくれる人は多くないのです」

まだ若い、あまりにも日焼けしすぎた肌と青い目の金髪の所長は、人道的な活動という隠れ蓑をまとって、どさくさまぎれに収集活動による利を狙っていた。彼女はアルフレートをクールに検分する。微笑を浮かべようとしている顔、微笑が繰り出される。彼女はアルフレートに近寄ると、オリエント商人の執拗さをもって、ところであなたの現在の活動領域は何なのか、と尋ねた。アルフレートは、その都度さまざまに変化を持たせて、彼女をいつもと同じ役に立たない情報で暗礁に乗り上げさせた。

「農民文化です」

所長は好奇心と怒りを爆発させたようだった。彼女はアルフレートに、まだ銀の装身具を取り扱っているかと尋ねたが、アルフレートはこれをきっぱりと否定した。すると、所長は無言でおとなしく立ち去った。アルフレートは博物館許可証の件を持ち出すことさえできなかった。どうして誰もが彼ににべもない態度を取るのか理解できなかった。テヘランやイスタンブールの奨学金の公募があるといつも、カイロの人たちは彼に注意を喚起したものだ。これはあなたにはどうでしょう、フィンク博士？　テヘランはどうですか？　イスタンブールは？　バグダッドは？――お前なんぞくたばるがいい、くたばれ、くたばれ。真っ当な人間であれば誰でもここでは頭が朦朧としてくる。

秘書は、ハゲコウの冷淡な関心を思い起こさせる表情を顔に浮かべて、アルフレートがこれから何をするつもりなのかを観察している。彼が文化担当官に会えるかと尋ねると、彼女はそれを否定したが、担当官はきっとすぐに戻るだろう、と言う。それから彼女は、がちゃがちゃ音を立てる金色の鱗形でできたハンドバッグにその高慢な鼻を突っ込んでタバコとライターを取り出すと、部屋を出て行った。

文化担当官は、アルフレートの見解によれば、研究所随一の悪党だった。虚栄心が強く、小心で貪欲、想像力に欠けた流儀を完璧に具現しているできそこないの外交官、それほどの暗愚にもかかわらず、彼が国外で同国人に出くわすことがあれば、その足を引っ張ることにかけては抜け目がなかった。

ぴしっとアイロンのかけられたズボンに明るいベージュのリンネルの、非の打ち所がないスーツ姿で、文化担当官は入ってきた。その大きくて丸い頭はテニスで赤くなっている。彼は、私に会えるとはあなたはついている、少々忘れ物をしたので、ちょっと立ち寄っただけなのですよ、いまとても多忙でしてね、と言った。

アルフレートは、礼儀にかなった丁重さをもって、博物館許可証のことを尋ねた。文化担当官の額はさっと皺だらけになった。その件に関しては、進展があったという報告はないと思いますよ。文化担当官はアルフレートを自室に招いた。そこで彼は物憂げにデスク上の幾つかの書類を見ている、それらがアルフレートの申請と関係があるかのように。だがそこにあるのは、紅海のビーチのパンフレットと、必要経費として落とせる余地のなくなったレストランの請求書だけだ。

「いまのところ、進展はまったくありませんな」と文化担当官は言って、アルフレートの反応をうかがう。

文化担当官は、ブルカの売買をしているこの心気症《ヒポコンデリー》患者をどう扱うべきかわからなかった。アルフレートが身なりに気を配らないのは、イデオロギー上の妙な考えにもとづくものか、あるいは性格の弱さをあらわすものなのか、それさえ確信がなかった。そのいずれも彼には合点がゆかなかったし、同時に、両者を取り違えたくはなかった。彼はアルフレートを苦々しげに観察して、考えた。性格の弱さがただちには確定できないのは残念だ、それは、世界観上の諸々の理由から朽ち果てるこれらの夢想家たちが負うべきさらなるマイナス面だ。文化担当官は不機嫌に口元をゆがめた。現代とその風潮は彼には胡散《うさん》臭い気がしていた。ふいに彼の心中に憤懣《ふんまん》が湧き上がった。なぜなら、自分の考え方が、悪趣味と自由とを取り違えている若い世代に遅れを取ることを恐れたからだ。

「辛抱強く待たねばなりません」と彼は後からつけ加えた。「すでに申し上げたように、この国では何事も今日から明日へとは進まないのですよ、進むのはカレンダーだけ」

彼の丁重さの裏には苛立《いらだ》ちが混じっていた。

アルフレートの顔に、そうやすやすと厄介払いはさせないぞという疑わしげな表情が浮かんでいるのを見てとると、文化担当官は自己正当化をする必要に迫られた。文化研究所とエジプトの博物館管理局とのあいだの事務手続きを説明してから、当地の担当者は協力的ではないと言い放って、話を打ち切ろうとした。

「それでは手の施しようがないのですね」とアルフレートは尋ねた。

文化担当官は気の毒そうな顔をした。

「私の善意だけでもじゅうぶんに評価してもらいたいものですな」

アルフレートは首をゆっくりと横に振った、あたかもまさに断念しようとするかのように。それから、彼は攻勢に転じた。

古代文化遺産管理の担当官は何という名前かというアルフレートの質問に対して、文化担当官は答えられなかった。彼はしどろもどろになって、あそこには何とかという名の人物の甥や姪が少なくとも一〇人はいる、と言う。アルフレートは、当局を訪問するつもりだ、月曜日にも、と告げた。彼の申請を受け取るポストの人物に個人的に問い合わせるつもりだ、と。文化担当官はそれを目配せで制して、自分から電話をすると約束した。それは次なる悪意を意味した。

いまや、サリーがアルフレートに助言してくれたことが実行に移された。アルフレートは二通目の申請文書を取り出して、私ことアルフレート・フィンクはウィーンの博物館に対してこの件をあっさり休眠させるわけにはゆかない義務を負っていることを理解してもらいたい、と言った。許可が得られないとなれば、自分はウィーンに対して、あらゆる手を尽くしたことを証明する公的な文書が必要になる、そうなれば、ひょっとしたらウィーンが割って入るかもしれない。

この脅しは文化担当官を激怒させた。そのために彼は、ちょうどこのとき所長が入ってきていたにもかかわらず、アルフレートがウィーンの民族学博物館の委託で研究をしていることを知らなかった、アルフレートが仕事をしているのはエジプトの博物館であると思っていた、と言った。

「エジプトのどの博物館ですか」とアルフレートは無邪気に尋ねた。

文化担当官は歯噛みした。アルフレートは、この下級大使館員がいま緊急に必要とされるタバコに火をつけるためのライターが手元にないことを、見て見ぬふりをした。文化担当官は、引き出しの中深く探し回って、ついにライターを見つけた。深々と肺まで一服吸い込んでから、書類の行方を正確に追跡して、追って連絡する、と彼は約束した。

「それについてはまた後で」とアルフレートは約束した。

所長代理を務める文化担当官の行動能力の欠如については、所長もすでに気づいていた。彼女は穏やかに微笑んだ。このうるさい同僚の無能力を証明する事実がまた収集できたからだ。いまや理性的な人間は結束しなければならないとでも言いたげな表情を露わにして、彼女はアルフレートの方を向いた。

「フィンク博士、ご存じのように、ナイル川を航行する者は忍耐で織られた帆を必要とします。今晩、私たちのフロイト晩餐会においでください。クララに、あなたを招待客リストに加えるように指示しますから」

「私は食餌療法のために、水以外のものを飲むことは禁じられているのです」とアルフレートは拒絶するような返答をした。

「水しか飲めなくても、歓迎しますよ」と所長は言った。「野生動物のなかでもっとも野性的なのは、水を飲む人間です」

そう言って、所長はその場を離れた。アルフレートのパラノイアの水位計はただちに上昇した。彼は自問した。これはトリックだろうか？　彼らはぼくから何を聞き出そうとしているんだ？　ぼくに探りを入れようというのか？　そうはさせるものか！

一方、文化担当官は話題を転換できることを喜んで、こう告げた。

「メインディッシュはコウモリです。ここでは夜になるとコウモリが束になってヤシの木にぶら下がっている。それを集めるだけでいいんですよ」

「それはじつに素晴らしい！」。アルフレートはそう言って、立ち去った。偽善のあまりのひどさに彼は息ができなかった。まさに身体が震えた。


午後になって、アルフレートの胆石がひとつ排出された。家に戻って、再度痛み止めを服用し、横になった。そのあいだに、家から持ってきた貯蔵品のなかからアルファベットスープ〔アルファベットの文字を象った小さなパスタを入れたスープ〕を調理し、また眠った。ふたたび起き上がったとき、痛みはやわらいでいた。空は晴れて、空気はとても暖かい。仕事をするために、バルコニーに座って、資料Ⅲの補遺をタイプした。サリーが晩餐会用に着替えるために帰宅したとき、アルフレートはちょうどイエメンのブルカのカタログをめくっていた。そろそろきみが帰るのではないかと思って、少なくとももう一五回は下の道路を見たよ、と彼は言った。

アルフレートは、金に恵まれたことと、亡霊たちのところを訪問したことを報告した。サリーはアルファベットスープの残りを食べた。文化担当官が、アルフレートが民族学博物館のために仕事をしていることを知らなかったと主張したことを、サリーは言語道断だと思った。サリーは、アルフレートが我を忘れて軽率な行動に走らなかったことを褒めた。あなたは自分の道をただひたすら追究すべき、そうすれば何もあなたを止められない、もっぱら専門にかけては。

「アルフレート、専門分野にかけては、あなたは誰も恐れる必要はないのよ。文化担当官のような連中、彼らは自分たちの砦に立てこもって、何か新しいことがあれば何であれ、若い人間を意気阻喪させようとする。そして、あなたがあらゆる邪悪な予測に反して前進しようものなら、彼らはもうめちゃくちゃ腹を立てるんだわ」

アルフレートはこれほどの援護を受けたことに呆然としていた。突然激しく、人生において自分をもはやけっして見放すことのない唯一の感情はサリーに対する愛情であるというゆるぎない確信が生まれた、何があろうともけっして変わることのない確信。その一方で、彼女の本性の周辺部はほつれて定めがたく、それが彼を不安にした。彼女が欲すれば、彼女には何かまったく予測のつかないことが生じるかもしれない。ほかの女たちの場合には骨折りだったことがサリーの場合には豊饒と感じられた。サリーは幸運のお守りのような何かを持っていた。ときおり、サリーに抱きしめられることがあると、アルフレートは完全に保護されていると感じた。彼女といっしょならば、悪いことは起こり得ない。

まだ夕陽の残るなか、鳥たちがねぐらへと急ぐはばたきと鳴き声がしだいに消えていった。赤く染まった靄《もや》のなかを太陽が旧市街の塔の背後にどしんと落ちた。そこには砂漠がある。迫りくる夕闇と礼拝時報係《ムエッツィーン》の叫び声とが人間の生活の秘密にほんの数分間いくばくかの魅力を与える。すると、あたりはもう暗くなっている。開いた窓から響いてくる声はいまや叙唱のようにではなく、硬く、攻撃的に、あるいはむしろ嘆きのように聞こえる。アルフレートには、カイロは夜になると、当地で俗にアブル・ホール、つまり畏怖の父と呼ばれるスフィンクスがなにがしかの作用を及ぼすように思われた。

サライ・アル＝ゲジラには駐車スペースがあった。フロイト晩餐会用に船のレストランが貸切られていて、それはアンダルシア庭園の傍のナイルのプロムナードに係留されていた。そのあたりの照明はひどく不十分でぼんやりしていたから、アルフレートは戦時を思わずにはいられなかった。彼は目を細めて、静かな流れの緩慢な水の動きを眺めた。カスル・アル＝ニール橋方向の水は連なる光できらきら輝いていて、橋は光の鎖で飾られている。

自分を好いておらず、自分もまた関心のない人たちといっしょにいて死ぬほど退屈するよりも、サリーとともにヤシの木のあいだに座って、将来の計画をあれこれ考えめぐらす方がはるかに好ましい。アルフレートは考えた。所長はぼくに何を期待しているのだろう？　それを想像するのは難しい。まあいいさ、なるようになれ、勇気を出すんだ、哀れな友よ！　後になれば、この招待がなんの役に立ったのかすっかりあきらかになるだろう。

アルフレートは船の渡り板に足を乗せた。鼓動が高くなる。彼の不快さはそのぎこちない動きに見てとれた。溢れんばかりのホールのなかから熱い空気と哄笑が沸き立つようにアルフレートに襲いかかった。甲板上の気分はすでに大波になっている。ドナウ沿い《ドナウタール》の斜面のワインはすでにその効力をあらわし、それに加えて、こじつけの説明の余興が用意されていた。出される料理はジークムント・フロイトに関係があるという。二つの料理がすでに食卓から下げられていた。ウナギのクリームとポルチーニ茸のコンソメだった。参会者には、心理分析の父は学生時代にオスのウナギの精巣と精液を発見したこと、また後年フロイトは折に触れてキノコ狩りに出かけたことが知らされていた。

サリーはアルフレートを彼の席に連れて行った。彼のブルーのジャケットはぴったりした仕立てだったので、いくらか肥満気味の腰に食い込んで皺ができている。グレーの寸足らずのズボンは、ソックスをむき出しにしていた。

「アルコールは飲まないでね」とサリーはささやいた。

「亡霊どもはぼくを泥酔させるつもりかな？」と彼は不安げに微笑んで尋ねた。

「アルフレート、あなたの胆石のためよ！」

アルフレートはそこではサリーに触れることは許されず、彼女の隣でぎこちなく感じていたし、このような機会での上流社会の作法は彼には縁遠かったから、すでに初めから偏見にとらわれていた。ちなみに、彼が子ども時代を過ごしたオーバーエスターライヒ州の村では、ターブル・ドート式の食事に必要な知識が得られるはずもなかった。彼はミュールフィアテルの農民だった。彼の母親の証言によれば、アルフレートは小さい平鍋をきれいにかきとる技術にはきわめて長けていた。

アルフレートはテーブルの一座に順に挨拶をして、腰を下ろした。ちょうど余興のひとつが出たところだった。セレモニーの進行は、各料理のあいだに異なる言語でフロイトの短いテクストが朗読される趣向になっていた。多言語が氾濫するカイロでは実際にあらゆる言語が使用可能で、それは国際都市の長所だった。殺し屋のような風貌のフランス人がマイクの前に立って、使い古されたポケット版を取り出して、朗読した。スピーカーの音量は、客たちが差し障りなくおしゃべりできる程度に調節されていた。この歓談の機会はじゅうぶんに活用されたから、朗読が終わると、なおのこと盛大な拍手が朗読者に送られた。

　やがてメインディッシュが運ばれてきた。毛髪を油でぺったり平らに伸ばした大男のウェイターが皿を持ってテーブルのあいだをすり抜けていった。それがコウモリだった。牛の骨盤に取り囲まれた部分の筋肉で、それを薄切りにすると、繊維構造があらわれる、その輪郭がコウモリに似ていた。所長はアルプス地方ふうのデコルテの衣装を身に着けて、フロイトの抗いがたい牛肉消費を分析した。そのあとはむろんヨハン・シュトラウスのオペレッタが流される、不滅のナンバー「忘れる者こそしあわせ」。フロイトは、潜在意識は一家の主《あるじ》として人間を生涯にわたって支配することを発見しただけでなく、生涯にわたってそれに気づかない者は幸福であることをも発見したのです、と所長が語ると、客たちは腹を抱えて笑った。

　アルフレートは左隣に座っている人物の方を向いた。見たことのある顔だった。

「むかし私がインクの染みをコウモリだと解釈すると、その心理学者は、あなたは自分の父親を憎んでいる、と言ったのです。まったくそうではなかったのに」

　隣の男は右の眉を吊り上げて、背中を丸めたが、左の眉は動かないままだった。彼はアルフレートに、最近バザールで何か見つけたか、と尋ねた。アルフレートは否定の答えをした。それは部分的には正しかった、良い時期はますますまれになっていたから。するとその男は笑って、子どもっぽく、自分がすべて買い漁ってしまった、レイラとヴィサ＝ヴァッセフもすべて略奪したのさ、と言う。

　この言辞はアルフレートの不快をいやがうえにも高めた。知っていたさ！　なぜぼくは家に留まらなかったのだろう、ぼくは間抜けだ、そうしていま挑発されている！　彼はそう考えた。心臓は高鳴り、背筋が寒くなったけれど、アルフレートは無関心を装ってうなずいた。驚きを見せてはいけない、ごく自然に！　アルフレートは一時しのぎのために曖昧な態度を取った。続けて、水の入ったグラスのなかの氷をガチャガチャと鳴らした。隣の男はどうやら褒められるべき心根の持主ではないようだった。

しばらくすると、アルフレートはそのテーブルの全員と知り合いになった。会議に出席するためにオランダから来ていた二人の感じの良いオランダ人心理学者は、ドイツ語コロニーに属していない唯一の参加者だった。ほかの者たちは全員が、ハードな文化財と引き換えにソフトな内容の形式の西欧文化を売るために、ときどきあるいは常時ナイル周辺に居住していた。これらの中東専門家の幾人かは、彼らの視線がアルフレートを捉えるたびに、舌を前歯に沿って動かした。彼にはそう思われた。さいわいだったのは、ベルク教授夫妻が斜め向かいに座っていたことだ。アルフレートにとって、サリーは別として、ベルク夫妻は気を許せる唯一のオーストリアとの接点だった。ドイツ人とですら、彼はずっとうまくやってゆけた。第一に、アルフレートがドイツ人のことをよく知らなかったこと、第二に、多くの人たちから魅力と見做《みな》されている、オーストリア人に特有の意地悪さと愚かさと快活さと似非行儀作法との混淆がドイツ人には欠けていたからだ。カイロでアルフレートは、これまで彼が実体験したケースを比較検討したうえで、カール・クラウス〔一八七四～一九三六年。オーストリアの作家で批評家〕、ヘルムート・クヴァルティンガー〔一九二八～一九八六年。オーストリアの俳優、著作家〕、その他同類の注釈者があきらかにしたオーストリア人の特性描写は、悪意に基づくものではなく、深い人間認識に基づくものであることをすぐに理解した。

ベルク夫妻とは、メインディッシュとデザートのあいだに歓談した。パレスティナの医師がフロイトをアラビア語で朗読したが、耳を傾ける者は誰ひとり一瞬たりともいなかった。ほかの人たちの会話に聞き耳を立てる方がいい、とアルフレートは考えた。誰もわかりはしない！　残念ながら、ベルク夫妻はアルフレートをほとんどたえず質問攻めにした。しかし、彼らは上品ぶらず、感じ良く、落ち着いて話した。彼らはアルフレートに、奨学金を得てここに滞在しているのか、と尋ねた。いいえ、とアルフレートは落ち着いて答えた、怒ることなく。幾つかの博物館に情報を提供する協力者として生活費を稼いでいる、と。ただし、彼が博物館には二級品だけを送ること、なぜなら博物館は半可通だからそれで満足している、という点にはもちろん触れなかった。だが、ちょっとした暗示がアルフレートから漏れ出た。彼自身のコレクションは相当立派なものになりそうだ、『プリンセス・シシー、第一部』のようにうっとりするほどの、と。

「エル・サイードをご存知ですか」とベルク教授は尋ねた。

「あの収集家ですか？」とアルフレートは聞き返した。

「最近彼を訪ねたのですが、彼はひどく誇らしげに、あやしげなユーゴスラヴィア民族学協会のメンバーに指名されたこと、さらにそれに対する彼の返書を私に見せてくれました。彼はその返書のなかで、自分のコレクションは世界で最大のもののひとつだと強調しているのです。エル・サイードのように賢明で理性的な男がそのように馬鹿げたことを書けるわけが私にはさっぱりわかりませんね。おそらく、オーストリアには彼のコレクションよりも大きい個人コレクションだけでも一〇箇所はあるでしょうし、スイスにはオーストリアのどのコレクションよりも大きいコレクションが一〇箇所はあるでしょう。実際にここの地元の人たちは、自分たちが何を持っていて、私たちが何を持っているか、何も知らないのですよ」

「まあ、そうでしょうね」とアルフレートは月並みな応答をした。

「この男にオーストリアからも同様の栄誉に預からせることができないものかどうか、民族学博物館に問い合わせてみてはいかがですか。ひょっとしたらうまくゆくかもしれない」

「不可能なことは何ひとつありませんよ」とアルフレートは応じた。

グラスが打ち合わされた。アルフレートはすでに何度もサリーの方を横目でうかがっていた。彼女はちょうどテーブルのあいだを縫って、所長の方へ向かうところだ。この晩ふたりがアイコンタクトを交わすことがいかにまれだったか、驚くほどだった。いまや彼女はふたたび厨房へと急いでいる、コックとウェイターがきちんと仕事を進めているかどうかチェックするために。アルフレートは、彼女の後を追って行き、彼女を従業員の更衣室に押し込むと考えただけで、文字どおり身体が震えた。同じことを考えたのは、ドイツの大使館員だった。ただ異なったのは、この書記官は即座に、後先を考えずに勢いよく実行に及んだことだった。彼の接近の試みは、ときおり左右に振り動かされるスイングドアと右手の角に阻《はば》まれてアルフレートの視界から消えてしまった。

サリーの驚きは限界内にとどまっていた。彼女は軽蔑的に書記官の両手を脇に押しのけた。

「ほっといてよ」と彼女はいらついて言った。

「きみは木石かい」と彼は尋ねた。

「いいえ、そんなことはないわ」とサリーは言って、冷たい微笑みをつくった。

書記官はお世辞を並べ始めた。きみのお尻は素晴らしい。――いつもこの手だ、ほかに手はないの――きみは信じられないほど美しい。サリーは聞くともなく聞き流して、ほんの少しのあいだ書記官に激しく抱きしめられるままにした。もういい？　溜息《ためいき》。ああ、人間というものは衝動に支配される低い知性を持つ存在なのだ。修復は困難。

「やめてよ、ダメ」

「それでもひょっとして、いいだろ？」

溜息。もともとサリーは、二人の人間を同時に愛することができるのではないかという考えをとてもすてきなことだと思っていた。だが、実際にはまったくそうではなかった。

「つかむのをやめて、と言ってるのよ」

「おれは、きみがその下に何を穿いているのか、見たいのさ」

「おい！　手を放せ！」とサリーはうなるように言った。「あんたがとんでもない卑劣漢だってことはわかってる。それをまた証明する必要はないわよ」

「おれは埋め合わせをしたいのさ」

「埋め合わせならわたしに任せてちょうだい。あなたのことが恥ずかしいわ」

「おれのことを恥ずかしく思ってくれるんだって？」と彼は尋ねて、ふたたび身体を彼女に押しつけてきた。

そのとき、文化担当官が入ってきた。眼前で繰り広げられている光景を鼻の穴を微妙にひくひくさせて検分してから、これを言葉で注釈した。

「ほほう、そういうことか」。彼の声は低くなった。

「そんなコメントを聞かせるために、お出でになったのですか？」と書記官は怒声を発した。

文化担当官は軽蔑するように息を吐き出す。

「ことは始まりかけているな」と彼はサリーに言った。「チーフは怒り心頭だ」。彼は激しい哄笑を発した。鼻に余る魑魅魍魎の臭気。

わたしはなんて馬鹿なの。仮病を使って休むべきだった、とサリーは考えた。彼女はホールに戻った。そうして、少なくとも二人の愚か者から離れることができた。

演壇では最後の朗読が始まるところだった。この出し物はリスボンから来ていた男性ペアによるもので、彼らは舞台のすぐ脇で出番を待っていた。ふたりは少女の衣装を身に着けている。ディルンドゥル〔バイエルンやオーストリアの女性用の民俗衣装〕のような仕事着にブロンドのお下げの鬘《かつら》、ふたりの唇は真っ赤に塗られている。彼らはすでに数日前に所長に、オリジナルの自作テクストをいっしょに朗読することを願い出ていたのだが、所長からは厳しく禁じられていた。いまやふたりはそろってマイクロフォンに近づくと、歌い踊りながら自作テクストを読み上げる。いったんそうなれば、招待客たちは何も気づきはしない。完璧にこの晩にマッチしている。ともあれ誰も何もわかりはしない。

しかしながら所長は、その天性のキャラクターゆえに、誰かが彼女自身の意思に逆らうこと、それによって自分の権力が縮小されることには我慢ができなかったから、怒りの叫びを発した。

「けしからん！」

ヒールの音も高らかに、所長は舞台に向かって駆け出す。あたかも彼女もダンスに加わりたいかのように急いで、しかも、彼女の胸がワンピースから飛び出すリスクもいとわずに。彼女はフロイト風のジングシュピールに飛び込むと、ディルンドゥル姿の二人のポルトガル人のうちの小柄な方からマイクを取り上げる。お下げの鬘が男の頭から滑り落ちて、赤く光る頭皮が飛び出す、周囲が黒く縁どられた頭。

所長は断固として叫ぶ。

「失せろ！　サボタージュ野郎！」——怒りを抑圧すれば、落ち着く先はコンプレックスしかない、それゆえ、きわめて重要なのは可及的速やかに怒りを発散させるべしというモットーに従って。彼女はマイクロフォンを振りかざす。ポルトガル人たちはとっくに大の字になって舞台の上に横たわっているのが見える。だが、ふたりは素早く脇へ飛び退くと、威張りくさった渋面を作ってお辞儀をして、自分たちのテーブルにすっ飛んで行く。所長はそのあとを追いかけて、あんたたちはろくでなしだ、荷物をまとめてさっさと失せろ、と言う。彼女は頭でドアを指した、受け入れ準備のできた夜を。

「そうだ、おまえたちはろくでなしだ！」と駆けつけて来た所長の夫が念押しをした。

それに呼応して、ポルトガル人たちは同席の者たちとともに立ち上がると、船を立ち去った。偶然にも、フランスの文化研究所の幹部たちとドイツ大使もそれに続いた。特にドイツ大使は、留まるようにとの依頼を二度とは言わせなかった、彼は隣国の家庭での礼儀作法を知っていたにもかかわらず、あるいはそれゆえに。大使は書記官を引きずっていった——さもなければ、書記官はサリーを諦めないだろう。いまやそのテーブルにはひとりもいなくなった。ほんのしばらくのあいだ、ホール全体がしんとなった。所長はこの場に残した自分の印象を査定しているようにサリーには思われた。所長は満足してよかった。痙攣した顎の骨はゆるんでいる。額の怒りの皺はなくなれ、すべてなくなれ、愚かな憂慮だ、そんなことは悩むに値しない！　穏やかに微笑んで、所長は舞台に向かう、淑女然として。彼女は晩餐終了を告げる。

「ドボシュトルタに葉巻」

ドボシュトルタはフロイトの『夢判断』のなかで特別な役割を担っている。どんな役割？　それを所長は忘れてしまっていた。彼女のメモは興奮騒ぎのあいだになくなっていた。サリーが介入するのもじゅうぶんにすばやいとは言えなかった。メモ原稿はテーブルにあった。またもや静寂がホールじゅうに広がった。あたかもドボシュトルタの夢がすっかり消え失せないうちに、夢を最後まで見届けるか少なくともそれを解釈しなければならないとでもいうかのように。あたかも所長はウィーンの藪医者に敬意を表して、ポルトガル人、フランス人、ドイツ人を追い払ったかのように、いまやこの夕べに熱っぽい輝きと高められた調和がもたらされた。招待客たちの潜在意識の新しい鳥もち竿、それはじゅうぶんに分析材料を提供した。

「何かが彼女を怒らせたにちがいない」とアルフレートのテーブルの隣人が言った。

「そのようですね」とアルフレートは冷淡に返した、悪党には目をやらずに。彼は意識を集中してホールのなかを見回した。

サリーが袖から出て来て、前のテーブルの名士たちに葉巻を配っている。エジプトの葉巻だ。年配の男が座ったままサリーの太腿を抱きしめた。とんでもない！　彼女は急いでアルフレートの視線を探す。しかし、アルフレートは嫉妬することをすっかり忘れている、なぜなら所長がときを同じくして、淑女紳士のみなさま、フロイトは夢のなかでも葉巻はしばしば単なる葉巻にすぎないと言っています、と説明したからだった。

「そして、人生においては言うまでもなく。残念ながら」と彼女はつけ加えた。

それはきわどかった、きわめてきわどかった。所長は少しのあいだ偉そうにしていた。それを言っていいものかしら？　そんなことわたしにはどうってことはない。その晩の素晴らしさが彼女にそう言わせた。

「口腔がんのために、フロイトは晩年には口からひどい悪臭を発していました。あまりにもひどかったので、彼の愛犬さえもが主人を避けました」

抑えた哄笑。サリーは、この晩がまもなく過ぎ去ることを望んだ。だが、いつまでも終わらなかった、いつまでも。ベルク教授夫人はテーブルクロスを凝視して、「あれまあ！」と口ずさむように息を漏らした。アルフレートははにかんで頬をこすった、まるで村の司祭からビンタをくらったかのように。「ああ！」。それから彼は頭を振ってタバコに火をつけた、しわくちゃになったクレオパトラ。

こいつは悪くない！

それにひき続いて、ワンマンミュージシャンがアンプのスイッチを入れた。その男はドナウ河畔のペッヒラルンの出身で、大ピラミッドでガイドとして働いていた。彼の役目は、この晩をウィーンの歌で締めくくることだった。最初の和音が鳴った。居合わせたオーストリア人たちは立ったままいっしょに歌った。そのなかには、文化担当官、事務長、大使、ベルク夫妻、そしてアルフレートがいた。

杯を掲げよ！　とても陽気に。サリーはこれをクロークの隣の隅から見ていた。その光景は幻覚のように感じられる、それほど彼女はすでに疲労困憊していた。

ワインはあるだろう、でも人生はいつか終わる。だから人生を楽しもう、楽しめるかぎりは。きれいな娘はいるだろう、でも人生は永劫ってわけじゃない。だからものにしろ、いまこそそのとき……。

一同が散会し、会計も済んだとき、サリーとクララは、翌日は仕事開始を遅らせてもよいかと尋ねた。チーフの回答はじつに親切なものだった、すでにいくらかしどろもどろの発音ではあったけれど。「あんたたちは定刻どおりに職務につかねばなりません、ふたりそろってなんて役立たずなの。でも、わたしは重役出勤よ、所長ですからね」

これがフロイト晩餐会の結びの言葉だった。

サリーはアルフレートのところへ行った。彼はテーブルにひとりで座っていて、広げた腕の上に頭を載せて眠っていた。テーブルで睡魔に襲われる人間は悲しい光景だ、とサリーは思った。彼女はアルフレートを起こした、かまうものか、見たい者は見るがいい。アルフレートは無気力な従順さで立ち上がった。彼女は腕を彼の腰に回した。そして、よろめきながらふたりは船を後にした、骨折りと欺瞞と愛とを顔に浮かべて。前方には岸辺のプロムナードの鈍い光が赤と黄色に灯っている。その奥には、柔らかく暖かい夜の街の煙臭いうす暗さがゆらめいている。空気は、数百万の人間の眠りで、何千もの犬たちの、ロバたちの、何頭かのカバの眠りで、そして冷えつつある幾千もの自動車の熱で暖められていた。痛む足を抱えて、サリーとアルフレートは照明のある階段をプロムナードへと上って行く。彼らの足の裏では、永遠の砂漠の砂がぎしぎしと音を立てた。サリーはアルフレートの手が腰のスカートの折り返しのなかに滑り込むのを感じた。するとふいにサリーは、自分の手を胸に当てて、あっさりこう言うことができた。

「アルフレート、あなたのところに留まるわ」

第7章

聖母マリア被昇天祭の八月一五日、サリーは突然冷たい感覚に襲われた。凍えるほど冷たく、湿った微風が吹き込んできたのだった。そして、不快なざわめきが聞こえた。古代の船乗りならば、いまや世界の縁に近づいたかと思ったにちがいない。聖母マリアの被昇天は転換の標識だった。この日を境にして夏は終わりに向かい、日は急速に短くなる。新学年の開始までわずかに二週間。助けて！　とサリーは叫んだ。わたしの休暇はどこへ行ったの？　これほど厄介な休暇を経験したことはこれまでなかった！　理想からは大きく逸れてしまった！　学校の前年度に関連するものをもういいかげんに整理しなければ。それに、机の上も片づけて、あれもこれも、等々。

サリーの知るかぎり、同僚たちのうちで休暇の終わりを喜ぶ者は誰ひとりいなかった。それは教員という職業の質をよく示している。別の職業集団であれば、休暇の終わりにはときによると、また仕事に戻れてうれしい、という声も聞かれる。教員からはそういう言葉はまったく聞かれなかった。すでに初日から生徒たちは、目の前に太い骨を投げ与えられた犬のように、目を輝かせて教師を注視している。それはきわめて現実的で、それが休暇の終わりをかなり不安にした。

仕事に関しては、学校の第一週目はそれほど悪くはない。しかし、身体を別のリズムに、すでに身体が忘れてしまっている多くのバクテリアに同調させなければならない。さらに心理的にも新しい負担に慣れる努力が必要になる。例年と同様に、サリーは最初の週には大きな内的不安に襲われた。学校が始まるといつも、存在と意味を問う根本的な疑問が押し寄せてきたものだが、それは何も新しいものではなかった。わたしから盗まれる多くの時間！　なぜわたしはたえず他者にかかずらわなければならないのか？　なぜわたしはこんなことをしているのだろう？

じじつ、学年始めには短期間にゼロから一〇〇パーセントまでの加速が求められる、肉体的にも、心理的にも。心身すべてが動員される。最初の数日間は、サリーは自分に割り当てられた幾つものクラスに出向いた。そこでは生徒全員が、相互に知り合えるように、発言し合うことになっている。サリーが以前の学年から知っている生徒たちの場合にはそれほど困難ではないが、新顔に対しては完全な集中力が求められる。短期間のうちに、休暇終了時点ではまったく未知であった七〇人の少年少女たちと話をしなければならない。これらの人間は誰なのか？　彼らはどこから来たのか？　謎また謎。それでも一〇日後には、サリーはこれらの子どもたちのひとりひとりについて物語ることができた。それは彼女がごく短期間のうちにいかに多くのものを受容したかを示すものだった。この期間中は、サリーはいちばんの親友にも会いたいとは思わなかった。それほど彼女はすっかり活力を吸い尽くされている。それから二〜三週間を経てようやく、この活力喪失状態は疲労困憊状態に席を譲る。疲労困憊状態に入ると、睡眠によるだけではなく、楽しむことによっても、癒やされるようになる。そうなると、感覚的なことは一日の骨折りによって、もはやそれほど強い打撃を受けることはなくなる。

いまやサリーはふたたび頻繁に出かけるようになった。アルフレートは彼女に同行するよりも家の留守番を好んだから、彼女はひとりで出かけた。もちろんひとりではなく、エーリクといっしょに。不倫から二か月も経つと、サリーは、アルフレートの日常生活のなかで安定した場所をあてがわれた嘘に安んじて頼ることができた。気持ちとは異なって、嘘はすぐに馴染《なじ》んだ。

そして、サリーの涙嚢《るいのう》もふたたび小さくなった。

生徒たちの場合も同様で、夏から秋への切換えは困難をともなうことが見てとれた。彼らは頻繁に欠伸《あくび》をして、ぼんやりしていた。第二週目の始めに、サリーは授業と授業の合間に、階段で一一歳の少年を見かけた。彼はどうやら箒《ほうき》を取って来るように言われたようだった。少年はひどくのろのろと階段を上り、箒を前後に振っていた、あたかもウィーンの森を逍遥するかのように、物思いに耽って。少年の姿を見て、サリーはハッとした。彼女は考えた。そうね、事情は子どもたちにとってもわたしよりも良いわけではない。過ぎ去った休暇は、前学年のあらゆるストレスから身を守る緩衝材としてはまったく役に立たなかったにもかかわらず、サリーはもうクリスマスを楽しみにしていた。これからやって来る一連の、精力を消耗させ、骨折りの刻印を帯びた授業の日々の補償としてのクリスマスを。だがときによると、未来に思いを馳せることは彼女には意気阻喪させることのように思われた。毎日毎日が、来る日も来る日も、アルフレートの大好きな西部劇映画の騎兵隊のように際限がなかった。

そう、シエンケンフエルデン〔オーバーエスターライヒ州にある村〕のアルフレート！　学校から帰宅すると、いつも保護を必要とするアルフレートがいることにサリーはうんざりした。必要な安静のかわりに彼女が手に入れるのは、自分が愛していない男、自分に興味のないものを無理強いする男なのだ。サリーが頼んでも、アルフレートはおしゃべりをやめなかった。彼は、自分はパラノイア患者なのだから、頭のなかで生じることすべてを妻に打ち明ける権利があると考えていた。できることならサリーはアルフレートに、あなたはあなたのおかしな仕事で窒息すればいいのよ、あなたの話を聞いていると息苦しくなる、と言ってやりたかった。だが、彼女はそうは言わなかった。そのかわりに、

「なぜあなたはわたしに向かってそんなにしゃべりまくるの？」と言った。

すると、アルフレートは言った。

「きみはぼくを愛していないからだ」

「お願いだから、大げさなことを言わないで！」

「きみはぼくのことを厄介な同居人だと思っているんだな」と彼は悲しげに言った。「きみはその男を多少なりともまあ我慢してくれているってわけだ」

　サリーが虚心坦懐に自問すれば、アルフレートは事態を正しく認識していた。サリーがエーリクに夢中になったことは奇妙な効果をもたらした。それはときによるとアルフレートに対するサリーの態度を攻撃的にした、なぜなら、彼女にはアルフレートが邪魔だったから。だがまた、愛すべき、愛想の良い態度を見せることもあった、なぜなら彼女が幸福な気持ちで帰宅すると、アルフレートが進んで騙されるままになっていることを感謝の念を持って確認することができたから。アルフレートの無邪気さが、サリーの策略を見抜くことを断念したことに基づいているのか、それとも、彼みずから自分自身を欺いて、容易に気づくはずのある種の事柄に気づかないという計り知れない能力に基づいているのか、いずれにしてもまったく同じことだった。この二つをサリーは、そのときどきの気分に任せて自由に、善意に、または悪意に選び取った。

　全体として見ると、最近サリーが家でわめき散らすことは少なくなった。そのかわり、彼女にとって不都合なときに誰かから不意打ちされると、彼女はなおのこと激しい声を上げた。複数のことが同時に生じた。学校での腹立ち、エーリクに会えないことの不満、さらに、キッチンのテーブルでぼんやり虚空を見つめているアルフレートの恐ろしい精神状態を目の当たりにすると、怒りを抑えることがますます困難になった。じじつサリーは、対立や衝突を恐れることをますます意に介さなくなった。

彼女はアルフレートを口論へと誘導した。それはある意味で辛辣な表現をともなう演出された会話であって、アルフレートの価値はそれ以上ではないことを証明するためにサリーが準備しておいたものだった。いくつかの激しい対立もすでにふたりは経験していた。サリーは試みに離婚という言葉を口にしてみたことさえあった、それがどう聞こえるか試すために。ときによると、サリーの目には、アルフレートは、疲れた、了見の狭い俗物にしか見えなかった。彼は何も体験しようとはせず、体験の苦しみについて日記をつけ、寝つく前にベッドの下を見ることによって、自身の不安過剰を取り除いた。言うまでもなく、ベッドの下に言及するに値する何かが見つかるのではないかと期待して。

　サリーは、アルフレートにふたたび愛すべき点を見つけることはけっしてないだろう、と思った。根本的な問題は、七月の押し込み強盗以降、彼がさまざまな不安のマリオネットになってしまったこと、それと同時に、彼が典型的な男性として振る舞う点にあった。その一方で、彼はサリーのなかにシエーマF、つまりステレオタイプの女性しか見ようとしなかった。彼は彼女からたえず乳房をあてがわれるか、彼女の尻を触るか、いまわしいことに、なんでもしてくれる保母を彼女のなかに求めていた。彼は自分でドアを開けることさえできなかった。サリーは彼にはかかわらずに、放っておいた。彼女は、彼の行動が彼女自身の行動をじゅうぶんに正当化するような状況に身をおいた。可能な場合には、帰宅するとすぐに自室に引きこもって、アルフレートを放っておいた。亀の世話をし、エーリクと電話で話すか、あるいは浴槽に身を沈めた。彼女は頭を浴槽の奥の縁に乗せて、日光浴をするアザラシに思いを馳せた。彼女の身体は水中でリラックスできた。ときによると、半時間も眠ってしまうことさえあった。この睡眠のおかげで、サリーはふたたび家の者たちの気持ちを思いやることが可能になった。

振りまかれたパッションフラワーオイルの匂いは、風に運び去られたかのように消えている。サリーは洗い立てのバスローブに身を滑らせて、階下に降りた。すると、キッチンでアルフレートに出くわした。彼はそこで辛抱強く彼女を待っていたのだ。彼は顔を上げた。サリーが彼の気に入っていることは明らかだった、だが、彼女には彼が気に入らなかった。アルフレートはいい奴だと思う、でもそれだけじゃだめなの。

アルフレートが手の水気を拭うタオルを取ろうと身体を伸ばしたとき、彼が血栓症用のストッキングを着用しているのがサリーに見えた。彼がストッキングを隠す努力をしていたであろうことをサリーは先刻承知していた。

彼女はストッキングを指さす。アルフレートは一瞬息がつかえた。ほとんどしどろもどろになって、足がまたひどくむくんでいるんだ、と言って、気遣わしげに足に目を向ける。サリーは、彼の鼻がますます大きくなっていることに気づく。彼のヘアスタイルは、よく見ると、ぞっとする。そのうえ、彼には美しい唇が欠けている。その顔立ちはますます柔らかく、パン生地のようになって、現実のものとは思えない。彼はすでに以前からそのように見えていたのかもしれない。それを彼女は異なる目で見ていただけなのかもしれない。アルフレートはものすごく老けて見える。他方、彼女は自分の恋に浸りきっていると感じている、あたかもすべての傷や傷痕は振り落とされているかのごとく。

ふたりは話し合った。ふたりの関係が少なくとも五年来だんだんと悪化しているという点では見解が一致した。その発端が何であったかについては、頭をひねるしかなかった。アルフレートはあれこれの原因を挙げた。運命の荷車は道を間違えてしまった、ぜひともふたたび寄り添える道を見つけなければならない、ぼくには人生の喜びがもはやない、サリーに対して何か悪いことをしたのではないかと不安になる、と。

「えっ?」と彼女は尋ねた。「それとも、それは口実なの?」

　サリーは思っていることを腹蔵なく言うことで、自身のフラストレーションをぶちまけた。アクションなし、単調な性生活、そのかわりにあるのは血栓症のストッキング、それに出不精。わたしのことを魅力的と思う人たちもまだそれなりにいるわ。でも、あなたからは何の言葉もなければ、何の自発性も感じられない。

「もううんざりよ」と彼女は言う。

　サリーは冷酷になった、とアルフレートは応じる。彼は自発性を恐れているのだ、と。

「そうなの?」──ひょっとしてそれは彼の姿勢に原因があるのではないだろうか。彼はもはや何ひとつ経験しようとは欲せず、退職までの時間稼ぎをして、すべてが痛みをともなうことなく過ぎ去るのを待つだけ。彼が自分の人生の残りになお何を期待しているのか、わたしにはわからない。彼は世界で生じていることについてもはやいかなる見解も持っていないし、ふさぎの虫に取りつかれて自分の外側で生じていることにはもはや何の関心も示さない。ほかの人間に対する、ほかの女に対する好奇心もない、女友だちを探せばいいのよ。それが落ち込んだ気分から抜け出す彼の助けになるのなら、わたしにとってても好都合。

　それから、浮気とアルフレートのきわめて深い頑《かたく》なな態度が問題になった。アルフレートは、彼に別の女性があらわれたら、ただちに家を出るだろう、と断言する。サリーが、そのような考え方はいかに無意味であるかを説明すると、それに対してアルフレートは、きみは何かを予防するつもりなのか、と尋ねる。サリーがそれを否定すると、アルフレートは、きみは何かを隠していると思う、とすかさず畳みかけた。サリーは、ふたりともそれぞれ何かを隠している、と応じる。彼はストッキングを、彼女は小さい秘密を。すでに彼女の祖母は、サリー、おまえはしあわせな秘密を持った子だ、と言っていた。折を見て、サリーは話題を変えた。いまこそ自分の頭のなかをいつもぐるぐる旋回して止まないことを話題にするのが自然だと考えた。それは彼女がアルフレートとも分かち合いたいテーマだった。すなわち、エーリクについて。

サリーは、エーリクに首っ丈か、あるいは逆上《のぼ》せていたとしても、彼にも弱点があることを見逃すほどいかれてはいなかった。彼女もまた、ひょっとしたらナジャは別として、誰もが知っているようにそれがどんな弱点なのかを知っていた。しかし、彼と生活をともにしているわけではないから、それにかかわることはない。サリーは、エーリクがいかに浪費家であるかに話を振った。ところが、アルフレートによれば、男たちだけで遠出をするときにはエーリクは全般的に締り屋で、安上がりを好むらしい。エーリクが安物好きというのは、サリーにはまったく気づかなかった面で、浪費家と締り屋が表裏一体というわけだった。ふたりはエーリクがナジャに多くの贈り物をすることについて話した。サリーは、それは良心が咎《とが》めるからじゃないの、たとえば、ほかに女がいるとか、と誘導的な問いを仕掛けた。すると、アルフレートは断言した。

「それはない！」

サリーはこの否定を正当なものと認めさせたくなかった。そのために活発な言葉の応酬が生じたのだが、それをつづめると以下のような次第。

アルフレートは、エーリクは浮気をしない夫の模範例だと確言する。一方、ナジャは、夫を裏切ることにかけては、自身の名声に胡坐《あぐら》をかくことなく、死の床につくまで手を抜くことはないだろう、と言う。サリーはアルフレートを細かな嘘の網のなかに包み込みながらも、個々の真実の核心部分を手放さないことを心得ていたから、あなたは嘘だと思うかもしれないけれど、わたしはまさに逆だと推測している、と主張した。エーリクはあなたが考えているほどお人好しではないわよ。アルフレートは憤慨した。エーリクにかぎってそんなことはない！　サリーは密かに笑ったが、それでも、エーリクのプレゼント攻勢の背後に何が隠されているのかはわからなかった。ひょっとしてエーリクは、良き夫の役割を演じなければと考えているのだろうか、そして、贈り物はその一部であると。それでは、ふたりの関係は発端に戻ってしまうかもしれない。サリーには見当がつかなかった。ここで彼女は、それらについてエーリクが語らず、また彼女も敢《あ》えて尋ねる勇気のない事柄にゆきあたった。エーリクは、ナジャに関しては、完全な紳士だった。彼はナジャに不利なことは一言も言わなかったし、ときにはナジャにお愛想を言うこともあった。サリーはそのお愛想を彼の喉の奥に戻せたら、と望んだものだ。アウリヒ夫婦にも問題があることをサリーは知っていた。初めのころ、ナジャはあれこれ話してくれたけれど、後になると、彼女はサリーをもはや信用していないかのようだった。というのも、この二年か三年はナジャからの情報はわずかしか漏れてこなかったから。いずれにしてもエーリクとナジャは相互の責任をおろそかにしなかった。こればかりは彼らふたりに任せて、サリーはそれを尊重するほかない。それに加えてエーリクの場合には、罪の意識が彼を苛《さいな》んでいる、とサリーは推測していた、あきらかに自分以上に。驚くべきことに、サリーにあっては、罪の意識はゼロだった。良心の咎めを感じることなく夫の友人と寝たこともじゅうぶんではなかった。さらに、自分の不倫相手の結婚生活がどうなっているかを探り出すように自分の夫を仕向けることも問題ないと考えた。ほかの者たちはもっとささいなことで、はるかにひどい目に遭っている。

「とにかく彼に聞いてみてちょうだい、なぜナジャにあんなにたくさんプレゼントするのか」と彼女は言った。「ひょっとして、結婚生活は格別良好なのかもしれない、それともまさに危機に瀕しているのかも。わたしは興味津々なの」

「聞いてみよう」とアルフレートは請け合った。

これまで生じたことすべてを書き留めて、それで梗概を作って、ランダム・ハウスに送ろうかしら、とサリーは考えた。偉大なヨーロッパの小説。全体は、一般市民の奇抜な男女関係が牧歌的なタッチで描かれていて、本にはわずかな誤植もなく、惨めな装丁もなく、つまらない広告もなく、ナンセンスな批評家からケチをつけられることもない、そうよ、まさにそうでなくちゃ。マリー＝テレーズ・コタニイのペンネームなら売れ行きも上々かも、あるいは、英語圏の市場をも視野に入れるのなら、ヘスター・プリン〔ナサニエル・ホーソンの『緋文字』で、姦通を犯す女性の名〕。これならどうかしら、感銘を与えること間違いない。

神経を鎮めるために、サリーは開け放たれたキッチンの窓に行った。そこは、押し込み強盗がこの家の最大の弱点と考えたところだった。窓枠とガラスは新しくなっていたけれど、そこからの眺めはいつもの見慣れた景観だった。ここ数日来樹木の葉だけはまだらになっていた。刈られたばかりの芝と湿気を帯びた土壌の柔らかな匂いがあたりを満たしている。一匹のメクラグモが石の窓敷居の上を這い上ってゆく。クモは静かに夏が戻るのを待っているのだ。

アルフレートもやって来た。彼はサリーの首筋にキスをした——唇よりはまし、サリーはそう思った。無礼？　それが何だっていうの、彼女は自分を正当だと感じている。アルフレートは、サリーが心ここにあらずなのを感じる。彼女がとても遠くに感じられる。アルフレートは苦しげにうなり声を発したが、何も聞き取れなかった。そのかわりに彼はもう一度サリーの首筋にキスをした、ネックレスがあるところに。

そのネックレスをエーリクからプレゼントされてから数日後、サリーは昔馴染の友人と落ち合った。その晩彼女は首にネックレスを着けたまま帰宅した。それ以来サリーはつねにそれを身に着けていたにもかかわらず、アルフレートは何の反応も示さなかった。

新しい香水については、アルフレートはともあれ言及はしたけれど、評価は下さなかった。ご明察のとおり、とサリーは認めた、そう、新しい香り。しかし、商品名は明かさない。

「ぼくがきょう改めてきみに結婚の申し込みをしたら？」と彼は尋ねた。

「お断りするでしょうね」とサリーは挑発的に言った。

「それで、子どもたちは？」とアルフレートはがっかりして尋ねた。

「生まれないでしょうね、だってわたしはもう五二歳なのよ」

「それじゃ、ぼくがきみとすでにむかしに結婚したことを喜ぶべきなんだな」

「たしかにそれで間違いないわ」

「ああ、サリー！」

「どうしたっていうの？」彼女は尋ねた。しばらく間をおいてから、こうつけ加えた。「いずれにしても、子どもたちはわたしたちの結婚で生まれた最良のものだわ」

「ぼくは誇らしい気持ちでいっぱいになるよ、子どもたちのことを思うと」と彼は言った。

この言明はサリーを驚かせた。彼女は向き直ると、アルフレートを探るようにしげしげと見た、彼とともに世に送り出した子どもたちのことを考えながら。すると、それにみごとに同調するように、アルフレートの睾丸が震えた。彼はぴくぴく痙攣する左目を閉じると、右手の親指で瞼《まぶた》をなでて平らにした。それから彼は神経質にぶるぶると身体を震わせた。アルフレートの額に汗が光っているのがサリーに見える。深い皺、悩み事をかかえた、重量感のある、太りすぎの男。まあ、いいわ、わたしにも同じく悩みがある。ふたりは黙ってそこに立ち尽くしている。それは、二人の人間が相互の関係の総括をする例の瞬間のひとつだった。ふたりは、それぞれが自身の観点から、共同生活が自分たちに何をもたらしたか、また今後何をもたらすことになるのか、じっと考えていた。アルフレートの心臓は、過去を振り返ると早鐘のように打ち、未来をのぞき込むと未知なるものに対する恐れで満たされた。一方サリーは、アルフレートが突然死んだらどうなるのだろう、と自問した。アルフレートの死を望んだわけではない、ただそう思ったのだ。もしそうなったら、どうなるのだろう。どんな感じになるのか？　それは解放だろうか、重荷だろうか？　それとも悲しみ？　なぜならわたしは彼を愛したことがあったけれど、でも最後にはもはやそのための場は残されていなかったから。

そう考えていると、突然優しい気持ちが呼び起こされた。最後の可能性のことを考えると、サリーは戦慄を覚えた。彼女は自分に言い聞かせた。なんといっても、アルフレートはもともと心底善良な人間だ、どう見てもそうすぐには起こりそうもないことが起こったらどんな気持ちになるだろうかと思案するよりも、もっとより良いもののために自分の時間を使うべきだ。わたしは一人前の人間として、大人のやり方で、わたし自身の大人の課題に立ち向かう方がいい。

サリーは料理に取りかかった。優しい気持ちはふたたび消え去っていた、それが思いがけなくやって来たのと同じように。それはほんの三分間か、あるいはもっと短かった、サボテンの花のように短い命、錯乱した脳に訪れる一瞬の明晰のように。

サリーの気分は、エンマが帰宅したとき、少し良くなった。しかし、がっかりしたことに、エンマにボーイフレンドがいるかどうか、さらに、すでに奔放な性体験があるかどうかを、サリーはエンマから聞き出せなかった。エンマはサリーを信頼して情報を与えるかわりに、サリーを煙に巻いた。エンマには選択肢として三人の崇拝者がいるという、だが、エンマの思考工房はこの三頭政治についての細部を的確に仕上げることができない。そのために、会話はすぐにふたたび途切れた。自分の娘を現実の世界へ引きずり出してやりたいと思ってサリーが用意していた抜け目のない助言はエンマの好奇心をほとんど刺激しなかった、このときサリーは自分にはまさに特別な判断能力が備わっていると思っていたのだが。これらの事柄に関しては、わたしはどんな本よりもずっとよく知っている、本にはたいてい間違ったことが書かれている。

サリーは、彼女がちょうど持ち合わせていた自身の高度な見識にしたがって、この話題を終わりにした。

「それなら、そのまま無邪気にあちこちで躓《つまず》くがいいわ」

夕食時の話題はほぼ空疎な当たり障りのないものばかりだった。アルフレートの代母《ゴッドマザー》からシェンケンフェルデンに招待されているという月並みの長話、コレステロール値、エンマの新しい携帯電話、目前に迫った国民議会選挙。サリーは個人的なことには何も触れないように気をつけた。ただ、左足の裏のまめだけを持ち出した。アルフレートは、その箇所は要注意だ、と言う。彼がそれで何を言わんとしているのか、わからなかった。サリーはそれ以上尋ねなかった。

それでもエンマは、家のなかでもめ事が絶えないことに言及した。突然、彼女特有のナイーブであると同時に傍若無人なやり方でそれを持ち出した。サリーは笑わずにはいられない、ひとつにはエンマのやり方に、またひとつには家族にとって大切な人間であるエンマの穏やかな強靭さに。この子にはこれほど感じの良いところがある、サリーはエンマを悪く取ることはできなかった。

この間アルフレートが何を考えていたかは不明だった。彼は死んだふりをしていたが、エンマが彼の頭を手で撫で回すと、顔を上げてエンマをしばらく見ていた、柔和な目つきで、エンマの甘えん坊のどんぐり眼をじっと。それは忍耐を意味するサインだ、とサリーは考える。この局面をもわたしたちは乗り切れる。サリーには、父と娘の間にはたしかに何か秘密の了解があるかのように見えた。エンマは、元気づけるようにアルフレートの頭を撫でてから、テーブルを離れた。彼女はなおも一〇分間ぶつぶつ言いながら歩き回っていたが、新しいチェロを肩に担ぐと、オーケストラのリハーサルに出かけた。グスタフもこのあいだに姿を見せた。彼は五分間ジョークを飛ばし、食べ物の残りを飲み込み、サリーにとっては心外なことに、ビールをボトルからじかに飲んだ。そのあいだに彼は、サッカーを見にスポーツバーにゆく、と簡潔に告げた。

「家にはテレビがないのかい？」とアルフレートは尋ねた。彼は、グスタフが家に留まるように働きかけようとした。その主要な論拠としてアルフレートが挙げたのは、グスタフがこれまでどおりであれば、最後の学年は落第するだろうというものだった。しかし本当のところは、アルフレートは試合を見たかったし、ひとりでテレビを見なければならないと思うと、ほとんど喜べないことが気に入らなかったのだ。

グスタフはサリー同様に父親の策略を見抜いていたので、躊躇していた。決心がつかずに、セーターのネック部分を鼻の下まで引っ張ったままでいる。グスタフの分別はまだ発展途上にあった。あと二か月で一八歳になる。サリーの内部の目に映像が見える。一一歳だったときのグスタフ、小柄な少年はとても幼く見える、特に自意識に満ちて輝いている少女たちと並んでいると。それでも彼はできるだけクールにしていた、すでにそのころから。それからまだ七年にもならないというのに、遠いむかしのように思われる、彼らがアウリヒ夫妻と知り合いになった夏。そして、一八年前の、グスタフが生まれた日。素晴らしい晴天だった。サリーはロンドンに電話をした。リーザが電話に出た、午前一一時ごろ。サリーはニュースを告げた。あれは大きな瞬間だった。後から聞いたところでは、リーザは、喜びのあまり自分の小さなキッチンで踊った、と話していた。今日までサリーは子どもたちの誕生がいつも喜びを持って迎えられたことにほっとしていた。

「試合が終わったら、半時間後には家に戻って来ること」とサリーは脅すような声音で言った。「さあ行け、飛んでけ！」

グスタフは苦笑し、両腕でサリーの尻の下を抱えると、彼女を数秒間高く持ち上げた。サリーはしあわせそうに、少しきまり悪そうに笑った。息子を支点にして、彼女はアルフレートの方を向いた。

「後半はわたしも観るわ」

彼女は考えた、ベッドシーンのある映画よりはずっとまし。

サリーとテレビを観て過ごす夕べの約束にアルフレートは満足を覚えた。彼がテレビ画面にスリッパを差し出し、大きな声で悪態をつくのが聞こえたから、その試合に退屈していないことがわかった。彼は、「そいつは警官殺しよりもひどいぞ!」といったことを叫び、侮辱語や身体上の欠陥を意味する言葉を口にしたが、後者は、――少なくともサリーには――この瞬間主審によりはむしろアルフレート自身にふさわしかった。まあいいわ、サリーは三〇年来ともに暮らしてきた男をよりによってさんざんぶちのめす気はなかった、少なくとも侮辱語は主審だけにしておいた。あらゆる彼女の怒りはまた消え失せていた。

サリーが階上へ上がってゆくとき、アルフレートがペパーミントティーを飲み、幾度か自分の足と陰嚢に手を伸ばすのが見えた。皺が刻まれ、人生が刻印された顔は両足に向けられたままだった。誰にも弱点はある。

亀たちは新鮮な水を入れてもらった。彼らは泳ぎ、手足をばたたさせ、その丸い角質化した鼻面を水槽のガラスにつけている。サリーは自分の顔を緑色にほのかに光る四角の水槽の前に近づける。多くのきらめく反射光は澄んでいて、ごく自然で、人工的な印象をまったく与えない。サリーは自分の部屋に入るたびに、水槽とそこの住人から慰められるような気がした。それが水とそのなかにあるランプと二匹の小さくて愚かな動物の入った、シリコンで接着された水槽装置にすぎないことは言うまでもない――亀はある男性の同僚からもらったもので、彼は女生徒の胸か尻に触ったとされていた

――、それでもこの小さな世界にはどこかあやしい魅力が染み込んでいた、創造と呼ばれるもの以上の何か、サリーの所有するものすべて以上の何かが。

サリーは狭いベッドに横になって、エーリクにショートメッセージを送った。それから、ベッドの脇に積み重ねられた本に目を向ける。彼女が現在読んでいる一三冊の本。それぞれの本は一定の気分と結びついていた。それらの多くは伝記的な内容だが、ほかには文学、政治、文化史に関するものもあって、それらはいずれも最初から最後まで通読したいと思っている本だった。二八四ページまで読み進んだマルレーン・ハウスホーファー〔一九二〇～一九七〇年。オーストリアの作家〕に関する伝記から、まだ四ページしか読んでいないコリン・ウィルソンの『世界残酷物語』にいたるまで。最近サリーは本にはそれほど忍耐強くなく、ざっと目を通しがちだった。今晩はどれにしよう？　頭を冷やすのに最適なのは、アルムデナ・グランデス（二四ページ既読）か、それともサミュエル・ベケット（一四〇ページ既読）か？マーフィー曰く、彼は二つを同時に持つことはできなかった、そのイリュージョンさえも。

サッカーの試合の後半戦のあいだ、アルフレートがカウチのいつもの場所ではなく、中央に座るという巧みな戦術を取ったことをサリーはいらだたしく感じた。そのために、アルフレートが自分の手を取るのではないかとサリーはたえず不安だった。じじつ、彼はついにそれを実行した。この晩ずっとそれを目指していたのだ。彼は格別やさしく、可能なあらゆる機会をとらえて両手をサリーに当てた。サリーにはアルフレートの接近の試みが煩《わずら》わしかった。そのやり方はあまりにも、あまりにもひどく見え透いている。安堵できるものを得たいがために！　あまり繊細とはいえない。それにもかかわらず、試合の終わりごろには、彼女もまた嫌ではないと感じていて、そのことが彼女の頭のなかを駆けめぐった。結局はサリーがまさに望んでいること、つい二時間前ならきっぱり拒絶したはずのこととの辻褄が合うように論拠を再編成するには、いくばくかの努力を要した。それもかなり見え透いていた。サリーが話をしないでいると、アルフレートはいかにも彼らしい哀れっぽいはっきりしないやり方でサリーを見て、彼が話し始めようとするときの悲しげな様子で、「さあ」と言った。そして、またもや彼の手が伸びてきた。サリーはその手を脇においた。

「敗北を見届けましょうよ」と彼女は言った。「約束するから、後であなたといっしょに寝るって」

試合は負けた、少なくともオーストリアチームの側から見て。今回アルフレートはその敗北を気に病むふうには見えなかった。彼は現実という言葉を用いた、現実に目を向けなければならない、と。まさかアルフレートが！　サリーは揶揄《やゆ》するような笑い声を立てた。グスタフが帰宅するとすぐに、サリーはアルフレートとともに階上に上がった。アルフレートは衣服を脱いだ、ストッキングも取り去った。彼はしばらく決心がつかずにベッドの前に立っていた。同じく衣服を脱いだサリーは、アルフレートの斜めに垂れ下がっている性器を観察した。もとよりそれはとても好ましく見えた。なぜならそれは、弛緩した状態でも、成人男子のものであって、子どものものではないかのように見えたから。ふたりは新しく替えたばかりのベッドカバーの下にもぐり込んだ。サリーは動物的な目的追求に満たされてアルフレートの胸にしがみつくと、鳩が発するような深い、甘い喉頭音を発した。それはアルフレートに、いまは彼こそが彼女のセックスの相手として唯一選ばれた者（あるいは手近にあるもの）であることを告げるものだった。

するとどうだろう、それは良いセックスだった。サリーは情事によって加熱されていた、肉体的に確認済み、自意識があり、上機嫌で、裸の男たちに養われているという空想とともに。結婚生活のセックスとしては、間違いなく上々の出来。スリル、すごく良かった、彼女はそれを享受した。自分がどれほど享受したかを思うと、少し恥ずかしかった。

それでも、それでもアルフレートは今回もまた——それをどう言えばいいのだろう——彼はけっして粗野ではなく、敏感でないだけなのは事実、それにしても——あまり巧みではないし、特別でもないのに——引き込まれた——いずれにしてもサリーの側から言えば。——いつものように同じ繰り返し——彼の側は。——それに、彼は身体を動かすのが不器用——彼のリズムは自分には——早すぎる。わたしが好むのは、もっとゆっくりで、集中して、同時に——もっと強烈な。——ふうん。——どう言ったらいいの——できれば、アルフレートはもっとボリュームがあればいいのに、——もっと——体毛が多ければ、と彼女はないものねだりをする。彼の肌はとても柔らかい、彼はひどく——苦悩の顔つきになる——死の苦しみに面しているかのように。なんという戦い！——彼は最後までいくことを決心していた——彼女はそれを許した——彼女自身がすでに達してしまった後で——しばしばそうであるように。——その後に、彼は疲れ果て、困憊していた——まさに疲労困憊——そう、彼は老いた。——そして彼女は考える、彼はセックスそのものよりも、わたしとセックスするという考えに喜びを見出しているのだ、ほんとうに——彼はそれほど悪戦苦闘していた——たいてい、ブラボー！とはならなかった——ふたりは地形だけを探査していた——表面的に。——サリーは繰り返し事実を思い浮かべなければならなかった——彼の身体が自分を実際に魅了することはないという事実を。——彼女は、欲求を感じるときには、彼とセックスをした——彼女が彼を欲したときには。——そして彼女は彼を信用し、彼に信頼を寄せていた——それはうまく定着していた——それは確実だったし、いつでも可能で、良心の呵責もなかった、それに——オーケー——家庭用にはそれは正しいこと——確実な選択《オプション》——おそらく、大部分の人たちが有する以上に——人生のこの局面では——それほど悪いことではなかった。——それと同時に彼女は何かに飢えていた——別のことに——この空想の産物に、それを彼女はエーリクと実現しようとした。——彼女が実際には必要としない誰かと——逆にその誰かも彼女を必要とはしない——彼は彼女に依存せず——彼はあるがままの彼女が好きだった——そして彼は彼女を――頻繁に寝るには、じゅうぶんに魅力的と考えた。――彼女が必要としたのは、強くて、自意識があり、経験がある愛人だった――神経過敏ではなく――アルフレートのように。――彼女はオープンな、自由な会話を欲した――生じたこと、あるいは生じうることすべてに関して。アルフレートとエーリクはふたりともさっと身を引いた――吠える犬は……――ただセックスのための、そしてセックスに関する会話のためのパートナー――そうなれば、素晴らしいのだけど。――人を結びつけるものだけ――身体的な魅力、リスペクト、そして信頼。――彼女は、自分がほんとうに魅力的と思う男といっしょにいられたら――アルフレートとエーリクで生成された中間的存在――その男なら彼女は、彼の身体のいかなる部分でも舐めることができるだろう、ペニスにキスすることも、足にキスすることも、匂いや、状態や、形状に嫌悪を覚えることもなく。――そのときにはどうなるかを彼女は見てみたい――まったくの空想の産物、もちろん、彼女はそれを承知している、まったくの空想の産物――その男がまさに――彼女が彼とともにおこなうものでできているさまを――そして彼が絶頂に達したことを大声で知らせるのを――エーリクのように。――アルフレートはいつでも静かすぎる、おどおどしすぎだ、自分の願望を口にするとき。彼の優しさと彼の集中ぶりは――それを冷静に観察すると――滑稽だった。――また彼が、身体を横に傾けることなく、クッションの下から自分のパジャマを取り出すやり方といったら。――おやすみ、とサリーは思った。いつか夜のあいだに。

サリーの夢。

その夢は、彼らが住んでいた街区が空襲で破壊されてしまった後、新たに舗装されたこととかかわりがあった、そして、そこにアルフレートが立っていて、鼻をかんでいた。後になると、サリーはもう一人の男児を授かったかのように思われた、唇に粘土をつけた黒い髪の乳飲み子を。彼女はその子に乳房を含ませていた。

アルフレートの夢。

スー族の集団が雄叫びを上げてウィーンのヴィルヘルミーネンベルクを駆けくだってきた。彼らはアルフレートを狙っていて、彼のはげ頭を刈り込んで、そのはげ頭にバターを塗り込もうとした。アルフレートはとても速く走って、なんとか難を逃れた。

「ぼくはインディアンの夢を見たよ」と彼は言った。

「ふーん」

ふたりは眠り、いまふたたび目覚めた。眠り、目覚め、手足を伸ばし、伸びをし、身体を揺すって、裸足でバスルームへ、欠伸、顔には無分別の幽鬼を宿して。バスルームに残るアルフレートのアフターシェーブローションの匂い、シャワーを浴びる、水の狂乱、すっかり目覚めるために、指先で目頭と目尻を擦《こす》る、ああ。外はまだ暗い、なんという無理難題。でも、涙嚢はふたたび昨日よりもあきらかに少なくなっている。それから静かな家のなかを歩く。アルフレートは彼の日記帳にへたくそな文字を書き連ねている。サリーはコーヒーを入れる。アルフレートはコーヒーカップを手に戻ってくると、いくつかの文章を入れ替える、昨夜の喜ばしい出会い。まだ寝ぼけていて、そっけない。ふたりはもはや視線を交わさない、そして彼女はグスタフとともに家を後にする。日の出。グスタフはがらがらと音を立ててスケートボードに乗って家を出る。サリーはひとりでバス停までのろのろと足を運んで、バス停の脇の看板の前で立ち止まる。マドンナのコンサートの広告。いまやマドンナもすでに五〇歳。彼女は離婚したという。二度目。ライク・ア・ヴァージン。何のことだろう？　ライク・

ア・ヴァージンだって？　初めて。まだ痛みはあるだろうか。
サリーが離婚するとなれば、初めてということになる。

教員はたいてい控えめな生活を送っている。教員というのは人生で成功を得られなかった者と考えられているという理由だけでもう生徒たちは教員をまともに取らなかった。このかすかな、場合によるとごくかすかな軽侮は社会によって生徒たちに伝播した、わけても両親たちによって。むかしは、隣人の子どもたちに何かを教えたりすると、敬意が払われたものだが、今日では、両親は子どもたちを顧みず、教員に敬意を払うことすらしない。軽視はすべての教員に当てはまった、サリーにも、教職において優れた業績を上げた教員に対しても。その点では、男女の同僚たちの見解は一致していた。これほど重要な職業がこれほどひどい評判を得るにいたったのは、いったいどうしてなのか、それはサリーの頭痛の種だった。学校は、とりわけ多くの子どもたちにとって、彼らが気分良くいられる唯一の場所だった。わけてもますます多くの子どもたちは、家庭でのしつけの手綱が緩んだまま、朝早く学校に跳び込んでくる。教員たちは命がけでその手綱を引き取るのだ。

サリーに言わせれば、教員が悪くなったのではない、彼らはおそらく以前から変わっていない。生徒たちもまたそうで、彼らは支援と配慮を得ることがあまりにも少ない現在のゆがんだ状況に対する注釈にすぎない。責任があるのは、社会と両親だ。だが、両親もまた仕事で多くのストレスを抱えている、いたるところストレスが支配している。晩にはエネルギーは残っていないから、子どもたちに気を配ることもできない。子どもたちと話をするかわりに、怒鳴りつけてしまう。両親が教員と話すことも少なすぎる。多くの両親は年に一度しか姿を見せない、それがまた相互理解を難しくする。

何かがどこかで破綻をきたすと、それを修復するのはもっぱら学校の義務だとされることがよくあった。学校が機能しなければ、矛先は教員に向けられて、彼らは怠け者で、無能力だと指弾される。そうなると、サリーは笑うほかない。彼女は週あたりの担当授業時間の軽減措置を受けていたが、それでもほぼ毎日の疲労は骨身にしみた。経済的な理由から授業時間を軽減できない多くの年配の同僚たちは、その顔を一瞥するだけでわかる。ヘロインや街娼を二〇年間続けるといった破壊的な行為でさえ、教員以上にひどい痕跡を残すことはあり得ない。

しかも、サリーが教壇に立つギムナジウムは問題のある学校ではなかった。その学校はウィーンでも最良の公立学校のひとつだった。成績万能主義はいたるところで、学校間の関係においても定着していたから、サリーは、本来ならば彼女が拒絶する社会的傾向から利益を得ていた。彼女の学校は生徒を選ぶことができた、つまり成績評価が最優秀の生徒たちを選ぶことができた。いちばん良いのはカトリックの小学校出身の生徒たちで、彼らはよくしつけられていて、適応能力が高かった。それで教員の仕事は楽になる。それはすでにおかしなことだ。プライヴェート面に関しては、サリーは適応力には何の関心も持っていなかった。それにもかかわらず彼女は、自分が話しているときに、思いがけないことをしでかすことなく、静かに座って聴いてくれる子どもを好んだ。より多くの生徒が弱い同級生の手助けをすることができれば、システムはますますうまく機能する。生徒たちの学力水準は高く、規律はまだ損なわれておらず、問題児の割合はかぎられていた。そして別の地区では、学力水準が低いのに応じて問題児の割合は高かった。反比例の関係。ある種の問題はあっさり閉め出された。それは社会においても変わりはなかった。面倒なことに対しては、ことごとくできるだけ距離が取られた。それらはそのままにしておかれて、他の妨げにならないようにすべきとされた。一種の階級社会、一種の集団的偽善。そうなのだ。教育の機会均等だって？　悪い冗談だ。そして、サリーはこのシステムに属する一員だった。彼女はむかしの自分が持っていた諸価値を自然な生き残り本能の犠牲にしていた。なぜなら、彼女もまたかぎられた力しか持っていなかったから。扱いにくい子どもたちがいなくても、授業はじゅうぶんに骨の折れることだった。

午前中の時間はぽつぽつと雨だれのように過ぎた。サリーは、聴衆を制圧するために必要とされる自分の身体を教室に運んでいる気がした。生徒たちは上機嫌で、煩わしいことはなかった。ただ3Cの英語の授業で、一人の少年と衝突した。その少年はヘッドフォンを介してある電子機器に接続していたいと言う、授業中ずっと。大学出の父親を持つ少年は小うるさいおしゃべりをやめようとしないので、ついにサリーは——おしゃべりを続けたいのなら——きみのお気に入りのバンドについて報告せよと厳命する。

7Aでの授業を終えると、サリーは休憩時間を犠牲にしなければならなかった。一人の女生徒が、家での問題について報告することがある、と言う。少女には緊急手当を施す必要があった。ソーシャルケースワーク。これは同時にもちろんサリーの職業のすてきな点のひとつだった。サリーは、自分自身とはまったく異なる子どもたちとの接触を好んだ。

サリーは長い休憩時間を教員室で過ごした。二日前に生じていた一件をあきらかにするためだった。問題は彼女のクラスの少年で、彼は物理の授業中に女性教員から、物理実験室へ行って、そこにあるアルミ製のトランクを取ってくるように言われた。ずいぶん長く経ってから、その生徒は目的を果たさずに戻ってきた、トランクは言われた場所にはない、と言って。物理の教員は彼の言うことを信じなかったが、実験は時間不足で中断しなければならなかった。後になって、その生徒は、物理実験室で授業を受けているクラスの生徒たちが自分のことを笑うのではないかと恐れて、ドアをノックする勇気がなかったことがあきらかになった。その少年の行動は小さな子の場合には生じうるものだったけれど、物理の女性教員はこの説明にまったく理解を示そうとしなかった。少年はこの用向きをみずから志願したのではなく、指名されたのだった。サリーは話し合いのなかで、一方では同僚の言い分を認めねばならず――その同僚には生徒たちに劣らず彼女の言い分を認めてやる必要があった、もちろんその少年は当てにならないことが証明されたし、嘘をついていたから――、他方では同時に、ほんの少し生徒の気持ちを理解してくれるように――非常に慎重に――要請しなければならなかった。

こうして時間は過ぎ去った。ひっきりなしに続くいくつもの相互作用、たえず疑問と問題を抱えている男女の生徒たち、たえず疑問と問題を抱えている男女の同僚たち、サリーにあれこれ要求する女性校長。たえず誰かが疑問を提示し、たえず誰かが問題を提示する。たえず何かが語られている。

長い休憩はあと五分残っている。サリーは秘書のところへ行った。ポモッセルのキャビネットにある一冊の本が必要だった。その本は彼が休暇の終わりに亀の生餌を運んできたときに約束していたもので、各時代における英雄概念の変遷を扱っていた。

数日後に地方裁判所でポモッセルに対する審理が始まった。彼は当分のあいだひき続き停職処分のままだった。サリーの心配事は、よくよく考えてみれば、ポモッセルの陥った困難とは比較にならなかった。彼は仕事と名誉を失うかもしれない。彼のささやかな経歴は台なしになるかもしれず、最悪の場合には刑務所に収監されるだろう。サリーは捜査状況の細部については知らなかった。何もなかったのか、それとも彼女が何も聞かされていないのか。しかし彼女は、法制度における通常の原則、つまり有罪であると証明されるまでは何人も無罪と推定されるという原則の逆が生じることがどれほど過酷であるかは承知していた。サリーはポモッセルと二度短い会話を交わした。彼の説明は納得のいくものだったし、不手際があったとしても、劇的なものではなかった。サリーには、ポモッセルを告発した女生徒以上にポモッセルを信じない理由はなかった。たしかに彼のことを何から何まで熟知していると言えないにしても、サリーは彼を数年来知っていた。それにしても、この事件は彼にはいかにも似つかわしくなかった。彼のクールさとドライなユーモアは逆を示していた。少なくともサリーの望む解釈はそうだった、彼のためを思えば。

　サリーはラウゲンゼンメル〔小型パンの一種〕を齧《かじ》りながら、ポモッセルのキャビネットに行き、秘書から受け取った鍵で扉を開けて、目的の本を探した。それを見つけるまでには、無数の紙をかき分けねばならなかった、考古学の発掘のように。そこにはポモッセルの生徒たちの成績に関する綿密な報告書、以前のクラスの集合写真があった。どの写真でもポモッセルは悲しげなポーカーフェースで最後尾の列に、いつも写真の極端に左隅に立っている。だが、もっとも印象深いのは、夢についての本だった。その本自体は特別なものではない、誰かがそれまで具現していた純粋な役割を一挙に失ったことを除けば。その本はとてもポモッセルのものとは思えない何かを明かしていた——スタン・ローレルのような風貌の数学者であり、コンピュータの専門家であり、亀の飼育者である人物から、微妙な個人的特徴と独自の考えを持ち、世界における諸関連を理解すべく奇妙なことを試みる人物にいたる何か。謎また謎、またもや。ハンナ・アーレント曰く、理解は誕生とともに始まり、死をもって終わる。

　正直なところ、サリーには、自分が何かにどう反応したらいいのかまったくわからないことさえしばしばあった。それに応じて、二五の肉体、精神、魂、一回性から成る、湯気を立てている集団に向かって自分はいま腕を伸ばして語りかけているけれど、自分は彼らについてせいぜい半分しか知らない、だからまったく知らないのだという驚きの気持ちで午前の残りをやり過ごした。逆に子どもたちは、サリーが誰なのか、自分たち自身が誰なのか、自分の隣に座っている級友が誰なのかをいよいよもって知らない。だから、彼らがサリーから寛大な扱いを受けるのも当然なのだ、ほかの誰からもそうであるように。

いつでも連絡が取れるという安易な可能性は、最悪の悲観論者が想像したよりもはるかに恐ろしい混乱を世界にもたらす。そこには身勝手で、飽くことを知らない自由が生まれる、午後の藪の奥で生じることは誰にもわからないことを知っている子どもたちの自由のように。

サリーはこの日の最後の授業を終えると、ただちにエーリクに電話をした。彼は、昼食時に会えればうれしいのだが、と言う。

「いいわよ」とサリーは応じた。

彼は初めて遅れてやって来た。内務省の役人との話が予定より長引いてしまったのだという。それからふたりは大きな疑問符について議論した。将来について。どう終わるのか。どう終わるほかないのか。どれだけの痛みを賭ける準備がそれぞれにできているのか。

サリーはエーリクの顔に答えを探した。だが、自分自身の不安が反映されているのを見出しただけだった。彼女は考えた。夢がなければ、すべてはひどく儚《はかな》い。サリーはエーリクと駆け落ちをして、双方の家族を見捨てる、あるいは新しい家族を作り上げるという幻想を抱いてはいなかった。これらの選択肢は、ガラスでできているように冷たく、手の届かないところにあった。

エーリクは、東西問題のために当地に滞在している欧州連合の官僚との会合に出席するために、内務省に戻って行った。サリーは家に帰った。するとそこで、じつにタイミングよくファンニを連れたナジャを出迎えることになった。二人はエネルギーに溢れていた。自分たちといっしょに散歩に行かないか、とサリーを誘った。サリーは、つい最前まで授業をしていて、まだ話をできる状態に戻っていないの、と言った。さらに、事務的な書類をまだ片づけなければならない、とも。それは嘘だ。

「夕食はどう?」とナジャは尋ねた。

サリーには、この提案を拒絶するのにじゅうぶんな理由を思いつかなかった。

「いいわね」と彼女は気乗りしないままに言った。「喜んで。エーリクも来るの？」

「来るわ」とナジャは言った。彼女の目は明るくなって、ファンニの方に顔を向けた。「いいこと、あなたのパパとフィンクさんは不倫しているの」

ナジャは高笑いした。ひゃあ、とんでもないことを――。でもまさに図星。サリーは、表情を取り繕いながらも、驚愕のあまり身を固くした。脇の下に汗が出るのを感じると同時に、ナジャがこのような不穏当なことを言う裏で何を考えているのか、見当もつかない。ともあれ、ナジャは不機嫌な様子には見えない。彼女の顔の表情は、笑いがふたたび消えると、普通かむしろ楽しげに見えた。

「今晩を楽しみにしているわ」とナジャは言うと、ファンニを背後に従えて立ち去った。

サリーはひどく気落ちして階上へ上がった。しばらくのあいだ水槽をじっと見ていた。あのことについて考えれば考えるほど、ナジャが不審を抱いているにちがいないことは、ますますたしかに思われる。ナジャは、エーリクとサリーが目の前で無邪気に戯れ合うのをしばしばからかっていた。その背後にはまぎれもない下劣な意図が隠されているとサリーはいつも考えていた。そのうえ、エーリクからプレゼントされた多くの品々について過剰なほど語って聞かせるナジャの習慣、さらに、エーリクは化粧を好まないとか（サリーはいつも化粧をしていた）、巻き毛は問題外とか、そしてナジャ自身については、子どもを産む前と変わらぬ体型を保っているといったこと。これと同類の愚にもつかぬことども。それらはいつでもサリーに向けられていた。ナジャは疑いなくかなり以前から嫉妬していたのだ。彼女にはそうなる理由がいくらでもあった。その際はっきりしなかったのは、なぜナジャがサリーをあれほど頻繁に自分の夫に引き合わせるようにしたかということだった。総じて、ナジャの事実上の共犯性は謎めいていた。彼女は夕食をともにするために、サリーとエーリクを車に乗せた。

二人をオペラ劇場まで車で送ったこともある。ナジャはお抱え運転手の役を務めていたのだ。そして、アルフレートはドリンクを作った。

サリーはもう一度エーリクに電話をした。さいわいにも彼は電話で話せる状態にあった。彼女は生じたことを報告した。エーリクは笑って、ナジャは何ひとつ知らない、彼女は挑発したいだけなのだ、それは他者に自分の好意を示す彼女なりのやり方なのだ、と言う。サリーは話を切り上げることができなかった。圧倒的な恐怖の感情、ナジャに対する恐れ、結果に対する恐れ、あるいは、すべては間違っているのではないかという恐れ。サリーは、エーリクの生活にあまりにも深入りしすぎた気がした。さらに、自分は誠実とか責任とかでエーリクを束縛してはいけない、そうなればふたりともさらにしがらみが増すだけだろう。現在何が正しいことなのかを見つけ出す方策はなかった。まだしばらくは可能性を探ってなんとか切り抜け、それからあれこれ為すこともできる。だが、二つのことはできない。比較しようもない。ただ何かが生じるほかはないという確信だけがある。彼女はそれを口にした。するとエーリクは、ぼくが午後の絶望を鎮めてあげる、とサリーに熱心に言い聞かせた。彼女がエーリクの前で取り乱したのはこれが初めてだった。

「ナジャはきみのことが好きなんだよ」と彼はやさしく言った。「きみの方が自分よりももっと聡明で、もっとセクシーだと思っている。だから彼女は、少なくとも退屈でないように全力を尽くすのさ」

「そのゲームでは彼女の方がわたしよりもずっと先を行っているわ」

「あれは子どものお遊びさ。きみの方は大人のゲームだ」

「わたしはあまり大人には感じられないの」とサリーは応えた。「子どもたちのことでイライラさせられるのはかまわない、わたし自身いやになるほど苛立っているんだから」

「家の中は万事オーケーなの？」と彼は尋ねた。

「家族の船はまだ浮かんでいる、驚くべきことに。でも、エンマはたしかに、わたしが晩にしょっちゅう出かけると言って、非難しているわ」

「ぼくたちは会うのを控えた方がいいと思う？」

サリーは状況を考え抜こうとする。だが、生じてはならないことが生じてしまったという認識以上のことは考えつかない。恋しさと喜びは別として。恋していれば、これほど多くの消耗がつけ加わる。

「いいえ、それは絶対にいや」と彼女は言った。「これ以上に会えなくなるなんて！」

「それじゃ、どうする？」

「尻尾をつかまれないようにすること」と彼女は言った。

「ぼくもそう考えている」

「それでもばれたら？」と彼女は尋ねた。

電話の会話はしばらく途絶えた。

「少々の腹立ちと仏頂面かな」

「それだけ？」

「それだけさ」と彼は言った。

「ほんとうに、あなたの言うとおりであることを願うわ」

「すべてがうまくいかないとしても、何がどうなるっていうんだい？」と彼は同じ声音で尋ねた。サリーは、雄の亀が暖房用ランプの下を這い回るのを眺めている。おそらくエーリクの言うとおりだ、とサリーは考える。

「つまり、ヒ素を飲んだり、列車に跳び込んだりする必要はないってこと？」

「きみが？　ノー！」

「確信がある？」と彼女はやさしく尋ねた。

「きみが中世に生きているのなら別だが」

「そんなにうまくやってのけられる？」

「おそらく同性の友人を一人失うだろうけど」

「少なくとも」

エーリクは笑った。

「きみには女友だちが一人しかいないなんてことがないことを望むよ」

するとサリーが溜息をつくのがエーリクに聞こえた。電話回線は彼女の声を何か伝えた。それとも、彼女は小声で話していたのか、それとも送話口に向かって話していなかったのだろうか。

「わたしには彼女よりも、もちろんあなたの方が大事よ」

「そうあってもらいたいね」

そう言ったエーリクの声の調子は彼女のなかに悲しい興奮を呼び起こした。突然彼女にはふたたび少なからぬことが実現可能であるように思われた、個別の事柄に関しては不確実だとしても。

「いまあなたがいなくてとても寂しい」と彼女は小声で言った。「たぶん、いつも波があるのね」

サリーは待っていた。エーリクはすでに昼食時にサリーから、その晩アルフレートは博物館で会議があり、「家を守る」という彼の趣味《ホビー》に専念できるのはようやく夜になってからであることを告げられていた。エーリクは、様子を見てみよう、と言って、夕食の前に立ち寄ると約束していた。彼は六時半ごろにやって来た。子どもたちは誰も近くにおらず、何の予定もなかった。それでふたりはセックスをした、激しく、すばやく、物怖じすることなく。それがサリーを立ち直らせた。彼女はメイクを直した。それからふたりは車に急いだ。エーリクは運転席、サリーはシートベルトをカチッと締める、ベルトがきちんと装着されていることを確認する、そして車はタイヤを鳴らして急発進した。あらかじめ計算された時間と実際の時間はこの時点ではぎりぎりだった。

「一時停止を無視したわ」と彼女は簡潔に言った。

「あそこは見通しが良かったから」と彼は言った。

七時半ぴったりにふたりはゲルングロース百貨店の前に立っていた。サリーとエーリクがすでに待ち合わせていたことは予告されていなかったから、エーリクが先に立って、テーブルを確保するために屋上テラスに向かった。サリーは入口近くに腰を下ろして、ナジャを待った。ナジャは数分後にやって来た。ふたりはエレベーターで屋上に上り、エーリクに挨拶した。するとサリーはすぐに、自分が挨拶を交わすときに冷静すぎた、クールすぎたことに思いいたった、エーリクとは表向きはかなり長いあいだ会っていないことを考えると。あまりにもぎこちない、というより極端すぎる！　さいわいにもナジャはあらぬ考えに耽っているようだった。

食事のあいだ、ナジャはすっかり打ち解けて、急に若い娘のようにしゃべりだす、あたかも午後の彼女自身の発言を忘れたかのように。エーリクは歓談にには消極的な関心を示すだけで、窓の外を、バルナビーテン教会の塔とその奥にあるエステルハージ公園の高射砲塔に目を凝らしている。その情景が象徴する内容をサリーは完全に気づいていた。かなり奇妙なふうに。

両脚のあいだに湿り気を感じながらも、ナジャとまったく屈託なくおしゃべりすることが自分に可能なこと、その一方でエーリクは退屈して窓の外を眺めていることがサリーには不可解だった。かつて別の機会に、エーリクは驚くべき冷静さで何も知らないアルフレートと話をしていたことがある、サリーがすぐ隣にいたときに。ある別の日にエーリクにそのことを尋ねると、彼は、アルフレートは自分の友人だ、でもそれは自分のサリーに対する関係とはまったく別の問題だ、と言う。サリーを目の前にして感じる興奮は別として、アルフレートに対しては寛《くつろ》いだ気分でいられる、と。

ひょっとしたら、サリーがナジャとひそひそ話をしているときも、同じようなことなのかもしれない。古くからの友情は多くの新たなことを忘れさせるものだ、たしかに全部ではないけれど。

というのも、ことは歴《れっき》とした姦通だったからで、サリーは、すべてがますます沸騰してくるのをまったく脳天気に無視することはできなかった。そして同時に、モラル水準はますます低下する。過剰なエネルギーが動員される。そして結婚相手に対する配慮がもはやなくなれば、やがて愛人に対しても配慮がなくなる。罪悪感は、それを永遠に意識することはできないから、どこかへ移るほかなく、それは移動したところで積み重なって背景と化し、もはや見逃し得なくなる。たとえ罪悪感がないとしても、それはいつまでも気楽に溜め込んでおけるものではない。サリーはアルフレートに対する自分の気持ちの変化でそれを確認していた。遅かれ早かれ戦いは勃発して、明るみに出るのだ。

これらすべてのことがサリーの頭のなかを、あるときは穏やかに、あるときはぎこちなく、床丈のガウンの前をはだけて滑走する一群のスケーターのように通り抜けてゆく間、サリーはエーリクを観察していた。彼は顎を両手で支えている。サリーには、彼の眼差しは落ち着き払って外の町に向けられているように思われた。彼はとても自信に満ちていて、あたかも眼前の光景を自分の視線で捕縛するかのよう、まったくそんなふうに見えた、逆ではなく。下のマリアフィルファー通りには、沸き立つ欲望と、未使用の可能性と、最小限の清廉を保とうとする灰色の騒々しい生活。空では、飛行機が間欠的に光を発している。

ナジャは話題をアルフレートに転じた。彼女は彼の様子を尋ねた、あいかわらずロープで縛りつけられたように家に閉じ籠っているのかと。

「そこに、彼のカトリック的な根源がはっきりあらわれているわね」とサリーは嘲笑的に言った。

それはナジャ自身が宗教的コンプレックスに巻き込まれていることに対する当てつけだった。

じじつ、ナジャは耳をそばだてた。彼女が振り向くと、幾筋かの毛髪が彼女の平べったい顔にかかった。

「安全の感覚は大切よ」とナジャは真剣な顔で言った。「さもないと人間はどうしようもなくなる。その感覚をアルフレートは取り戻す必要があるのよ」

「あの事件から三か月が過ぎたというのに」とサリーは苛立ちもあらわに応えた。「それでもいまだに彼は、できることなら警察の保護下におかれることを望んでいるんだもの。空き巣に入られたことだけが原因ではあり得ないわ。すでに以前からその傾向はあったけど」。短い躊躇。「彼はノーベル出不精賞をもらえるわ。わたしたちが知り合ったころは、いまのようではなかったけど。わたしが思うに、当時からすでに、何かに引っかかるとじっと動かないところは度を越していた。でもわたしはそれを政治的なステートメントだと考えていたの、わかる？　蠟燭の明かりと水パイプのために」

「それとセックスだ」とエーリクが口を挟んだ。「セックスはまさに政治的行為にまで高度に様式化されたからね。抜け目のない連中はパートナーを探すときに有利になると期待したものさ」

　この完全には否定し得ない言及をした後、エーリクはふたたび物思いに沈んだ。

「水パイプはいまでは子どもたちも使っているわ」とサリーは言った。「アルフレートはテレビの前に座っているの」

「隣の芝生は青く見えるものよ」とナジャは格別強調することなく言った。「エーリクは実質的に家にはいないのよ。さもなければ、ひどく奇妙な時間帯にいるだけ」

そう言われた本人は黙ったまま、両手をこめかみに当てて脈拍を数えているかのような様子をしている。彼の顔はそう言っている。で、彼の頭脳は？　ノーコメント。サリーは右の耳たぶをひねくり回して、不安げにエーリクからナジャに目をやる。サリーは考えをめぐらす。事ここにいたっては、アルフレートに関する話題の方がいい。

「わたしたち交換できるわ」とサリーは告げた。「彼を欲しい？　アルフレートには手を焼くわよ。しょっちゅう家にいて、世界の情勢に不満を漏らす、これは俗物的。それに、退屈。人生に対する喜びの妨げだわ」

サリーは短いうめき声を耳にした。うめき声を上げたのはわたし？　頭を右にかしげて、途方に暮れたように微笑んだ。ナジャは複雑な笑みを浮かべている。彼女は言った。

「わたしが思うに、アルフレートは、押し込み強盗のような卑劣な行為を自然現象のように受け流すにはじゅうぶんに超男性的ではないだけよ」

「でも彼はじゅうぶんに男性的なのよ」とサリーは断固として反論する。「誤った行動様式を取ることにかけてはね、それが彼とほかの者たちに不利益をもたらすってわけ」

「きっとまた頑張ってそこから抜け出すわよ」

「アルフレートが？」

一瞬、ナジャの目が大きくなり、青くなった。その皮膚は陶器のように冷たく見える。彼女は自己確認するようにうなずいた。

「でもね、彼にはそんなつもりはまったくないの！」とサリーは声を荒らげる。「彼はあらゆる病気の博物館を手に入れて、そこを我が家として整備している。彼は血栓症のストッキングをいまでも毎日履いている。ストッキングは快適だって言うんだから、これはもうとにかくノーマルじゃないでしよ！」

先刻、アルフレートに内在するカトリックの教義を示唆しても、またサリー自身の若かりしころのイデオロギー上の神秘に言及してもうまく機能しなかったことが、この論拠では効果を発揮した。そのために、それほど重要でもなければプライヴェートにもかかわることの少ないテーマへと話は移った。ナジャの身振り手振りは一座を楽しませるものになった。

「わたし自身、静脈瘤の恐れがあったからバレエをやめたの」と彼女は言った。「バレエは体型を保つには良いけれど、それを我が身で体験しなければならない、それが欠点ね。スポーツ心臓になる可能性大、バレエをする者はみなそうなの。たいてい長生きできない。わたしはそうなるのを拒否したわけ！　それに静脈瘤もね！　もうたくさん、自分にこう言いきかせたの。おまえの年齢でその体質を持っていれば、簡単に静脈瘤があらわれる、それは前もってわかることではないのよ。でも体質的にそうであれば、実際にバレエで一夜にして静脈瘤を引き起こすことがある。それで、バレエをやめたの、悪ふざけをして自分のきれいな脚をだめにしたくはない。わたしは自分の脚を毎日よく観察していた——そして、最初の静脈が見えたとき、バレエのレッスンをただちにキャンセルしたの！　つま先で一～二度だけ試してみると、それでもうこむら返りが起きた。いまわたしは腹部と臀部のためのリズミカルな運動に集中している。足を使う仕事が過剰にならないように気をつけているわ」

明るい、軽い笑いが続いた。

「アルフレートはまさに良い予防を講じている、なんといっても、すでに静脈瘤があるのだから」

こう言ってから、ナジャはサリーを検分している、アルフレートのストッキングに賛意を表したことが悪く取られていないかどうかを見るために。サリーは密かにナジャの戯言を呪った。それでもサリーはそのことを口にはしないで、それはそれほど重要でもないでしょうに、とだけ言った。それから沈黙が広がった。しばらくのあいだ、ふたたび話題が移るまで、みなそのままじっとしている。各人が自分自身のための独自の考えを持っていた。そして、そのうちの一部だけが受け入れられやすい表現で持ち出された。

　食事の後で、三人は博物館地区を歩いた。秋めいた夜の街をゆく三人の人間。エーリクは、チャンスと見ればいつでも、手をサリーの尻にあてた。ナジャはアルフレート同様に盲目だ、信じがたいこと！　実際にナジャは何も知らないのだ。

　サリーは、この状況で動揺した何らかの痕跡が自分の声に付着しているのではないかという恐れを感じて、それまでよりも努めてリラックスして話した。彼女の考えはますますぼやけて、最後にはただヒステリックに上へ下へと走り回った、つねに過酷で不毛の稜線に沿って。わたしはそこでなにをしているの!?　いままさに生じていることがほとんど信じられない。自分自身に、しっかりしなくちゃ、と言い聞かせなければならなかった。サリーは暗闇に感謝するほど神経質になっていた（盗品を隠し持った盗人《ぬすっと》のように）。それと同時に——なんと悲しいこと——このままの状態が長く続くことはあり得ないのを予期していた。近いうちに全員がもっと幸福になっているだろう、この混乱がなくなれば。

　エーリクもますます口数が少なくなったので、サリーは家に帰ることを提案した。明日は朝早く家を出なければならないから、学校へ、と。誰も異議を唱えなかった。エーリクとナジャはサリーを地下鉄駅まで送った。一〇時半ちょっと前だった。ナジャはエーリクに、サリーにキスするように促した。彼は、妻のいる前ではほかの女性にキスをしない、と言う。だがナジャは執拗にそれを主張するので、ふたりは頬にキスし合う標準的なスタイルで実践した、ある種のアイロニーとともに、いくらか自嘲気味に。サリーには、エーリクのそのやり方が気に入った。そして、おやすみなさい。

サリーはベンチに腰を下ろした。彼女は深呼吸をして、電車を二つやり過ごした、電車に乗り込もうという気力をなくして。彼女は考えた、きっとエーリクはいまナジャとセックスをしている。――誰がそれを悪く取るっていうの？――わたしは違う――悪く取るとすれば、ナジャ！

この論理になだめられて、サリーは立ち上がった。入ってきた電車に乗り込むと、電車は、サリーを待ち受けているところへ向かって走り出した。

第8章

子どもたちに取り入ることにかけては、アルフレートは度が過ぎていた。エンマが誤って買ってしまった小さすぎる下着さえも交換しに行った。彼の行為はまさに自虐的だった。その見返りとして彼が享受するささやかなサービスは高くついた。たったいまエンマはアルフレートのためにミルクを温めて、それを小さなポットに入れてくれた。彼女の狙いは新しいジーンズだ、早期訓練の成果！　アルフレートにはそれが気に入っている。権力があって、他者に奉仕させることができると、なぜみずから行動的になるのだろう。

その後アルフレートはひとり居間で横になり、エンマはバスルームで髪にドライヤーを当てていた。サリーはキッチンを片づけていたが、その際に、アルフレートが優に十分以上も自分のペニスをもてあそんでいるのを目にした。彼の手はたいていズボンの外側におかれていたが、ときおりズボンのなかにあった。ペニスをいじっていたのはあきらかだ。彼のそのような行為をサリーは見たことがなかった、たしかに幾度かひょっとしたらと思ったことはあったけれど。はたしてやはりそうだったのか。でも、宵の口に、居間でとは！　奇っ怪このうえない。サリーは何か言うべきかと思案したが、そのままにしておいた。なんといっても彼女自身しばしばそうしていたから、もちろん子どもたちも。

アルフレートは、博物館からの電話が来ると、それをやめた。彼は電話を持ってテラスに出て行った。彼の人生においてほかの誰かではなく彼だけに重要な事柄があるのを知ることは良いことだ。サリーには、自分が聞かされなくても済むことはすべてありがたかった。ちょうど良い頃合だったので、エーリクと連絡を取ってみようと考えた。彼とはすでに一週間会っていなかった。数日前から電話で連絡を取ろうとしているが、不首尾に終わっていた。今回もまた留守番電話が待っていた。おそらく彼には最近もっと良いことがあるにちがいない。

エーリクがどこを徘徊しているのかを探り出すために、サリーはナジャに電話をした。ふたりはありきたりの日常のことどもを話すついでに、サリーは自分たち夫婦の状況をおおまかにスケッチしてみせた。それはサリー自身の告白がナジャに感染することを期待してのことだったが、ナジャはこの誘いに乗ってこなかった。ついにサリーは直接的な方法を採らざるを得なくなって、エーリクと連絡を取ろうとしたけれどうまくゆかないことを告げた。表向きの理由は、アルフレートのことでエーリクと話したいというものだったが、じじつそこには芥子粒《けしつぶ》ほどの真実が含まれていた。

「お願いだから、わたしに電話をくれるようにエーリクに伝えてちょうだい」とサリーは頼んだ。

「そう伝えるわ」

「彼はいったい何をしているの？」

「見当もつかない」とナジャは退屈そうに答えた。「でも、あなたのメッセージを伝える機会はきっとあるわ」

「ありがとう、助かった」

「いえいえ、それじゃ」とナジャは言った。

サリーにできるのは待つことだけだった——じじつ、彼女は待った。そのために、アルフレートがキッチンに入ってきたとき、自分の不安をコントロールしておくことが彼女には難しかった。アルフレートは、ちょっと邪魔していいかな、と丁寧に尋ねた。サリーは、かまわないわ、と言った。ふたりはグスタフについて、そして彼の学校の成績について話した。サリーは穏やかで、他愛のないおしゃべりにしばらく身を任せていた。格別新しい情報があったわけではない。仕事探しをしているアリスのことが話題になった後で、アルフレートはつい先ほどの電話を引き合いに出して、アフリカ部門のトゥリッポルトはますます自分の父親のようになってきた、と言う。サリーは、アリスとわたしも最近同じことを確認したところよ、と応じる。アルフレートはますます彼の亡父に似てきている、と。

「ぼくの父親にだって？」とアルフレートは驚いて反問した。

「ええ、もちろん」とサリーは嫌味を言った。「あなたのお父さんによ。ほかの誰に似ているっていうの？」

「うん、そうだ」とアルフレートはつぶやいて、自分の部屋に引っ込んだ。日記帳に書き込むのに格好の新鮮な材料――ローマが燃えているというのに、とサリーは考えた。しかし、ものの五分も経たないうちに、玄関のドアが音を立てて閉まるのが聞こえた。どうやらアルフレートは大胆にも俗世間へと出て行ったらしい。

俗世間、それは実際に厄介なものだった。居間のドアの奥では、よく響く男の声がニュースを決まり文句のように唱えていた。そのなかでも耳についたのは、一七歳の娘が父親によって数か月間監禁された事件だった。父親が娘のハンドバッグのなかにコンドームを見つけたからというのが監禁の理由だった。

自分自身の過去の性的なフリーメイソン活動を思い返すと、この少女のことがサリーの頭から離れなかった。翌日の午前中にもサリーは授業中に何分間かトランス状態に陥ったようになった。そのために、生徒たちの答えはサリーの耳には空想のおしゃべりのように届いた。なんという悪疫が多くの頭のなかに蔓延していることだろう！　でも、わたし自身の人生はそれらとは無縁。わたしの人生はカオス状態がそのまま許され、柔軟で、多くの点が修正可能。それを裁く権限は誰にもない。もったいぶった男はどこにもいる。それでもこの国では、男たちは過去数十年のあいだにだいぶまともになった。全部ではないけれど、多くは。いずれにしても、かなりは。それにしても男たちは悩みの種だった。サリーはそう思った。男たちにはかなり悩まされる。

ただし学校では事情は異なっていて、全般的に男子生徒からは女子生徒よりもより良い印象を受けた。彼らは将来の試練に向けてより良く準備ができていて、よりモダンで、たくましく、所与の事態にいかに正しく対処できるか、それについて考えることに没頭している。もちろん女生徒のなかにもどう対応すべきかについて熟慮する者もいたけれど、そのような女生徒は例外だった。大多数の女生徒は憂いを知らず、物事をすでにきちんとできると思い込んでいて、プロフェッショナルな女らしさをまき散らす、世にも不思議な存在として教室のベンチに座っていた。サリーの娘たちの世代と現在の女生徒たちの世代のあいだにさえ、新たな文化的な断層があるように思われた。彼女たちはコマーシャリズムによって模範として示されることを無定見に模倣する――外見の完全なセクシャル化。化学産業と繊維産業に後押しされて、彼女たちはその自然な魅力で悪事を働く。それはじつに堂に入っていて、下の学年の少女たちに侮り得ない副作用と吸引力を及ぼす。そこでは、負けまいと背伸びする試みは最終的には下品に転化する、なぜならまだ青い年少者には判断力が欠けているからだ。

男子生徒たちのことはサリーにはわからなかった、だが気に入っていた。彼らはしつけが良かろうと悪かろうと、それには関係なく、現実的でチャーミングだった。サリーには、彼らがそれをどこで身につけるのか見当もつかなかった。彼らはたいてい良い態度を保っていた、彫琢されたファサードの背後で何がおこなわれているかは、よくわからなかったけれど。大部分の男子生徒は簡単に自分自身をさらけ出したりしない——これは、この社会で男らしくあることがいちだんと難しくなったことを思えば、驚くには当たらない。

男らしさは、つい五〇年前には尊ばれる美徳だった。その優位はいまや女らしさの美徳に取って代わられた。語ることのできる者は成功を収める。男らしさの美徳は成功した場合には賞賛されるが、失敗すれば、基本的に名声は拒まれる。これに対して女らしさの美徳は、業績結果にかかわりなく、独自の価値を持っている——社会的能力とコミュニケーション能力、これらは世に認知された資質なのだ、何はともあれ。他方、悪ふざけや奇行によって目立つ少年は、自分が欠陥品であることに甘んじるほかない。つまり、彼は神の最初の試みの結果であり、残念ながら失敗作で、二度目の試みは成功ということになる。

夏にアルフレートはアリスに、女性がこのパラダイムシフトにいかにすばやく対応したかは刮目に値することだと思うね、と言ったことがある。これほど複雑なプロジェクトをこれほど短期間に難なく実現してしまうほど抜け目なく、機敏な利益共同体にあっては、これがとっくのむかしに達成されなかったことがむしろ不思議に思える、と。

サリーの女生徒たちは彼女たちの母親や祖母が勝ち得た栄光の上に胡坐《あぐら》をかいている。別の言い方をすれば、彼女たちは先行世代を裏切ったのだ。サリーはそう考えた。というのも、女生徒たちはフェミニズムに関することに耳を傾けようとしないからだ、女性問題、わあ、いやだ、わたしたちには関係ないよ、そう言って彼女たちは拒絶する。それは彼女たちにはまったくもって不快なのだ。女性文学というカテゴリーからしてすでに反感を招いた。それは女生徒たちのあいだでは、男性文学と同等の悪評を得ていた。男性文学にはどこか卑猥なものがまとわりついているから。女生徒たちは、人生ではただ女だというだけで挫折することがあるという事実を認めようとしなかった。彼女たちは、女性が誰かの食い物にされるとすれば、それはその女性の自己責任だという考えを支持した。イエリネク〔エルフリーデ・イエリネク（一九四六年生まれ）はオーストリアの作家。二〇〇四年にノーベル文学賞受賞〕の『愛人たち』に登場するような女たちは愚かか、せいぜいのところナイーブなのだ、彼女たちは何かまともなことを学ぶべきだったのだ、そうすれば自分の人生をもっとうまくコントロールできたはず。サリーの女生徒たちは、事態改善の方策がまだ手つかずになっている諸問題があることを理解しなかった。むかしはそれが問題だったかもしれないけれど、今日ではもはやそうではない、と彼女たちは言うのだった。

女性が参入できる分野では、知的で確固たる信念を持つ女性にとっては、たしかに障壁はもはや存在しない、個々の事例においては。女生徒たちにとって、論拠としてはこの個別例だけでじゅうぶんなのだ。母親の収入が父親よりも低い場合には、母親は彼女自身の欠点と弱点を問題にすべきであって、自分たちならばそのような差別待遇には我慢しないで、ただちに上司に訴えるだろう、と女生徒たちは言う。

第八学年のあるクラスで、サリーは英雄的精神というテーマを扱った。現代の英雄とは何か？　生徒たちは興味を示したが、結局のところ、彼らの本音は男女の平等問題の場合と同じく成功志向だった。努力すれば、成し遂げられる。そうなれば、キミは勝ち組。さもなければ、キミは努力が足りなかったのだ。そうなれば、キミ自身の責任。生徒たちは、挫折に対して理解を示さなかった、男子生徒も女子生徒も。そして取り上げられた事例はつねに個人的な挫折であって、そこには社会的な意味合いはなかった。そして英雄性もまた個人的であって、公益の基準に基づいて定義されることはない。

サリーが授業のなかで自分の考えを中心に据えようとすることはまれだった。たいていは、生徒間で議論が始まれば、それでじゅうぶんだった。それでも、生徒たちがたがいに自分の正当性だけを主張しようとするときには、サリーは介入した。その場合には、彼女は厳格な話し方をした、奇妙にせき立てる情熱を持って、あたかもひとつひとつの綴《つづ》りを発話しようとするかのように。お聞きなさい、傾聴に値する何かがあるでしょう。

「わたし自身が若かったころの英雄というのは、自身の理想を持っていて、物質主義的な考え方をほとんどしない人物だった」とサリーは言った。「たしかに自由は大きな役割を果たした。でも、それはつねに社会的参加《アンガージュマン》と結びついていたの。快楽主義者《ヘドニスト》はイエス、放蕩者《リベルタン》はノー。社会正義は神聖なもので、それは広範に男女同権と同義だった。英雄というのは、人生を享受すべきだけれど、享受する際には、他者の可能性を制限しないものとされた。疑わしい状況にあっては、彼自身は見送る方が良いとされたものよ」

若者たちは嘲笑した。だが、それはすぐに鳴り止んだ。まったく偶然に発せられた野次をサリーが取り上げたからだ。

「でもそうなると、その人物はすぐに間抜けにされてしまいます」と一人の生徒が言った。「ほかの者たちの食い物にされてしまいます！」

数人の同級生が笑った。その哄笑の波に向かって、サリーはこう応じた。

「むかしは、そのような人物を間抜けとは呼ばずに、アウトサイダーと呼んだのよ」

サリーは咳払いをした。午前が終わるころには、喉はいつもからからだった。

「それで、違いはどこにあるのですか？」とその生徒は尋ねた。成績ストレスや適応ストレスをとりわけ進んで受け入れる生徒の一人だった。

「さしあたり、違いはものの見方にある、と言えるでしょう。誰かが信念を持っていて、その信念のためにみんなの笑いものにされる覚悟があれば、それは倫理的価値のある態度です。これとは逆に、誰かが、たとえばあなたたちが観るタレントショーのように、いつも多数派を味方につけたいと欲するのであれば、それはせいぜい経済的な価値を持つにすぎない。経済はわたしたちをみな、もっとテレビのために、もっと電話のために、もっとカロリーのために、もっとセックスのために、もっと業績のために生きる方向へ誘導しようとする。そして、じゅうぶんに多くの人間がそれに同調すれば、彼らは自分自身をノーマルだと感じることができる。ほかのすべての人間はノーマルではない、彼らは多数派の目には間抜けと映るわけ」

いまやサリーはふたたび自分のプリンシプルと信仰箇条を公開することになる。ここまできたら徹底的に！　そうでなくても生徒たちは、サリーの世界観上の立場を知っていた。彼らはそれが妨げになるとは感じていなかった。サリーは、生徒たちの側が意図的な挑発に出ることはほぼないことを知っていた。彼らは、サリーの時代は過ぎ去ったと考えている、歴史、それは過ぎ去ったことなのだ。それどころか彼らはサリーの青春時代を興味深いものと思っている、そこには彼らを惹きつける何かがあった、ベトナム戦争のように、だがそれはもう過ぎたこと。生徒たちの目には――それをサリーは授業の際に気づいていたけれど――サリーは歴史と化した過去の世界に属していた。

それは過去の竜騎兵に似ていた。長年皇帝《カイザー》のために幾多の戦闘を戦い、一九二〇年代の初めに戦争捕虜となった後にウィーンに戻ってきた竜騎兵。彼はこう思ったにちがいない、とんでもない愚か者だったよ、俺は。

サリーは一座を見渡す。そこにいるのは若い人間ばかりだ。彼らはもはや子どもでもなければ、まだ成人でもなく、無限に多様で、だが、負け犬にはなりたくないという一点では共通している。クラスの女生徒の一人が手を挙げた、サリーの気に入っているラウラだった。サリーはうなずいて、彼女に発言を促した。

「先生、それはいかにも先生らしい考えです。先生はすてきなことすべてに対して否定的な態度を取ります。先生は、母の日には反対、クリスマスに反対、電話に反対、それどころか食べることに反対します。先生はすべてのすてきな事柄をけなします。それがわたしには不愉快です」

何事かがうまくゆかないと、あたかも黒いインクの一滴がきれいな水の入ったグラスに落ちたかのような具合になる。この一滴が雲のように広がって、水を濁らせるのを、サリーは黙って見守るほかない。彼女はそう感じた。そして、その気持ちをサリーはふたたび振り払いたかった、できるだけ早く。ラウラもまた居心地悪く感じていることをサリーは見てとった。たしかにラウラは、自分の思いを発言するために、たいへんな勇気を振り絞ったのだ。彼女の頰はすっかり赤くなっている。

「ラウラ、それについてはよく考えてみるわ。指摘してくれてありがとう」

サリーは強調してそう言ったけれど、そこにはこの場を丸く収めようとする響きが混じっていた。ラウラの目は、マスカラをつけたぎざぎざのまつげを通して光った。それから少女は目を伏せた。

サリーはいきなり黒板の方を向くことによって、このテーマは終了、の合図を送った。

帰宅の途中、最後の授業の後で手を洗うのを忘れていたために、サリーがバスのなかで白墨のついた指を擦《こす》ったとき、一四歳のとき初めて祖父に反論したこと、そしてすぐには譲歩しなかったときのことを考えた。それはサリーの人生において節目となる事件であり、一種の転換期だった。ライク・ア・ヴァージン。祖父からもらった最後の平手打ちのこともはっきりと覚えている。あれはベトナム戦争の終わりごろだったにちがいない。ふたりは兵役忌避について言い争っていた。しばらくするとサリーは腹を立てて、立ち上がり、出て行った。すると彼女の後を祖父は追ってきた。祖父はすでにそのころ足がおぼつかなくなっていた。サリーはそれを気の毒に思っていたので、立ち止まって、振り向いた。すると祖父はサリーに平手打ちを一発食らわせたのだった。神聖な秩序が守られる最後だった。

　サリーはしばしばこのときのことを考えた、老人のことを、そして、自分の後を追おうとして苦労している彼の姿を。それは、サリーが祖父について持っていたイメージのなかでももっとも辛いもののひとつだった。会話の後で目に見える肉体的な消耗をあらわにし、苦労してよろめきながら歩むさま、その光景は平手打ちよりもサリーを悲しくした。平手打ちはもはやすでに正確にヒットしなくなっていたけれど。祖父はサリーが立ち止まったことを屈服の態度と解釈したのだが、本当は逆を意味していた、不安の終わりだった。サリーは無言で祖父に背を向けると、頰にひどくひりひりする痛みを感じつつ、その場を離れた。

　サリーはふたたび父親に監禁された少女のことを考えた。これらすべての事柄のあいだには隠れた親和性がある、とサリーは思った。


　この日の決定的な命題、わたしは、自分自身がそうありたいと思う英雄像をかなえることができない。

　というのも、家で彼女はふたたび、シェンケンフェルデンのアルフレートが死んだらどうなるだろうかと自問したからだ。その一方で、アルフレートが帰宅するとすぐに彼とセックスをした、彼が着用していた加圧ストッキングにもかかわらず、かなり良いセックスだった、最近たいていそうであるように。その後で彼女はすぐにまた起き上がった。アルフレートから、墓地のなかか、あるいはW・G・ゼーバルト〔一九四四～二〇〇一年。ドイツ出身の作家、文芸学者〕の本にふさわしい長話を聞かされるのを避けたかった。

　なお間が悪いことに、少し夜遅くなってからナジャが突然訪ねてきた。サリーはキッチンに座って、軽い食事をしていた。ナジャは、突然やって来たことを詫びた。彼女はすでに昨晩のうちに来るつもりで、車で家の前までやって来た、でも呼び鈴を鳴らすことができなかった、と言う、泣きはらした目のために。それでふたたび家に戻ってから、サリーに電話をしたのだ、と。ありがとう、大丈夫よ、とナジャはサリーの問いかけに答えた。ファンニがすぐそばに居合わせなければ、すぐさままたわっと泣き出しただろう、じっさいにそうしたのは五分後に自分の部屋に戻ってからだった。ナジャはそう語った。

「エーリクは離婚するつもりなの」

「何ですって」とサリーは仰天して尋ねた。

「いままさに言ったとおりよ。ごめんなさい、いきなりこんなことで驚かせて」

サリーは膝ががくがくするように感じた。このニュースは何を意味しているのだろう。エーリクからは、彼がナジャと別れることを意図するいささかの暗示も受け取ってはいなかった。

これは喜ぶべきこと？　この考えが彼女の頭のなかを稲妻のように走った。自分の偽善的な立場を思うと、なんとも居心地が悪かった。

「いったいどうして藪から棒に？」とサリーはどぎまぎして尋ねた。

「別の女がいるからよ」とナジャは溜息《ためいき》をついた。

「別の女!?」

「そうよ！」

「冗談でしょ！」

「そうならいいんだけど。彼自身そう言ったの」

「ああ、なんてこと！」とサリーは声を絞り出した。彼女はショックのあまりトイレに立った。そこでしばらく待ち、水洗の水を流してからキッチンに戻り、ナジャに火酒《シュナップス》を勧めた、自分でも一口飲めるように。それからサリーはナジャから長いことあれこれ聞き出して、なんとかそれなりに全体像を得ることができた。

どうやらエーリクとその女は九月に知り合いになったらしい。三七歳で、ロシア人、子どもが一人いる。エーリクは家を出るつもりだという。だが、彼女のアパートは手狭なので、そこへ移るのではなく、ふたりはさしあたりまだ別居のままでいる、子どもに過剰な負担をかけないように、と。そう、そういうことよ！　原因は、結婚生活にぴりっとした刺激がないこと、情緒が少なすぎること。まだ何かを体験したい、チャンスは五分五分、などなど。

ナジャがそのことに気づいたのは、夜中の一時に大きな音楽の音で目が覚めたからだった。エーリクは居間に座っていて、携帯電話で話していた。ナジャがしばらくのあいだドアの前に立っていたことに彼はまったく気づかなかった。ナジャは愛のささやきを聞いた、さらに次の言葉を。いとしいきみなしにはぼくは生きられない。

エーリクは酔っ払ってベッドにやって来た。ナジャは彼を揺すって起こし、釈明を求めた。自分には恋人がいて、完全に幸福だ、自分の歳でこのようなことが生じるなんて、とエーリクは言ったという。ナジャは泣きわめき、疲れ果て、早朝まで眠れなかったという。ナジャは、エーリクが愛人との電話を介してではなく、もっといたわりのある方法で事情を知らせてくれたら良かったのに、と思った。なんと気配りのない！

ナジャによれば、極端なことも次々に生じたという。本来ならたがいに殺し合うべきだった、でも最後の勇気と技術が欠けていた、とナジャは言った。

さしあたりエーリクはヴィルヘルミーネン通りのアパートに避難したが、そこは上の娘のゾフィーがつい三か月前に引っ越したところだった。エーリクは定期的に家にやって来て、物を持ち去った。そのなかには、有価証券や預金通帳の入った寝室の小さな金庫も含まれていた。ファンニは彼のためにあちこちのドアを開けておかねばならなかった。ワインの入った四つのボール箱も運び出された。ナジャはすぐに弁護士に電話をかけて、翌週のアポイントメントを取りつけた。いまや事態は深刻になった。ナジャはエーリクの母親にも電話をした。だが、母親の最初のショックは克服されていて、すでにもうすっかり立派な息子殿の後ろ盾になっていることが明確に聞き取れた。しかし、ナジャはエーリクが生まれた正確な時刻を知っている、午後の二時、この情報を彼女が国立歌劇場合唱団にいる知り合いに送ると、エーリクの星占いをしてくれるという。ナジャは、エーリクは大失態を演じるだろう、と思っている。彼女はエーリクに午前中にショートメッセージを送った。「今月末までにあなたの考える離婚方式を知らせてちょうだい」。これまでのところ返事はない。

いいえ、彼を取り戻そうなんて思っていない。すでに終わったことの後を追いかけて何になるのよ。ナジャはジャケットのポケットを叩いた、そこには彼女のアイポッドが入っていた。彼女は言った、わたしは毎日少なくとも三回シエールの「ストロング・イナフ」を聴いている、あなたなしでも生きられるほど強いの。エーリクにもこの歌を聴かせてやりたいわ。わたしにはわかっている、遅かれ早かれいつかまた彼は暖かい巣に戻りたいと思うはずよ。戯《たわ》け者！

そうよ、この戯け者！　なんて下劣な奴、こんな間抜けとかかわり合わなければよかった。彼はろ、くでなしよ、ただ一点を取り上げてのことじゃない。でも今度こそ彼の過ちのひとつをきちんと支払わせてやる。彼の生涯で初めて白黒をつけてやる、しかも彼の自己負担で、ほかの誰かに負担させるのではなく。彼はいい気になって偽りの犠牲者を装って隠れている、まったく無邪気にこの状況に陥ったと言わんばかりに。でも、わたしははっきりと思い知らせてやった、彼が人間的に、性的に、出来損ないだということを、ろくでなしの三乗だということを。このことで彼の誇りも少しは傷つくにちがいない、と私は思う、でも、彼は自分のことを途方もなく買い被っているから、それに立ち向かうのは生やさしいことではない。ともあれ、彼に真実を言ってやったのは良いことだ、彼がみずからそれに気づくことはないのだから。

たしかに、彼は職業上のことでは有能かもしれない、それについては何も言うことはない。だけど、人間としてはまったくの出来損ない。そのことはそもそも最初からわかっていた、最初からでないというのなら、かなり早くから。初めのころ、彼はわたしをずいぶん辛い目に遭わせた、そのころは、わたしもまだ彼を鼓舞してやれると思っていた。でも、彼はエネルギーをいつも小娘たちに注いでは、じきに冷めた。やれやれ、過ぎたことをいまさら掘り返すつもりはないわ、わたしがそれに触れるのはただ、全体を理解するためにはそれを知ってもらう必要があるからなの。

さあ、新しい恋人の手を取って、なかよくタイガに引っ越すなりなんなりすればいい。彼のおしゃべりはもうたくさん、もううんざりよ。彼の誠実ぶりにはあきれるほかない！　彼の自己満足なんか糞食らえよ。広大なシベリアは彼の自我《エゴ》にはおあつらえ向きね。

ロシア人ですって？——彼女の名はレーナだ、レーナ、川のようだろ、これはエーリクからの引用。

エーリクの主張するところでは、彼女もまた彼同様に大変革期にあって、それが二人を結びつけている。それは別として、この女は幻だ、わたしは実際のところ彼女のことを何も知らないし、調査しても不明。誰も彼女を知らない。
幾《いく》つかのことは想像がついたし、その間に、彼があなたと関係があるかどうかも自問してみたわ。それにしても、一一歳も年下のロシアの金髪女と駆け落ちするとは、彼に対するわたしのマイナス評価をはるかに越えていた。
預金通帳を持って家を出たという事実だけでもじゅうぶんな離婚理由なのに、さらに彼は、すべてが着実に進行するようにしたいがためだと主張する。何をどのようにするかについて話し合う必要がある、と。
エーリク：きみの条件を言ってくれ。提案は？　望みは？
ナジャ：それについては法律家と話をするわ。法律上の判断についてはわたしはまったく無知だから。
エーリク：ぼくは弁護士の懐を肥やしたくはないね。
ナジャ：これはあなたの寝返りで、わたしのじゃない。わたしが何かの望みを表明することはないわ。
エーリク：問題はぼくたちではなく、子どもたちだ。
ナジャ：それは違う、少なくともわたしの問題でもあるのよ。
エーリク：子どもたちは争点にはならないよ。ぼくはファンニの養育権を求めないし、面会日についての争いもないはずだ。ぼくはいつでも子どもたちに会う用意がある、彼らはいつでもぼくに電話できるし、ぼくと会うこともできる。
ナジャ：本気で言っているの？　一時期だけじゃないの？
エーリク：一時期だけじゃない。
ナジャ：あなたたちはいっしょに住むアパートを探しているの？
エーリク：いや。
ナジャ：でも、それは騙されているのかもしれないわね。（サリーのための注釈：まったく裏づけのない話。男のすべてを疑ってかかる必要がある）
エーリク：所詮、きみには関係のないことだろ？　肝心なのは、ぼくがきみに対して正しく行動することだ。
ナジャ：笑わせないでよ！
エーリク：銀行からの自動継続振り込み契約はひき続き払うし、子どもたちの費用も負担する。
ナジャ：ご親切なこと！
エーリク：ほかに提案は？
ナジャ：どうしたらいいのか、まず情報を仕入れるわ。万事に規定がある、きっと驚くわよ。弁護士抜きでは何も始まらない。ツィーグラーは手頃な値段で引き受けてくれると思うわ。それは別としても、あなたにはあれこれ費用がかさむでしょうよ。あなたとはもう話さない、これで終わり。
ナジャ（ふたたびサリーに向かって）：弁護士とわたしが彼をどうするか、目に物見せてやるわ。彼を土地台帳から抹消してやる、それでも彼は払い続けることになるかもしれない。怒り心頭よ！
彼が保険証書をすべて持って行ったのは、保険の受取人変更のために間違いない、いまいましい卑劣漢め。

ゾフィーは、二年前の夏休みに小遣い稼ぎのアルバイトをしようとしてエーリクから非難されたことで、ひどく傷ついているという。ナジャと同じく精神科医の世話になった。それでもいまではゾフィーは気後れしたところがまったくなくなって、エーリクに対してはものすごく腹を立てている。そのうえ、ゾフィーはこれ見よがしにヴィルヘルミーネン通りからふたたび家に舞い戻った。彼女はエーリクのために衣類の入った洗濯かごを二つ自分のアパートまで運んでやった。ゾフィーはすでにフラストレーションを解消する独自の方法を会得していると言う。それがうまくゆけば、ナジャにも有効かもしれない、と。

エーリクが彼の恋人を数か月間も巧みに隠しおおせたこと、まさにプロフェッショナルに。それがゾフィーに最大のダメージを与えたという。彼女は数日前にエーリクにこう言い放ったらしい。「パパはこの世でもっとも卑劣な豚よ。わたしの父親なんかじゃない」

エーリクは娘の口調には拒絶反応を示したという。だが、内容については別だった！

ファンニはいまひどく落ち着かなくて、あの子のなかでは多くのことが渦巻いている。あの子はエーリクに執着している、あるいは少なくとも完璧な家族という考えにひどく執着しているの。エーリクが金庫を持ち出すときに、彼のためにファンニはドアを開けたままにしてやった。するとエーリクは彼女に駄賃を与えようとしたの。するとファンニはこう言って拒絶した。「パパの引っ越しの手伝いをして、わたしがお金をもらうと思っているの？」

賢い子。

エーリクと別れるとき、ファンニは父親の頬にキスすることを拒んだ。ゾフィーはエーリクに握手の手さえ出さなかった。これは彼にはいちばんの打撃だった。

この状況で子どもたちが母親に味方しないと思うなんて、いったいどこまでお目出たいことやら！

わたし自身について言えば、まあ、自分の運命を見つけられないことはわかっている。でも、幸運をつかんでいる人間がいることもたしかな事実、そして、わたしのように不運をつかむ人間がいることも。

わたしが母親コンプレックスを持っていることは、完全にはっきりしている。あなたよりも大きなコンプレックスよ、でも、あなたにはそれがないという意味じゃないわ。まあ、そうね、なんとか抵抗するほかない。エーリクとわたしはふたりとも健全な家庭を演じようとしたし、健全な子どもの成長という理想を追おうとした。このプロセスがいま閉じられたことははっきりしているわ。

でも、エーリクがわたしに対して従属的であることを、わたしが望んでいたというのは正しくない。彼がそう思い込んでいるのは知っている、でもその固定観念を彼の女たちに吹聴したのは彼自身よ。あなたにも同様のことを嘆いていなければいいんだけど。彼とかかわりのある女たちはみな彼のことをいつもとても気の毒がる、それが彼の気に入っているのよ。

ほかの女たちが現実のわたしを知っていれば、彼が彼女たちからチャンスを得ることはたしかに少ないでしょうね。

それどころか精神科医までがわたしを突然裏切ったのよ。万事がすべて不公平《アンフェア》！　一昨日彼女はひどく冷淡だった。彼女の顔に、ほんの短時間だったけど、退屈の表情が走るのが見えたの。それはもう頭にきたわよ。その女医のために、夢の数々、結婚生活の問題、歌劇団での噂話、子ども時代のこと、それらすべてを、さらにはわたしのあらゆる不安と費用、それらすべてを洗いざらい引きずり出したことを考えると――それなのに、彼女は疲れてわたしを眺めている。

いいえ、サリー、わたしがセックスを過小評価したとは、あなた自身も思ってはいないでしょ。わたしはじゅうぶんにそれに取り組んだわ、それもとても集中的に、かつじゅうぶんに長い間。でも、エーリクの人生はセックスの面でも病的で、度を越しているという認識に達したの。サリー、それは違う、夫のことが気に入っていれば、喜んでベッドをともにするわ、誇張した声を上げたり、それどころか感極まって泣いたりするためではなく、喜びを感じるために。もう少し仔細に考えてみると、ほんとうに正直なところ、セックスに関しては彼のことがまったく気に入らなかった、だから私たちはこの項目をはしょったわけ。ベッドではエーリクの頭はいかれていると思うけど、それでも彼に絶対的な誠実を要求するとしたら、わたしは心がとても狭いということになるでしょうね。でも、わたしが嫉妬深い妻だなんて、とんでもない。

考えてもみて、わたしたちが最後に会ったとき、彼はわたしと寝ようとしたのよ。それで、わたしが拒むと、彼は気分を害したんだから。

成人した人間のあいだでは、結婚とはふつう信頼しうる何かだと考えられている。なぜあなたはそもそもエーリクと結婚したの、とサリーは尋ねた。

愚かに聞こえるかもしれないけど、それはわたしの考えではなかったの、とナジャは言った。熟考のための中断。

全体としてみれば、こんなエゴイストの手に落ちたのが間違いだった。でも、わたしは醜女でもなければ馬鹿でもない、だからまたわたしの気に入る誰かを見つけられるわ。

サリー、あなたはわたしの親友よ。わたしはいつも友だちが必要だったし、いまはこれまで以上に必要なの。自分の後ろ盾になってくれる人間が何人かいるとわかっているのは素晴らしいこと。正直に言うと、しばらくのあいだエーリクの恋人はあなたではないかと疑っていたの。でも、それはまったく信じられなかった。エーリクならやりかねないけれど、あなたにかぎってそれはあり得ない。

そう、エーリクよ、あのくそったれ！　彼は結婚指輪をもうはめていないし、携帯のディスプレーにはヤシの島。第二思春期よ！

あなたはアルフレートと結婚していることをありがたいと思うべきね。アルフレートはほんとうのプリンスだし、善良な人間よ。サリー、あなたには彼の良さがまったくわかっていないのよ。

ほどなくしてアルフレートがキッチンの二人に加わったとき、ナジャが次のように言うのを聞いて、サリーは安堵した。アルフレート、あなたの言うことはかなり興味深いわ。その可能性をまったく考えてもみなかった！

「あなたの新説にお祝いを言うわ」とサリーはからかった。「そんな話なら郊外路線沿いの多くの家々にころがってるじゃない」

アルフレートは注意深く耳を傾けていたが、その顔は数分もしないうちにすっかり色を失った。しばらくして、彼はふいに言った。

「誰がなんと言おうと、ぼくは絶対に信じないよ。ぼくには確信がある、エーリクはそのロシア女を捏造したんだ」

サリーは、まずとっさに反応した後で、聞き返した。彼女はアルフレートを笑い飛ばしてやろうと思っていたのだが、考え直した。なぜなら、新たな状況が開かれたことが喜ばしかったからだ。

「それで、なぜ彼はそんなことをしなくちゃならないの？」と彼女は尋ねた。

「彼は臆病者だからさ」とアルフレートは断言した。

「それじゃ、ナジャが盗み聞きした電話の件は？」

「わからないけど、ひょっとしたらテレフォンセックスかも。彼はとにかく臆病だからね」

サリーがひどく驚いたことに、ナジャはこの解釈に賛成した。それはまさに彼女の結婚生活においてあまり信頼できない伴侶なら考えられるトリックだ、と言う。だが、ナジャはサリーの論拠（この物語はエーリクによってでっち上げられたにしては良くできすぎている）にじっと耳を傾けた後で、リアリストの陣営に立ち戻った。やっぱりシベリアの小娘がいるように思える、その可能性が大ね。

残念、とサリーは思った。しかし、サリーが捏造説を信じようとしない主な理由は、そのような物語を作り出す必然性がどこにあるのか彼女自身想像できないことにあった。

「いいかい、彼は臆病者だからさ」とアルフレートはふたたび言った。

「それはまさに図星ね」とナジャは確認した。

アルフレートはさらに細部に踏み込もうとするが、話している途中で、彼の説明によってエーリクを傷つけるだけでなく、ナジャをも傷つけることに気づいた。真っ赤な嘘で固める以外に彼女を厄介払いできない、と彼は考えた。同時に、押し込み強盗の事件後、あらゆる友人たちのうちでナジャがいちばん親身になって助けてくれたことを思い起こした。それで、彼は思い止まった。アルフレートは自身の論拠を最後まで推し進めることはせずに、ロシア女は捏造されたものだ、それには確信がある、という核心となる言明を繰り返すに止めた。

「そうだな、ぼくはさほど大きな助けにはなれないかもしれない」と彼は控えめにつけ加えた。

「たしかにそのとおりかも」

だが、そう言った瞬間、アルフレートの仮説をもっともだと思わせる幾つかの根拠がたしかにあったという考えがサリーを襲った。架空の女を作り出すことでエーリクは第三の女を守ることができる（だがもしそうならば、彼はサリーにそう言ったであろう）、あるいは、それによって彼の妻もろとも第三の女を厄介払いすることもできる、さらに自己正当化する必要もなく。そうなると、これは狡猾に仕組まれた手口だ。金髪のロシア女？　レーナ？　川のような？　そうなの？　そうなのね、残念ながら。おそらく女は存在するのだ、悔しいけれど。でも、女が存在しないとしても、それでも女は具体的な何かを意味する、なぜなら虚構は複雑に加工された事実を生み出すから。その女は存在するのか、あるいは、捏造の助けを借りて何らかの強制から自己を解放する具体的な意図があるのか、そのどちらかだ。どちらも格別喜ばしくはない。

「ひょっとしたらアルフレートの言うとおりかもしれない、わからないけど」とサリーは落胆してつぶやいた。サリーはふだんから、ナジャと自分とのあいだには違いがあることを喜んでいた。ところが、この違いが意味を失ったことで、彼女は憤懣《ふんまん》やるかたない思いに駆られた。おそらくナジャと彼女は似たもの同士だったことになる。

サリーは火酒《シュナップス》を注ぎ足した。ナジャとアルフレートはそれぞれのグラスをボトルの開口部の下に当てた。全員がグラスを打ち合わせた。アルフレートは彼の身近な人間の生活にふたたび関心を示したようだった。

「きっと万事が正常に戻るだろう」とアルフレートは告げた。

「わたしたち女性のために」とサリーは気のない調子で言った。

「あなたたちがわたしといっしょに酔っ払ってくれたことに感謝するわ」

ナジャはすっかり鼻をかみ終えると、ふたたび気分が良くなった。この場の会話をじつに長いこと支配していた頑固な絶望感はいまや解放された疲労感に取って代わられた。サリーはナジャをじっと見ている。目の下に青い隈ができている、両目はアルコールのせいで表情を失くしている、ふだんならいつも禁欲的な印象を与える顔はたくさん泣いたためにいくらか腫れぼったい。不幸はどんな人間をも汚してしまう。明日はわが身、とサリーは自分に言い聞かせた。

近郊鉄道《エス・バーン》がヒュッテルドルフ方面に走ってゆく音がかすかに聞こえる。サリーは冷たいメタリックな室内を後悔の念とともに見回す。ここには押し込み強盗が侵入した窓しかない、植物もなく、絵もなく、数枚の絵葉書だけが冷蔵庫に貼りつけられている。そのなかにはイタリアのサッカー選手の半身像があって、その写真がアルフレートに似ていると一二歳のエンマは主張していた。優に三〇歳は若い。サリーがいま必要としているのはまさにそれだった。

三杯目の火酒を飲み干した後で、「わたしには何が何だかわからない」という言葉がサリーの口から漏れた。彼女は胃に温かい動悸を感じた。「正直なところ、エーリクがそんなふうだとは思わなかった。チャーミングで、少し通俗的、かな。でも、彼の論旨はいつもわかりやすくて、明快で、複雑ではなかった」

「あなたは男たちについてわたしよりもずっと理解度が低いのね」とナジャは応じた、少し気分を害して。というのも、サリーはエーリクの性格描写に罵《のの》り言葉をつけ加えるのを忘れていたからだ。

「あなたはいつでも、男たちは単純だと思っている。でも、その主張にあまり固執しない方がいいわよ。男はそれほど単純なんかではまったくないんだから、それは請け合うわ」

アルフレートはうなずいた、ゆっくりとした承諾のうなずき、確認するように、わが意を得たり、と。彼はまた火酒を注ぎ足す。サリーはある研修会で男女別教育法のテーマがあったことを思い出した。最後に参加者全員が輪になって座り、特定のキーワードに対して思いついたことを述べることになった。「男の子？」

サリーの答えは、

「わたしは男の子が好き。でも、彼らのことがわかりません」

サリーが、自分は男の子が好きだと言っただけで、数人の参加者は笑い声を立てた。だが、後続の言葉が発せられると、それは全員の大笑いを誘った。

それでこれから？　その先は？　その先は何もない。おそらくナジャのサリーに対する非難が正当化されたことだけ、ひょっとしたらサリーの男性評価は実際には真に複雑な現象に対応できないのかもしれない。サリーは男たちをつねにどちらかと言えば単純だと考えていた、だからといってすべてお見通しとまではとうてい言えないにしても。すでに述べたように、男は神の最初の試みだった。

「そうかもしれない、実際のところわたしはそれについてはほとんど知らないんだわ」と彼女は後悔に苛《さいな》まれるように言った。「あなたとエーリクについても、自分で思っていたよりもはるかに少ししか知らないってことね」

「そしてぼくについてもだ」とアルフレートは満足げに言った。彼の言葉は残響をともなった、あたかも彼がたったいま言ったことに自己満足しているかのような、あたかも帰宅途上にあるかのような。

そして、二人の天使がアルフレートと腕を組んでいた。

日々は過ぎ去り、エーリクからは何の連絡もなかった。サリーは雲をつかむような心持ちでいたけれど、結局は以前と同様に何の情報も得られなかった。内心ではいまだにナジャとの会話の死の灰のなかにいた。エーリクからの電話をむなしく待つことは彼女を日ごとにより深い怒りへと駆り立てた。下劣な犬め！　彼には新しいのがいる！　わたしは安直なインテルメッツォだった！　彼はわたしを完全に愚弄したのだ！　それがわたしにはわからなかった！　自分がそれほどナイーブだったなんて、悔しくてやりきれない！　あんな奴に騙されるとは！　わたしはとんでもない間抜け！

三日間何も生じなかった、ただ無益に思考能力を浪費しただけ。サリーの側からは、事態の促進を図る行動を起こさなかった。今度はエーリクの番だ、とサリーは考えた。

土曜日の晩にエーリクから電話があった。サリーはちょうど夫や息子と食卓についていたときで、話をするために階上へと駆け上がった。アルフレートは不審そうに額に皺《しわ》を寄せたが、サリーはそれにはかまわなかった。

会話は双方が困惑した雰囲気のなかで始まった。エーリクがサリーに元気かと尋ねると、彼女は、それは想像がつくでしょ、と答えた。なぜ電話をくれなかったの、あなたはわたしが地上から消え去るのを望んでいるのではないかと気をもんでいたのに。

「はっきり言って、あなたは破廉恥漢よ！」と彼女は言った。

サリーは試しに一発食らわせた。するとエーリクは謝罪の言葉を口にして、サリーを面食らわせた。彼はいまウィーンにいるのではなく、月曜日に戻る、サリーと火曜日に会いたい、それまでにナジャと彼とのあいだの幾つかの問題を片づけるか、少なくとも落ち着かせることを願っている、と。信じてもらいたいが、自分はサリーを騙したりはしていない、サリーのことを夢見ている、サリーは台なしになった自分の人生における大きな希望の光だ、と。

「ぼくはぜひともきみに会いたい」と彼は言った。「もしきみもぼくに会うつもりがあるのなら」彼はいっしょに昼を食べることを提案した。それからすぐに彼は甘い言葉を振りまく、そんなことは言わずにおいた方がいいのに――これがサリーを仰天させる。いったいどうしたらそんなことが言えるの、彼はナジャと別れて、ロシア人といっしょになる計画を立てているというのに。彼女の名はなんと言ったっけ？ レーナ。レーナ、川のような。ああそうだった。彼はこの女性についてはほとんど話さず、ただ勤務先の役所には、外国籍の女性と暮らすための申請書類を提出したという。彼はすでに通知を受けていて、彼女はロシア大使館での仕事を辞めなければならない、さもないとエーリクは別の役所に配置換えになる。ほかに方法がなければ、ポストを移る覚悟をしている、と彼は言う。妻、家族、地位、彼はこれらすべてを別の女と交換するつもりでいる。そしてサリーをも。ショック！

「愛なのね」とサリーは溜息をついた。

「そのとおり！」とエーリクは告げる。

「彼女のために大まじめで仕事を断念するわけ？」

言下にエーリクは応えた。

「別に驚くことではないよ」

会話は優に一五分も続いたけれど、エーリクからそれ以上のことは聞き出せなかった。サリーは、件《くだん》の女性は捏造だとするアルフレートの説を持ち出した。するとエーリクは、アルフレートは空想家だ、と笑った。

サリーは、家族がみな寝付いたら後でもう一度電話をする、と言った。エーリクは、それまで起きているから、と約束した。サリーの声を聞いたからには、いずれにしても眠れないとわかっている、ウィーンで隠れてレーナといっしょにいるのは辛いけれど、サリーとの夏の思い出がどこにいてもついて回る、と。なんていかれた奴！

約束したように、真夜中を過ぎてから電話をかけると、エーリクはサリーの機嫌を取るのをやめない――してみると――彼の人生には別の女はいないとも考えられる。サリーは、火曜日に昼食をともにするのではなく、どこか人目につかないところで会うのはどうだろう、と提案した。彼は即座に同意して、午後四時にヴィエナ・ダニューブで、と言った。サリーがエーリクに、なぜ最初別の提案をしたの、と尋ねると、サリーを誘惑する心積もりだった、と彼は言う。

「それは無用よ」とサリーは確言した。

火曜日は、この季節にふさわしいとは言えない荒れ模様の暖かい日だった。激しい風が吹くなか、木の葉は一気に舞い落ちて、まだ樹木に残る葉は錆色だった。それらの葉は濃い青空のなかでがさがさと音を立てている。サリーはすでに朝早くから意識して身なりを整えた。サリーは自分自身を好きになりたかった、世をすねた中年女のように見えるという感じを持たないために。そう悪くはないわ！　彼女はヒップラインを強調する濃紺のジーンズにすらりとした体型であることがわかるようなTシャツを身に着けた。四時ちょうどにホテルに着くと、腹立たしいことに、駐車禁止の場所以外に車を停めるスペースがない。手っ取り早い解決策は何もなかった。

サリーが部屋に入ると、ふたりはほとんど何もしゃべらなかった。サリーが車のことに言及すると、ホテルの駐車場の使用許可をもらおう、とエーリクは言ったが、たちまちこの件を忘れてしまったようだった。彼はキスで彼女に襲いかかった。彼が電話で約束していたように、すべては非常に直接的だった。サリーはすさまじい欲望をふたたび燃え上がらせて、キスで応えた。次に、サリーは着衣をすっかり脱ぎ捨てると、ベッドにひざまずいて、エーリクのペニスを口にくわえた。彼女はエーリクのまぎれもない気持ちの強さにすっかり魅せられていた。彼のロシア女に対する行動はそれによって謎めいた部分が少なくなったわけではないけれど、この瞬間、それは彼女にはどうでも良かった。ただ、エーリクはオルガスムに達すると――ナジャが語っていたように、つまりほんとうに――一種の咆吼を発した。今回はサリーにも奇妙に思われた、たしかに少々突飛な現象！　このときにも、彼女はほんのしばらく考えてみた後で、どうでもいい、と思った。これまではそれがいつも気に入っていたのに、なぜいまそのことで気分を害さなくちゃいけないの、アバンチュールはもう終わりなのに。

ふたりは、駐車違反の反則切符をもらう前に、車に戻って、別の場所に駐車し直した。エーリクは空腹だった。ふたりは食事をして、語り合った。エーリクは、断固たる決意でレーナと生活する、と言う。さらに、レーナとは三日後に再会する、プラハで、と。

サリーがそのことで驚きをあらわにすると、彼は、年内に残りの休暇を全部取って、新しい住居を探す、と言う。ヴィルヘルミーネン通りのアパートでは快適な気分でいられないから、と。

エーリクはサリーのために夏にただ一日だけ時間を取ったのだった。そのことをサリーはいま考えた。彼女が感じたあらゆる悲哀にもかかわらず、優勢な感情は傷つけられた誇りだった、嫉妬と羨望であり、愛の幻滅ではなかった。彼女が傷ついているのは、自分自身の意志でおこなった愚行の結果だった。彼女がもっとも失望したのは、彼女のプランの技術的な失敗だった。数年にわたって確実な関係をつくろうという意図があったのに、終わりがこれほど突然やって来ることを、あるいはこんなふうになることを望んではいなかった。サリーはエーリクに憤慨していた、なぜなら、彼はアバンチュールを永遠に続けることを欲していないからだ。

継続はアバンチュールにシリアスな外見を与える。そう言ったのは誰だったろう？　誰か有名な人物だ。サリーは、そこにはなにがしかの真実があると思った。エーリクの行動はあきらかにシリアスではない。

「あなたはあいかわらず気ままに出歩いているのね」と彼女はくだけた調子で言った。「少しも不安になることはないの？　どうなの？」

「正直なところ、気が軽くなったよ、すべてを吐き出したから」と彼は応えた。

「わたしをとんでもない現実に直面させても、そうなのね」

「えっ？」

「そうじゃないの？」

彼は息を弾ませて笑った。彼のこめかみの筋肉が動いた、まるでそこで思考のプロセスが生じるかのように。しばらくしてから、エーリクは意を決したように尋ねた。

「後悔してる？」

「後悔もしなければ、誇りにもしていないわ。わたしが誇れないのは、ナジャと話をしたからよ、ありとあらゆるささいで偽善的な嘘をめぐって」

「ナジャにとっては辛いことだ、生じたことについて彼女はひどく苦労するだろう。子どもたちでさえもっとうまく折り合えるよ」

「ナジャは、真の悲劇女優の怒りで別れを悲しんでいるわ。彼女があなたについて言うことがそのまま彼女の実際の見解を示すものだとすれば、あなたは彼女に嫌われている」

「それほどひどいのかい？」

「彼女の判断は完全にネガティヴよ。彼女の描くあなたのポートレートには真っ黒な色しか使われていない。正直に言えば、彼女の嘲《あざけ》りはわたしにはショックだった。あなたたちふたりが最後に会ったとき、あなたは彼女と寝るつもりになって、彼女に拒絶されると、気分を害したらしいわね」

「ぼくが彼女と寝るだって⁉　肘掛け椅子に横になって、氷を涙嚢《るいのう》の上に当てている女と？」

「あり得ないことかしら？」とサリーは尋ねた。

「皆目見当がつかないね、きみたちが考えることは！」。彼は苦笑したが、面白がるようなかすかな気配は彼の眼差しから消えていた。「そのほかには？　ほかにどんな論難があるのかな？」と彼は尋ねた。

「いくらでもあるわ」

「不快な誹謗だよ」と彼は肩をすくめて言った。彼は事情を完全に正しく認識していた。「状況が状況だから、自然にそうなってしまうのは避けられないな」

「そうね、かもしれない」とサリーは言った。「関係の終わりには、わたしたちはみな考えることに倦んで、通俗的になるんだわ」

「きみがぼくを少しは守ってくれたのならうれしいのだが」

「その点ではあなたをがっかりさせるほかないわ。わたしはあの場ではナジャの友人としていたのよ。わたしの任務は、彼女があなたについて抱いているひどい見解に関して彼女を支持することにあったのだから」

　彼の顔は少し暗くなった。彼は尋ねる。

「それで、いまぼくがナジャについて悪く言うとしたら？」

「それこそもちろんぜひ聞きたいと思っていたことよ。さっきも言ったけど、通俗的で、考えることに倦んでいるから。サリー・フィンクと彼女のブルジョア的な感覚。それから、ロシア女のことも忘れないでね」

サリーの明るい目はエーリクをじっと見据えている、彼がどんなふうに事態を受け入れるかを見極めるために。彼の顔のわずかな動きのなかに、嘲笑されていると感じているのが見てとれる、とサリーは思った。

「できることなら南太平洋の島に身を隠したいよ」。彼はきまり悪げに顔を背けて言った。

「あなたの言いたいことはわかるわ」とサリーは彼に賛意を表明した。「ふたりでいっしょに行ければいいんだけど」

彼はサリーに目を向けた。

「ひょっとしたら、いつか」

「明日よりもきょうよ。いまいましいのは、残念ながらあっという間に歳を取ってしまうこと」

彼はうなずいた。間が空く。サリーはテーブル越しに彼の手に触れた。

「わたしたち、まだいわゆる人生の盛りにいるのかしら?」と彼女は尋ねた。「それともそれは男性だけの話? 言ってちょうだい、お願い! ねえ、それをわたしに言って! アルフレートにはそれがわからないか、あるいはむしろ、興味がないと言うの。当たり前ね、彼はもうすぐ六〇だもの」

「きみはそうだ、ぼくは違う」とエーリクは言った。

この答えはサリーには驚きだった。彼女はそれを偽りの、あるいは少なくとも月並みなお世辞と取った——だから、彼女はそれに満足できなかった。しかしエーリクは自説を譲らなかった。

ナジャとの結婚生活は初めから不幸だったことが明かされた、過大要求、自己様式化、常軌を逸した行為からなる破局的な物語。サリーにはとうてい思い及ばないことだった。二〇年の結婚生活はナジャを妊娠させたことのじゅうぶんな代償、とエーリクは考えている。窓から飛び降りてやる、といった決まり文句をもう二度と聞きたくないんだ。わけても、自分は若死にすると確信している、父親が脳卒中と心筋梗塞に襲われたという事実があるから。自分にあと一〇年しか残されていないとしたら、この時間を享受するつもりだ、と彼は言った。

サリーは身をかがめて、エーリクの唇にキスをした。人間はなんとさまざまに異なっていることか、と彼女は考える。ひとりひとりの人間のなかにそれほど多くの顔がある、草むらのなかから辺りをうかがい、脇へと飛び跳ねる臆病な野ウサギのように。そして、次の瞬間には仕留められる不安、まさに野ウサギのようだ。サリーはこの不安を持っていない人間を誰ひとり知らなかった、学校の生徒たちでさえこの不安を持っている、ただ彼らの場合には、それは自然な不安だった、パニックの不安ではなく。両者には違いがある。

ふたりはホテルの部屋に戻った。次のラウンド。この晩は夏の密会よりもさらになお不条理だった。サリーは、彼の将来計画のなかで自分の居場所はどうなるのか、とエーリクに尋ねた。彼は、ナジャを捨てて、レーナとともに暮らすことになれば、レーナに忠実でありたい、と言う。これとは逆に、ナジャが彼の計画を妨害するとか、何か別のことが生じた場合には、ふたりは会えるだろう、と。

うっとりさせられる気分とはほど遠い。また会おうという言葉で追い払われるほかないのだ、エーリクがナジャのもとに留まるというありそうにないケースを想定して。もちろん誰にもわからない、そうなったらすべての疑問は別の様相を見せるだろう。

サリーは新年に予定しているロンドン訪問を口にした。年老いた母親を訪ねるつもりだった、サリー自身が耄碌《もうろく》しないうちに。ロンドンで会えないかしら。どうこの案は？　エーリクはノーとは言わない、だが、イエスとも言わない。彼はサリーを元気づけようとはしなかった。

どうやら彼はロシアのカードに賭けることを固く決心しているらしい、どうなろうとかまわない、誰が傷つこうとかまわないのだ、ナジャと子どもたち。それがサリーの気を重くした。ついに、彼女自身の気持ちももつれてきた。そして、これがおそらくエーリクとセックスする最後だとは――これもまたサリーの気を重くした。サリーは、気持ちが傷つけられたと感じて、それを口にした。エーリクは、自分は事実それを予想していたし、きれい事を言うつもりはまったくない、と言った。申し訳ないが、自分の大きな幸福の最後のチャンスはレーナにあると思っている。そう言って、彼は立ち上がった。

ドナウはいま八月のときよりも目に見えて水嵩《みずかさ》が増していた。夕べの街灯の光に浮かぶ川の眺めはサリーを圧倒する。彼女はこの前ここにいたときのことを思い浮かべて、エーリクと自分との関係を上から見下ろすことができたら、どう見えるだろうかと自問した。改修されたドナウのようにまっすぐでないことはたしかだ。そしてこれからは？　このとき彼女はニジェール川のことを思った、アフリカでもっとも長い川のひとつで、四〇〇〇キロメートル以上を経たのちに水源からそれほど遠くない地点で海に注いでいる。

「始めたところで終わりにしましょう」と彼女は悲しげに言った。

エーリクはそれには応じなかった。彼の沈黙は同意のように響いた、あたかもそれによって夏の出来事からその色が奪い取られるかのよう、まったくそんなふうだった。すべて精算されたのだろうか？　さあ！　そのときが来た！　別れの！

ふたりはホテルを出た。サリーはエーリクを南駅まで車で送った。彼はそこでプラハ行きの切符を買った。サリーは、事態をこれ以上悪化させる必要はないのに、と言った。どうやら彼も彼女と同じく辛いように見える。ほらやっぱり！　ともあれサリーはそう考えてみずからを慰める。ふたりはなおしばらく暗い隅で抱き合った、これが最後。六〇時間後には彼はもう列車のなか、別の女のところへ行くために。

近郊鉄道の駅でふたりは別れる。さらにキスを交わすこともなく、ふたりはただ黙って向かい合って立っている。ついにエーリクが言う、もっと話そうよ。サリーは、いいえ、と言う。エーリクは困惑して、指でサリーの腹を幾度か軽くつつく。サリーは、いまこそ敗者を演じないように努めなければ、と思い定めている。昂然と頭を上げた、盛りを過ぎた美人、今度は彼女の番だった。

ふたりはたがいに手を差し出した。

第9章

不愉快でうんざりするタイツの着用がふたたび始まった。夏には衣類を三つ身に着ければ事足りた。冬には、一〇点でも足りない。いつもどこかで何かが薄すぎたり、短すぎたり、きつすぎたりして、冷気はつま先の上を、首筋を、パンツのウエストバンドを通って侵入して来た。

　ポモッセルの埋葬式の日、サリーは裏地ボアのフードのついた膝丈のアノラックを着て出かけた。そのフードのために、あたかもテディーベアが数頭生《い》け贄《にえ》にされたかのように見えた。それに濃紺のジーンズに黒い登山靴、埋葬式に参列するには奇妙な身なりで、奇妙な取り合わせだけれど、でも暖かい。サリーはじゅうぶんに暖かく着込んでいた。わたしは旅行者として通るかもしれない、と彼女は考えた、よそ者として、火星からの訪問者として。サリーが火星を連想したのは、セレモニーの始めにデヴィッド・ボウイのライフ・オン・マーズが演奏されたからだ。火星にも生命はあるだろうか？　もちろん、ない。しかし、その場に居合わせた人びとの過半数が信心深くはないと仮定しても——誰も確信は持てない、いずれにしても誰もが望んでいることだろう、そう、願わくは、願わくはどこかに生命が続かんことを。

　一〇月初めにポモッセルの裁判が延期されることになった。心理学的所見を取り寄せるためで、それは関係者の証言内容の真実性を調べるのに役立つはずだった。通常のプロセス。だがそうなると、しばしばささいなことが問題になって、当事者の命取りになる。一一月に入ってから、ポモッセルの生徒たちは情報処理室の彼のコンピュータにあやしげな画像を再現した。それらは神経の細い人間向きのものではけっしてない、という。いまやポモッセルはまたもや説明責任を問われた――だが、彼は何の説明もしなかった。学校当局はポモッセルの関与なしに幕引きを図り、彼のような男に居場所はないという結論に達した。そのために上記の所見は不要だった。ポモッセルは、法廷の審理が進捗する前に、雇用契約の解除を受け入れた。

これに続いて生じたことは、数日後に新聞紙上で読むことができた。ポモッセルは自分の亀を売り払って、みずから首をくくった。

推測しようと思えば、学校内がどうなったか、想像できる。このニュースは、馬があたりを蹴散らすように、飛び込んできた。しかし、人びとの反応はあきらかに、人間的な狼狽というよりはむしろ腹立たしい呆然自失に近いものだった。言うまでもなく、校内の世論は彼に不利だった。誰もがその後の進展に関心を持つはずなのに、ことが過ぎてしまうと、ほとんど誰もそれに対する関心を呼び起こそうとはしない。サリーもまた例外ではなかった。彼女はこの人づきあいの悪い森の妖怪が好きだった。そのためにいまやなおのこと不快な気持ちにさせられて、彼のことをいまいましく思い、呪った。彼の埋葬式に出るのは気が進まなかった。それでも彼女が出かけた決定的な要因は、ふたたび思いきり泣く必要があると感じられたからだった。

恋愛関係がうまくゆかなくなると、遺憾なことに、隠れん坊が終わるわけではなく、逆にますます盛んになる。ふつうならば、女友だちのところへ行って、思う存分泣いて、慰めてもらう。しかし今回のような場合には？　悲嘆を隠しておくのは困難だ。悲嘆は、幸福とは違って、みずから叫びたてることはない。幸福は正当化を求めることは少ないし、打ち明けて心の重荷を下ろすための話し相手を求めることもない。ところが、不幸はより要求が高い。しかし、無意味なこととすべてをもはや自分のなかに留めておくことができない場合には、誰を煩《わずら》わせば良いのか？　身近な誰かに思いの丈をぶちまける。相手は、どうしたのか、と尋ねる。プライヴェートなことをべらべらしゃべること――プライヴェートなことをしゃべることに関して人はあまりにも不用心だ。ふーん――そうかな？　サリーはどうしたのだろう？　サリー、どこへ行くの？　ねえ、サリー、いったいどうしたんだ？――わたしのこと？――彼女は自分でわかっているのだろうか？　いや。――それじゃ、彼女はさらに嘘を重ねて苦境を脱しよう、そして四週間経ったとき自分がどう考えるかを待とうというわけなのか。

　事態がそうなるまでには、サリーの不満と憤懣は化膿して、不機嫌となって噴出した。もっとも強烈にその分け前にあずかったのは家族だった、子どもたちとアルフレート。家族はサリーを避けた。わたしに危害を加えないで、不機嫌を誰か別の人間にぶつけてよ！　だから、埋葬式はなおのこと好都合だった。このような埋葬式は大きな落ち着きをもたらしてくれることがある、表だって泣くきっかけがなく、しかも緊急にそれが必要な場合には。

　わたしには気持ちのはけ口が必要、中央墓地の砂利道を歩きながらサリーは自分に言い聞かせた。このフラストレーションを少し払いのけなければ。

　第三ホールのなかを目当ての埋葬式を探して二周してからようやく、サリーは顔見知りを見つけた。見当をつけて、間仕切りのなかをのぞき込むと、同僚の女性教員がサリーに視線を返した。サリーは微笑《ほほえ》んだ、だが、微笑みは返されない。ほかの何人かが同じようにサリーを見て、それからまた話を続けている。サリーは人びとのあいだを縫って、場所を探した。前方の棺の傍らでは、ずんぐりした体型の官吏が名簿の名前をチェックしている、すべてが正しいかどうか、疑い深い精確さでひとりひとりをじろじろ見ている。そうしながらも、彼は花輪のリボンをまっすぐに直す。数本の蠟燭《ろうそく》に火が灯されているが、それらはほとんど意味をなさない、窓に柔らかい陽光が当たっているからだ。燃える蠟の匂いはともあれ心地良かった。その匂いは、ねっとりと纏《まと》い付く甘さを発散するために尿瓶《しびん》を思わせる花の匂いをやわらげていた。

弔いの参列者たちはよく見渡すことができた。ポモッセルの社会的基盤は三つの小グループからなっていて、それらは厳格に区分されていた。そのために、その場にやって来た参列者は誰もが招かれざる客という気持ちに襲われた。三つのうち二つのグループは半ば義理でやって来た人たちで、ひそひそ話を交わしている。学校からの使者たちと年齢層の異なる数人の男性グループだ。後者はおそらくポモッセルの亀の友たちであろう。親族関係者だけが精神的ショックの徴《しるし》をあらわにしていて、この場に居合わせることによって一種の寛容を示す他の参列者たちに対しても、まるで恥じ入っているかのように見える。両親は羞恥のあまり、心のうちで身をかがめて、まさに身をよじって、まさかそんな馬鹿な、と叫んでいるかのようだ。ポモッセルの父親は顔を悲痛にこわばらせて座っている、突然の筋断裂に身をおののかせて。母親はハンドバッグの取っ手にしがみついている、彼女は精神安定剤を服用しているような印象を与える。もう一人の女性はあきらかにずっと若い。彼女は椅子の端に腰掛けていて、最低限必要とされる以上の長居は意図していないことを示しているかのように見える。

葬儀が始まった――ようやくいま――ライフ・オン・マーズとともに。ポモッセルはみずからこの曲を指定していたのだろうか？　戯け者！　そうでないわけがあろうか。この世の舞台を立ち去る前に、みずから自分の案件をあらかじめ整理しておくタイプの人間であることはじゅうぶんに考えられる。

音響はしだいに弱まって消えて、司祭が話し始めた。司祭は背が高く、どっしりとした体格で、農民伝説に出てくるような大きなたくましい手を持ち、動作は鈍重だった。際立つ団子鼻にボヘミアのアクセント、それらが相俟《あいま》って彼の発する言葉すべてにどこか地上的な趣《おもむき》を与えている。彼は、疲れて重荷を負っている者たちについて言及した。さらに、人を裁いてはいけない、云々。司祭としては何かを言わないわけにはゆかない、そのとおり、なんでも良かった。そうでなくてもサリーは始めしか聞いていなかった。その後は目を閉じた。ふたたび花の匂いがした。しばらくのあいだ彼女はまったく何も考えなかった。それでもついにサリーは向こう側へ渡る道を見出した——崇高なことから滑稽なことに通じる道を、死から生への、つまり彼女自身の生への道を。

　ヴィエナ・ダニューブでのあの日以来、サリーはエーリクに会っていなかった。もう一度彼とコンタクトを取ろうと幾度も試みたのちに、電話で一度だけ話したのが唯一の収穫だった。彼女の神経は何度か暴走した。会話そのものはそっけなかった。エーリクは自由に話すことができなかった。電話の向こうに子どもの声が聞こえた。心臓が止まるのではないかと思われた、そう、病気だ、サリーにはわかっていた、これは病気なのだ、しかし、彼女は彼に夢中だった、それは突然終わるものではない。なおのこと彼女を打ちのめしたのは、エーリクがこのわずかな接触の後ふたたび電話をかけて寄《よ》越《こ》さなかったことだ。いまやサリーは自分でもたしかに、エーリクはやはり臆病者なのではないかと思った。はたしてアルフレートとナジャはこの弱点を言い当てていたのだ、エーリクにとってはいっそう不都合なことに！　彼のことをそれほどのろくでなしとは考えてもみなかった、とサリーは思った、わたしなら彼の立場にはおそらく満足できない。サリーは、エーリクを失うのをむしろ喜ぶことによって自分を強くしてくれそうな彼の客観的な弱点をさらに探した。あらゆる回り道をして彼の暗い側面をあれこれ探ったけれど、結局は、彼がナジャを捨てる原因になった当の女であることを自分は望んでいるのだという冷静な認識にふたたびゆきついた。

サリーはそうなることをほんとうに欲していたのだろうか？　反吐《へど》が出そうだった。わたしはそもそも彼を欲しているのだろうか？　どんな根拠に基づいて？　彼がまさに提示する根拠に基づいて？　おそらくそうではないだろう。エーリクはわたしの気に入る居心地良さを保証してくれるだろうか、当の人物がとても大当たりとは言えないのに？　彼はそうすぐにはふたたびあらわれない完全な恋の陶酔の対象だろうか？　ふたりが出会ったときには、彼はいつでもあちこち転げまわるすてきな可能性を提供してくれるだろうか？　ひょっとしたら。――若ければ、これらの陶酔は別だ、とサリーは考えた。若ければ、この先にはまた別のそのような陶酔があることを直感的に知っている。しかし現在では、サリーの年齢では？　そこにはわずかな可能性しかない。今後誰かに恋い焦がれることはどれほど期待できようか？　もしそうだとしても、それはますます複雑になるだろう。

二日前にサリーはナジャと出会っていた。ふたりは路上でばったり出くわした、夕刻、エルターラインプラッツの香水店の前で。ナジャは突然サリーの前に立っていた、降ってわいたように、生気のない、青白い顔をして。キッチンでの会話のときにはナジャはすっかり箍《たが》が外れていたけれど、今回は平静を装っていた、自分自身の空想の産物を自己統制力のある人間として実現しようとする何者かのように。彼女は、「真摯な人間同士ならば」とか、「冷静に考えてみれば」といった客観性を示唆する言い回しを枕詞にして話し始めた。しかしすべては、エーリクにとって良いことは絶対に何ひとつ望まない、という基本的なスタンスに留まっていた。前回最後に会ってから、事態はナジャにとっては格別都合良く推移していなかった、そのことで彼女はエーリクに腹を立てている。それは驚くにはあたらない。ロシア女が脇によけて道を譲り、死んだふりをすることを期待しているわけじゃない、彼女を非難することはできない、とナジャは言う。これに反して、エーリクは非難されて当然だ、格別立派な振る舞いとは言えない、と。

「彼がどんなふうに感じているのか興味深いところね」とナジャは落ち着いて言った。「まだ天にも昇る気持ちなのか、それともすでに考え直しているのか」

「それじゃ、あなたは彼が別の女を捏造したとはもう思っていないのね？」とサリーは尋ねた。サリー自身はと言えば、エーリクがレーナについて語ったときの彼の瞳の輝きを目のあたりにするという絶望的な喜びを経験していた。彼はそれほど良い役者ではなかった。

「よりによってエーリクによって作り出された話にしてはできすぎている」とナジャは言った。「それでも、その可能性をよく考えてみたわ。ちょうどただお腹を満たすために水を飲むように」

「そうね、そうかもしれない。気を逸らす効果はあるわね」とサリーは言った。

「でもそれで事実は何も変わらない、わたしがどう感じるかは別として」とナジャは言った。「冷静に考えると、エーリクはたいていの男たちと同様に怠惰で、不器用。自分のシャツにアイロンをかける？　絶対にしないわ！　つまりそれを彼のためにしてくれる誰かが必要なのよ」

「愚かな女はいつでも見つかる」

「わたしもその一人だった」

「ひょっとして、しばらくしたらロシア女は、彼といっしょに暮らすのは、彼女がいま想像しているほど牧歌的ではないことに気づくかもしれない」

「ええ、エーリクと生活をともにするのは容易ではないわ。彼はすでにかなり行き詰まっている、彼の生き方について言えば」。ナジャは間を入れた。彼女の顔は無表情になった。「もっともわたしもすでにかなり行き詰まっているけど、わたしの生き方について言えば」

「でも、きっとなにか計画はあるんでしょ？」とサリーは言った。

「あると言えばあるかな、外国からの招聘《しょうへい》を受けるつもり」とナジャは簡潔に言った。「ストラスブールからオファーがあるの」

「ストラスブール！」とサリーは鸚鵡《おうむ》返しに言った。

「ウィーンよりもいいわ」とナジャは説明して、寒気がするかのように身震いした。「恋愛沙汰での自殺未遂、恋愛沙汰での泥酔、恋愛沙汰での怒鳴りあい。そんなことがここでは日常茶飯事。昨日も、チケットが完売したコンサートの公演が開演五分前に急に取りやめになったのよ。その理由は、ある女性歌手が指揮者のことでヒステリックな痙攣に陥ったから。それでウィーンの聴衆までが腹を立てる始末」

「それが恋しくなるわよ」

「そんなことは絶対にない！」

「ストラスブールは、ともあれここよりは落ち着いていそうね」

「あそこならファンニは少しフランス語を学べるし」

「エーリクにとっては、ファンニと連絡を取るのが難しくなるわね」とサリーは確認した。「彼には打撃でしょうね」

「そのことを彼はもっと早くによく考えてみるべきだったのよ、あんな馬鹿げたことをする前に」

「そうね、そう考えると、これは彼には当然の報いかもしれない」

「それに、あのロシア女が彼を見捨てたら」とナジャは声を落として言った。「想像できるわ、彼がひとりきりでヴィルヘルミーネン通りに住めば、どうなるかは。帰宅する、すると、そこには誰もいない、食事は用意されていない、子どもたちと話すこともない。買物は自分でやらなければならないし、汚れたシャツをクリーニング屋まで自分で持って行く。さらに、夜は長い、サリーわかる？　それで酒量は増える、体に良い程度では済まなくなる。それに、タバコの量も増えるかもしれない。これはかなり現実味があると思うわ。わたしの感じでは、彼はひどい目に遭う。悪い目覚めが待っている。まあ、そういったところね、これはわたしの控えめな見解だけど」

「それで彼が考えを改めるかしら？」

「誰がそんなことに関心を持つものですか」

「そう、誰がそんなことに関心を持つものですか」とサリーは鸚鵡返しに言った。

ひょっとしたらわたし？ この終焉でわたしが役を演ずるのは難しいと思えるけど、それでも？ サリーはそう考えた。自分はまるでソープオペラの登場人物のように殺されて、ドラマの終焉を雲上から眺める羽目になる、うっとりする恐怖に身震いしつつ。わたしにはかかわりがないことを願いたい、エーリク、おしまい、ナジャ、まったくお笑い種《ぐさ》のナンセンス。でも残念なことに、心配事は山ほどある。そう、山ほど！

そしてサリーは自分で言うのが聞こえた――わたしはいまそれを実際に声に出して言ったのだろうか？

「彼はろくでなしよ」

ナジャは驚いてサリーを見た。やがて彼女の眼差しは興味深いものを見るときの表情になった。サリーの言ったことがナジャの興味を引いたのは疑いない。だが、彼女はそれ以上の反応は見せなかった。

ほどなくふたりは別れた。ふたりはそれぞれ歩を運んだ、ともあれそこへ行くほかないところへ向かって。サリーは、自分とナジャがこの出来事の後にひき続き親しい間柄に留まるとは思えなかった。終わり《フィニス》、物語を最後まで物語るように、墓碑銘を記すように、人生の数え歌、そして、おまえは用済みになる。

数分前から司祭は死者の人となりについて話していた、彼はあたかもポモッセルを幼いときから知っているかのように、心を込めて語った。おそらく儀式の直前にメモが手渡されていて、司祭はそれにのっとって話すことができた。内容的には司祭は彼の責任をよく果たした、ただし、読み上げるときにしょっちゅう舌がもつれた、それはあたかも高く伸ばされた梯子《はしご》の踏み段が回転するためにそれにつまずいているかのようだった。大都市での困難な仕事。ほぼ毎時間、埋葬される未知の死者がやって来る。

それでもついに司祭はやり遂げた。彼はふたたび特殊から普遍へと戻った。万事がふたたび淀みなく進捗する。低い声《ソツトヴオーチエ》、御心のままに、人間は誰もただ風のそよぎのよう、夜は暗い、我らをあわれみ給え、わたしたちはこの星辰の客人、わたしは復活であり、命である。二つ目の曲が演奏された、ブエナ・ビスタ・ソシアル・クラブの沈鬱なナンバー。いまサリーは初めて、涙が満ちてくるのに気づいた。瞬きをすると、瞼《まぶた》の下から涙が溢れ出た。

棺はごく少数の花輪と花束とともに平らな荷台のある車に運ばれて、車はすでに掘られた墓穴へと並足のテンポで向かう。車の前方に十字架を高く掲げた男が立ち、車の後ろに親類縁者とその他の者たちを従えて。サリーは砂利道に足を取られてつまずく。目を開けて、薄い涙の膜を通して太陽を見る。サリーは自分がどれほど興奮しているかを感じている。心臓は時計の機械装置のように打っている。

作業員たちが棺を墓穴の上に渡された二枚の厚板の上におくと、ひき続いてふたたび説教があり、祈りが捧げられた。サリーは、すべてがまた初めからおこなわれるような気がした。主の祈りの順番が来た。サリーは、ハンス・クリスチャン・アンデルセンの童話の一節を思い出す。「彼は主の祈りを唱えようとしましたが、浮かんでくるのは掛け算の九九ばかりでした」。ポモッセルは数学を教えていた。この観点に立つと、主の祈りは人をひどくせき立てる作用があり、ひどく野蛮な美しさがあったから、サリーは、すでに始まっていたほかの人たちの嗚咽《おえつ》に加わった。初めは低く、押し殺して、それなりに、大声にならないように。嗚咽は、低く押し殺されていたものが低く押し殺されたままではすまない気持ちをすっかり解き放ったとき初めて大きくなった。いったんそうなると、サリーは激しく啜《すす》り泣いた。その際彼女は、ふつうならば禁じられることによってもたらされるような興奮を感じた。その興奮は不快な感覚を伴っていて、それはあたかもダムが決壊したかのようだった、自分自身が流れ出て、そのことを詫びなければならないような。かまうものか、彼女はなるがままに任せた、それがなんだっていうの、誰にでもあることじゃない。すると、この埋葬に迷い込んでいた唯一の男性同僚である宗教の教員が、慰めるように、腕をサリーの肩に回した。彼女は啜り泣き、勇を鼓して笑みを返し、そして我に返って、さらに声をあげて泣いた。

作業員たちはハンドルを回して、棺を下へ、穴の下へと降ろした。じつに不思議な気がする。いまや土を棺の上に投げ入れる番になった。サリーは気を取り直して姿勢を正した。土を投げ入れるには集中力とテクニックが必要とされる。それは子どものときに祖父から教えられたことで、墓穴の縁におけるウィーンの学問だった。左手に墓掘り人のための酒手《さかて》を持ち、もう一方の手で土の入ったシャベルを受け取りながら、墓掘り人に小銭を手渡して、土を棺の上に投げる。墓掘り人が金をしまうあいだに、参列者は空のシャベルをふたたび墓掘り人の空いた手に戻す。ことは迅速におこなわれる、あっという間に。墓穴が掘られ、墓穴がシャベルで埋められる、ささやかな酒手、それだけ、おしまい、そしてまた物語は続く。

会葬者たちはちりぢりになった。サリーは不十分な気持ちでいた。親類縁者に悔やみを述べたときに、思いやりのある言葉を口にすることができなかったからだ。ルエーガー教会のところで、サリーは同僚たちとなお数分間立っていた。彼らはみなふたたび墓地の壁の向こう側の地上のクリスマスの世界へ、路面電車や自動車がひっきりなしに立てる味気ない騒音のなかへ出て行くにはまだじゅうぶんに準備ができていなかった。

歯に衣着せぬ物言いで知られる一人の同僚だけがどうやらすでにふたたび地に足をつけているようだった。彼女はサリーに、ポモッセルと親しかったのか、と尋ねた。それは婉曲な表現で、彼と関係があったのか、という意味だった。

「どうしてそうなるわけ？」とサリーは気色ばんで反問した。

「なぜって、あんなに泣いていたから」

サリーは思いきり啜り上げると、唇を拭った。直截な表現はこの同僚の評判を証拠立てているようだった。彼女は格別腹を立てることもなかった。

「最近、万事がうまくゆかないのよ」とサリーは途方に暮れて言った。「だから、このチャンスを逃さずに思い切り泣いたの。それだけ」

サリーは喉が痛かった。そして、唇は、泣いた後では、柔らかく感じられた。

「お気の毒に。悩み事を抱えているのに、悪かったわ」と同僚は言った。

「いいのよ。また良くなるわ」とサリーは弱々しい笑みを浮かべた。「現実にうんざりしたときには、別世界に楽しみを探すことにする」

サリーは考えた。そもそも自分はもうコントロールが利かなくなっている。もともとじゅうぶんだったわけじゃない、でもいまと較べればましだった、これはひどい。この状態は気に食わない。自分でコントロールできるちょっとした何かが必要な気がする。でも、何を？　自分が何を欲しているのかさえまだわからない。わたしは完全に優柔不断。

彼女がそう考えているあいだに、ほかの者たちはありきたりの思い出話をやり取りしていた。ポモッセルは素晴らしい記憶力の持ち主だった、さらに、学生時代にはタイプライティングでオーストリアチャンピオンになったことがある、と例の同僚は言った、全世界からは無視されて。そのような他愛のないことども。

「それは知らなかった」

サリーはポモッセルのロッカーのなかで発見したクラス写真を思い浮かべた。表情豊かで、若く、ゆっくりと歳を取りつつある彼の姿、写真を手にする者から見てつねに左端に立ち、あるときはハンチングを被り、あるときはタバコを口にくわえて。とても印象深い。そして、抜け目なく、狡猾。しかし、昨年のマトゥーラの際の、誰がより多くの用紙を届けられるかという競争では、彼はサリーに二度負けていた、じつに運の悪い人間。

「わからないのは、彼が最後にあんなふうに分別を失くしてしまったこと」とサリーは非難がましく言った。「少し分別を失うのはわかるけど、あれはないでしょ」

「あれは誰も予想しなかった」

「ええ、あんなふうに翻弄されるなんて」

「挙句の果てに、首をつった。言ってみれば、あれは彼のなしうるもっとも愚かな行為よ」

サリーは視点の定まらない視線を巨大な墓地全体に向けた。墓石の立ち並ぶ芝の表面は微動だにせず、葉を落とした木々はあたかも鉄でできているかのように見える。

そして、樹木の枝に止まった多くのカラスたちはまったく生命がないように見えた。

「当の少女に関しては」とサリーは言った。「ポモッセルの全面的な敗北ね」

例の同僚は少し当惑して、うなずいた。

「でも、このような近道を取るのは」と彼女は言った。「おそらく背後に絶望の基準があって、わたしの考えでは、そうなると、理性に訴えてもたいして役に立たない」

「おそらくあなたの言うとおりだわ」

「少女にしてみれば、それにもかかわらず辛いことだ」と、墓穴のそばでサリーを慰めてくれた若い宗教教員が確認するように言った。「一七歳の少女にとっては難題ですよ」

「わたしにはもうわからない、ポモッセルのことをほんとうに好いていたのかどうか」とサリーは苦々しく言った。「ひょっとしたら、彼のことをただ面白いと思っていただけなのかもしれない」

「いずれにしても風変わりだった」

「それは言えるかも」

「相当な変わり者だったわ」

宗教担当の同僚がトカゲの模様のジッポーでタバコに火をつけると、炎は異常に大きくなった。「もし」と彼は思案しつつ言った。「キャサリン・ヘップバーンが『アフリカの女王』のなかで、自然を克服するとは私たちがこの世にあることだ、というのが正しければ、ポモッセルはあきらかに的を外したことになる」

一同はみな笑った、はっはっは！　ほんの一瞬、彼らは解放された。全員が笑ったのはわけても、みな自分自身のことを考えたからであり、また同時に、自分たちがたがいに知らないことがそれほど多くあるからだった。

「これから買物に行かなくちゃならないの」とサリーは突然断りを言った。彼女は空を見上げた、空は木々の上を灰色に覆っている。日の力は目に見えて尽きていた。

「それじゃ月曜日に！」サリーは叫んだ。

サリーはふいに背を向けた。路面電車の停留所へと足早に急ぐ。そこにはポモッセルの埋葬に加わっていた男たちのうちの三人がいた。彼らがサリーをじっと見ることはなかった。すると、彼女はまたしても（あるいは、あいかわらず）不快を感じた。そしてまたしても（あるいは、あいかわらず）誰かに許しを請いたい欲求に駆られた、そうさ、サリー、サリー、おまえはいかれてる、実際おまえはもう完全に消耗している、どうしようもなく。

翌日は土曜日だった。朝サリーが目覚めると、近隣の家々の屋根は雪で覆われていた。アルフレートはそれを初めは信じようとしないで、彼をベッドから引き離すためにサリーがよく使うトリックのひとつだと言い張った。しかしカーテンが左右に引かれて、光が入ってきて、部屋全体が均等に明るく照らし出されると、アルフレートも前日までとは異なることを認めざるを得なかった。気温はずっと下がっている。サリーはこの冬初めて暖房を全開にした。さいわいにも彼女は庭の植物をすでに安全な場所に移動させてあった。それに反してアルフレートは、気を配る必要のある――さもないと寒さでやられてしまう――幾つかの植物を外においたままだった。

午前の半ばには、西部から最初の死亡事故と道路の封鎖が報じられた。ウィーンでも激しく雪が降った。それでもアルフレートはテラスで仕事をしていた。サリーが掃除機をかけている居間からは、彼がかなり難儀しているのが見えた。アルフレートはシャクナゲの大きな鉢を冬ごもりさせるために地下室の階段の方へと押しやっていた。彼の首筋が浮き上がって見える。この光景は奇妙にもサリーの心を動かした。サリーは承知していた、アルフレートはいま過酷な時期を耐え抜いている、家のなかではかなり奇妙な感じの空気を吸っているのだ。以前ならばサリーは彼に手を貸しただろう。でももう大丈夫、彼がお気に入りの、左右の脇ポケットが裂けている古いジャケットを着ているのを見ると、彼の動きはもはや死を宣告された人間のようではなく、自分の仕事を早く終わらせようと決意しているように見える。

サリーは車で買物に行った。店内は気がおかしくなるほどの人混みだった、モンゴルの襲来のような人の群れ。帰宅して、買物袋をキッチンに運び入れると、そこではエンマが音を立てて朝食をとっている。だが、サリーが声をかけると、エンマは即座に二階の自室に逃げ出す。音楽理論の試験があるから、勉強しなければ、というのがその理由。

この時点では、グスタフはあいかわらず土曜日恒例の睡眠をむさぼっていた。昼直前になってようやく姿をあらわしたが、家のなかで生じた慌ただしさのために起こされたのだ。つまり、フランスの運送会社がチェストの配送にやって来たからで、それはアルフレートがインターネットで長いこと探し、競売で競り落としたチェストだった。もともとはリビア産で、パリの競売場から引き渡されたものだった。押し込み強盗によって打ち砕かれた、アルフレートの日記帳とレコードを収納する「家」の遅ればせの代替物。

グスタフは、チェストをアルフレートの書斎に運び込んで、それをドアの背後の隅に押し込むのを手伝った。グスタフはアルフレートに、チェストにはもう鍵をかけない方がいいのではないか、アルフレートの収蔵品に関心を持つ者は誰ひとりいないのだから、と言った。それをグスタフは直截に、はっきりと言ったのだが、そこには好感の持てる、心地良い、こだわりのなさがあった。サリーは、彼がどこでそれを身につけたのか不思議に思った。それが自分に由来するのであればうれしいのだけれど、と彼女は考えた。しかし、そんなことは重要だろうか？　そこに違いがあるとでもいうのか？　たかだかどうでもよい副次的なこと。肝心なのは、彼がその才能を有していることだ。

「いつか女の子たちが群れをなしてあなたの後を追いかけるわ」とサリーは言った。「それはもう間違いない」

「おそらくすでにそうなっているんじゃないのか」とアルフレートは言った。

サリーは書き物机に座って、男たちを眺めていた。グスタフはふたたび出て行った。サリーはあいかわらず座ったまま、他方、アルフレートは日記帳を果物の木箱から出して、チェストに収めている。

押し込み強盗の侵入から四か月以上が過ぎていた。家はとっくにまた新しい物を受け入れ始めていた。そして、損傷を受けずに残された古いなじみのある物はすべて、それらが盗まれたり破壊されたりするかもしれない危険を招き寄せることはもはやなかった。動かない物体は、以前にそれらが属していたところへと戻った、動かない存在へと。アルフレートでさえ家のなかをふたたび安全の感覚を持って動いていた、次の瞬間に戸棚や書棚から物が落ちたり、わけもなく消え去ったりするかもしれないという不安はしだいに消えていった。空気中の木霊《エコー》、押し込み強盗を思い起こさせるこの建物の耳鳴り、それは聞こえなくなった。家のなかのヒステリーは止んでいた。

さりげない口調でサリーは言った。

「わたしのバニラ色のショーツが見つからないの。洗ってから、バスルームのスチームヒーターの上においたんだけど。そこにはないのよ。誰が持っていったか、知ってる?」

「見当もつかないよ」とアルフレートは言った。

サリーは何か別の答えを期待していたわけではない、アルフレートがショーツを持ち去ったのではないことは明白だ。彼が何かを片づけることはめったになかった、整理整頓は彼には似つかわしくない。

「エンマにはもう聞いたわ」とサリーは言った。「あの子も同じく何も知らない」

「そのうちまた出てくるさ」とアルフレートは言った。

まさに現在にいたるまでのすべての日記帳がチェストに収められた、ひとつまたひとつ、得意の時期、幸福の時期、悲哀の時期、名状しがたい時期、それらが書き続けられた、長期間にわたるアルフレートの物語。彼はレコードに手をつける前に、しばらく無言で考え込んで立ったまま、日記帳が彼らの新しい家のなかでどんな心地でいるかを観察している。彼らは冬のノロジカのように身を寄せ合っている、ひょっとしたら彼らはまだ木材のなかの少し冷たい微風に身を膨らませているのかもしれない——あたかも呼吸をしているかのように。

「エンマ以外にいったい誰が女物の下着とかかわりがあるのかしら?」とサリーは首をかしげた。

「謎めいている」

彼女は机の上のペーパーナイフと何本かの鉛筆を脇に片づけると、青白い顔を横向きにして机の上に組んだ両腕の上に載せた。彼女はあいかわらずアルフレートを視野に入れていて、しばらくそのまま動かずにいる。アルフレートは彼女をじっと見てから、部屋のなかを物から物へと視線を動かしている。満足しているらしいことが見てとれる。すべてはあるべき場所にある、そのことが彼を元気づける。彼はそのために長い時間を要した、数か月、数年、数十年!

「あなた、しあわせ?」サリーは尋ねた。

アルフレートはスペースにまだ余裕のあったチェストに五枚か一〇枚のレコードを入れていっぱいにした。

「ぼくがそう見えるかい?」と彼は驚いて応じた。

「完全にというわけじゃないけど。でも、違いはたしかに認められるわ」

「ぼくは克服した、と思う」と彼は考え込むように言った。そして、ひとり微笑んだ、ごく短く。

「安心したわ」と彼女は言った。

さしあたりふたりが言葉を交わしたのはこれがすべてだった。サリーはそれまでと同様に頭を両腕の上に載せている。アルフレートと自分がどれほど変わってしまったかをよくよく考えてみる、自分自身とおたがいの変化を。そして、二人のそれぞれが幾分かは相手によって作られたものであること、そしてそのために相互に責任を負っているのはいかに痛ましいことか、と考える。同時にこの考えはもちろん気持ちを落ち着かせてくれる。正確に言えば、夫というものの存在はサリーには好ましかったし、アルフレートがその夫であるという考えそのものは好ましいことだった——二五年以上も前からいままで。彼女はこの考えが気に入っていた。現実には、サリーは結婚と夫をしばしば遠ざけた。しかし、会話のなかで夫を引き合いに出したり、日常生活においてときには夫に助力を求めることができるのはすてきなことだと思っていた。

しばらくしてからアルフレートが話の穂を継いだ。

「サリー、きょうはずいぶん穏やかなんだね？」

アルフレートにしては異例の問いかけだった、彼が胸に特別なことを秘めているようには見えなかったから、なおのことそう思われた。

「わたしにはもう争う力がないのよ」とサリーは小さい声で言った。

「救急車を呼ぼうか？」彼は尋ねた。そこには必要以上に悪気はなかった、それでサリーはそのままにしておいた。

アルフレートは仕事を続けた。

「昨日、ナジャからショートメッセージがあってね」と彼はついに言った。「彼女のチャンスはどれくらいあるとぼくが考えるかを知りたがっている」

一抹の不審の念を抱いてサリーは目を上げた。彼女にはアルフレートの背中しか見えない、彼は仕事を中断していなかったから。

「なんて答えたの？」とサリーは尋ねる。

「いまのところはまだ何も」

「いかにもあなたらしいわ」と彼女は非難がましく返した。「彼女を放っておかない方がいいわ、格別具合が良いわけじゃないから」

アルフレートは物思いに沈んで、ブラッド・スウェット・アンド・ティアーズのレコードを見ている。そしてレコードを脇へおく、またそれを聴いてみようと考えているかのように。

「でもね、エーリクとは電話で話したよ」と彼は言った。

サリーはふたたび不審の念を持ってアルフレートをじっと見る、驚きつつも、邪気のない眼差しで。サリーは黙っていた。アルフレートに会話の経過を話すように促すまでもないことを彼女は知っている。さらに嘘の縁に立ってバランスを取るという屈辱を舐める気はもうなかった。

どうやらエーリクは離婚を意図しているようだ、それどころかその方式まですでに具体的に考えているらしい。ぼく自身にとっては、とアルフレートは言った、人びとが頻繁に離婚するのは謎だね、まずふたりでよく話し合う必要がある。それで、事態がゆきづまって泥沼状態になったら、そのときにはより高次の力の判断を仰ぐ必要がある。いかなる高次の力だって？　理性さ！　でも、それはエーリクにはあまり感じ取れなかったな。

「要するに」と彼はまとめた。「現在のエーリクのように考えて行動すれば、誰にも彼のことは計算できない。自分にとってナジャはもはや重要ではない、とエーリクは主張しているけど、ぼくにはそうは思えない」

「彼女にそう書いてやれば」とサリーは弱々しく言った。「彼女の助けになるわ」

「ぼくもすぐに尻尾を巻く方だから」とアルフレートは溜息をつきながら言い返した。「でも、さいわいなことに、ぼくの臆病ぶりはエーリクとは違う」

彼はジェスロ・タルのLPレコードを一枚光にかざしているが、その際に頭を振る。だが、頭を振る理由が何なのかを知ることは不可能だ。アウリヒ夫婦についてのことなのか、ジャケットのイアン・アンダーソンの写真についてなのか。それともアルフレート自身のことなのか？

二度か三度、アルフレートにも不倫の経験があった。サリーはおおよそのことを承知していた。さらに、アルフレートがその状況にはけっして堪えられなかったことをサリーは熟知していた。不倫の世界がアルフレートの気に入っていたのは、想像のなかでだけだった。そこでは世界は詩情《ポエジー》に満ちていて、時計も睡眠不足もなく、多くの赤いビロードがあった。アルコールもそこでは何の役割も果たさなかった。アルフレートが不倫の現実世界に着陸すると、その世界はほかのすべてと同じく人生の諸法則のもとにあることが判明した。半端ではない過酷さをもって。さらに、そこで彼の性情と合わない事柄に出くわしたことも不倫の妨げになることがわかった。優柔不断、小心、身勝手さの欠如、さらに調和欲求。そんなわけで、アルフレートはいつも慌《あわ》てて逃げ出し、一目散に家に舞い戻った。

あるときサリーは偶然かつての同僚に出会った。その同僚はアルフレートのことを尋ねたので、サリーは彼の様子を伝えた。そのついでにサリーは、アルフレートと別れるようなことがあれば、彼に裏切られる心配が皆無であることをとりわけ残念に思うだろう、と言った。彼がほかの女性の後を追うなんてまったく考えられないから。すると、かつての同僚は目を丸くして言ったものだ。サリー、それは忘れる方がいいわ！　もちろん彼はあなたを裏切るわよ！　彼はわたしといっしょにあなたを裏切ったのだから！――それから、彼女はサリーに事の一部始終を話して聞かせた、格別誉れ高い話ではない。それにもかかわらず、サリーは後でひどく腹を立てた、嫉妬のあまり。

書斎はふたたび模範的な秩序が支配していた。アルフレートは数秒間チェストのなかを満足げに眺めて、それから蓋を閉じ、新しい家具をじっと見てから、その上に腰を下ろした。

「エーリクは気骨のあるところを見せなかった」と彼は前屈みになって、両腕を膝で支えながら言った。「それに、そういうことが一度生じると、また起きる。彼がなぜ自分自身に失格を宣言したかといえば、理由はそれだよ。そのためにぼくのなかでは、彼に対する尊敬の念は下落した。ぼくがナジャの立場だったら、彼を取り戻そうとはしないね、どうやら彼女は彼を取り戻したがっているらしいけど」

ふたりの眼差しは交差した、サリーの灰緑色の目とアルフレートの青い目が。サリーには、アウリヒ夫婦の結婚生活が妙な状況に陥ってからというもの、アルフレートはまるで自分自身の立場が良くなったと感じているかのように思われた。彼自身の結婚はいまのところ持ちこたえている、ある程度は。それが彼を元気づけているのだ。

「きみはそうは思わないかい？」とアルフレートは尋ねた。

エーリクをこの新たな光に照らして考察することはサリーにとってもはや不快ではなかった。そうね、わたしもそう思う、彼はこのお芝居では悪人だわ、そう考えると、辻褄が合う。たしかにそういうことなのだ。

「そうね、わたしもそう思う、彼はこのお芝居では悪人だわ」と彼女は言った。

「ナジャとは比較にならないほどの大役を演じている」とアルフレートは言った。

「彼がそんなだとは思わなかった」

「ぼくもさ」

だがしかし、エーリクの頭のなかで生じていることを誰が知ろう。サリーが本気になってエーリクを非難すべきことは何もなかった。ヴィエナ・ダニューブで生じたことを後悔するかどうかについて語り合ったとき、そして彼が断固としてもちろんノーだと答えた後に、サリーに対してもっとやさしくできなかったことを悔いているという言葉が続いた。でも、それってどういうこと？　もっとやさしく？　少しやさしくすることならいつでも可能。それともエーリクはサリー以上に知っていたのだろうか？　彼が約束を破ったことはない。騙されたと感じる根拠はなかった。何の約束もない、ただかりそめの、すべてはいつでも撤回可能で、拘束のない恋愛関係。そしてエーリクはいまでもすべてをオープンで未解決のままにしている、蓋然性の低さをことさら強調しつつ。サリーとの再会プロジェクト。でもおそらく、この再会プロジェクトもエーリクの臆病さによって霊感を吹き込まれたのかもしれない。あるいは、彼の冷静さによって？　彼の真摯さによって？　彼の先見の明によって？　もしかしたら、ロシア女は突然別の男を見つけていて、この話はすっかり水泡に帰しているかもしれない。いかなる可能性も排除できない。すでにもっと奇妙な事柄は起きていたのだから。

　もっともありそうなのは、サリーが単なる短い暫定政権として年代記に記されることだ、橋渡しとして、中継ぎ役として、わたしが、サリー・フィンクが、中継ぎ役として。

　サリーはそう考えた。それから彼女はこの考えの脇を忍び足でやり過ごして、アルフレートに言った。

「ナジャに対する彼の振る舞いはじつに卑劣だわ」

　自分自身のことには触れずに。

「それでいまエーリクは弁護士を差し向けている」とアルフレートは言った。「弁護士の任務は、離婚協定書を作成して、それにできるだけ早く署名するようにナジャを仕向けることだと言うんだ、彼女の頭がおかしくならないうちにね」

サリーは立ち上がると、額に皺を寄せているアルフレートと同じように額に皺を寄せた。

「彼はそう言ったの？」と彼女は尋ねた。

「かなり字句どおりにね」

「それ以外には？」

「それ以外には、馬鹿げたことしか言わなかったな」とアルフレートは言った。

彼はそれでもなお何か言い足りないかのようだったが、その続きはなかった。なぜならサリーはもはや平静を保てなかったからだ。エンマが勉強の合間に降りて来て、チェストを誉めそやした。

「それじゃわたしはクロスワードパズルに取りかかるわ」とサリーは言った。彼女は空いた果物用の木箱を階段の下へ片づけた。そこは、警報装置の操作盤が入ることになっていたので、夏のあいだにすでにアルフレートがガラクタ類を整理してあった。サリーはすぐにトイレに入った。トイレからふたたび出てくると、数秒間、アルフレートの書斎から彼女自身について語る声が聞こえた。

「彼女はいま持ちこたえられない」

「どうってことはないさ、すぐまた元どおりになる」とアルフレートは答えた、リラックスして、しかもはっきりと。それからすぐに彼はドアを閉じた。サリーはなおしばらく廊下に立ち止まって、耳を澄ませていたけれど、アルフレートの言葉はもはや理解できなかった。

午後は静かに過ぎた。サリーはみずからを励まして、散歩に出ようという考えを後押ししたけれど、彼女の気持ちは萎えたままだった。あいかわらず雪が降っていて、雪片はさらに重くなった。それともより大きく？　おそらく大きく。これはまもなく止む兆しではないだろうか？　彼女にはわからない、それはもうどうでも良かった。

サリーがふたたび家に戻ってくると、ひどく散らかったままにしておいたキッチンが片づけられている。良心の痛みを感じるべきだろうか、とサリーは自問する。いや、平静を保て！ この数週間サリーは家族が信頼を寄せる存在ではなかったのは事実だとしても、それでも、キッチンは彼女のものではなく、家族全体のものであるという正当化された結論に達した。ともあれ、初雪の到来とチェストの到着がアルフレートを活気づけ、躍動させていた。彼は、自分のドライバーセットを探して階段をまさに駆け上り、駆け下りしている。

「わたしは知らないわよ」とサリーは応じた、アルフレートにドライバーセットのことを聞かれたとき。

「キッチンを片づけたよ」と彼は、賞賛を得るものと期待して、さりげなくそう確認した。

サリーはこれにどう応じるべきか思案する。彼女はアルフレートになお感じていた小さな肯定面を不必要に危機にさらしたくはなかったので、抜け目なく応じた。

「家族全員の名において感謝します」

そう言ってサリーは自室に引き上げると、整えられていないベッドに倒れ込んで、眠りに落ちた、あたかも誰かに催眠飲料を投与されたかのように。一時間後にふたたび目覚めると、気分は良くなった。サリーは辺りを見回した。天窓は雪に覆われていて、さらに降り積るのかどうか見分けがつかない。雪はそれほどびっしりとガラスに積もっている。小さな部屋はそのためにすっかり隔離されて、宇宙のなかの小島だ――アン・シェイクスピアのベッドの絵がかかった白く塗られた壁、屋根の筋交い、本棚、授業用の資料を入れたバインダー、暖房用ランプの下で動かない亀。その中心にいるサリー。自分にはこの部屋があって、かぎりなくうれしいと思う、ちょうど学校では音楽室の隣に一つだけあるトイレが逃げ場であるように。そのトイレは実質的にサリーしか利用していなかった。そこでも彼女はひとりきりになれる感じがした。さらに、子ども時代の洗濯室もそうだった、特定の日には自分以外には誰もそこへ迷い込んで来ないことをサリーは確実に知っていた。

　階下からはひき続きアルフレートが階段の上でがたがたと物音を立てるのが聞こえてくる。屋根裏部屋まで彼が上って来ることはないだろう。彼は家のこの領域を、サリーに望みどおりの孤独を保証する場所として非常に尊重していた。彼女はここで快適だと感じられたし、リラックスできた。というのも、ここではほかの人間とかかわり合ったり、あるいはもっと悪い場合には、張り合ったりする必要がなかったから。ここでなら半時間も冷静にものを考えることさえできた。

　さしあたり、彼女の立脚点からは真実の核心に到達することは不可能という結論に達した。そのためには彼女はあまりにも見通しの利かないところを動いていた。つまり、愛、嫉妬、羨望、不安、焦燥、生への執着、さらにまったく陳腐な幻想。サリーはしばらくのあいだ後悔に沈んでいた、アルフレートを遇する自分のやり方には罪があると感じた。彼のことが実際に気の毒に思われた。自分は彼にとって思いやりのあるパートナーとはいえない、それなのに彼は数週間前から緊張した状態をやわらげようと努めている（そうかな？　彼は本当にそうしている？）。それで自分は？　彼女は彼の態度に反発を感じていた、なぜなのかはわからない。ふたりが腕相撲のように相手を打ち負かそうとするのではないふつうの会話を交わすとき、どんな感じになるのか、つい先ほどのアルフレートの書斎での状況が生じるまでサリーはすでにほとんど忘れてしまっていた。自分が最近敢《あ》えておこなった戯れを彼があまりひどく執念深く覚えていなければいいのだけれど、とサリーは思った。そしてもちろん、数日前にアルフレートが、わたしが欲するものを彼には与えさせてくれない、と言ったことについては彼の言うとおりだ。わたしは自分が欲するものをどこかほかから調達するだろう。エーリクから。またしても彼！　そう、これは、かさぶたになった傷口を引っ掻くのをやめられない様子に少し似ているかもしれない。

エーリクがナジャと離婚して、別の地区に引っ越し、ロシア女と結婚する、あるいは彼女と同棲するとなれば、それはサリーとのあらゆる関係の終わりを意味する。彼女はそう考えた。そう、しかたない。このシナリオはかなり現実的だ。若い女を獲得したというのに、どうしてババアを連れ歩きたいと思うだろうか。

わたしがババア？ 自分を外から見たら？ サリーは自問した、わたしはどんな印象を与えるのだろう？――彼女はしばしば実際よりも若いと感じた。それにはただひとつの理由しかない、それは自分自身が実際の年齢を受け入れないためなのだといつも少し不安に感じていた。しかし彼女は考え直してみる、自分は自分の年齢をまったく正直に受け入れている、自分はこれこれの歳だということを、一日分も若くはなく、正確に知っている。ただその自覚はたいてい自分で思うよりもずっと後から遅れてやって来る。しかし、ある種のメンタリティは受け入れられなかった。それはたとえば、手作りのワイングラスでワインを飲むサリーと同年配の女性にしばしば見られた。そんなときサリーは、自分は場違いなところにいるという憂鬱な不快感に襲われた。なぜなら彼女たちは、サリーが若い娘だったころけっしてそんなふうには生きたくないと思っていたように生活しているからだ。もっと若い人たちといっしょにいると、サリーは心地よく感じた。彼らは別だった、彼らはよりサリーに近かった。それが投影でなければ良いのだけれど。自分自身を良く見せたいという自己欺瞞でなければ良いのだが。おそらく自分の年齢でも、わたしの好みのメンタリティの持ち主はじゅうぶんにいる、たまたま自分の周辺にはいないだけ。

若いころのサリーはきれいだったから、周囲の視線を浴びた時期があった。ところが現在同じことが生じても、なぜ人びとが自分を見るのか、不明だった。サリーは、他人が自分のなかに何を見ているのか、もはやわからなかった。先週、彼女はエンマといっしょに帰宅した。エンマはいつものようにまったく自分のことに無我夢中の、きれいな自我そのものだった。アウマンプラッツでサリーと同年配の男が向こう側からやって来た、すると彼はもっぱらエンマを見ていた。

サリーとエンマは外見が似ていたが、若い娘を少し色褪せさせて、歳を取らせたヴァージョンが現在のサリーだった。サリーはヴィーナー・ノイシュタットでのコンサートのことを覚えている——しばしばそうしたように、借り物の服を着て。そのころ彼女は何歳だったろうか？　一八歳。木戸の入場券もぎりは、サリーと同行していた少女たちには「ハロー」と挨拶した。サリーの順番になると、彼はこう言った。

「ああ、ハロー、プリンセス！」

彼の声の調子はすっかり変わっていた。現在のエンマやアリスの場合と異なってはいなかった。健康的な生活、化粧、歯科技術の進歩、さらに性格がプラスに作用していたから、サリーのことを醜いとか魅力がないとか形容することはできないにしても、それでももはや目立つほど若くはない。青春はそれほど力強く、魅力的だった。そして、サリーには、もはや若くはない、もはや張り合うことはできない、という恐れがあった。それが彼女をしばしば悩ませる頭痛の種だった。

いつか学ばなければならないだろう、もう誰も振り向いてはくれないことを。彼女はそう考えた。そしてまたこうも考えた。残念ながらこのプロセスはすでに始まっている。ときおり、自分が際立つ地位を占めることはもはやないことに気づくと、気味が悪くなる。わたしにはやさしい触れ合いが必要、少しのあいだわたしの上に留まる視線が必要。あるいは、わたしが比類のない存在であることを確信させてくれる微笑みが必要なのだ。地下鉄のなかに座っているとき、それがいちばんはっきりする。そこでは特に自分が誰とでも交換可能だと感じられる、そこでは、諦めるつもりはないけれど、それでもやはりあきらかにダメージを蒙《こうむ》った中年女の一人なのだ、他人の目にはまさに交換可能な。

サリーはいま五二歳だった。もはや美しくはない、だが魅力的でないわけではない、ごくふつうにきれい、それどころかかなりきれいだ。彼女はほんとうに幸運だった。エロティックな選択の自由に関してはいまなお高い基準を備えている。だが、増加しつつある年齢と減少しつつある可能性については？　エーリクとの不倫のようなことが彼女の活動圏から遠ざけられたら？　まだ彼女を待っていてくれる男たちの夢がすべてただの見せかけになったら？　そうしたらどうする？　そして、今後生じることに対して治癒の見込みはあるだろうか？　価値をこの方法でチェックする必要はなくなるのだろうか？　そうなれば素晴らしいだろう、と彼女は考える。というのも、厳密に言えば、それは彼女の個性における強迫的で保守的な側面だったから、それを推進したのは……完璧主義であったか？

着信音が鳴った。サリーは携帯電話に手を伸ばした。それはアリスで、ロンドンからだった。アリスが通話料金を節約できるように、サリーは折り返しかけ直した。アリスの声を聞けるのはうれしい。不愉快なことすべてを塗り籠めるために、いまサリーには誰かとのつながりが必要だった。

「おばあちゃんを訪問したの」とアリスは愉快そうに言った。

「それで、どうだった？」

「良い意味で驚かされた」とアリスは告げた。「セント・メリーズはすてきだった。わたしは陰鬱なところだと思っていたの。バラ色の壁紙、ブルーの飾り縁《モールディング》――それに職員の人たちときたら、とっても親切なの。おばあちゃんをハグして、軽いキスの挨拶をしようと思ったんだけど、彼女はすっかり面食らっちゃって。おばあちゃんは冗談を言って、ばつが悪い状況をたくみに切り抜けた。看護師さんに向かって、きれいな恋人がいてしあわせね、って言うのよ。結局、みんな困惑してた。で、おばあちゃんはと言えば、鼻歌を口ずさんでいるんだから」

「それじゃ、すべてこれまでと変わらないのね」

ママ、わたしの名前は？――かわいい恋人――ママ、わたしの名はかわいい恋人じゃなくて、サリーよ！　わたしにその名前をつけたのはママなのよ。それをいつも忘れてしまうのね！――いいかね、それをあたしは実際に忘れちまったのさ、あたしが思うには、それをまた覚えることはないだろうよ。

アリスは吹き出した。

「ママ、一度おばあちゃんはわたしに向かってファ、ファック・ユ、ユーと言ったのよ、何かが彼女の想像していたのとは違っていたときに」

「それは初めて聞いたわ」

「だからわたしも言ったの、いいこと、おばあちゃん、それはあまり淑女《レイディーライク》にふさわしいとは言えないよって。すると、彼女は最初、わたしが別の誰かに話しかけたかのようなふりをするの。それでわたしが聞き返すと、気をつけた方がいいよ、あたしはもっと別のこともできるんだから、って脅されたわ」

アリスはまた笑った。

「まったくなんてこと、母親たるものが――」

「わたしはとってもクールだと思ったけど。おばあちゃんはとってもリラックスしていた」

「その点では、自分の娘よりもあきらかに先を行ってるわ。それほどリラックスできるなんて、わたしにはとても無理。それで、あなたはどんな具合なの？」

アリスはその誘いには乗ってこなかった。彼女は機転が利き、上機嫌で、雄弁だった。遺憾なことに自分自身にかかわりのない場合だけ。

「おばあちゃんと張り合うのは簡単じゃないね。彼女は現実を自分に合うようにねじ曲げてしまう。わたしが誰なのかを説明しようとすると、おばあちゃんは、ママを育て上げたって言い張るし」

いいわ、それが繰り返されたわけね。アルフレートとサリーがこの夏に訪問したときにも、リーザが育てたという娘の話になった。ママ、その娘はいったいなんていう名前だったの？　ひょっとしたらサリーという名前？　そう、サリーだよ。ちょっと待って、それじゃ本当に、ママは、もしかしたらわたしを育てたと思い込みたいのね、でもそれは五〇年代の終わりにはどう見ても不可能だったのよ。

リーザは憤慨してやり返した。彼女はすぐにあらんかぎりの細部を持ち出した、実際にはけっしてあり得なかった事柄ばかりを。それらはせいぜい彼女の雇い主の子どもたちに関することだった。

「こうしてあなたのおばあちゃんも自分の伝記をきれいにするわけね」とサリーは寛大な態度で応じた。

この夏リーザは、サリーの養育にまつわる話が終わると、いまはもう誰にも会いたくない、横になって、サリーのことを考えたい、と告げた。

「でもわたしはここにいるじゃないの、ママ。わたしはサリーよ！」

リーザは、横になってサリーのことを考えたい、と繰り返すばかり。

「わたしはここよ、ママ！　わたしはサリー！　わたし！　あなたの娘！　サ、リ、ー、よ！」

だが、どうしようもなかった。そして半時間後、イースト・クロイドンの駅に向かうタクシーのなかでサリーは顔を車の隅に当ててわっと泣き出した。サリーが泣いたのは、前日にいたるまで、つまりポモッセルの埋葬の日まで、そのときが最後だった。

「ママの状態はわたしにはいちだんとショックよ」とサリーは驚いて言った。

「でも、おばあちゃんは自分の人生を特別悪いものとは思っていないような印象を受けたけど」とアリスは言った。「わたしが傍にいるあいだ中、わたしよりもたくさん笑ったもの」

だがサリーは、リーザの加齢による欠陥の重みをつくづく感じていた。

「歳を取るには勇気が要る、臆病者には難しい」と彼女は言った。「英国の諺《ことわざ》よ。そうかもしれない、ロシア人も同じことを言っている」

「わたしの見るところでは、臆病者なんていないよ」とアリスは言った。

「勘違いをしないでね」とサリーは言った。「これからもう一度聞くけど、それは、関心から、じっさい単なる関心から聞くのであって、後見人の義務だなんていう己惚《うぬぼ》れから聞くわけじゃないことをわかってちょうだい。あなたには何か前進があったの？」

「新しいボーイフレンドができたわ」

「それは良かった。でもわたしはむしろあなたの身近な将来の、まだ決着のついていない懸案をあきらかにしたいの」

これをアリスは聞き流す。

「彼はスコットランド人で、とっても興味深いの」と彼女は言う。

「興味深いって、どういう意味？」とは尋ねる。

「何かがあるのよ。なんて言うか、よくそう言うじゃない」

「それでは、あなたに聞くまでもないわね。あなたの関心がどの程度彼のクオリティーに基づいているか説明してくれるわね？」

アリスは何も答えない。彼女はさらに詳しく根拠づけることができないか、そのつもりがないようだ。それでサリーはふたたび本来のテーマに立ち戻る、アリスの職業上の可能性について。アリスはともあれ幾つかの曖昧な期待を持ち出す。そこには基盤となるものがいささかも認められないけれど、それはまあどうでもいい、それらはプランなのだ。そしてそれらのプランの何かがサリーに、一般的と思われる助言以上のことを持ち出すのを思い止まらせた、たとえば理論と実践とか、基本条件は事実の確認であるとか、等々、等々。

「それに、ママはわたしの輝かしい模範だもの」とアリスは尊大な物言いをする。

「あなたには、少なくともわたしもしないようなことは何もしないようにと勧めたいわ」

「うん、それでじゅうぶんな余裕が持てるよ」

この瞬間、サリーは自分の娘をいとおしく思った。それは別の何かに関係しているというよりは多分にその場の雰囲気と関係していたのかもしれない。サリーは、アリスが幼かったとき、娘はいつの日か離れてゆくのだと考えるととても辛く感じたことを思い出した、もっとも実際にアリスが家を離れたときの痛みは限界内に留まっていたけれど。サリーには幼子のアリスがベッドで自分の隣にいるのが見えた。小さくて温かい身体、わが身にすがりつき、明敏で自立したわが子、そしてわたしをベッドから押しのけようとしている。当時サリーは考えたものだった、自分に何があろうともこの子は至上のもの、たとえ私たちが今後たがいにいろいろ問題を抱えるようになったとしても、と。

しばらく間があって、サリーは取りなすように言った。

「あなたはきっとうまくやってのけるわ。ねえアリス、あなたのことを誇りに思っている」

無線の中断。

「やさしいのね、ママ。わたしはそれを信じないけど」

ふたたび無線の中断。サリーがアリスに関して感じさせられるのは、実のところたいてい靴のなかの小石の感触に似ていた。

「でも、信じてもらいたいの」とサリーはよくよく考えてから言った。

「努力するよ」

こうして話は終わった。サリーは下の階に降りて、アリスからみんなによろしく、と全部の部屋に聞こえるように叫んだ。エンマは「ありがとう」と応じたが、アルフレートからの応答はない。サリーはさらに下の階に降りて、キッチンに向かった。アルフレートが上から追ってくる、どうやら夫婦の寝室かららしい。彼は両手に、アラビアの版画について叙述した画集を抱えている。スリッパを履いてぎこちなく、だが早足に階段をよたよたと降りてくる。

「ちょっと待って！」とアルフレートは叫んだ。サリーはすでにキッチンのドアを開けていた。すると、アルフレートのなかで何かが——サリーに対する彼の愛の無垢の核が——前触れもなくふいに解き放たれて、彼に先駆けて階段を下った、三〇年を貫いて、サリーの後を追って。それは、彼のなかから飛び出した小さな核にすぎなかったけれど、大きな質量を持ち、アルフレートのバランスを崩すにはじゅうぶん重かった。彼は次の一歩を必要な注意を払わずに踏み出す、すると左のスリッパが階段の角に引っかかった。アルフレートはなお一瞬のあいだバランスを保っているが、それから画集を自分の前に放り出す。だが、遅すぎた。いまやあわてふためいて階段の最後の部分を「ああ」とも「おお」ともつかぬ恐怖の叫び声を上げて落下し、タイルの床に着陸。その後しばらくは無音だったが、やがて「くそっ！」という押し殺した声が聞こえた。

サリーは、何事が起きたのかとキッチンから顔をのぞかせると、眉毛の半円アーチをつり上げた。

「わたしは何もしてないわよ！」と彼女は言った。

「ぼくもだ」とアルフレートは言った。

「あなたよ」と彼女は言った。

アルフレートは青ざめて、冷や汗をかいて仰向けに転がり、身体を伸ばした、まずは自分の心臓を落ち着かせようとするかのように。サリーは歩み寄って、アルフレートを見下ろした。

「まいった」と彼は言った。

少し躊躇してから、サリーは彼の隣に腰を下ろした、床の上に。彼にやさしくしよう、そして彼を気の毒に思ってあげようと努めることはいまの彼女にはびっくりするほど容易だった。アルフレートはもちろんそれを感じた、サリーがこう言ったにもかかわらず。

「ほんとうに惨めね」

アルフレートの一方のスリッパは階段の上方にあり、もう一方は居間に向かう途上にあった。

「大丈夫?」と彼女は尋ねる。

「まずいことになっているんじゃないかと思うよ」と彼は気落ちした声を出した。「ぼきっという音がした。踝《くるぶし》だ」

サリーはそこに目を向けた。加圧ストッキングを履いているにもかかわらず、右足の踝がすでに腫れているのが見てとれる。

「よくわかるわ」とサリーは言って、片手を伸ばす。

「触らないで!」とアルフレートはぎょっとして叫ぶ。

「わたしはただ」

「触らないで」と彼はもう一度言ったけれど、それは小声で、ミュールフィアテルの農民方言だった。

サリーはちょっと間をおいてから、身震いした。すると、彼女のなかから緊張が消えた。彼女は少しその場にうずくまった。するとアルフレートは肘を支えにして少しサリーに接近し、苦痛の皺を額に浮かべて、あえぎながら頭をサリーの膝の上に載せた。

「あなたのストッキングはハサミで切り取られるわね」とサリーはしばらくして言った。「それはもう忘れる方がいいわ」

アルフレートはサリーの両膝のあいだで耳を澄ます。

「新しいのを買ってくれるかい？」少し間をおいて、彼は用心深く尋ねた。

「わたしが？」

彼は少し彼女の方に身を寄せた、あたかも彼女に保護を求めたいとでも言うかのように。彼は唇をサリーの右手の内側に押し当てた。

「いいえ、絶対に！」と彼女は言った。

第10章

そう、謎めいた人間だ、だがより良くなる、日ごとにより良くなる、もっともそれは謎が少なくなることはより良いことだと考える場合の話だ、というのも日ごとにたがいをより良く知って謎が少なくなるのは純粋に慶賀すべきことではもちろんないからだ、エーリヒ・ケストナー〔一八九九〜一九七四年。ドイツの詩人、作家〕が『ファービアン』のなかでファービアンに彼の友人ラブーデについて語らせているように、きみはぼくが愛した唯一の人間だった、きみのことをよく知っていたにもかかわらず、じじつそれ以上に適切なことは思いつかない、ぼくは昨日それを引用した、たしかにぼくはそれを引用する最初の人間ではないが、それはどうでもいい、いつでもぴったりだ、今回はロバート・フランク〔一九二四年生まれ、アメリカ合衆国の写真家〕に関連して、ぼくたちは彼の何枚かの写真について話した、彼の二度目の妻ジューンのヌード写真、すでに中年を過ぎ、海岸で、正確にはどこの海岸？　カナダの東海岸にある島だ、それでサリーは知りたがった、アルフレート、何なのかしら、これらの写真をこれほど魅力的なものにしているのは？　ぼくは答えた、と思う、それは写真家と女性のあいだの親密さだ、でもサリーはその答えには満足しなかった、彼女は知りたがった、それは写真家がずっと持っている疑問のためではないかしら、そうじゃない？　この女性は誰かだって？　私は知っている、彼女の名はジューン、彼女は私と結婚している、でも私は彼女について多くを知らない、私はもっと彼女のことを知りたい、なんといってても私の妻なのだから、私が彼女のことをもっと知っていても悪くはあるまい、そうサリーは語った、それでぼくは聞き耳を立てた、ぼくは考えた、こんちくしょう、ぼくたちは話し合っているのだろうか、それともぼくたちが交わすのは暗号化された通信なのか？　ぼくは言った、見当もつかない、ぼくはロバート・フランクも彼の妻も知らない、でもいずれにしても好奇心はある、親密さと好奇心、それがこれらの写真をかくも特別に、かくも魅力的にしている、なぜなら観察者は問いを立てるから、この女性は誰なのか？　なぜ彼女はこれほどリラックスしているのか？　なぜぼくは写真を見ることが許されるのか、ぼくはこの女性と親しくはないのに、もちろん素晴らしいだろう、彼女と親密であれば、つまり写真家への嫉妬、そして怒り、なぜなら一方ではこの親密さがあって、その女性を観察できる、海岸のジューン、すでに中年過ぎの、それには相互の信頼関係が求められる、だが他方では見知らぬ赤の他人が写真を見ている、それは不当だ、そうぼくはサリーに言った、ええ、それは不当ね、そしてサリーは反問した、どうして怒るの、アルフレート、でもぼくはそれについて話したくなかった、自分の妻が自分にとってどれほど親しいのか親しくないのか、するとサリーは脇道に逸れた、彼女は言った、アルフレート、できれば『コックサッカー・ブルース』を観たいわね、ローリング・ストーンズのツアーに関するロバート・フランクの映画、覚えているわ、サリーは言った、ロバート・フランクは後にこう言ったの、俺は生への渇望とじかに向き合いたくはない、この力と向き合いたくはないんだ、そしてぼくたちはたがいに見合った、ぼくはサリーをじっと見た、テーブル越しに、自分の妻を、ぼくは彼女とすでにかなり長いこと結婚している、ぼくはワインを一口飲んだ、サリー、ぼくは言った、何か言ってくれよ、その映画をすぐに観たいのかい、できればすぐになのか、それともただいつかなのか？　すると彼女は譲歩した、いつかという意味でよ、いまではなく、彼女は言った、ひょっとして半年後、あるいは一年後、いつか、いまわたしには力が欠けている、それでぼくは気が楽になった、びっくりはしなかったけれど、たしかに彼女は数週間前から、およそ二週間前から、かなり穏やかだ、すでにかなり長いこと、ぼくはほとんどもう思い出せない、いつ彼女が自制心を失ったのか、彼女は温和な態度を見せている、もう長いこと経験したことがないほど、ぼくは自分の耳を疑った、彼女が先週こう言ったとき、アルフレート、新しいヘアスタイルはあなたによく似合うわ！　おお、これはたまげた、そんなことをいま彼女から聞かされるとは、ぜひ知りたいものだ、何がぼくにそんな栄誉を与えてくれたのか、別の言い方をすれば、ぼくは誰にそれを感謝すれば良いのか、なぜなら彼女が家にいるのは、自身の傷を舐めるためなのだ、賭けてもいい、傷は癒えるさ、さあ急げ、新たなことへ向かって、裏返された手袋のように、だがよしとしよう、ぼくはぶちこわし屋になりたくはない、妻が良きパートナーであろうと努力しているのに、ほとんど信じがたいね、少しの良い意志が何をもたらしうるかは、それほどすばやく風向きは変わる、昨晩は二つ目の喜ばしい出来事があった、退屈な戯れではなかった、サリーは息も絶え絶えになって、ぼくの腕のなかにぴったり身を寄せ、片方の乳房をぼくの胸に押し当てて眠り込んだ、ぼくは自分のそういう姿が好きだ、恋人といっしょに超高層ビルのあいだの蜘蛛の巣にいるスパイダーマンのように、彼らが休むとき、腕と腕を組み合わせて、それはぼくの夢、ぼくの人生の夢、恋人のサリーと、数日間、数週間、ぼくには気に入っている、ア、い、い、アルフレード、シェンケンフェルデンのアルフレート、わかってるさ、ぼくはいかにも受益者だ、サリーが外で快適なことだけを経験するのではないことはたしかだ、あんなふうに徘徊していれば、ありきたりの愚か者に出くわさずに、済むわけがない、ぼくに興味があるのは、彼女が誰とかかわり合いになるかだ、一人いたな、ぼくの知っている奴が、彼は知的で感じが良かった、だがしゃべるときに唇をほとんど開けなかった、そのほかには？　わからない、今回誰が彼女を家に追い返したのか？　その一方、想像すると奇妙なのは、彼女がぼくに完璧なリストを提示して見せたことだ、そこにはたしかに載るはずのない者が一人ならず載っている、ぼくの父、ぼくの弟、ぼくの上司、ぼくが絶対に好きになれない隣人、残念ながら彼女は隠蔽にかけてはものすごく巧みだ、証拠はめったにない、状況証拠があるだけ、それはぼくにはすぐわかる、なぜなら彼女は早口になるからだ、嘘をつくときには、ほんの少し早口になる、嘘をつくときには、ぼくはそれに対する感覚を養った、ときによると把握できないこともある、彼女がどんな嘘をついているのか、そのことを追及されると、彼女はあっさりこう主張する、人間関係はちょっとした不正直なしには機能しないでしょ、まあそうだ、かもしれない、ともあれ数年前からコンドームの数を数えているけれど、それはじゅうぶんにシステマティックではない、ひょっとして娘たちがこっそり使っているのかそれとも性体験を持ち始めた息子か、間違いない、ぼくが父のタバコを勝手に吸ったように、ひとは土地だけを相続するわけではない、あるときぼくはサリーを非難した、きみは信じられないほど生に飢《かつ》えている、きみの生活様式はあまりにも無統制であまりにも無秩序だ、すると彼女は肩をすくめてこう言った、アルフレート、かなり長いあなたの人生でこれまであなたが我慢してきた女性は、全員がそうなのよ、無統制で無秩序で貪欲、あなたはそのような人間に惹かれるの、あなたによく似たタイプの女友だちをあなたはただの一度も経験していない、あなたはカオスな人間が好みなのよ、生命力に満ち溢れて賢明で興味深いたいていの人間は、同時にカオスに満ちていて、要求が高いの、そうサリーは言った、それにぼくはしぶしぶ譲歩した、そうだ、もちろんだよ、ぼくがサリーと結婚したのは金目当てではないし彼女の料理の腕に惹かれてでもない、ぼくの母親はぼくを脇に連れ出した、アルフレート、難しいことはないだろ、貧しい娘ではなく金持ちの娘に惚れるのは、だから金持ちの娘に惚れる方がいい、ぼくはそれを理解できなかった、ぼくは母親に尋ねた、ママ、ママの人生で金が絡むことでこのうえなくしあわせだったことがある？　ママ、ママの人生で一〇〇の幸福なときのことをよく考えてみて、それからぼくに言って欲しい、そのとき金がどんな役割を果たしたか、ママ、ぼくにはわからない、それが何なのか、ぼくは、ぼくをしあわせにしてくれる女性と結婚する、すると母親は言った、そうなることを願うよ！　じじつ彼女はそれを目にすることになった、ぼくは自分の言い分の正しさを重要視するわけではない、ただこの点だけは譲れない、なぜならぼくはこの点では勘違いをしていないと思うからだ、ぼくにはようくわかっていた、自分が何にかかわっているかを、ぼくが欲したのはサリーでほかの誰でもない、それは明白だった、ぼくは彼女と結婚するつもり、その点ではいささかの疑念も生じなかった、そして話題がそのことになるたびに、ぼくは彼女に言った、心配は無用、ぼくはきみに求婚はしない、ぼくが求婚するのは、きみがイエスと言う確信を持てたときだ、いまきみはノーと言う、でもいつかぼくはきみに尋ねるだろう、そしてぼくは彼女に尋ねた、イエス、そして彼女がぼくの期待を裏切ることは逆の場合よりも少なかった、なぜなら彼女自身とぼくに関する彼女の評価はあまり現実的ではなかったからだ、彼女は手に入れたいと思うものすべてを手にすることはなかった、だからぼくが不満を言うことはない、さて、そのころカイロにある女がいて、彼女はサリーの足をワックスで脱毛していた、リンダ、エジプト人だ、彼女は装身具に目がなかった、サリーが彼女に銀のシバの指輪を見せたとき、それはぼくからのプレゼントだった、リンダは指輪を一瞥するとサリーの手を手荒く突き放して、こう言った、サリー、あなたに必要なのは、ダイヤよ！　さらに文化研究所の所長、彼女は口を慎むことのできない女だったが、ぼくに対しては時が経つにつれて彼女なりの奇矯なやり方で親しみを示した、そしてついに、ぼくがサリーのパートナーであることがあきらかになったとき、彼女はぼくのことをバ、カ、ン、スさんとかサ、リ、ー、の休暇などと呼んだ、サリーに向かって、ぼくに向かってではない、だがサリーに対してはほとんどいつも、それはいわば半公式だった、彼女は言った、サリー、わたしの考えるところでは、アルフレートはあなたのバカンスね、サリー、あなたはアルフレートのところで休暇を過ごしているのよ、そして折にふれて問いかけた、ねえ、サリー、元気？　あなたのバカンスさんの様子は？　あなたはいつ休暇から戻ってくるの？　あなたにとってふつうの生活はいつ始まるの？　数年後のウィーンでサリーはぼくにそのことを思い出させた、アルフレート、いま思えば、文化研究所の所長の言うとおりだった、初めあなたとの関係はリハビリ滞在だった、その後休養滞在になって、アリスが生まれるまで娯楽滞在が続いた、そうして休暇の時期は過ぎ去った。そして結婚は最初の摩耗現象とともに始まった、結婚生活はつねにまず摩耗現象とともに始まる、とサリーは言った、彼女が正しいときには、彼女が正しい、老トルストイもうなずいた、ぼくはトルストイが好きだ、彼は卓越した作家だ、彼の日記のなかであらゆる時期を通じて言われるのは、小説はヒーローとヒロインの結婚で終わってはならないということ、結婚から書き始めなければならない、なぜなら結婚式の描写で終われば、それはいわば、とトルストイは書いている、一人の男の旅について物語るのに、その男がまさに盗賊どもの手に落ちるところで報告が中断されるようなものだから、もちろんそれは正しい、発端、物事の発端について特に語るべきことがあろうか？　初めぼくたちはとても幸福だった、ものすごく幸福だった、それはもう信じられないくらい、それからまた幸福がやって来た、夢ではあるまいかと思わず頬をつねったよ、なぜって信じられなかったからだ、そもそもそれほど多くの幸福があることが、毎日、ぼくは考えた、きょう死ななければならないとしたら、ぼくは幸福な人間として死ぬだろう、そして次の日にもまた幸福がやって来た、信じられなかった、ますます良くなった、続けざまに、幸福があとからあとから、まるで無尽蔵であるかのように、ナイル川に投げ込まれたとしても、口に大きな魚をくわえてふたたびあらわれるかのようだった、ぼくの母親は言った、アルフレート、すべての幸福には対価を払わなくちゃならないんだよ、ぼくは言った、ママ、危険《リスク》はどこにあるの？　ぼくは何を失うことになるの？　ぼくは幸福だ、ひょっとして後ではもう幸福ではないかもしれない、ひょっとして彼女はぼくをひどく悲しませるかもしれない、ひょっとしてぼくは望むものすべてを手にできないかもしれない、でもママ、どこにリスクがあるの？　人生にリスクはつきもの、サリーとともにこれほど多くの生命がぼくの人生に吹き込まれる、すると幸福は反転した、幸福は別の方向へ行ってしまった、不運だった、どうしようもない、それからまた幸福そしてまた不運、エジプト人が言うように、ヨーム・アサル、ヨーム・バサル、ハチミツの一日、タマネギの一日、それもぼくの助けにはならなかった、もとより愛のためだ、これに対してはどうしようもない、愛とはそういうもの、まったく理屈抜きに、大学の一年目にある学友がいた、彼は学食でぼくと同じテーブルに座っていた、彼の不幸は、博物館学に興味を持てないことだった、彼は食事の質にケチをつけた、それ以外には彼の話の種はたったひとつだけ、蒸気機関車だ、それ以外には何ひとつなかった、そして事態は信じられないほど切迫していた、蒸気の時代はまさに最終的にとどめを刺されたからだ、支線においても、毎週末彼は出かけた、消えゆく貴婦人の最後の姿を一瞥できるところへ、金曜日には彼はナーバスになった、週末の猟に期待を膨らませて、ほかの学生たちと何ら変わるところはなかった、彼らの猟の対象は迫力に欠けていて、それほど健康を害するものではなかった、月曜日に戻ってくると、彼は旅のハイライトの概観を話してくれた、彼の危惧と落胆、それは五月の晴れた月曜日まで続いた、その日彼は食事にはまったく無関心で座っていた、そのことに話を向けると、彼は拒否的な反応を見せた、何も恐ろしいことが生じたわけじゃないんだ、ぼくは蒸気機関車のキャリアでもっとも素晴らしい成果を得た、そしてその喜びは一夜を経て、自分は二度とふたたびそのような記念品《トロフィー》を手に入れることはないだろうという確信に変わったのさ、古い機関車は東のコミュニストたちよりもすばやく姿を消すだろう、ぼくは自分にとって美が意味するものの化身を見たんだ、今後もそれと比較しうるものは何ひとつないだろう、そして数週間後に試験の時期が到来すると、彼は試験場にあらわれた、何の準備もせずに、彼は質問に答えようと試みることさえできなかった、彼は鉄道信号機、カーブポイント、ブレーキシステムについて書くことで、時間をやり過ごした、非常に丹念に、非常に几帳面に、それによってほかの男子学生や女子学生たちのあいだでの名声を期待していたのではない、悲劇的な恋する男として彼は試験場にあらわれて、恋する男として試験を終えた、彼の考えではまさに彼の人生の愛が生け贄にされたのだ、別の対象が彼の関心を引くことはなかった、それは愛だ、誰かに責任を押しつけるのはまったく滑稽だろう、ぼくは人生を正しく把握していなかった、そしてヤーコプ、ぼくの弟、彼は多くの問題を抱えている、彼はぼくに幾度も物語った、彼はカールスルーエで二人の女の子と知り合いになった、それは彼が二〇代の初めのときで、二人の女の子は彼を車に乗せた、そのうちの一人が――もちろんきれいな方の子が――彼にキスをした、彼女が車のなかで後ろを振り向いて、手を彼の首に廻して、彼を少し自分の方に引き寄せた、熱烈なキスができるように、彼は言う、言いあらわせないほど幸福だったと、とにかく女の子の方が彼に好意を示したこと、ふだんはいつでも拒絶されるリスクを覚悟して彼の方から積極的にならなければならなかったから、そして冬に彼は公園でその同じ娘に出くわした、ふたりは子どものように雪の玉を投げ合い、たがいに雪を擦りつけ合った、そして彼はまた後にも先にもないほど幸福だった、それ以来彼は途絶えることのない夢の後を追うようにその娘のことを考えた、彼が、世界のどこかに、北極であろうとも、ぼくのための女性がいると言うとき、この娘のことを言っているのだ、ぼくは彼女を待つだろう、たとえ待つことが無意味だとしても、成就の見込みなく、それでも待つことはぼくには決定的な意味を持つ、それは愚かだろうか？　そんなことはない、愚かとは違う、それこそ愛だ、なにかとても単純なこと、誰かを愛する、それでじゅうぶん、それはどうしようもない、それはやって来て、過ぎ去るか留まる、留まることも少なくはない、ぼくだけではない、頭がおかしいのは、ぼくは人生を正しく把握しなかった、とぼくに責任を押しつけるのは、まったく滑稽だ、それともぼくは勘違いをしているのか？　ひょっとしたらそれは一種の精神的欠陥だろうか？　あるいは少なくとも要領が悪いのか？　それともぼくは感傷的な狂人なのか哀れな感傷家なのか？　正直なところ、それはぼくにはどうでもいい、なぜならそこから離れることができない物事があるからだ、生きているかぎり、圧倒的な経験をするものだ、そのために夜に汗びっしょりになって疑問とともに跳ね起きることになる、これからの人生の残りにまだ何が生じるのかと、一九九〇年には次のようなことがあった、もともとぼくは視覚的記憶よりはむしろ言語的記憶の持ち主だ、視覚的記憶が最高のものとは言えないが、この場合には完璧に機能する、ぼくたちはシュタイアーマルク州のカルクアルペンにハイキングに出かけた、登る途中で娘たちといっしょに日除け帽子にいっぱいのワイルドベリーを摘んだ、一時間後に樹木生育限界地帯に達すると遠くから外洋航路汽船の均一な警笛が聞こえた、近づいてみると、それは牝牛の複雑な精神生活の不満の表明であることがわかった、その牝牛は小さな山上湖の湖畔で草を食《は》んでいた、サリーは水浴びをすると言い張った、四か月になるグスタフを妊娠していたのに、彼女は着衣を脱ぎ棄てて水に入った、全裸で、ぼくはまだ覚えている、彼女は湖の真ん中まで泳いでいってターンをした、エンマは頭をぼくの膝に載せていた、アリスはぼくが彼女のために切り出してやった棒を振りまわして、見えない魔物と剣を交えていた、さてサリーは水から上がると、陽光のなかに立っていた、タオルを持っていなかったからだ、すると牝牛はサリーの白い尻を塩の塊《かたまり》と取り違えて、催眠術にかけられたように近づいてきた、サリーは駆け出した、牝牛はその後を首を長く伸ばして追う、子どもたちは転げまわった、牝牛はその後を追った、芸術への理解をいささかも示さずに、貪欲に白いものを、そしてぼくは、アルフレート・フィンク、シエンケンフェルデンのアルフレートは、その尻の美しさを賛嘆した、顔を輝かせて、そのイメージはぼくの目の前にある、裸のサリー、丸い尻たぶを有する完全な尻、それほど美しいものはなかった、アリスもエンマもそれを受け継いでいない、その点ではぼくの影響が抑制されることなく作用していた、そして薄緑色に輝く水面《みなも》に日が差していた、アリスの乱暴で比類のない剣さばき、帰途でエンマは疲れ果てて、ぼくが背負わねばならなかった、彼女はぼくの肩の上で眠り込んだ、雨が降り出したにもかかわらず、雨がアリスに天を棒きれで脅すのをやめさせることはなかった、山腹には雲がかかっていた、ミルクのように白く、雲は岸壁の溝に流れ込み、ガレ場の上を谷に向かって流れ、先端部は間引かれて、あたかも溶けて流れ出すかのよう、だがひき続き上の方では雲の補充が始まっていた、白くはなく明るい灰色、さらに明るい灰色ではなく暗い灰色の雲、そして本格的に降り始めた、ぼくたちはその土砂降りを、「あらゆる豪雨の父」と命名した、当時「カルパチアの天才」とか「わが共和国の夜明け」といったプロパガンダが流行《はや》っていたのにあやかって、雨はアルプスの牧草地をより鮮やかな緑に染め、大気を冷涼にした、子どもたちは濡れた、そしてサリーもぼくも、だがサリーはじつに用意周到だった、子どもたちのために着替えを車のトランクに入れてあった、彼女自身はTシャツにショーツだけで助手席に座った、それこそ、ぼくの目に浮かぶ光景、ぼくがいま必要としているものだ、このカウチの上で、ここでぼくはギプスの足とともに暮らしている、フロイト先生、これがサリーです、あの日ほど彼女を美しいと思ったことはありません、それはあたかも昨日のことのよう、そしてすべてが、ハイキングのすべてが、この光景のなかに閉じ込められている、さながら一本の花に、それが育った牧草地のことを尋ねることができるように、あるいは一滴の水に、それが汲み取られた湖のことを尋ねることができるように、それは愛、それ以外のすべては空虚なおしゃべりにすぎない、あるときアリスが一人の若者を家に連れてきた、ふたりはたがいにとても好き合っていた、彼らふたりが庭で話しているのが聞こえた、その若者は言った、アリス、きみはこの世で最高にすてきだ、するとアリスは答えた、それは違う、あなたこそこの世で最高にすてき、そんなふうに言い合っていた、長いこと、それをぼくはサリーに話した、ぼくたちも笑った、実際はぼくのことを笑ったのだ、というのもサリーは、ぼくの人生においてわが身に生じた、最高にすてきなことだから、誰かがぼくに尋ねるかもしれないね、アルフレート、なぜきみは彼女のあらゆる恋愛沙汰にもかかわらずいつも彼女のもとに留まって、自分ではけっして愛人を持とうとしなかったのかと、クリスティーナとはごく短期間だったし、ぼくには重要ではなかった、それからサリーの同僚、彼女は体操の名手だったから、まさにうってつけだったけれど、間違いだった、その問いにはこう答えるほかない、ひょっとしたら誰にも理解してもらえないかもしれないが、ぼくはいまでもなおサリーに決めるだろう、彼女はぼくにかつて生じた、最高にすてきなことなのだ、その間彼女にはけっこううんざりさせられたこともあるがそれで変わることはない、これから長いことうまくゆかなくなったら、あるいは低調な時期がきたら、そうなったらぼくはガラクタを全部放り出すつもり、それからぼくは自分の気持ちを分析してより良いことを考える、というのも、離婚？　それはできない、それは他人に任せておく方がいい、たとえばエーリクとナジャに、彼らのことはもう何も聞かされていない、ふたりとも知っているのに、ぼくが踝を骨折したことは、一度だけナジャと短時間電話で話した、それがすべてだ、あれやこれやについて、エーリクが数日おきにやって来てファンニに会いたがること、一方ナジャは彼と話すことを拒んでいる、エーリクはロシア女との問題をあれこれ物語る、彼はなんといってもいかれている、とナジャは言った、ともあれ彼は自分の持ち物を知り合いの誰かのところへ片づけねばならない、ぼくたちの最後の話し合いのときエーリクは告げた、ノー、けっしてぼくはナジャのところへは戻らない、ぼくは愚か者かな？　それがわかればね、とぼくは答えた、まあ様子を見てみよう、半年後にきみがドアの前の泥落としの上で吠え面《づら》かいていないかどうか、まあいいさ、ぼくにははっきりしている、予想するのは早すぎる、いま彼は新たに得た青春の高揚感を享受している、そしてナジャが目論んでいるのは復讐だ、それこそすべて、いちばんいいのは、春が過ぎたらそれについてまた話すことだ、性生活はとても底知れず、すこぶる興味深く、じつに強力な刺激なのだ、そのために職業を賭する、家族を賭する、人生を賭する、すべてを賭する、例外なくすべてを賭することになる、あたかもそれがいとも容易《たやす》いことであるかのように、それははるか大昔には利点であったにちがいない、そしてエーリクはその一成果だ、ひょっとしたら彼にもいつかはっきりわかるかもしれない、何が彼を駆り立てていたのか、ぼくの思いどおりになるなら、例外なく誰にも義務づける必要があるだろう、一定の間隔をおいて熟慮することを、エーリクはかなり長いあいだ沈黙している、ぼくはものすごく腹立たしい、いちばん腹立たしいのはもちろん、彼がぼくにいつも語っていたことだ、ナジャはベッドでいかに素晴らしいかと、彼女が予告なしに訪ねて来て、ぼくがナジャとふたりきりになることが、偶然にも再三生じた、ぼくだけが家にいるとき、ぼくたちはキッチンに座っていた、彼女はぼくに微笑みかけた、ぼくは考えた、ちくしょう、エーリクは言い張っていた、彼女はベッドではすごいんだと、彼女が友人の女房だというのが、残念だ、ぼくが三週間前に、エーリクに厳しく説教をしようとすると、彼はぼくに問いかけてきた、ナジャと寝たことがあるかと、ぼくは言ってやった、この間抜け野郎、ノー！　断じてあり得ない！　できればしたかったがね、きみは彼女とのセックスのことをいつも夢中になって話していたからな、でも友人の女房はだめだ！　そうすると彼は、忘れてくれ、アルフレート、あれは嘘だ、ナジャとのセックスは特別良かったわけじゃない、実際はかなり退屈だった、だからきみは多くを逃したわけじゃないさ、彼はぼくにそういうことまで言ったんだ、ナジャが事実上もはや彼の妻ではないいまになって、なぜかと言えば彼はもっといい何かを見つけたからだ、それでぼくは彼に尋ねた、やい、べらぼうめ、なぜぼくに嘘をついた？　なぜこんなことで友人を騙すんだ？　だってノーマルじゃないだろ、そんなことをするのは尋常じゃない、だが答えはなかった、いまでも開いた口が塞《ふさ》がらないよ、ぼくはそのことをサリーに話して、彼女に尋ねた、そのことをどう思うかって、彼女は正真正銘の古強者《ふるつわもの》だ、下半身のことに関しては厳格な人間認識を備えている、するとどうだ、サリーともあろうものがしばらくのあいだあきれてものが言えなかった、それから彼女は言った、エーリクの場合には辻褄の合わないことがあるだけではない、ひょっとしたらナジャとのセックスを後になってけなす必要があるのかもしれない、ナジャとの離別を実行するのが容易に思えるように、彼はたぶん同時に主張しているはずよ、レーナとのセックスは目も眩《くら》むようだと、肝心なのは、彼がそれを友人たちと共有できること、この奇妙な渇望があるのね、性にかかわることを誰かと分かち合いたいという、それに続けてサリーは、ぼくもすでに知っている話を思い出させた、学生寮にいたある女友だちのことだ、彼女はサリーに惚れていて、少なくとも、トリプルセックスのお膳立てをしようとした、あるとき彼女は一人の退屈な若者とうまくいった、それはこんな具合だった、彼女はその若者と自分たちの陰毛を剃ってからサリーを呼んだ、サリーは部屋に入った、すると二人は掛布団を高く持ち上げた、サリーが剃られた陰部を見ることができるように、二人は陰毛剃りの喜びをサリーと分かち合いたかったのだ、それから二人はサリーに陰毛剃りを提案した、サリーは拒否した、だが彼女は女友だちのボーイフレンドに一発やらせた、その後彼女は肘掛椅子に身を投げ出して、二人を眺めていた、女友だちが若者の上に乗って、ひどく退屈な若者、けれども彼はこのうえなく幸福そうに見えた、それはひとつには騎乗位だったから、ひとつにはサリーが眺めていたからだ、サリーの言によれば彼は全身で幸福を示していた、わたしにはわからない、それをどう表現したらいいのか、と彼女は言った、子豚のように幸福、それでわたしはその果報者に味方したの、前にも話したと思うけど、その若者にはそう思われたにちがいない、つまりあたかもそれがいつまでも続くかのように、終わることはまったくあり得ないかのように、もう終わりはない、なぜならセックスにかかわる事柄は多くの神秘的な事柄のなかにあって実際に神秘的だから、まだセックスの真っ最中なのに、もっと多くを望む、ぼくに説明してくれる、サリー、なぜそうなのか？　なぜ人は、セックスをしているその瞬間にもっとセックスを望むのか？　なぜもっともっとと欲するのか？　だって人生には別の物事があるじゃないか、素晴らしいことが、でも目下それを考えない、もっと欲しい！　セックスを享受し幸福だ、だがセックスはさらなるセックスへの欲求を呼び起こす、だからあの退屈な若者はあれほど幸福だった、なぜなら彼は信じていたからだ、自分は生涯にわたってつねにセックスするだろうと、サリー、これは神秘的じゃないかな？　ぼくはそう思う、たしかに、その原因は？　ぼくは彼女に尋ねた、だが彼女はそれをぼくに言うことができなかった、彼女ですら、古強者だというのに、彼女は言った、わからないわ、アルフレート、ひょっとしたらそれは、人はセックスをこの世のものではない何かと感じていることと関係があるかもしれない、だからセックスは唯一の素晴らしいものなのかもしれない、そこでは人生が進行しないことを望む、違うかしら？　そう思う、サリー？　とぼくは尋ねた、それはひとつの考えにすぎない、と彼女は答えた、セックスをしているあいだ、人生が進行しないことを望むのは、もちろん矛盾している、セックスのようなひどく馬鹿げたことが、とぼくは言った、するとサリーは抗弁した、それは違う、絶対に！　するとぼくの血は煮えたぎった、ぼくはすでにかなり腹を立てていた、それからぼくは、鋏《はさみ》とか輪ゴムとか細々《こまごま》した物が入っているキッチンの引き出しのなかを何か探しながら、サリーに言った、いちばんいいのは、きみが反証を挙げることだよ、ぼくは男！　きみは女だ！　サリーはぼくの前を行く、ぼくはその後を追う、ギプスをはめた足を引きずって、そんなに早くは歩けないよ！　ぼくはそう叫んだ、するともう彼女は寝室で着衣を半ば脱ぎ棄ててあやしげな冗談でぼくを迎えた、あなたのギプスの足はきっと厄介なことになるわ、アルフレート、わたしたちが大気圏を脱出しようとするときには、それはぼくを傷つけた、そして彼女はぼくに尋ねた、気分を害した？　ちょっとね、とぼくは答えた、小石でもこぶを作ることがある、ぼくはよくよく承知している、サリーがぼくのことをどう思っているかは、ぼくは化石になってしまった、ぼくはもともと以前から足取りが軽くもなければ手先も器用ではなかった、彼女は主張する、それは典型的だと、つまりぼくの精神がふたたび生に目覚めるやいなや、足を骨折したことは、彼女は言う、アルフレート、あなたが流行の服を着る、つまりオーダーメイドのスーツを着て特別なネクタイを着用すれば、それで人前に出れば、いささか見栄えがする、わたしのことを悪く取らないでね、でも裸だと、あなたはまるで、そうね、とてもごつくて不格好、正直に言えば、もちろんわかってるわ、わたしもアスリート・オブ・ザ・イヤーじゃないってことは、いっぽうサリーは、彼女はとてもスリムだ、ぼくはいつも感嘆する、彼女がいかに重いか、筋肉は実際に脂肪よりもそんなに重いものなのかと、ぼくは思い出す、以前彼女は、ぼくが彼女をベッドで頭上高く持ち上げるのを好んだことを、彼女はきゃあきゃあ言って笑った、好色漢のように、そのとおり、あるとき彼女はこう言った、アルフレート、あなたがわたしを高く持ち上げると、それはあなたのなかのミュールフィアテルの農夫ね、あなたは自分の女房をミュールフィアテルのほかの農夫たちに見せるわけ、そんな冗談だ、ぼくはしょっちゅうどこかで何かを蹴飛ばしたりひっくり返したり壊したりすると言うのだ、ベッドで、ぼくたちが体位を変えるときには、注意！　全員防御！　なぜならうっかりしているとサリーは脇腹や鼻先あるいは頭に肘鉄を食らうことがあるから、彼女は言う、アルフレート、ものすごく用心していないといけないのよ、わたしたちが体位を変えるのは、カタストロフよ、それはわたしの人生でいちばん危険な瞬間なの、でもあなたが一定の体位を取ってしまえば、そのことはもう気にならない、驚くべきこと、違う？　兵隊、前進！　ちなみに、彼女はぼくの指に悪戯《いたずら》をする、ぼくの指が太いと言うんだろう？　そうね、ほかに誰がいるものですか？　わかってる、そのとおり、彼女のワンピースの扱いにくいボタンをはめなければならないときに、ぼくは何の役にも立たない、博物館での最初の時期、ぼくは修復専門家の工房でうろうろしていた、彼はぼくを追い出した、おい、アルフレート、さあ、さっさと出て行け、失せろ、ここで何をするつもりだ？　さあ、さっさと出て行け、このうすのろめ！　いまはギプスの足だから基本的に危険は少ない、ぼくは仰向けに横たわる、これこそプラグマティズム、ぼくたちが寝室にいたとき、反証を挙げるために、サリーは言った、それがあなたにはお気に入り！　違う？　アルフレート、アルフレード、わが化石、そのうえ彼女の笑い方と言ったら！　彼女の頭はなんといかれていることか！　というわけで実際に、面の皮が厚くなければ彼女といっしょにはいられない、でもまあこう言っておこう、名人も修業次第、ぼく自身が気に入っているのは、サリーがカイロ時代の初めに目にしたようなぼく自身だ、思い返せば、文化研究所での展覧会の招待日の最初の出会いのとき、ぼくはそこにひとりぼっちで壁際に立っていた、壁にもたれて、ぴっちりのTシャツの下から肋骨と乳首を浮き上がらせて、誰からも話しかけてもらえない生徒のように、そうサリーは言った、彼女はそう主張した、彼女にはぼくが気の毒に思えた、でも彼女の気に入ったとも、ぼく自身が思い描く自画像は、まさにそれだ、意気消沈した若い男、不機嫌な二〇代半ばの男、ズボンには合わない靴を履いて、白い壁にもたれている、壁には醜悪な絵がかかっている、カイロのドイツ人学校で教えている女性の絵だ、それから偉大な瞬間がやって来た、サリーがやって来て、ワインを注ぎ足してもいいかと尋ねたとき、三分後には新しい幸福な人間、わがクラブへようこそ、アルフレート・フィンク、それがサリーの美点だ、彼女は人間を幸福にする、可能なかぎりの人間をすべて、ロンドンでぼくたちはあるウェイトレスと話していた、ぼくは一人の客の方を振り向いた、彼はぼくたちの後ろで待っていた、ぼくはひとこと詫びた、わたしたちは一分で終えますから、ほんの一分間、ぼくたちは一分半話していた、それからぼくはもう一度背後の男を振り向いた、なんてこと、トム・クルーズさん？　ええ、そうですが、とその男は言った、そこへサリーが割って入った、えっ誰がトム・クルーズですって？　そしてトム・クルーズは幸福だった、彼は幸福のあまり笑った、なぜって彼には思いもよらないことだったから、この世にまだ自分を知らない誰かがいるとは、それからサリーがカイロで初めてぼくの住んでいた家にやって来て、高い所にあるぼくの部屋まで暗い階段室を登ったとき、ぼくはへとへとになってゆっくりと片方の足をもう一方の足の前においた、するとサリーはぼくを後ろから押してくれた、このささいな瞬間なのだ、三〇年も保たれているのは、ぼくは考えた、なんてこった、ぼくはこの娘が好きなんだ、彼女はぼくを幸福にしてくれる、彼女となら月までもゆくだろう、彼女の前任の女たちとは比較にならない、厄介な連中がいた、たとえばヴァレリー、彼女とは一度話したことがあった、ざっくばらんに、ぼくは自殺という言葉を使った、すると彼女は、おお、女性の最上の友！　と英語で言った、言葉の響きが良くなるように、oh, the girl's best friend!　そんなことどもが、続々と、軽いノリで、それらは繊細な人間を怯《おび》えさせる、ぼくは言った、きみのベストフレンドがぼくだといいんだけどね！　そんな競争は糞食らえだ！　それでこの関係は終わった、いずれにしても、この女性はまだ生存している、しかもシュヴァーネンシュタット〔実在の地名で、字義的には「白鳥の町」の意〕に、いかにも彼女にふさわしい、少し前に彼女と出会った、最後に会ってから三五年ぶり、ある金曜日の午後、ぼくは歴史美術博物館のなかで疲れて汗をかきつつ同僚たちと話をしていた、博物館は暖房が利きすぎていた、それにもかかわらず、おっと！　あそこにいるのは誰だ？　ホールの遠い端、およそ二〇メートルは離れている、見覚えのある人物だ、それは、人間の脳が有する驚くべき事柄のひとつだ、かなり遠くにいる人物、ぼくたちは何十年も会っていなかった、ぼくの注意は若手の女性同僚の鋭い発言に向けられていた、それにもかかわらずぼくの知覚器官の縁にさえぼんやりした状況を分析するのにじゅうぶんな能力があった、意識的な注意がゆるやかに遠方に向けられる、一瞥する、ぼくはヴァレリーをたちどころに認識した、同僚が彼女の考えを詳しく説明し終えるとすぐに、ぼくは探索に出かけた、隣接したホールでヴァレリーを見つけた、驚いたよ、お久しぶり、ぼくたちは幾つかの細かな情報を交換した、むかしのことについて、ぼくたちのことについて、ヴァレリーのごくささいな言葉は、彼女の厭世があきらかに良性であることと相俟って、当時を完全に呼び起こした、人食い鬼のブレジネフ、学生デモ、投石者、旗を燃やす者たち、個人的エネルギーの浪費、これらのことがぼくの頭にただちによみがえった、もっともヴァレリーはそんなことをいささかも気にしてはいなかったけれど、当時もいまも、ぼくたちの最初のデートのときに観た映画、それはピーター・ボグダノヴィッチの『ラスト・ショー』だった、まったく覚えがないわ、わたしといっしょだったというのは、間違いない？　彼女の記憶はきわめて選択的だった、彼女はヤーコプを、ぼくの弟のことを覚えていなかった、彼女はヤーコプとも幾度かいっしょに出かけていたのに、だがベンヤミン・ドイチュのことは覚えていて、彼についてぼくたちはかなり長いこと話した、彼はフライシュタットのギムナジウムでぼくの友人だった、彼が卒業を待たずにギムナジウムを退学するまでは、ぼくは知っていた、彼がヴァレリーとちょっとした恋愛関係にあったことを、それは彼がウィーンで大学生活を試していた短い時期だ、当時すでにベンヤミンとのつき合いはなくなっていた、ぼくたちの交友は六〇年代半ばの三年間にかぎられていた、ポップスがぼくたちの共通の関心事だったとき、ぼくは一九六四年の秋にこの分野にのめり込んだ、そしてベンヤミンは、ポップスへの旺盛な関心を分かち合うクラスで唯一の友人だった、毎週ぼくたちは『ブラボー』の記事と最新のレコードについて議論した、長いこと忘れられていた事柄が突然表面に浮かび出て、それに関連するスイッチが入れられると、記憶がいかに生産的であることか、それにはびっくりさせられる、ザーシャという名が挙げられる、ぼくたちはベンヤミン・ドイチュのことをそう呼んでいた、するとそれは、ぼくたちがおこなったことすべてを活性化させた、授業時間の退屈を逃れるために、与えられたことを自分たちの最大の関心事へと意図的に歪曲する少年たちの手腕、ある教師がいた、彼は退屈な事柄をステロタイプに説明することにかけては誰もが認める名人だった、彼はある単語の綴りを気取って発音した、あたかも滑り台の上にいるかのように、なんとなく語尾を下降させて、パル・リ・ザー・デと彼が発音すると、ぼくたちにはむしろビートの利いた、遊園地の騒音が聞こえるフレディ・キャノンの馬鹿げたポップソングが心に浮かんだ、ぼくたちは身体を近づけあって、アイコンタクトを取り、そしてベンチ越しにささやき合った、『恋のジェットコースター』、あるいはもうひとつ別の例としては、思春期の少年たちの住む、クレージーで、頭のいかれた、シュールな世界が挙げられる、恐れられていた教師ヨーハン・ハイムラートの部屋の前での午後が思い浮かぶ、ザーシャは、彼はかなり小柄な少年だったが、受動的な犠牲者の役割に習熟していて、滑稽な告知でぼくたちを驚かせた、アタシ妊娠したの！　子どもができるのよ！　ぼくたちはこの興醒めな冗談を言い触らしてまわった、それは幼稚性というよりは、ぼくたちの発展途上の肉体と精神が発見したあらゆる因習を嘲笑するための普遍的な準備がほぼ整ったことを示すものだった、ザーシャにはどこか特別傷つきやすいところがあった、それが彼にこの冗談を思いつくように仕向けたのかもしれない、彼に妊娠のことを尋ねるのはぼくの定期的な習慣になり、彼は毎月詳細な報告のなかで、彼の子宮のなかで生じる進展ぶりを想像たくましく語ってくれた、しかし一年後にはぼくたちは関心を失った、ぼくたちの生産的な頭脳はいつも、ありそうもない空想をそのもっともばかげた結末へと駆り立てずにはおかなかった、ザーシャの妊娠はこの誇張のシナリオではもはやさらなる利点はなかった、この話はますます刺激的になるぼくたちの会話のなかから引き上げられてしまった、しかしこのナンセンスには何かがあったにちがいない、ぼくの潜在意識にとってとてもわくわくする何かが、だからこそザーシャと一九七二年に最後に会った後でもぼくはなお彼のことを考え、彼の妊娠期間を計算した、ぼくはしばしば心ひそかにほくそ笑んだものだ、ぼくの頭がほかのことではち切れそうなときにも、どれほど仕事が忙しくても、それにはかかわりなく、ぼくはベンヤミン・ドイチュの妊娠期間を算出した、ぼくの潜在意識はあいかわらず毎年そのことを思い出しては過ぎ去った年を数える、それらの年月は、ぼくたちがともに歩んだ距離の単なる尺度以上のものだった、現実の世界における不条理をこの妊娠との関係に変換する一方法でもあった、たしかにそうだ、それにしてもなぜこれらすべてが猛烈な勢いでぼくの意識にのぼってくるのだろう？　ヴァレリーによってぼくにもたらされた、この重要ではない記憶は何らかのアクチュアルなものに対してどんな意味があるというのか？　悲しい答えは、なんの意味もない、ヴァレリーがぼくに告げたことだけだ、つまりザーシャはすでに死んでいること、二五歳のときに脳腫瘍で死んだこと、彼は七〇年代の終わりを見届けることさえできなかった、それは断片的な記憶をなんと辛いものにすることか、ぼくはあれほど長年にわたって彼の妊娠のことを考えていたのに、彼がとっくに地下で眠っていることを知らないまま、ぼくは期待していたわけではない、彼といつか再会することを、世界はとても移動しやすくなったから、あり得ないわけではないだろう、だがぼくはいまでもジャック・ブレルの顰《ひそみ》に倣《なら》って考えることができた、ベンヤミン・ドイチュは生きている、元気にパリで暮らしている、なんて悲しい、むしろ、なんと無残な、彼もまた、あのいかれた、子どもっぽい奴も、あっさり死ぬことがあるのだと考えると、ぼくはサリーに彼のことを話そう、彼女が家に戻ったら、彼女は仕立て直し屋に行った、残念ながらぼくには寸法を変えるものはさほどない、ヴァレリーに会ってから数日間、ぼくはサリーに話しかけられなかった、ザーシャの妊娠は彼女には興味深いにちがいないのだが、少年ですって？ わたしは男の子が好き、でも彼らのことがわからない、そう彼女は言った、ぼく自身は彼らのことはよくわかっている、ぼくはまだ覚えている、サリーがカイロで理髪店までぼくに同行したときのことを、彼女は理髪店に座っている男たちのあいだからその少年が出てくるのを期待していた、六歳か七歳、彼女はそのことをずっと後になってぼくに言ったのだった、ぼくが前もって警戒しないように、アルフレート、彼女は後に言った、わたしは知りたいの、あなたが誰なのか、わたしは見たいの、どんなふうなのか、その少年が出てくるとき、ぼくは質問した、それで？ 彼は出てきたのかい？ ええ、彼女は答えた、その少年が見えた、ほんの短時間だったけど、とにかく見えたわ、そのかいがあった、まず初めに座らされて、あなたの肩の上に老人がタオルをおいたとき、そのときわたしは彼を見た、あなたにこう言えるわ、それは感じの良い少年だった、喜びに溢れていて、自分自身と自分の両親のことが好きだった、彼は良くしつけられていた、彼は、わたしが五歳のときには、わたしの周囲にはいなかったタイプの男の子、だと思う、そうサリーは語った、ぼくは彼女の言葉をそのまま伝えている、そしてそれ以来、と彼女は言う、彼女はその少年をしばしば見かけたと、ぼくが自分の娘たちに、この少年は、サリーがときおり見かけたその少年はぼくなのだ、そしてぼくは、成人して父親になった人物よりもその少年の方により強い親しみを感じていると言ったら、そうしたらぼくの娘たちは気分を害するだろう、それをもう一度読み直してみなければならない、その個所を日記のなかに見つけたら、そこでぼくは、首尾一貫して、仕事場の大鋸屑《おがくず》のなかで遊んでいる少年は、大人よりも強く、自由に対する願望も大人よりも強いこと、そして博物館も隔絶した場所にあることを記している、黴臭《かびくさ》く、あまり日も差さず、暗い通路に日陰の事務室、そこに座って考えをめぐらすか同僚と話す、そして建物から外へ出るやいなや、ぼくたちの会話は終わる、自分の穴にいる甲虫はサルタンだ、とエジプト人は言う、だが日が差せば、この感覚はなくなる、休暇に入るとぼくは三〜四日必要になる、路傍に腰を下ろして、花々と芝生のあいだで、耕地で、自由に話せるようになるまでには、学校が始まる前の最後の週末にサリーとぼくはヴァインフィアテルに散歩に行った、ハウクスドルフの近くでサリーは野生化したリンゴの木によじ登ってリンゴを放り投げた、リンゴの木の下に立ちリンゴを受け止めるのはものすごく良い気持ちだった、リンゴがひとつ手のなかに落ちてきて、指がそれを包む、冷たいリンゴ、その後でぼくたちは話をした、それは今年になって最高の会話のひとつだ、ぼくたちは小さな牧草地を越えて行った、そこの牧草はつい数日前に刈り取られたばかりだった、一歩足を進めるごとに足の下からバッタがあらゆる方角に跳びはねる、それはこの世のものとは思えない、あたかも足の下で何かが弾けて、その中身を均等にあらゆる方向に投げ飛ばしているような、そしてぼくは言った、サリー、そのとおりだよ、ぼくはミュールフィアテルの農夫だ、残念だ、ぼくが器用でないのは、ぼくは良い職人になれたのに、頭のなかで、心のうちで、思わずぼくは家にいたときのことを考えた、ブドウの蔓《つる》の絡まった家のことを、家の上空ではノスリが旋回していた、ぼくは父が仕事をしているのを眺めるのがとても好きだった、彼はすべてをとてもゆっくりとおこなった、喜びをもって、ぼくは温かい大鋸屑で遊んでいた、その匂い、それよりもっと良い匂いがするのはサリーだけだ、父はたいていぼくを追い払った、お前は外へ出ろ！　新鮮な空気を吸いに出ろ！　俺はお前にここにいて欲しくないんだ！　ぼくは手にいっぱいの大鋸屑を持って庭に出て、両手をこすり合わせた、数時間経ってもなお挽きたての木の匂いがした、残念なことに家具製作所は傾きつつあった、パパの姉たちが女降霊術師の夫を支配人に就けようとしたことは、悪い冗談のほんの一端にすぎない、それは何の変化ももたらさなかったし、この悲喜劇的な家族経営においては破産をいかに泰然と迎えるか、そのさらなるヴァリエーションにすぎなかった、強力な男でさえ、そういう人物を引っ張って来たと仮定して、彼が何らかの作用を及ぼすチャンスがあったかどうか、ぼくには疑わしい、人間は不思議だ、パパの決断力の弱さは、その決断力の弱さを防御する奇妙な断固たる態度と対峙していた、そしてパパがその後突然飲酒に溺れるようになったこと、奇妙だ、ぼくはそのことに話を向けた、パパ、あまり飲みすぎない方がいいよ、アルフレート、と彼は言った、それはつまり、俺は大鋸屑を呑み込んでしまったからさ、大鋸屑は泳がねばならん、さもないとそいつは俺をつねるんだ、その可能性がある、俺はじきにそいつを厄介払いするさ、水を飲めばいいじゃない、パパ、とぼくは答えた。それがだめなんだ、アルフレート、これは特異な現象でな、水のなかでは泳がないのさ、そのためにママは長年にわたって彼を憎んだ、彼女は長年にわたって彼を避けた、彼女は宗教的な理由からあらゆる点で倹約した、下着類にいたるまで、困っている人たちに与えることができるように、だが彼女がパパにやさしい言葉をかけることはもうなかった、そしてパパが臨終のときを迎えて、皆に別れを告げようとしたとき、ママは彼にキスをした、彼女は口を尖らせて彼の顔中に小さなキスを浴びせた、あんたはこれがいつも好きだったよね、エーミール、あんたにこんなふうにキスをするのが、そう彼女はパパに言った、そう言って彼の唇にキスをした、その老人、彼にはもはや何の取り柄もなかった、骨と皮だけ、彼の首は筋だけでできていた、彼は彼女の口に向かって身を乗り出した、すると突然エロティックなキスになった、それはおたがいに与え合うもので、長時間のまさにエロティックなキスだった、サリーとぼくにはそう見えた、サリーは冗談を言った、ひょっとしてわたしたちは席を外した方がいいんじゃない、彼女は笑った、するとママは振り向いて、言った、そうさ、そうだよ、出て行っておくれ、それこそまさに、いまふさわしいことだよ、あと半時間はあんたたちに邪魔されたくないのさ、それでぼくはわかった、愛だ、なぜならママはパパを長年にわたって憎んでいたけれど、ほんとうは彼を愛していたんだ、そして突然むかしのドアが再び開いたのだ、神さまはけっしてドアを閉じることはない、別のドアを開けることなく、それは田舎の金言のひとつだった、ママはその原則にのっとって自分の人生を送ろうとしたのだが、むかしのドアはあいかわらず開いていたのだ、彼女がそうとは知らずに、そこでまたわかったのは、彼女の原則は役に立たないことだった、そうでなくてもぼくは神の善意という見解に与《くみ》することはできない、ママはその点ではけっして疑いを持たなかった、彼女は他者に対して気前が良く、いつも施しをした、神さまのお恵みがある、と彼女は言った、彼女は神へのかなり大きな信頼を当然のことと考えた、だがぼくの見解では、ママは実際に喜捨をしたけれど、神さまからのお恵みはなかった、逆よりはいい、一九八六年の秋に幾つかの幸運な事情が重なって六週間の自由が得られたとき、ぼくはカイロに戻った、その時点でぼくはすでに少なからぬことを抱え込んでいた、妻、二人の子ども、さらにローンもあった、ぼくは考えた、金が必要だ、だがぼくはそれを後に悔いた、アリスは四歳で、エンマは乳児、生後数週間だった、ぼくは日夜子どもたちといっしょに過ごすことができたのに、ぼくは取るに足らない金と引き換えにそれを断念したのだ、それ以来ぼくは考える、ぼくにはあの白人よりもましなところは何ひとつない、彼は北アメリカの平野のインディアンたちから軽蔑されていた、そのわけは彼が、土地は硬貨を幾つか出せば手に入るようなもの、と信じていたからだ、自分の父祖の骨を売る男は、野生動物にも劣る、それをいまぼくはとても強く感じる、子どもたちが自立して自由になり、エンマも出発の用意を整えている、なんと愚かなことか、彼らとともに過ごすことが可能だった貴重な時間を売ってしまったのだ、ぼくの子どもたちの骨を、ただ追加の収入を得るだけのために、車のために、家具のために、芝刈り機のために、子どもたちの遊具のために、その他すべてのために、さらに何のために？　何のために？　さあ言ってみろ、アルフレード！　おまえがいちばん惜しいと思うものは何かを、七月に押し込み強盗があってから行方知れずになっている物のなかで？　あの変哲もない絵葉書だ、あれはぼくが結婚式の前にアルゼンチンからサリーに送ったもの、あれがぼくにはいちばん惜しまれる、ぼくはそれを後にふたたびサリーから取り戻した、なぜならそれをぼくは特別気に入っていたからで、どれほど良い気分でそれを書いたかは、ぼくにしかわかるまい、大事な物とはつまりそういうものだ、そのような物、ぼくがその絵葉書を書いていた瞬間、絵葉書の中にいつも可視のまま残されている愛、冷蔵庫のドアに、居間のサイドボードのガラスの裏側に、寝室の本棚に、とてもささやかで心楽しませる物たち、それらはあるいは恥ずべきものかもしれないけれど、ぼくは恥ずかしいとは思わない、なぜならそれらは皮膚に当たる最初の陽光のような効果を生み出すからだ、絵葉書を眺めることとかテレビ番組雑誌の今週の表紙、そこには『スター・トレック』の部分的な再放送が予告されている、サリーは、ぼくが絵葉書の裏側に『スター・トレック』シリーズの魅力を賞賛して書き記したことをぼくに思い出させた、それらは前の晩にホテルのテレビで放送されたものだった、スペイン語で、他の文明とのコンタクトならびに宇宙に対する畏怖の念に関する製作者たちの楽観主義、それはいずれのシリーズにも見てとれた、ひどくあっさりした芝居じみた出来栄え、ストーリーは予測できて、どうと言うことはない、特殊効果は、安っぽくてまるでその価格がセントで計算されているかのよう、ドルではなくて、そうだろ？　それが問題かい？　なんでもないさ！　全体の核心部分は卓越していた、核心部分について問うこと、それを人はしばしば忘れる、人は表面を褒める、だが核心部分は無価値、そうじゃないか？まあそんなところだ、だからぼくは、愚かな強盗どもがそれでタバコに火をつけた、あの絵葉書が失われたことが残念でならない、というのも他の文明とのコンタクトに関してはぼくはもともと楽観主義者の側に立っているからだ、彼らは組合員の身分証明であるバールを持ってやって来て、一枚の絵葉書を盗んだ、それはぼく以外の人間にはいささかの価値もない、彼らはグスタフのコンピュータゲームの登場人物のようにやって来たのだが、そのゲームも同じく盗まれてしまった、星はめぐる、そして敵の宇宙船が星雲のなかから飛び出してくる、続々と、そして闇雲に発砲してくる、ぼくは彼らを撃退しようとするが、宇宙船を撃退すればするほど、ますますさらに多くの宇宙船が飛んでくる、恐ろしい、だからぼくには友好的な宇宙船が必要なのだ、ヤーコプ、ぼくの弟、彼はあまり金を持っていなかった、彼は適量とは言えないほど酒を飲んでいる、数年前、彼と同じ地方にいたとき、ぼくは彼を訪ねた、彼はかなり若い女といっしょに暮らしていた、彼女は少し知的障害があったけれど、感じが良かった、彼女はキッチンに座っていた、ぼくは彼女に尋ねた、それで？　ここで何をしているの？　彼女はぼくに微笑んで言った、わたしはわたしの宇宙船を待っているの、その表現がぼくは気に入った、それはサリーとぼくのあいだでは定番になった、わたしはわたしの宇宙船を待っているの、サリーがやって来て尋ねる、アルフレート、何をしているの？　ぼくはぼくの宇宙船を待っているんだ、カウチに寝そべって、そこでぼくはギプスの足を伸ばす練習をしていた、ぼくはカウチに横たわってぼくの宇宙船を待っている、ぼくたちはここに二三年前に引っ越してきた、それ以来三代目のカウチ、かなりひどい、そうだろ？　四代目がまもなく来るだろう、最初のはベージュだった、硬いコーデュロイの、そこでぼくたちはたくさんセックスをした、アリスが赤ん坊だったとき、またエンマが赤ん坊だったとき、二人は両親のベッドで眠ることを好んだ、ひょっとしたら匂い、両親の汗、それはじゅうぶんに考えられる、アリスはサークルベッドのなかに入れると泣きわめいたが、両親のベッドではすぐに寝入った、それでぼくたちは階下の居間に移った、サリーとぼく、カウチへと、ぼくは数年後に染みの跡に手を滑らせた、血液と精液だけではなかった、サリーの粘膜はエンマを妊娠してからはいつもひどく乾燥していた、彼女はキッチンに行くと、バターを取ってきた、あるいは手っ取り早くオリーブオイルを、他の女性ならば不快だっただろう、サリーはそうではない、そしてぼくたちがハンブルクの退屈なホテルでシーツを完璧に汚してしまったとき、ぼくは顔をゆがめた、でもサリーはこう言った、確信を持って言えるけど、部屋係のメイドは、ここで誰かがワイルドなセックスをしたことを知って喜ぶわ、これはぼくの物語《ストーリー》だ、そう簡単には誰も信じないだろうけどね、ぼくは物語を書くことで生活費を稼ぐことができるかもしれないし、有名になるかもしれない、アイルランドでの休暇のときに、ぼくたちはある女性の友だちが休暇用の家を整えるのを手伝った、そこでぼくたちはアイルランドの若者と知り合った、ジョンだ、彼は結婚したいと思っていた、近くで縁結びの市がおこなわれた、ぼくたちはそこへ車で出かけて一人の結婚仲介人に出会った、斡旋業者だ、彼はまさに海千山千のすれからしだった、ぼくたちは一〇人で輪になって立っていた、ジョンが質問をした、サリーも同じく質問をした、あたかも二人は結婚したいかのように、すると結婚仲介人は彼女にばかばかしいことを物語った、そして無駄口をたたいているあいだに、彼はサリーの胸に手を伸ばして、乳首を二本の指でつまんだ、サリーは下を見た、いったい何てことだ、彼は胸から手を離すとその手をサリーの襟刳《えりぐ》りに差し入れた、彼はサリーの右の乳房をつかむとその手をそこにおいたままにしていた、彼がしゃべっているあいだじゅう、まったくそのような戯《たわ》けたことばかり、さて結婚願望の若者たちは、馬に乗って出かけた、そうすることでロマンティックになるように、等々、やがて大騒ぎが終わって、ぼくたちがふたたび車に乗り込むと、同行していたアイルランドの男は、まるで何事もなかったかのようなふりをしている、おい、ジョン、さあ言ってみろ、あれは何なんだ？　あれが当たり前だと言うのか？　するとジョンはもじもじして言葉を濁した、ええあれは、仲介人たちというのはおかしな連中で、云々、彼は正直には言えないようだった、ええと、アルフレート、ぼくは緑の故郷アイルランドに対する至高の愛を持っている、だけどほんとうにわからないんだよ、あの老いぼれが何をしたのか、実際あんなことは滅多にないんだ、二人の女性は車の前部座席に座っていた、サリーと彼女の友人、その友人が運転席に座って、二人は笑っている、二人は結婚仲介人の風采をコメントした、やれやれ、あれはほんとうに醜悪で、不良老人だったわ、脂ぎった灰色の髪、それでもどこかエロティックなところがあった、とサリーは言った、手を私の胸にあてて、身じろぎもしない、ふん、何だって？　とぼくは思った、もういい加減にしろ！　できることならサリーを車から放り出して、道端に立たせておきたかった、エロティックだって!?　サリー、きみはしばらく入院する方がいい！　きみは完全に頭がいかれているよ！　カイロでの彼女の桃の食べっぷりといったらなかった、彼女はぼくとセックスをしている最中に、仰向けの姿勢で、両脚を大きく拡げて、完璧に剝き出しの状態で、平然と桃を食べていたのだ、性交の最中に、そんなふうにするってのは、ノーマルと言える？　それとも完全にいかれているのか？　彼女はそれをなんとも思っていない、プライヴェートでは杓子定規な規範とは無縁であるのは間違いない、ほんとうに、世界広しと言えどこんな人間はほかにはいまい、夜に縁結びの市から戻って来て、ぼくたちがまたふたりだけになったとき、ぼくはひと騒ぎを引き起こした、サリー、とぼくは言った、滅相もない、あの老いぼれの酔った好色漢がエロティックだなんて、いったいどうしたらあんなことが言えるんだい、ぼくが思うに、きみは頭がおかしいよ！　まあ聞いてよ、アルフレート！　と彼女は言って、ぼくを籠絡しようとした、いいこと、と彼女は言った、わたしも奇妙だとは思ったわ、でも全体の雰囲気よ、馬がいて、ジョンがいて、彼はどうしても結婚したい、それがわからない？　ぼくが？　わからないかって？　きみはほんとうにどうかしているよ、サリー、そうぼくは言った、するとそのとき、稲妻のように、稲妻のように閃《ひらめ》いた、なんてこった、彼女は結婚するつもりなのだ、あれは、ぼくと結婚するつもりがあるかどうか、彼女に尋ねることを促す招待状なのだ、そうだった、このときぼくは理解した、サリーはぼくに申し込みをするように招いてくれたことを、この先いつかよりはいまの方がいい、そしてぼくは直接、ぼくは少し身構えてから、サリー、きみは頭がどうかしている、とぼくは言った、その点に疑いの余地はない、ぼくは自分を欺こうとは思わない、でもそれにもかかわらずぼくはきみと結婚するつもりだ、とぼくは言った、それできみは？　とぼくは尋ねた、きみもそれにもかかわらずぼくと結婚するつもりがある？　すると彼女はイエスと言った、ええ、アルフレート、それにもかかわらずわたしはあなたを選ぶわ、そして笑った、そして幸福がやって来た、幸福が現にある幸福に加わった、それからふたたび幸福が、そして後から不運がやって来た、そして現にある不運に不運が加わった、そして突然叫び散らす事態が生じた、子どもたちのうちの一人が遊んでいるときに歯を折ったり、アリスが幼い妹の髪の毛を見るも無残に短く切ってしまったとき、そんなとき荒々しい叫び声は道路を下ってバス停まで聞こえた、近隣の人たちはぼくたちを精神障害者だと思ったにちがいない、それでもエンマは番外で美容院の予約が取れるととても楽しそうだった、じじつ彼女の髪はすぐに伸びて元に戻った、だがサリーはその晩こっそり姿をくらまして友人のところに行き、ぼくと子どもたちを置き去りにした、彼女はそのことを別なふうに表現したけれど、ごくささいな出来事だ、そう、多くの出来事のうちのひとつにすぎない、残念ながらサリーは、ぼくに告げたことを忘れた、それにもかかわらずを忘れてしまった、それこそ、ぼくが彼女を非難しうる唯一の点だ、彼女がそれにもかかわらずを忘れてしまったこと、そのほかのすべてはノーマルの範疇だ、なぜならいかなる人間も人生が経過するうちに変わるものだから、人生が経過するうちに気持ちは変わる、あるときはこう、またあるときはこう、以前良かったことが、今日でも変わらずに良いにちがいないとは言えない、欲求は突然別の欲求に変わる、いずれにしてもサリーの場合には、ぼくにあってはずっと少ない、関係は破局にいたる、別の関係が生まれる、いずれにしてもサリーの場合には、ぼくにあってはずっと少ない、だがぼくは、彼女が来る日も来る日もぼくに首っ丈であることを求めているのではけっしてない、ただほんの少し、ほんのちょっぴり、ほんのちょっぴりあってもいいだろう、それはときによるとぼくには高くつくものだった、でもぼくはその都度繰り返し埋め合わせをしてもらえた、ぼくは待ち、埋め合わせされて、人生はまた意にかなうものになった、二週間か二か月あるいは半年、その間には多くの陰、だがそこには多くの光もある、そしてもしぼくが不平をこぼせば、サリーは正当にもこう言って、ぼくを非難するだろう、あなたは長年それを受け入れてきたのに、いま突然やって来て、やめろ、終わりだ、それはもう受け入れられないと言うのね、ぼくはそのことにたしかにもっと早く気づかなければならなかったのだ、あらためてぼくはそれを拒絶する、その間に拒絶する理由があったのだ、これらのことが蓄積されているぼくの脳の一部を深い眠りに陥らせよう、とぼくは試みる、どのみちぼくは、サリーに圧力をかけるにじゅうぶんなものを持ち合わせていない、問題は、ぼくが彼女をふたたび選ぶだろうことだ、ぼくはまたすべてを、ぼくがそうしたように、受け入れたように、そのようにするだろうし、そのようにすべてを受け入れるだろう、ぼくの読書は目下のところあっという間に読み終えて、後でそれに腹を立てる低俗小説にかぎられている、サイエンス・フィクション、それをぼくは若いとき好んでいた、それらはもっぱら宇宙飛行を扱っていて、五〇パーセントは理解不能な科学技術的な表現と五〇パーセントはナンセンスでできている、すべてはキマイラだ、でも楽しませてくれる、もう一歩進めば病みつきになるところだ、ぼくが読んだほかの少数の本のうちの一冊は、サイエンス・フィクションではないけれど、まあ似たようなものだ、それは気に入った、グリムウッドという人物の『リプレイ』で、この作者は誰も知らないだろう、この本はある男を扱っている、彼は一九八八年に四三歳で死ぬ、心臓発作、バタンキューの突然死！　だがその直後に目覚めると、彼は学生寮のベッドに横たわっている、それは一九六三年の春、彼は一八歳で、人生を繰り返すことになる、彼は考える、これは夢ではない！　彼は考える、あまり愉快ではない、だが選択の余地はない、彼に何が残されているのか、彼はそこから最上のものを引き出そうとして、可能なかぎり自分の利点を探す、なぜなら彼は次に何が起こるかを知っているからだ、彼は競馬で大金を得る、それを株式市場に投資する、彼はある古い友人に出会う、友人には離婚と破産と自殺が目前に迫っている、彼はジョン・F・ケネディの暗殺を防ごうとする、などなど、そして前回の人生で彼の妻であった少女と出会ったとき、彼はへまをする、またあまりにも小賢しく振る舞ってチャンスを逸する、こうして四三になると彼は新たに死ぬ、心臓発作！　バタンキューの突然死！　そしてすべてはまた新たに始まる、今回はより慎重に、ふたたび一九六三年から一九八八年までの人生、幾つかのことはうまくいく、そして、前回うまくいったことが今回はうまくいかない、つねにヴァリエーションがともなう、かなりおもしろい、人がもう一度チャンスを与えられたら、ややもすると非常に直線的に見える人生がいかなる経過をたどるだろうかという考えを誰もが一度は抱くにちがいない、やれやれ！　ぼくがもう一度一九六九年の夏のガルダ湖に戻れるとしたら、テントをもっとしっかりと固定するだろうね、そのテントについてはあれ以来もう何も聞いていないが、いまいましい、ぼくたちはずぶ濡れになった！カルクアルペンのときよりもひどかった、いまならぼくはあそこでサリーに泳ぎに行くように勧めるだろう、だが彼女は拒絶するだろう、ぼくが何かを企んでいると思い込んで、そうなれば別の人生になっているだろう、誰がそれを欲するものか、ぼくは現に所有するものとともにありたい、所有の在り方もそのままに、一切合切を含めて、人生には消去ボタンがないからこそ、じつに特別なのだ、消去ボタンがあれば、人生はひどく退屈になるだろう、愚か者のゲームになる、ぼくが自分の日記を読むことはめったにない、検証したいと思う特定のきっかけがないかぎりは、特定の旅行をした後で、あるいは特定の本を読んだ後で、あるいはまたサリーと過去の何かについて話すことになった場合など、過去の証拠を集めた、ぼくが管理する膨大な貯蔵庫、ぼくは該当するページをめくる、それ以上は不要だ、前回何がどのように生じたかを知るためには、日記は多くの年月を経て初めてまさに興味深いものになる、なぜなら物事にはある種の周期があることをいつの日か確認することになるからだ、ぼくの場合は四年周期だ、それには利点がある、時とともに現在自分が周期のどの時点にいるかという感覚が得られる、そうなると、別の機会に自分がどのように行動したかを日記のなかで確認することができる、最初の、二度目の、三度目の経験から教訓を引き出すのがぼくのやり方だ、そして次の機会にうまくゆかないとしたら、驚くべきことだが、それは細部をじゅうぶんに考慮しなかったためだ、それでも規則性と連続性の感覚が得られて、危機と破局を取り違えることはもはやない、アルフレート、調子はどう？　すべては流動的だ、この認識はサリーとの結婚生活において非常に有用だ、そして彼女の場合にも隠されたリズムが少しずつ見えてくる、ただしより早くより大きな振幅をともなって、出来事は周期的にやって来て周期的に出て行き、結局は元に戻る、ある一定の型にしたがって、それを理解するまでには数年を要した、あとからページをめくってリズム周期をあきらかにすることができる、ぼくにはできる、そう、それは電卓に打ち込むようなものだ、ぼくはこう言える、今回サリーは一年間家に留まると、そのときが来たのだ、それがぼくにはわかる、ぼくにはわかるけれど、誰にも言うまい、そして、ぼくはそれを巧みに隠しおおせる、内部深くに、もっと内部深くに、どこかに、そこを見れば、サリーが長期間家に留まることがわかる、そんなことは信じられないと言われようとも、それは明白だ、ぼくにはそれがかなりよく見える、数日前にサリーが日記帳の一部を見てもよいかとぼくに尋ねたとき、ぼくにはふたたびはっきり感知できた、西暦一九九〇年、ぼくは可能なものすべてをカウチの脇に積み上げる、手に取れるように、それで考えた、さては彼女は真剣に、またぼくの方を向く気でいるのだと、ふだん彼女はぼくの日記帳には何の関心も示さない、見てかまわないよ、とぼくは言った、一九九〇年は良い年だった、グスタフが生まれた年、サリーは日記帳の任意の場所を開いて、小さく声を出して読んでいる、ぼくはすぐに羞恥の念にかられた、月並みなことばかり、ぼくにはそう思われて、ぞっとした、文飾過多の、未整理の、無秩序の精神、その精神が文飾過多の、未整理の、無秩序の人生を記録している、そして、その精神がこの無意味な行為をおこなう家そのものが文飾過多で、未整理で、無秩序、サリーはさらに読み続ける、ぼくが記録するために選び取った事象が、彼女のような鋭い知性によって俎上に載せられると、不快に感じざるを得ないことをぼくは隠さなかった、ぼくは、自分自身の欠陥と弱点に関しては絶対に正直でありたいと欲する一方で、ともするとそれは五七歳になってもなお確認と慰撫と賞賛を求めるぼくの未熟でエゴイスティックな面と衝突する、サリーが開いた日記帳のページは、これらの欲求がぼくの弱点の突出部分と張り合う闘争の場だった、ついてない、サリーはプルーストを要約したページやデカルトについてのぼくの見解を披歴しているページを開けることもできたのに、あるいはカルクアルペンにおける状況を描写したページを、そのかわりにすぐに出てくるのは品のない罵り言葉だ、その後に、死去した喜劇役者に対するセンチメンタルなエレジーが続いた、さらにメアリー・スチュアートの奇異なマーリン三部作を苦労して読み通したこと、そしてこの作家が仕事に取りかかる生活のリズムを理解することがぼくにどれほど多くの慰めと心地良さを与えてくれるかということ、それからぼくはサリーに言った、真正で真実の誠実さはけっしてひどく愚かにもまたひどく冗長にも響かないはずなのに、きみが読むのを聞いていると、ぼく自身もはや自分のことを真摯だとは思えなくなるよ、彼女はカウチのぼくの隣に座って、ぼくが自分の手を彼女のズボンのウエストバンドの下に滑り込ませて、ぼくの大好きな背中の腰部の和毛《にこげ》の上に這わせるのを黙認した、彼女は言った、アルフレート、あなたは、わかりやすい、気取らない表現で書く才能をじゅうぶんに持ち合わせている、それは一般にそう思われているほど容易いことではない、ごく少数の人にしかできないことよ、あなたの文章に日常の垢が付着しているのがわたしには好ましい、あなたの日記帳をできればわたしも所有したいと思うくらい、残念ながらわたしには書く時間がない、だから往時の王のようにお抱えの秘書か記録者が必要なの、少なくともあなたがそのポストに就いているのはうれしいこと、わたしたちの幾つかの物語が生き延びるために、そうなんだ、彼女はそう言ったのさ、ぼくは心の重荷を下ろした気がする、後世のためではない、そんなのはとんでもない、ただサリーのためだ、というのはぼくの子孫がぼくのことやぼくの日記帳を綿密に調査して、ぼくの人間像を作り上げるなどと夢見てはいないからだ、あたかもぼくが現代のサミュエル・ピープス〔一七世紀のイギリスの官僚。独自の速記法で記された日記は歴史資料としての価値を有する一方、彼自身の女性関係も詳述されている〕であるかのごとく、ぼくは調査結果を知りたいと思わない、ことによると、ほかの人びとが下すことになるぼくに対する評価は、無害な化石だというサリーの評価に落ち着くのかもしれない、ぼくはピープスの半分も役に立たない、だがぼくがぼくであるところのもの、より良く言えば、ぼくが有しているもの、それは変化に対するピープスの全面的な嫌悪だ、もっともぼくは変化もまた幸福をもたらしうることを知っているけれど、あるときは左回りにまたあるときは右回りに試してみること、それはぼくの本領ではない、国際的な日記制度全体は変化に対する嫌悪によって結託している、とぼくは思う、これに加えてある程度の肉欲的な生活への関心、あるいはぼくの母親がそう呼んだように、呪われた性欲への関心、もちろんぼくたちのあいだには共通点がある、サリーはぼくにハードカバー版のピープス全集をプレゼントしてくれた、ぼくの三二歳の誕生日に、あれはその年の出版イヴェントだった、一九八三年の広告文が予告していたように、そして本のページは虫に食われてはいない、虫たちはもともとぼくが将来に備えて取っておくつもりだったウールのソックスで満足している、ピープスの全集はまだ読んでいない、それに反してレクラム版はすっかり使い古されている、ぼくが思うに、それはなぜかと言えば、レクラム版だと特定の箇所を見つけることができるからだ、でもそれはおそらくぼくの強迫観念にとりつかれた態度を具体的に示すものかもしれない、それはともすると敷石と敷石のあいだの目地の上に何時間も足を踏み下ろすことをぼくに強いる内的強制に似ている、何時間も、果てしなく、子どものように、ギプスの足ではそれはもちろん不可能だが、そうでなければぼくはいつもそうするだろう、それは大きなテーマだ、あまりにも大きいから、ぼくはこの点ではまだ完全な理解にいたっていない、ある考えを突き詰めることがあまりにも少ない、なぜならぼくの頭のなかにはあまりにも多くの可能性があるからだ、次に何が生じる可能性があるのか、次々に連なって、世界はそれほど多面的でかつ過酷だ、ひとつのヴァリエーションがどんな効果をもたらすか、けっして正確には知り得ない、サリーは言う、アルフレート、あなたは書いて、書いて、語って、また語る、ひとつのことが別のことにつまずく、わたしの考えでは、それはあなたが理想主義者だからよ、それは当たっている、真実の言葉だ、なぜならぼくは理想主義者だから、そしてサリーも同じく理想主義者だ、彼女の流儀で、彼女は自分の理想に忠実だ、確実に言えるのは、サリー・フィンクであることは恐ろしく骨が折れるということだ、たとえぼくが彼女の持つ力を駆使できるとしても、彼女と代わりたいとはけっして思わないだろう、そうなればもちろん問題を容易にしてくれるだろうけれど、ぼくは自問する、彼女はその力をどこから得ているのかと、それは、自分の力はじゅうぶんかという、哀れなハムレットの問いだ、ぼくはそれについても自問する、だがサリーはそんな自問はしない、腹立たしくなると、彼女は言う、アルフレート、わたしはいま泥んこレスリングに行きたい気分よ、なんてとっぴなことを言い出すんだ、彼女は言う、アルフレート、次の休暇にはテキサスに行きましょう、あそこならきっと泥んこレスリングができるバーが見つかるわ、欲する者には誰にでも、必要とあらば裸で、それから彼女は両拳を脇腹にあてがう、まるでいまや自分自身の血を吸う準備ができていると言わんばかりに、そして荒々しい号令を発する、それらの号令は聴衆のなかから出てくるかのようだ、あいつを片づけてしまえ、自堕落女を！　泥のなかに打ちのめせ、大口たたきの醜い牝牛を！　そして同時に彼女は他に類を見ないほど賢い、ぼくの知っているほかの女たちは、彼女に比べたらほとんど語るに値しない、そしてときには彼女はニューヨークの路上高く張られたネットのスパイダーウーマンのように素直、ぼくの腕のなかにいるときには、片方の胸がぼくの胸に押しつけられて、彼女の鼻がぼくの肩に押し当てられるとき、ぼくの腕は彼女の腰を抱いている、それがぼくの幸福のイメージ、そうだ、それがぼくのサリー、彼女はいま帰ってきた、ぼくには聞こえる、車がポーチに入ってくる、予告された時刻よりも早く、彼女はぼくをほんとうにふたたび好きになるように思える、大真面目で、彼女は埋め合わせをしたいように見える、ひょっとしたら彼女も、ぼくがあいかわらずここにいることを幸福だと感じているかもしれない、そしてぼくには、彼女がいつも帰ってくる幸福がある、まったくほんとうの話！　ぼくの父親が言っていたように、呼ぶことは来ることよりも容易い、そうなのだ、人生は謎めいている、それは間違いあるまい？　謎は日ごとに少なくなって、ほんの少しずつ、より良くなるのは事実だが、もっともそれは謎が少なくなるのはより良いことだと考える場合の話、ぼくはすべてを書き留めなければならない、まだ書き留められていないことを、痛みをともなう不利な事情にもめげずに、総体的に見れば、踝の骨折によってプレゼントされた余暇だ、悪くはない、ぼくはすでに一八歳のときからずっと日記をつけている、生まれつきの年代記編者、優柔不断なミサの侍者、ぼくは命の書への信仰を失ったけれど、それと関連した記録の喪失をみすみすそのままにしておくつもりはない、ぼくは認める、この点ではぼくも臆病者だ、というのもそうなったら残念だと思っているからだ、誰かがそれを記録するべきだろう、もっとも信頼できる形で、ぼくはそれをみずからおこなう、そしてぼくの予想に反して彼も彼自身の記録簿に記帳しているとしたら、ぼくの予想に反していつか最後の審判の日にラッパが鳴るとしたら、そのときにはぼくは自分自身の帳簿を持参するだろう、一〇〇巻の、ぼくが死ぬ時までには一〇〇巻になっているはず、ぼくはすべてを持参する、良き行為と悪しき行為の目録すべてを、そうだ、立ちなさい！　と彼が言えば、ぼくは自分自身の物語のヴァージョンを持参するだろう、大きな手押し車に入れて、そして彼がぼくに、サリーとぼくはどんな具合だ、と尋ねたら、そしてまた、ぼくたちがもはや涙のない、最後の涙も天使によって拭われる天国へ行く見込みがあるとぼくが考えているかどうか、と尋ねたら、そのときにはぼくは沈黙するだろう、そして黙って一〇〇巻を彼の足もとにおくだろう、彼がそれらを読めるように、ぼくは待つだろう、そしてぼくの背後に立つ者たちも同じく待つだろう、そして彼が最後まで読み終えたら、そのときぼくは言うだろう、いま、いまこそあなたは判決を下すことができる、と――

第11章

クリスマスと新年にはさまれた日々は妙な時だ、いわば無人地帯で、静かな祝日に属するのか騒がしい祝日に属するのか、はっきりしない。一方も他方もともにふさわしくない、とにかく、誰もが好きなように埋めることのできる日々にすぎない、白いカンバスのように、いやそうではなく、不要になった紙のように。クリスマスの側には脂《あぶら》が染みつき、大晦日の側は花火で焼け焦げた、小さい、切りそろえられた紙切れ。一〇〇年を経てもそれは変わらないだろう、この中間世界の過度の発展を阻《はば》むのは、両側の祝日が締めつける力と針を刺すような戸外の寒気だ。冬にもチャンスが必要。いまなければいつ？

数日前に厳しい寒気が入ってきていた。ヤクーツクではカササギが凍えて空から落ちた。ウィーンでも氷点下の気温がさらに下がり続けている。大部分の生活は家々の内部に引き籠っている、さいわいなことに休暇だ。

何かがちょっと動いた。サリーがクリスマスツリーをドアの前においたのだ。ツリーはすでにその針葉を失い始めている。ツリーに関しては、運がなかった。そのうえ、サリーは翌日ロンドンに発つことになっていた。

サリーはふたたび家のなかに入って、居間でツリー用の玉の入った箱を取り出すと、それを抱えて屋根裏部屋に上った。カウチに横になっていたアルフレートは、彼女を目で追った。それから彼は視線をテレビに向けた。そこでは過ぎゆく一年の出来事がまとめられている。次々に変わる映像は、主に情緒的な効果を狙って選ばれているように思われた。それらの映像はここまで侵入してくるチェロの音色に冷酷なまでに調和している。サリーの背後で階段室へのドアが開いたままになっているからだ。上の階ではエンマがショスタコーヴィッチの作品の一パッセージを練習している。家中を幽霊のように駆けめぐる楽音は、骨が激しくカタカタと鳴っているかのように響く。

サリーが屋根裏部屋から戻ってくると、彼女はドアを閉めた。音楽はふたたび締め出された。サリーもテレビに目をやる。毎年同じだ。勝者、敗者、そして死者たちの同じ物語。そこからはただひとつの教訓しか引き出すことができない、つまり、世界のあらゆる偉大な進歩にもかかわらず、人間はひき続き虐待し合い、殺し合うほかないこと、無益な狂暴さで。

サリーは軽いげっぷを出した。

「こっそり教えてあげるけど」と彼女は挑発的に言った。「ギプスはかなりいい感じよ」

「えっ、何だって？」とアルフレートは用心して尋ねた。

「そのようなギプスは波乱万丈の生活を示すもの、たとえ一日中カウチで横になるか、さもなければどこかで寝ていなければならないとしてもね。ギプスをはめていると、内面生活までが興味深くなるわ。それはアンフェアね、アルフレート、でもそのギプスなら加圧ストッキングよりも公然と人目にさらすことができるのは間違いないわ」

アルフレートは自分の興奮を押し隠すために、二秒間日記帳の上に身を屈めたままでいた、あたかも両手のいかなる動きも正確に観察しなければならないとでも言うかのように。ついに彼は目を上げて、ギプスから飛び出ているつま先をぴくぴく動かす。一瞬、自分の足が、大事を取って監禁されている尊大な何物かのように思われた。

「来週ギプスが外されたら、きっと寂しく感じるでしょうね」とサリーは言った。

そのときアルフレートは、彼女が箒《ほうき》でクリスマスツリーが立っていた隅を勢いよく掃き出すのを眺めていた。サリーは作業を中断して、自分の言葉の正しさを確認するために彼の方を見た。

「ぼくが寂しいと思うのはただ、きみの描いたイラストのためだよ」と彼は弁明した。「それと、子どもたちがギプスの上に書いてくれたこと」

「ギプスを家に持ち帰ることもできるわ。家はたくましい消化能力を備えているから」

サリーは針葉を掃き集めている。アルフレートにはわかっている、シャベルで掬《すく》い取られるのは、つまりからかわれるのは針葉だけではないことを。だが彼は非難がましいことを言いたくなかった、サリーの二つの乳房の付け根が見えた、彼女が前かがみになったとき。彼はその方を見ていないふりをして、足の訓練を続けたが、サリーから目を離すことはなかった。足の訓練は筋肉にも良いし血行促進にもなる。足には、サリーのデコルテのなかと同じく真の人間の血が流れていた。

アルフレートは何かを思い出して、ちょっと下唇をすぼめた。

「これはわが家で最初のギプス製のものではないんじゃないかな」と彼はさりげなく言った。「子どもたちがまだ小さかったころの手形がある」

サリーは針葉でいっぱいになった塵取《ちりとり》を持ってキッチンへと向かう。いまアルフレートの耳にはふたたびチェロの不愛想で、急き立てる音色が聞こえる。それに加えてエンマの踵の音が響いた、まるで彼女の足が木でできているかのようだ。どしん！　どしん！　と打ちつける物音。あるいは遠くでカーペットを叩くような、叩かれてもほとんど撓《たわ》むことのない大きくて重いカーペット、どしん！

どしん！　その音はドアがふたたび閉じられるまで続いた。

サリーは、開いた両手を脇腹の後ろに当てて、テラスに出るガラスのドアの前に立った。彼女は外を眺めている。爆音花火の音が単調な郊外のなかに反響する、それは退屈に聞こえる。

「あなたの静脈瘤、手術する？」と彼女は尋ねた。

サリーがギプスの上に描いた夥《おびただ》しい花の蔓は巻きつき始めている。サリーの問いかけはアルフレートをうろたえさせる。彼はふたたび、自分が多くの傷つきやすい個所を持った人間であることを感じる。

ひょっとしたら静脈瘤はあっさり消えてしまっているのではないか、と彼は考えた。だが、もちろんそれは言わずにおいた。

「どう思う？」とサリーは尋ねた。

「静脈瘤がひょっとしたらあっさり消えてしまっているのではないかと思ってね」

「それなら、なんの手間もかからない解決でしょうけど」とサリーは平然と冷やかしを込めて言った。

「もしそうだったら、うれしいわね」

「おそらく残念ながらまだちゃんとあるだろうな」

「わたしもそう思う」と彼女は応じた。

彼女は窓の外の庭に目をやった。すっかり葉を落とした木々の背後の薄鼠色の近隣の家々は、同じく薄鼠色の大気の密度に応じて、近く見えたり遠く見えたりした。雨滴は落ちていない、雨が降るには寒すぎる。

「アルフレート、あなたは田舎育ちだったわよね」とサリーは事実確認であることを強調するような声音で言った。「あなたは物を捨てる社会に迷い込んだ田舎の少年よ。たとえ新しい足を買うことができるとしても、あなたはそうはしないでしょ。でも古い足を修理してもらうことはできる。それならあなたも納得できるんじゃない？」

七月に押し込み強盗に入られた後、家は修理されて、部屋の壁は新たに塗り替えられていた。そして三〇年来の関係も――ともあれふたたび繕われた。

「修理が成功すれば、物事は情緒的な付加価値を得るのよ」とサリーは言った。「あなたのズボンを見て。あなたの結婚生活を見てごらんなさい」

「ぼくの結婚生活！」とアルフレートは感心して言った。「それはどうにか持ちこたえているね、興味深いことに」

しかし、五年後も変わらずにそうであることを彼に保証する者はどこにもいない。

「それなら、あなたの足にも理解を示してもいいでしょ」とサリーは言った。

アルフレートは改めてつま先を動かしてみた。手術によって自分の足にきれいな外見だけを与えてやれるのか、それとも機能の向上も期待できるのかを彼は考えてみた。彼の父親も、サリーの言うように、日用品に関しては、その外見よりも有用性をより高く評価していた。今日では事物から完全な表面が失われると、事物の有用性がますます疑わしくなる。ズボンは、それが良いものであるためには、美しくあらねばならない。

それでサリーは？　自信と男たちに対する自分の魅力が完全に保たれるように、彼女は化粧をしている。そもそもこの世で完全無欠なものがあろうか？　そして、損なわれているものすべての評判が悪いのは何を意味するのか？　サリーは鏡を見ているとき、こう言うことがあった、アルフレート、身体を騙すことはできないわ、男たちは騙せるけど。

そして、それも永遠には続かない、遅かれ早かれゲームは敗北に終わる。

アルフレートは言った。

「ひょっとしたら手術はたいしたことではないかもしれないな。問い合わせてみるよ」

「その手術が大事《おおごと》でないことはたしかよ」とサリーは断言した。

「問い合わせてみるよ」と彼はもう一度言った。

サリーはうなずいて、ふたたび部屋の方を向いた。テレビの一年の回顧は、新しく選出されたアメリカ合衆国の大統領がマン・オブ・ザ・イヤーに選ばれていたことを思い出させた。ウーマン・オブ・ザ・イヤーのリストにはシワ取り手術を受けた女優や退屈なスポーツ選手たちと並んで、一二歳の少女が載っている。その少女は故郷で強制的に結婚させられた後、彼女よりも二〇歳年長の男との離婚を申請し、法廷で承認された。テレビ画面は、髪に幅広の卵黄色のリボンをつけた民族衣装姿の少女の姿を示している。

サリーは、アルフレートの足についてそれ以上話題にしないことにして、彼女の学校のボスニア出身の少女について報告した。サリーは週に四時間図書室で司書を務めていた。クリスマス直前にその少女は閲覧テーブルのひとつに座って、算数の問題を理解できないことを嘆いていた。サリーは問題文を通読したが、三回読んだ後にようやく数学の専門家がそもそも何を求めているかを理解した。問題が何であるかをサリーが別の言葉で説明してやると、少女はその問題を苦もなく解いた。これがテストであれば、彼女は零点だったであろうが、それは彼女の計算能力が低いためではなく、数学者のドイツ語能力が低いためだった。すべては相対的。

「結局のところ問題は、園芸家の庭で花がいくつ育つかであるのに、問題文には園芸家の年齢まで示されているのよ、四二歳の園芸家って」

「一歳児は一日に一六時間眠る」とアルフレートは言った。「四歳児は何時間眠る?」

「それで、五二歳になると何時間眠る？」

「五七歳だと？」とアルフレートは質問した。

「たくさん」

「一日は最大何時間続くのか？」

「タイムトラベルはあるの？」

「ある」とアルフレートは言った。

彼は笑った。カウチは、使い古された家具は骨の髄まで揺すられた。

窓のなかの空はいまやすっかり灰色になっていた。セメントを水で溶いたような光、灰色、それがますますどんよりと色濃くなる。半時間後にはランプのスイッチを入れなければならない、とアルフレートは考える。そしてサリーはまったく別のことを考えている。一方は他方の考えていることを知らない。

数分後、サリーの耳に、アルフレートが彼の日記帳のページをめくっているのが聞こえた。サリーがテレビを見るのに飽きて、スイッチを切ったからだ。明確な意図はなく、ただなんとなく、午後のどっちつかずの状態で安楽椅子のひとつに腰を下ろして、サリーはアルフレートが書くのを眺めている。アルフレートの近くにいるとき、彼がメモを書く際のいかにも執念深げな様子がサリーには気に入っていた。

「ぼくはうれしいよ」と彼は突然言った。「人生でただ一人の女と結婚して、二人目、三人目ではないことがね」

「それはちょっと偏食のせいかも」とサリーは慎重に答えた。

「ぼくはそうは思わないけど」とアルフレートはがっかりして言った。彼は別の答えを期待していた。

「単調さは、ぼくの結婚生活でまず初めに思いつくことからはほど遠いよ」

彼は一本の指を日記帳のページのあいだに挟んで、耳を澄ませた。彼は、サリーが子どもたちと分かち合っている秘密の生活のことを考えた、そして、彼女が彼とは分かち合わない秘密の生活のことを考えた。

「きみはぼくにもっと多くを与えることもできるのに」と彼は軽い非難を込めて言った。「それにもかかわらず、きみの隣にいて退屈な気はしないよ」

アルフレートが驚いたことに、サリーが発した言葉は、「ふうん」がすべてだった。彼はさらに書き続けた、サリーが何を考えているのかまったく見当もつかない。

彼は彼女のなかに何を見ているのだろう？　彼はいま何を考えているのだろう？

アルフレートは物思いに沈んで、軽いうなり声を発した。サリーは笑った、はからずも、アルフレートの目で自分自身を見たとき。

「ごめんなさい、しばしばひどい混乱を引き起こして、しばしばあなたにひどく難儀をかけたわ」と彼女は言った。

アルフレートはサリーを注意深く観察して、息を吸い込んだ。

「難儀か、そうかもしれない、ヒュペーリオンがデロス島でキュントス山に登るときのように」

「それほどひどくはないでしょ」と彼女は言った。

「いや、じゅうぶんにひどいよ」と彼は言った。

サリーはふたたび「ふうん」と発した。

それからふたりはまた沈黙した。

アルフレートは日記帳になぐり書きしている。サリーは窓の外を見ている。遠く、鈍く、エンマが足を踏む音が天井を通して響いてくる。さらに郊外電車の音も聞こえる、振動とともに、それは耳に聞こえているのか、軽微な地震のように床にだけ感じられるものなのかわからない。猫たちが耳をそばだてている、カバたちも耳を立てている、そして木炭画の馬たち、彼らはこの夏に乾燥のために物干し用のロープにかけられていた。馬たちは頭を上げて、それからひづめをテストしている、どしん！　どしん！

外の光はもはや多くは残っていない。灰色がアルフレートを眠くする、眠くするのではなく、どんよりさせる。彼は目覚めていて集中力があると感じている、と同時に、家の物音と彼の想像上の映像がとてつもない強烈さで彼のなかに侵入してくる。彼は空想と不安の流れに身を任せる。サリーが、じゅうぶんな光を得られるように、カウチの脇のフロアスタンドのスイッチをひねったのも彼には気にならない。サリーはステレオ装置にもスイッチを入れて、エンマのＣＤをセットする、何かのクラシックだが、サリーにはわからない。その曲はエンマがずっと練習しているものとあきらかに似ている。訴えるように、急きたて、強烈に懇願する、あたかも誰かがここで救済されるのを欲しているかのように。

もちろん、救済は不可能、せいぜい猶予がいいところだ。

だがこのとき、サリーは無頓着に安楽椅子にもたれていた、好天下の船の乗客のようにリラックスして。彼女が目を開けるのは、アルフレートもおこなっていること、つまりつま先を観察する目的にかぎられていた。彼女はちらっとアルフレートの方を見た。

「この一年の回顧は恐ろしい」と彼は言った。「ぼくはいつも世界全体における自分の全面的な非重要性にどう対応すればいいのかわからないよ」

彼は両足が楽になるようにした。

サリーは答えるまでに時間をかけた。

「自分が重要でないことは自分の誤りをも相対化してくれるから、わたしはうれしい」と彼女はつぶやいた。「誤りがひとつ多いか少ないか？　一〇〇年経てばどんな違いがあるっていうの？　格別大きな違いはないでしょ」

わたしたちは星の塵でできているにすぎない、と彼女は考えた、かぎられた時間だけ統一体を形成し、それどころか名前さえ与えられる、アルフレート、サリー、運が良ければ七〇年か八〇年間持ちこたえる物質の原子。それから統一体はふたたび崩壊する。

「ぼくの場合は逆だな」とアルフレートは彼自身の見解を表明した。「ぼくにはそれだけではじゅうぶんではない気がする。使い果たされていないユートピアの残滓があるんじゃないかな。ぼくが言いたいのは、痕跡を残すことは可能なはずだってことさ」

サリーはアルフレートをじっと見ながら、彼をいかに愛していたか、そしてその後も彼をいかに愛しているかを考えた、この瞬間に愛していなければ、明後日の大晦日に入手できる年平均で測って。彼に対する愛情は増大したり減少したりしたが、それは実際にはなんら特別なことではない。

「わたしに対するあなたの影響は甚大よ」とサリーは言った。彼女はひき続き彼の方を見ていた、あたかも彼が自分の言ったことを誤解していないかどうか確認したいとでもいうかのように。心配無用、彼の顔は、彼女のコメントが彼を喜ばせたことを物語っている。誰でも認められることを必要としている、このことをサリーは学校での経験から知っていた。男子生徒に軽く触れてやると、たしかにその生徒は一日か二日間はつらつとしている。

「ただ残念なのは、市民的な生活に対するわたしたちの攻撃がほとんど一〇年間も続かなかったことね」と彼女は言った。

たったひとつの文章でこれほど長い時間を飛び越すこせるのは驚くべきことだ。長い、堅固な糸で結びつけられた多くのささいなことすべてがかすかに動いた。

「ぼくが思うに、それは、新機軸が役に立つものであれば、それらはいつでも市民化されるからだ。よくわからないが、シュールレアリズムが市民権を得たように。あるいはミック・ジャガーのように」

アルフレートは落ち着いて、格別強調するでもなくそう言った。

ひょっとしたらそうかもしれない。ひょっとしたら、落ち着き払っているものすべての背後には不安な過去が潜んでいるというのは当たっているかもしれない。ひょっとしたら、彼らがそれを知らないのは、彼らが人生そのものと同様に愚かだからにすぎないのかもしれない。

いまやグスタフはわたしよりも九センチ背が高い、とサリーは考えた、アリスは五センチ高い、彼女が約束されているという仕事に就けば、その初任給はわたしの現在の収入よりも多い。そしてエンマはそのままエンマだ、じじつ、けっして変わらないことも少なくない。

サリーは言った。

「わたしたちが引っ越してきたとき、この部屋は黄褐色《アンバー》に塗装されていた。そして、家全体はもっとずっと広く見えた、部屋が空っぽのあいだは」

アルフレートはまだ覚えている、エアマットを膨らませたときどんな感触だったかを。あたかも口のなかにまだゴムの味が残っているような気がする。

「この家での最初の夜、きみは裸で踊ったね」とアルフレートは少し落ち着かない気持ちで言った。

「なぜって、とっても幸福だったから」とサリーは言った。

サリーは一瞬、何かを考えているかのように、ためらっていた。それから立ち上がって、ステレオ装置の場所にゆき、別のCDをセットした。彼女は部屋の中央に立つと、アルフレートをじっと見た。そのために彼はついに息が詰まって、血が頭に上った、あらゆる美がもつれたからだ。

幾つかの和音が響くと、それに男性のヴォーカルが続いた。それは古い英国のポップソングで、リーザが妊娠していたとき、彼女が好んだものだった。アルフレートはいっしょに歌った、しわがれ声で。その声はあたかも壁の向こう側からやって来るかのように響いた。

Sally, pride of our alley
Sally, Sally, pride of our alley
Sally, Sally ...
Don't ever wander
Away from the alley and me.

小さな、物がぎっしり詰まった家にいる平凡な二人の人間。ふたりはまだ気づいていないけれど、外では雪が降り始めている、そして、雪片はたえず揺れる空間のなかで無邪気に行き先を探し求めている。

訳者あとがき

本書、『サリーのすべて』（*Alles über Sally*, Carl Hanser Verlag, 2010）はオーストリアの作家アルノ・ガイガーの五作目の長篇小説《ロマーン》である。ガイガーの著作はすでに自伝的な物語『老王の家――アルツハイマー病の父と私』（渡辺一男訳、新日本出版社）が二〇一三年に翻訳されているが、小説としては『サリーのすべて』が初めてなので、他の作品とも併せて多少詳しく紹介させていただきたい。

本書『サリーのすべて』について

著者アルノ・ガイガーはあるインタビューのなかで、「私にとって興味深いのは、人間をつなぎとめておくものです。ふたりの人間が共に生活して、互いに相手を幸せにしたいと願う。だが、それは必ずしもうまくゆかない」と述べている。長年連れ添った夫婦が突然離婚することもあれば、死がふたりを分かつまで連れ添う夫婦もある。そこに秘密があるとすれば、いったいそれは何なのか。本書はその秘密を解く試みとも言えよう。

『サリーのすべて』の主人公サリー・フィンクは五二歳、ウィーンのギムナジウムの教員である。夫のアルフレートは五七歳で、民俗学博物館の学芸員。ふたりにはすでにほぼ成人に達した三人の子どもがある。サリーとアルフレートの関係がいつも良好だったわけではないこと、それでも長年結婚生活を続けている秘密の一端が、すでに第1章で暗示される。

「ふたりはじゅうぶん長いこと生活をともにしている。三〇年、そしてこの三〇年はそれぞれが発するひとつひとつの言葉に刻印を残しているから、サリーの答えのなかに、悪く取らないでちょうだい、言い過ぎたという節が認められるのがアルフレートにはわかる」

しかし、ウィーン郊外にあるふたりの自宅に空き巣強盗が入ったことで、夫婦の関係は微妙に狂い始める。サリーとアルフレートの帰宅を待ち構えているのは、ふたりの友人であるナジャとエーリクの夫婦である。二組の夫婦が登場して、そこに何らかの化学反応が生じるという設定は目新しいものではなく、数多くの小説に見られる。祖型としてゲーテの『親和力』が挙げられよう。サリーが身体的にも精神的にも活動的で、変化を求めるタイプであり、別の表現をすれば「生に飢えている」のに対して、収集と保存と旨とするアルフレートは恒常型で、変化を好まない。

この空き巣強盗を除けば、本書で生じるほとんど唯一の事件といえるのは、サリーとエーリクの不倫である。姦通小説と言えば、『アンナ・カレーニナ』、『ボヴァリー夫人』、『エフィ・ブリースト』などが念頭に浮かぶ。じじつ作中で、それらを暗示する言葉がサリーの口から洩れる。しかし、本書は姦通小説もしくは不倫小説であると言えば、それはいささか早とちりになる。本小説の眼目は不倫にあるのではない。サリーとエーリクの不倫についてはもちろん詳しく描写されるものの、本書の眼目は結婚生活であり、結婚生活をめぐる冒険小説とも呼びうるものだ。夫婦を結びつけるものを示すのは、夫婦を分かつものについて物語るよりもはるかに困難な業であるが、ガイガーは見事にこれに成功している。中年夫婦の日常生活における「平穏な経過」と「ささいな憎悪」が精緻に観察され、さりげなく描写される。結婚生活における「平穏と憎悪」を知らない既婚者はごくまれであろう。そしてまた、この「平穏と憎悪」は劇的に変化する可能性があることもよく知られていよう。だが、本書『サリーのすべて』では事情がいささか異なるように見える。

『サリーのすべて』を結婚生活についての冒険小説と呼ぶにふさわしい大きな要因は夫のアルフレートにある。懊悩する「年代記編者」のアルフレートにはサリーに劣らぬ重みが与えられているからだ。サリーが動的な主人公とすれば、アルフレートは静的な主人公であることは、第10章の長大なモノローグによって示される。訳者がフローベールを引き合いに出して著者に質したところ、ガイガーは「もちろん、私はサリー・フィンクです。同時にアルフレートでもあります」と回答している。さらに、当初の構想よりもはるかにアルフレートの存在が大きくなり、そのために予想以上の結果が得られた、とも述べている。

本書における小説の技法について

ガイガーが「私はサリーです」あるいは「私はアルフレートです」と明言する根底には著者の途方もない「感情移入能力」がある。「感情移入能力」がよく発揮されるのは「体験話法」という表現手段によるところが大きい。ドイツ語で体験話法と呼ばれるものは英語では描出話法、フランス語やイタリア語で自由間接話法と呼ばれる話法に相当する。それぞれの言語で、形式の細部（時制や人称）に多少の違いはあるものの、これらの話法の機能は同一である。すなわち、これらの話法では、「と考えた」に相当する主節が脱落し、従属節が独立する。これによって、語り手が作中人物になり替わるので、当該人物の思考や意識が直接話法と同じように表現される。その結果、読者はごく自然に作中人物の視点に引き込まれて、思考や意識を共に体験することになる。フローベールの『ボヴァリー夫人』でも自由間接話法が多用されている。日本文学では、近現代だけでなく、すでに『源氏物語』のなかに体験話法が見られるという。したがって、これらの話法を含む外国語のテクストが日本語に翻訳されてもほとんど違和感はないであろう。

『サリーのすべて』に即してこの話法の特徴を述べるならば、語り手は天の高みから人物を俯瞰するのではなく、主要人物たちに寄り添って物語ることが可能になる。さらに、一人称小説の場合のように視野が限定されることもない。『サリーのすべて』では、語り手は各人物の間近に、場合によっては耳元に位置して、当該の人物にスッと入り込む。体験話法がじつに見事に駆使されていることを多くの評者が賞賛している。アルノ・ガイガーは現代小説の遺産ともいうべき「内的独白」や「意識の流れ」を受け継ぎ、それらを彼自身の強みである観察・共感能力と巧みに組み合わせて発展させる。

小説の技法に関してもう一点挙げるならば、初期の作品に頻出するシュールリアリスティックな表現が『サリーのすべて』においても垣間見られること。わけても第9章で、アルフレートが階段で足を踏み外して、骨折するシーンの描写はすばらしい。まさにリアリズムに魔法がかけられたかのようで、思わず息を呑む場面である。

本書の構成について

本小説の舞台はオーストリアのウィーン、時間的には二〇〇八年の七月から大晦日までの半年間である。全体は巧みに構成されている。第1章は休暇中の夏で、これは最終第11章の冬に対応する。ここではアルフレートの加圧ストッキングと静脈瘤がライトモチーフの役割を担う。第1章でアルフレートは、サリーが提案する静脈瘤の手術を無言で拒絶するが、最終章では受け入れる姿勢を見せる。つまり、全体は対称的に構成されている。中央に位置する第6章が分水嶺で、舞台はウィーンから過去のカイロに飛ぶ。そこで読者はサリーとアルフレートの出会いを知ることになる。サリーの不倫が生じる第5章までが前半部で、不倫後の第7章以降が後半部である。第10章の長大なモノローグではアルフレートのすべてが語られるが、その根本を成すのはサリーに対する無垢の愛の告白であり、ふ

【作品社の本】

海の光のクレア

エドウィージ・ダンティカ著　佐川愛子訳

七歳の誕生日の夜、煌々と輝く満月の中、
父の漁師小屋から消えた少女クレアは、どこへ行ったのか――。
海辺の村のある一日の風景から、
その土地に生きる人びとの記憶を織物のように描き出す。
全米が注目するハイチ系気鋭女性作家による、最新にして最良の長篇小説。

ISBN978-4-86182-519-4

地震以前の私たち、地震以後の私たち

それぞれの記憶よ、語れ

エドウィージ・ダンティカ著　佐川愛子訳

ハイチに生を享け、アメリカに暮らす気鋭の女性作家が語る、母国への思い、
芸術家の仕事の意義、ディアスポラとして生きる人々、
そして、ハイチ大地震のこと――。
生命と魂と創造についての根源的な省察。カリブ文学OCMボーカス賞受賞作。

ISBN978-4-86182-450-0

骨狩りのとき

エドウィージ・ダンティカ著　佐川愛子訳

1937年、ドミニカ。
姉妹同様に育った女主人には双子が産まれ、愛する男との結婚も間近。
ささやかな充足に包まれて日々を暮らす彼女に訪れた、運命のとき。
全米注目のハイチ系気鋭女性作家による傑作長篇。
アメリカン・ブックアワード受賞作！

ISBN978-4-86182-308-4

愛するものたちへ、別れのとき

エドウィージ・ダンティカ著　佐川愛子訳

アメリカの、ハイチ系気鋭作家が語る、母国の貧困と圧政に翻弄された少女時代。
愛する父と伯父の生と死。そして、新しい生命の誕生。感動の家族愛の物語。
全米批評家協会賞受賞作！

ISBN978-4-86182-268-1

【作品社の本】

隅の老人【完全版】

バロネス・オルツィ著　平山雄一訳

元祖“安楽椅子探偵”にして、
もっとも著名な“シャーロック・ホームズのライバル”。
世界ミステリ小説史上に燦然と輝く傑作「隅の老人」シリーズ。
原書単行本全3巻に未収録の幻の作品を新発見！　本邦初訳4篇、戦後初改訳7篇！
第1、第2短篇集収録作は初出誌から翻訳！　初出誌の挿絵90点収録！
シリーズ全38篇を網羅した、世界初の完全版1巻本全集！　詳細な訳者解説付。

ISBN978-4-86182-469-2

蝶たちの時代

フリア・アルバレス著　青柳伸子訳

ドミニカ共和国反政府運動の象徴、ミラバル姉妹の生涯！
時の独裁者トルヒーリョへの抵抗運動の中心となり、
命を落とした長女パトリア、三女ミネルバ、四女マリア・テレサと、
ただひとり生き残った次女デデの四姉妹それぞれの視点から、その生い立ち、
家族の絆、恋愛と結婚、そして闘いの行方までを濃密に描き出す、傑作長篇小説。
全米批評家協会賞候補作、アメリカ国立芸術基金全国読書推進プログラム作品。

ISBN978-4-86182-405-0

老首長の国　ドリス・レッシング アフリカ小説集

ドリス・レッシング著　青柳伸子訳

自らが五歳から三十歳までを過ごしたアフリカの大地を舞台に、入植者と現地人との葛藤、
古い入植者と新しい入植者の相克、巨大な自然を前にした人間の無力を、
重厚な筆致で濃密に描き出す。ノーベル文学賞受賞作家の傑作小説集！

ISBN978-4-86182-180-6

幽霊

イーディス・ウォートン著　薗田美和子、山田晴子訳

アメリカを代表する女性作家イーディス・ウォートンによる、
すべての「幽霊を感じる人《ゴースト・フィーラー》」のための、珠玉のゴースト・ストーリーズ。
静謐で優美な、そして恐怖を湛えた極上の世界。

ISBN978-4-86182-133-2

【作品社の本】

ストーナー

ジョン・ウィリアムズ著　東江一紀訳

「これはただ、ひとりの男が大学に進んで教師になる物語にすぎない。しかし、
これほど魅力にあふれた作品は誰も読んだことがないだろう」――トム・ハンクス。
半世紀前に刊行された小説が、いま、世界中に静かな熱狂を巻き起こしている。
名翻訳家が命を賭して最期に訳した、“完璧に美しい小説”
【第1回日本翻訳大賞「読者賞」受賞！】

ISBN978-4-86182-500-2

黄泉《よみ》の河にて

ピーター・マシーセン著　東江一紀訳

「マシーセンの十の面が光る、十の周密な短編」――青山南氏推薦！
「われらが最高の書き手による名人芸の逸品」――ドン・デリーロ氏激賞！
半世紀余にわたりアメリカ文学を牽引した作家／ナチュラリストによる、
唯一の自選ベスト作品集。

ISBN978-4-86182-491-3

ノワール

ロバート・クーヴァー著　上岡伸雄訳

“夜を連れて”現われたベール姿の魔性の女《ファム・ファタール》「未亡人」とは何者か!?
彼女に調査を依頼された街の大立者「ミスター・ビッグ」の正体は!?
そして「君」と名指される探偵フィリップ・M・ノワールの運命やいかに!?
ポストモダン文学の巨人による、フィルム・ノワール／ハードボイルド探偵小説の、
アイロニカルで周到なパロディ！

ISBN978-4-86182-499-9

老ピノッキオ、ヴェネツィアに帰る

ロバート・クーヴァー著　斎藤兆史、上岡伸雄訳

晴れて人間となり、学問を修めて老境を迎えたピノッキオが、
故郷ヴェネツィアでまたしても巻き起こす大騒動！
原作のオールスター・キャストでポストモダン文学の巨人が放つ、
諧謔と知的刺激に満ち満ちた傑作長篇パロディ小説！

ISBN978-4-86182-399-2

【作品社の本】

孤児列車

クリスティナ・ベイカー・クライン著　田栗美奈子訳

91歳の老婦人が、17歳の不良少女に語った、あまりにも数奇な人生の物語。
火事による一家の死、孤児としての過酷な少女時代、ようやく見つけた自分の居場所、
長いあいだ想いつづけた相手との奇跡的な再会、そしてその結末……。
すべてを知ったとき、少女モリーが老婦人ヴィヴィアンのために取った行動とは――。
感動の輪が世界中に広がりつづけている、全米100万部突破の大ベストセラー小説！

ISBN978-4-86182-520-0

名もなき人たちのテーブル

マイケル・オンダーチェ著　田栗美奈子訳

11歳の少年の、故国からイギリスへの3週間の船旅。それは彼らの人生を、
大きく変えるものだった。仲間たちや個性豊かな同船客との交わり、従姉への淡い恋心、
そして波瀾に満ちた航海の終わりを不穏に彩る謎の事件。
映画『イングリッシュ・ペイシェント』原作作家が描き出す、
せつなくも美しい冒険譚。

ISBN978-4-86182-449-4

ハニー・トラップ探偵社

ラナ・シトロン著　田栗美奈子訳

「エロかわ毒舌キュート！　ドジっ子女探偵の泣き笑い人生から目が離せません
（しかもコブつき）」――岸本佐知子さん推薦。
スリルとサスペンス、ユーモアとロマンス――一粒で何度もおいしい、
ハチャメチャだけど心温まる、とびっきりハッピーなエンターテインメント。

ISBN978-4-86182-348-0

話の終わり

リディア・デイヴィス著　岸本佐知子訳

年下の男との失われた愛の記憶を呼びさまし、
それを小説に綴ろうとする女の情念を精緻きわまりない文章で描く。
「アメリカ文学の静かな巨人」による傑作。
『ほとんど記憶のない女』で日本の読者に衝撃をあたえた
リディア・デイヴィス、待望の長編！

ISBN978-4-86182-305-3